"新时期文学"代表作家作品选

航鹰文集

卷 六 · 散 文

误攀穹顶

航鹰 著

文匯出版社

图书在版编目（CIP）数据

误攀穹顶 / 航鹰著. — 上海：文汇出版社，
2017. 7
（航鹰文集；卷六）
ISBN 978－7－5496－1966－5

Ⅰ.①误…　Ⅱ.①航…　Ⅲ.①散文集－中国－当代②
纪实文学－中国－当代　Ⅳ.①I217. 2

中国版本图书馆 CIP 数据核字（2017）第 061660 号

"新时期文学"代表作家作品选
航鹰文集（卷六）

误攀穹顶

作　　者 / 航　鹰
特约编辑 / 马津海
责任编辑 / 苏　菲
封面装帧 / 航　鹰　张　晋

出 版 人 / 桂国强

出版发行 / 文汇出版社
　　　　　上海市威海路 755 号
　　　　　（邮政编码 200041）
经　　销 / 全国新华书店
排　　版 / 南京展望文化发展有限公司
印刷装订 / 启东市人民印刷有限公司
版　　次 / 2017 年 11 月第 1 版
印　　次 / 2017 年 11 月第 1 次印刷
开　　本 / 787×1092　1/16
字　　数 / 280 千字
印　　张 / 19.75

ISBN 978－7－5496－1966－5
定　　价 / 50.00 元

目　录

海 外 奇 遇

戴 安 娜 评 说

俗 眼 观 佛 门

1988 · 欧洲影像

1993 · 南洋无风浪

自　序

　　作家纷纷出文集那年头我未跟风，自觉还没到火候。如今老之已至，多亏汤吉夫、盛英、李玉林诸友提醒催促，我这才下决心在有生之年把这事办了。

　　搜罗旧作，重读下来竟很吃惊——我并不用功，从来不熬夜，带大一双儿女，过日子琐事哪样都没耽误，近十几年来又忙于创办博物馆，以至文学作品不多，这辈子怎么会写出那么多字儿来呢？上世纪八九十年代散发于报章的短文已无从查找，大致找到的文学作品已近二百万字了。若是再加上拍摄的电影电视剧本、电视片广播剧脚本、公演的话剧歌剧本，还得再出版二三百万字的剧本集呢！

　　不只是字数超出预计，手捧旧作竟有陌生感，真的想不起来自己当年怎么会有精力有能力写出那么多五花八门的作品。莫非年高健忘到了一个母亲认不出自己儿女的程度？更可笑的是重读鄙作竟然沾沾自喜，很是崇拜年轻时的自己，文字之生动，叙述之流畅，心理刻画之细腻，想象力之丰富，涉猎题材之广泛，尤其是一些作品中那种对生活的诗意的理解及孩童般纯真的表达方式，那是我吗？我曾经活得那样精彩吗？

　　如今虽未到风烛残年却也迈入切实思考生死的岁数，朝花夕拾，犹如回眸翻越过来的山峰。心底唯有感谢命运，感谢文学艺术，是文学艺术给了我两度青春——生命的青春与创作的青春。从我15岁进入天津人民艺术剧院起始，再过两年就是我的文学艺术生命甲子之庆了，可以说比别人多活了一辈子。

当然这只是自我感觉，文人多为狂徒，不足为凭的。客观评价又该是怎样的呢？我是属于"新时期文学"的作家，在"新时期"我又处于什么位置呢？回首往事，有幸运也有尴尬，有温暖也有愤懑，有欢笑也有泪水。回首往事是晚年的消遣，实话实说再无顾忌则是晚年的"红利"了。

回眸"新时期文学"那一道风景线

文学界所称"新时期文学"之发轫与我国的改革开放同步，清算"四人帮"，"文革"结束不久，一些压抑多年的文学青年早已骨鲠在喉，一遇开闸便如洪水般喷涌，迸发出以"伤痕文学"为潮头的一大批颇具批判现实主义深度的佳作。

那道文学胜景的前提是中国历经长期的文化荒漠，十几亿中国人十年的光阴只能看八个"样板戏"，文化饥渴烧灼着每个人的心。忽然有了几篇敢于说实话的小说，一下子成了压力锅的出气阀，全民都以读小说为宣泄的渠道了。报纸杂志的发行量飞涨，社会人心捧出了文学的盛花期。

各省市的刊物太多了，而广大读者总是想看到最好的小说。于是，《小说选刊》《小说月报》《中篇小说选刊》《长篇小说选粹》等转载性期刊应运而生，跃升为全国级文学展台。每逢佳作问世，亿万读者口碑推荐争相传阅的速度不亚于如今的电子微信。鄙作《东方女性》发表于名刊《上海文学》（1983年第8期），经发行量高达160多万份的《小说月报》转载其影响迅速扩大。据资深编辑邓元惠大姐说，那一期《小说月报》除了邮局固定订户，全国各地报刊亭零售的刊物十天之内脱销，许多书商打电话要求增订。如今的青年人或许无法想象，那时候没有电子信息全靠纸媒传播呀！

在那难忘的万众阅读的黄金时期，每年一度的全国评奖，烈火烹油一般助推炸响的轰动效应。全国优秀中篇小说、短篇小说发奖大会几乎成了全民的节日，绝不像如今沦为一种行业活动。最初几年的评奖最为公正，获奖作者大多是无名之辈，其中许多人是从农村、山沟、边疆走出来的。选票附在中国作协主办的《小说选刊》《人民文学》《中国作家》等期刊里寄出，票面含有邮资，每位读者选出自己喜欢的本年度 20 篇作品寄回北京。那时候的人们很淳朴，还不大懂得贿选、雇佣"水军"等伎俩。

我自诩为"民选作家"，是全国读者投票把我推向文坛的。1981、1982 两年我在毫不知情的状态下忽然接到通知去北京领奖，真跟天上掉馅饼似的。那年我女儿 12 岁，儿子 10 岁，家里穷得连一件出门穿的体面衣服都没有，我这个孩儿妈妈蓬头垢面地走上了全国领奖台。

家人亲友为我的金榜题名而庆贺，但到了北京我很快就发现自己只是身处光圈的边缘。聚光灯打在舞台上会形成耀眼的光圈，你或者站在光圈里风风光光，或者躲在光圈外的暗处不被人注意为好。最怕的是身处明暗交接线之反差最为强烈的临界点，半张脸锃亮半张脸黢黑，那是一种多么尴尬的处境啊！在北京领奖大会上，我糊里糊涂地扮演了两回"陪衬人"角色：1982 年我和王安忆同住一屋，1983 年和铁凝同室。记者们编辑们蜂拥围堵两位"超级女生"，我被挤到屋角无所适从，只好躲到别的房间去找那些从农村、山沟来的获奖者作伴。据悉在评委会讨论时某权威人士不喜欢我的作品，只是碍于我得到的读者投票太多（《金鹿儿》获票第四、《明姑娘》获票第一），不好把我踢出去罢了。也正是读者捧场与权威摇头之间的反差，使我痛切地感受到了名利场中的人情淡薄。从此我始终和北京文学圈保持距离，后来又因得罪了天津文坛霸主而被驱逐。远离了是非漩涡，日子过得反倒心安理得，清静遂意，无人喝彩总比横遭冷眼强多了。幸运的是读者始终未忘记我，让我心里感到无比温暖。

小说家是用故事来思维的

回顾创作历程，我总是在想当年自己是出于什么动力写了那么多五花八门的小说呢？出名说？我写的话剧、影视剧本得过七项全国奖，并非只靠小说成名；赚钱说？当年稿酬很低，全国优秀短篇小说奖的奖金只有 300 元；忧国忧民说？我的题材离政治很远，没有那么高大。那么，当年的写作迸发期又该做何解释呢?

我很欣赏莫言在诺贝尔领奖台上说的话:"我是个讲故事的人。"其实作家写作的动力很纯粹,那就是由喜欢听故事发展到喜欢讲故事。19世纪英国作家毛姆有一句名言:"听故事的欲望在人类身上就像对财富的欲望一样根深蒂固。有史以来人们就一直聚集在篝火旁或者市井处互听讲故事。"因为大家都想听故事,后来就有了讲故事人的行当,这跟大家需要理发于是就有了理发师行当是一样的供求关系。我想这就是我写作的初心,既然干了这一行就必须把它干好,我把讲故事看作是乐趣,事情就是这么简单。

山东自古盛产思想和故事,孔子孟子曾子墨子董子……水浒聊斋金瓶梅……莫言问鼎诺贝尔奖毫不奇怪。今夏我回到阔别66年的德州、临清,站在运河旧道大堤上,儿时的生活记忆早已模糊了,唯独外婆讲的那些鬼怪故事犹在耳畔……我自幼是个故事迷,6岁来到天津以后把零花钱都用去租"小人书",上世纪五六十年代出版的所有的"小人书"我几乎都看过,连环画不仅让我爱上了文学也爱上了美术。12岁上初中我参加了学校美术社,同时几乎读遍了中国古典名著,三国、红楼囫囵吞枣,爱看西游水浒聊斋说岳全传杨家将演义封神演义唐宋传奇三言二拍……15岁考入天津人艺舞台美术班,剧院藏书丰富,我由古转洋通读了18、19世纪俄、英、法文学名著和戏剧名作。身处剧院看戏方便,看遍了天津人艺北京人艺上演的剧目。剧院自己的剧场白天演电影,我又有机会看了那个时代几乎所有的电影,遇上根据世界名著改编的影片会看上许多遍,剧中台词都会背。可以说,我是在听(看)故事中泡大的,在讲(写)故事中变老的。

孔子《论语》曰:知之者不如好之者,好之者不如乐之者。人的幸福不在于赚了多少钱,而在于其职业与兴趣的高度契合,苍天赐予我这样的幸运。自幼生活在书籍、戏剧、电影、绘画汇成的梦幻世界,便觉得生活本身过于平淡。我需要虚构另一个文学世界来增添人生的精彩,写作已经成为一种精神需要,而不仅仅是谋生的手段。讲故事既是职业又是乐趣,乐此不疲,我想这就是写作的动力。

形象思维是长着翅膀的

当初有几位评论家可能出于打抱不平的侠肝义胆垂顾过鄙作，但他们抱怨不好评说，发现我的小说题材飘忽不定，不入流，很难归类。诸如"伤痕文学"呀，"知青文学"呀，"寻根小说"呀，"意识流"呀，"后现代"呀什么的，都没有我的份儿，只能是不伦不类的个例。他们好心地试图帮助我归纳出条理来，把鄙作分为"青春题材""伦理道德系列""市井小说""幽默小说"等，但那些作品并不能以时段划分，而是呈花搭交叉的混乱状态。例如有评论文章说《明姑娘》是我的早期作品，失之浅薄单色；《前妻》苍凉深刻，是我后来趋向成熟之作，殊不知两篇小说都是在 1981 年秋季完成的。至于一个作家怎么能同时写出如此悬殊的两篇小说来，那是因为两个截然不同的故事需要不同的讲述语境呀！

小说中的人物、情节为什么那样设置？其实我"设置"的权力有限，只能粗略"设置"个框架。多数情况下"构思"源于灵感，而灵感由某个精彩细节激发，顺着那个"中心细节"向"开头""结尾"两端铺衍故事。还有很多时候是"倒着想的"，先设置故事的结尾，然后往前捯情节，用剧作家的话来说叫作"从高潮看全剧的统一性"。

具体动笔时我是个跟着感觉走的人，故事框架一旦立了起来是有它自己的逻辑的，不是都能由着作家的性子来。很多时候故事的走向是"写"出来的，不是事先想出来的，而"写"是跟着感觉走的。所谓笔下生花，下笔时才能生花；笔走龙蛇，情节的"龙蛇"是随着"笔走"而一路蜿蜒的，尤其是电光石火般的精彩语言更是"下笔"和"笔走"时才会随时迸发的。人物关系"设置"好了以后，每个角色都会按照其性格逻辑行动，沿着各自的"贯穿动作"去完成其"最高任务"。作家若是强行写乱，故事本身的逻辑、故事框架也就倾斜或干脆坍塌了。不让每个人物按照他自己的贯穿动作那样说话那样做事，整个故事就无法向前递进了。尤其像《东方女性》这类内心冲突激烈的故事，所有相互冲突的人物都必须合乎情理合乎逻辑。往往作家写着写着就跟着人物"跑"了，"跑"远的那一段若是离题了只好删去，若是比预先"设置"的精彩，那就割舍别的情节别的人物，顺着精彩的这一段"伸腰"。

我是个十分随性，自由散漫的人，很容易心血来潮忽然对某个题材感兴趣，并无理性的写作计划。又给自己立了个规矩：既不能重复别人，也决不重复自己，于是总是寻求新的题材领域。所幸捕捉素材挺敏感，一旦获得生动的细节即能编织故事，也打下了文学知识和语言的童子功，于是写出了那么多五花八门的作品。

事情就是这么简单，这么随性。我只是个自幼在艺术氛围熏大的人，没有受过高等教育，对文学创作知其然不知其所以然，甚至写出一篇小说自己也掂不出其分量。当初资深编辑崔道怡先生问我："为什么不把《宝匣》给《人民文学》？"我问："《宝匣》有那么好吗？"他惋惜地说："那可是获奖的苗子呀！"果然，它被收入多家"1984年小说遗珠"选集。

评论界说我"形象大于思想"，看来并不冤枉。形象思维是长着翅膀的，无法框定。

作家的本心与政治的本性

我以为鄙作与政治关联不大，但政治却没有放过我。

1983年发表的《东方女性》不巧赶上了"批（精神）污染"，竟被扣上了"（汉奸文人）张资平之流的艳情小说"大帽子，上海、北京多家报刊都登载了批判文章。荒诞的是那些高论从左、中、右三个方面围剿我，分别批我"封建主义"、主张"性解放"、同情"第三者"，令人无所适从。

文友们替我捏了一把汗，嗔怪我本来以"青春题材"开局好好的，为什么要写这么一篇"艳情小说"惹来事端？其实写那篇小说的起因很简单，那年我生病住院，医生不允许写作，只好看书。恰巧读了奥地利作家茨威格的《一个女人的二十四小时》《一个陌生女人的来信》，很喜欢他那种以紧张的心理描写推动情节发展的手法，也想尝试一下"心理情节"。我自少年时就在剧院生活，后来又常住北影厂写剧本，知道许多演艺界的绯闻，好歹虚构一下就是一篇茨威格式的好故事。一气呵成自己先读了一遍，既像茨威格又无抄袭之嫌，很高兴尝试成功。

本来只是一种文学手法的尝试，不料却被拖入政治斗争的漩涡。当时虽然"文革"已经结束七年了，但"左"爷们的文章从思维逻辑到批判用语仍为"文革"遗风。一篇无足轻重的写婚姻爱情的小说，竟然害得天津首脑们开会研究如何应对，市委书记表态"保护天津自己的作家，北京上海批判批他们的，天津不发文章"（大意）。我和那位陈书记并不熟，至今感激他的开明善良。那件事情竟然严重到须得天津市委保护我，试想若是那位官员也是"左"爷呢……不敢想下去了，后怕。

还有一种貌似沾政治光的"被拖入"，也叫人受不了。

我写《明姑娘》的缘由只是受广播电台之托去写盲人听众，因涉及残障人士用笔便温情悲悯，以浪漫主义的诗情画意去慰藉他们生活的残缺。小说发表于1982年1月《青年文学》创刊号，2月《小说选刊》《小说月报》同时转载。做梦也没想到迎头碰上3月全国掀起的"五讲四美三热爱"精神文明宣传高潮，不由分说被绑上了那趟政治列车。沾政治的光大大提高了《明姑娘》的知名度，但也大大地造成了文学圈对《明姑娘》的误解。

有一例证说明我写的是全人类的主题：比利时一位盲姑娘在火车上听了一位老先生念法文《明姑娘》，激动得哭了，为此错过了该下车的车站。一篇好的小说是会跨越国家民族意识形态，博得各种肤色的读者共鸣的。

时过境迁，时间是最好的清洗剂和还原剂，当初被外力强加的抹黑也罢炫彩也罢都会褪去，能够留下来的作品是经得起时间考验的。

说到底《明姑娘》是有福之作，直到2008年广州画家李鸿飞将其绘成同名连环画，不仅荣获全国奖，还带火了他的美术公司。彼时社会政治环境早已改变了，但是读者还是喜欢那个故事。我从网上竟然还发现另外四种连环画版的《明姑娘》，不由得忆起幼时流连忘返的"小人书"摊儿，谁能说《明姑娘》跟那些琳琅满目的"小人书"没有关系呢？

不厌其烦地介绍写作实况，我不是写"创作谈"，而是剖白作家的本心，想说：真正的文学创作其实是遵循文学艺术自身规律产生的，没有那么多的政治考量政治目的，起码我这等家庭主妇式的作家没有。但是，在文学艺术面前政治总是很强势，总是喜欢按政治需要或政治眼光去审查、框定文学作品。或许这就是政治的本性。

"社会小说"之回顾

编文集时我问年轻的责任编辑："你们这一代人读我的作品有疏离感吗?"

她说："那倒没有，老作家写作很贴近当时的社会生活，用今天的话说就是'接地气'，我可以当作历史资料来读。"

历史资料? 此话乍一听令人失望，略作思考便又聊以自慰了。经过岁月的沉淀、筛选、漂洗，如果文学作品在不乏文学性的同时还能兼具珍贵的史料价值，不也是一种独特的历史贡献么!

"新时期文学"涌现了大批"社会小说"，无论是作者还是读者，文化官员还是编辑出版家，全民关心的都是社会问题。中国社会处于大变革大转折时期——官方宣布不再搞阶级斗争了，重心转向经济建设。那是个仅次于新中国建立的重大历史拐点，亿万人民关心国家命运，期盼社会变革。那时候没有电脑、手机，电视剧尚在起步期，电影生产周期太长，只有纸媒承担了传导社会信息主力军的重任。

"社会小说"的万民阅读，当然看重其文学性故事性，但是更看重其反映社会问题的深刻性尖锐性。作者搜寻题材，编辑遴选作品，也都秉持相同标准。

当年的"社会小说"中，兼美社会意义与文学价值的佳作有之，属上乘之作。但也有引起轰动效应的作品是由于其"切中时弊"，其社会意义大于文学价值。当时的社会人心把文学举到能够立言安邦定乾坤的位置上，夸大了文学的作用。

在任何时代任何国家那种图解政治式的时令文章都没有久远的生命力。

斗转星移，沧海桑田，那些红极一时的应景之作总会随着岁月季节的变换褪尽铅华，还原其干瘪乃至投机的本来面貌。毛姆早在一百多年前就指出："小说被看作传播思想的方便讲坛，有不少小说家愿意把自己看作是思想的领袖。他们写小说与其说是小说，毋宁说是报章文字，具有一种新闻价值。缺点是过了一段时期以后，它们和上星期的报纸一样令人看不下去。"

凡是读过"新时期文学"某一类名作的人，看了这段话都会忍俊不禁。

"社会小说"中虽然库存一些"上星期的报纸"，但也留下了一大批"兼美"之作，无论是思想价值还是文学价值都沉甸甸的有分量，一望而知出自作家严肃的社会责任感，不像如今的"私人写作"那样轻飘。

我只是个不入流的边缘作家，旧作虽属"社会小说"范畴，也没有多么深刻的社会意义。尚能有些文学性，也够不上阳春白雪，不过是见长于故事性，供人消遣而已。晚年出版自选文集，只是想给过往人生一个交代。

我生怕当今年轻读者看不下去，如果有人浏览一二看得下去，发现还有几个耐读的故事，我就心满意足了。

决不重复自己

近年来有文友偶见我的新作，不止一人且贺且劝：你的文思如旧并未枯竭，怎么不写小说了呢？还是要写呀！

去年《天津日报》文艺周刊主办"津味小说大赛"，主编宋曙光催我写小说，还限了命题——老天津、租界、侨民生活题材。以我的年龄早该"挂靴"了，还掺和什么大赛呢！《天津日报》文艺周刊是孙犁大师创办的，至今荫泽津沽大地，各地报纸的副刊大都缩版了，只有《天津日报》仍然坚持给副刊很大的版面。为了表示对曙光老弟和他的前任孙犁前辈的尊敬，我专门"做作业"写了小说《洋老乡》。"文艺周刊"整版容纳八千字，分两期发完，大概这是空前的篇幅待遇了。感谢评论家黄桂元在其大作中给予好评。前年我还在"文艺周刊"发了一组幽默小说《批示》《酒局》《红包》《求生有方》，谐谑故伎，逗人开心而已。此番一并收入文集，算是填补近作小说之空白罢！

在小说创作中我下功夫最多的是 90 年代写的长篇《普爱山庄》，却只是事倍功半的收获。自 1988 年我就趁出访奥地利之机去了维也纳儿童村采访，后来又跑遍了天津、烟台、南昌、东北多地的儿童村、福利院、荣军疗养院……《普爱山庄》细致地写了十几位单身女子和十几个孤儿之人物形象，人道主义主题，人像展览式结构，浪漫主义风格，几易其稿，前后写了近十年。初稿先以五部中篇同时在几大名刊上发表，几年后又归于长篇成书。反思事倍功半的主观原因，或许是仍然写女性、儿童、伦理道德、家庭悲剧，笔力虽未滑坡却也难以再登新峰。客观上社会生活趋于商业化物质化多元化，文学则日渐边缘化了，我这等以轰动效应起家的幸运儿，再难重铸昔日辉煌。

世界文学史上不乏高龄作家笔耕不辍之先例，但像杜拉斯那样以七旬之躯写出爱情佳作《情人》再鸣惊人者范例不多。上了岁数写不出大部头小说了，有人开玩笑归罪于"荷尔蒙少了"。体力、心力影响笔力，也不是无稽之谈。

小说创作时断时续还有一个原因，我总是喜欢挑战，对不同门类不同体裁不同题材的尝试总是兴趣盎然，讨厌重复。在文学和影视两个"法门"之间转来转去，结果对文学界若即若离，也未能真正投身影视界。

新世纪以来我仍然难以舍弃老本行剧本创作，和儿子刘悦又花了好几年功夫写了 55 集电视系列喜剧《火凤凰》，剧中以 15 个不同层面的婚礼展现社会百态市井民俗，一并收入文集。

早年我曾发表文章放过大话：我不敢说能够超越别人，但是要超越自己；我不敢说总能超越自己，但是绝不重复自己。至今未敢食言，不愿借名气发些平庸之作。春花绽放时灿若云霞，转瞬间便落英为泥，引得古今多少文人墨客伤春惜春。比起那些吃青春饭的行当来，画家、作家还算是"宝刀不老"的职业，但也不是越老越值钱。古诗曰：自古美人如名将，不许人间见白头。如果你不能攀越新的高度，那就宁缺毋滥，让读者记住你巅峰时期的最佳力作，定格春花烂漫时，也不失为一种明智选择。

敬畏文字与文字自律

我未敢忘记幼时外祖母的教诲："敬圣人书"。或许因为山东是孔孟之乡，姥姥不识字，却能说出许多"圣人曰"。凡是有字的纸，她老人家都不许家人当手纸使，一定要等识字的人来辨认，即使没用了，也把"字纸"叠好了压在炕席底下。姥姥说我躺在铺满了"字纸"的炕上睡觉，夜里做梦有那么多字儿陪伴我，长大了识文断字。果然就应验啦！

这就是对文字的敬畏！我们吃文字饭的人更应该敬畏文字，还要懂得文字自律。

冯骥才曾经对我说：咱千万要保持文字的洁净，在文章里骂人只能弄脏了自己的文字，日后出全集的时候收进去不好、不收进去也不好。此乃至理名言。有的名人写文章泄私愤，甚至动粗口，殊不知文如其人，恰恰暴露其粗鄙根底。

还有一些名家在报上连篇累牍地絮叨些庸常琐事，寡淡无味。名家更需要文字自律，敬畏文字，不能因为你发作品容易，就连洗脚水都敢往字里行间滥泼。

西方古典名著不乏以"忏悔""救赎"为主题的传统，诸如卢梭的《忏悔录》、托尔斯泰的《复活》，我以为文字自律的最高境界是为自己的过失公开忏悔。

这次出文集为了找到小说《房梁上的红布包》，我老伴翻箱倒柜找出了1985年第一期《文汇月刊》（停刊号）。封面上周扬的整身相满头白发，一身灰色中山装，拄着拐杖，稍稍歪着头微笑着观望这个世界。

我对这位前辈的敬重之情，源于他的道歉和忏悔。

"五四"时期他是上海左翼作家代表人物，却被鲁迅骂为"四条汉子"之一；五六十年代任中宣部部长，整过不少人；"文革"中他又被整为"文艺黑线"头目，九死一生；到了80年代似乎又成了"右"的代表人物……他的事情，我们这辈人很难说清，但他却得到了"新时期文学"大多数作家的尊重，只因"文革"后他为自己曾经推行极"左"路线向好几位被整过的人道歉。在漫长的"阶级斗争""政治运动"年代，特别是"文革"十年，有那么多"左"派借整人而飞黄腾达，试问，有几人站出来承担责任公开道歉呢？几乎人人都把自己说成是受害者，谁是加害者呢？

这一荒诞现象突显中国的国民劣根性，我们缺乏担责精神、忏悔意识和道歉的勇气。

我自己也做过亏心事，暗自悔恨多年而没有勇气公开承担责任。

1988年天津作协换届改选时，我迈入文学圈不久，幼稚浮浅。某人打电话露骨地希望我为他拉选票，出于中青年作家之间的"哥们义气"我加入了他们"倒孙犁"的串联。老主席孙犁先生是个极为自尊、清高的人，本来是坚辞连任的。天津市委为了平衡老中青三代作家、新闻出版各方意见，多次派员恳请人家参选。结果，给老先生的晚年生活造成了很大伤害。"倒孙犁"的后果也伤害了整个天津文学界，失去了"南巴（金）北孙（犁）"大好格局。孙老在任时很超脱，从不过问作协机关日常事务。他懂得文学规律，善待同行，文学出版新闻各方人士相安无事。我们原先期盼文学界新生力量团结共迎创作繁荣的局面，不料迎来的是"春秋战国"之乱，28年不换届，未开过一次主席团会、理事会的黑暗期。

当我认识到自己的愚蠢行为铸成大错以后，多少次想向孙犁老前辈道歉，却总是怯懦。他病重住院，我曾想去探望并当面道歉，又怕遭到人家家属的唾骂。直到传来孙犁先生逝世的噩耗，我才意识到自己已陷入了永久的遗憾。

痛定思痛，我终于鼓起勇气在《天津日报》发了悼文《大师往生》，向文学大师做了迟到的公开道歉。如今我把那篇悼文也收入文集，留下我真诚的永久的忏悔，见诸报章，又收入自选集，告白天下，这也是敬畏文字与文字自律。

"转身"何须"华丽"

2000年，也就是我56岁的时候，事业突然出现了一个拐点。当时我并未觉察那是一次转身，以为自己仍然是沿着文学之路前行的。不料，那一个拐点竟然转身了17年，直到如今决心出文集了才重新拾回纯文学写作。

事情的起始只是为了寻找新的写作素材。

我一向信奉"题材决定论"，题材选对了作品就成功了一半。追求"冷门"堪称诀窍，抢先占领题材高地，"人无我有"，以新取胜；步人后尘，要想做到"人有我优"，写起来可就难了。偶然听朋友说起天津旧租界的洋楼往事，我立即捕捉到这是一块尚未开垦的处女地。天津城市的一大特色是历史上曾有"九国租界"，西方列强把一座城市割裂成九个"国中之国"，各有其市政厅、驻军、法院、税收……是世界城市史的唯一现象。"九国租界"风格各异的洋楼又把天津变成了"万国建筑博览会"，因此有了"北京四合院，天津小洋楼"之说。我是自幼在旧租界长大的，学美术时就对那些千姿百态的洋楼感兴趣。"昔人已乘黄鹤去"，那些洋楼里都发生过什么故事呢……

不料，收集旧租界的第一手素材十分困难，尤其是外国侨民的生活史料几乎是空白。当初在"阶级斗争"年代，即使有的市民家里敢保留那些东西也早被抄家"扫四旧""砸烂"了！于是，我下决心出国去寻访。

资深外交官杨成绪老大使帮助我们取得德国方面的资助，我和老伴带着一架傻瓜照相机一台粗笨的录音机就出发了。这一走不要紧，被记者称为"洋长征"的跨国采访断断续续坚持了十几年。我们走访了德国、奥地利、荷兰、比利时、英国、法国、美国，找到了50多位在天津出生或生活过的老侨民，或其后人。那些老人散居于欧美各地，其中很多人住在偏僻的小城，翻译和交通工具都很困难。我们还是坚持入户采访，从外国人家藏的私人相册中找到大量关于天津的历史老照片，记录下了众多老侨民的"口述历史"谈话。我着迷地做那些事情时，没有意识到那已经偏离了作家做文学采访的思维轨道，不知不觉"坠入历史的隧道"出不来了。

其实再转几次身也丢不下文学，多年来我积累了几大本采访笔记，也有不少写作计划。可惜，馆里的事务缠身，总是坐不下来。近两年好了，新馆运转踏入正轨，我忙里偷闲开写历史报告文学《洋楼故事》。这是个系列故事的架式，今后如果健康状况允许，趁着尚未老年痴呆，我会陆续写出一个又一个独具天津味儿的故事。

"转身"何须"华丽"，甘守朴素人生。

我"写"了一座博物馆

本套文集的散文卷有一册书名取自其中的篇名《误攀穹顶》，评家认为是我最重要的一篇散文，说的是在梵蒂冈由于语言不通我于毫不知情的状态下被人群挤上了大教堂穹顶。我患有40多年的风湿性心脏病，根本不能登高，但甬道越来越窄人流拥挤没有退路，最高处的旋转楼梯仅容一人走，只能伏在狭小的窗台上喘息歇脚，让来自世界各地的游人从我背上跃过去……事后深有感慨，因为那次险遇就是我人生事业的真实写照，多少事情我都没有预见，更谈不上预谋，却一次又一次地误攀"穹顶"。

17年前当我为了寻找"冷门"题材出国采访时，纯粹是作家的文学行为，不料却一脚跨入了历史文化保护领域。随着天津经济开发城市建设，许多历史建筑被拆毁了，昔日国人贫穷，拥有照相机的人很少，许多见证城市历史的老房子甚至连一张照片都没留下来就消逝了，取而代之的是高楼大厦。如果我们这一代文化人不能挽留住城市记忆，子孙后代将完全不了解曾经那样丰富多彩的"天津卫"了。我采访的外国老人最高龄的101岁，听到他用中国话喊出"海河""天津"时，我切实地意识到时间的紧迫性。如今，我们采访的老侨民中已有十几人作古，这是一项刻不容缓的文化抢救工作。面对文化毁灭而尽绵薄之力的悲壮感，使我忘记了自己是个作家，变成了一个行动者，相比之下为自己发表作品而写作已经不重要了。

这件事情一旦干起来就收不了工了，如同滚雪球一般越滚越大，让你力不从心，误攀穹顶。我们远赴欧美从外国一家一户搜集来了关于天津的历史老照片，没有地方展示成了新的难题。于是，募集资金找房子，修房子，布置展览，耗去了七八年的时间，终于创办了"近代天津博物馆"。好容易喘一口气了，我也做了重返书斋的素材准备，不想馆舍鉴定成危房，又要为落地重建工程而奔忙了。我馆地处天津原英租界"五大道"黄金地段，小洋楼林立，若想在历史街区交通干线一侧盖房子，谈何容易！又一轮的写申请报告、求首长批示、找钱、规划审批、找建筑设计师、找有资质的国企工程队，光是"走程序"就盖了近百个公章……派年轻人去办事总是遇到冷脸，为了加快速度我只好大事小事亲自出马，时年65岁了，而且刚刚做了心脏换瓣大手术，我又一次九死一生误攀穹顶了！

新楼落成，面临新的布置展览，又遇到一桩事先难以预料的困难：新楼位于历史建筑街区，必须和周边老洋楼风格统一，因此设计了许多窗子，而一般博物馆展厅不设窗子，该如何处理窗口强光"破坏历史氛围"的问题呢？我想起了西方教堂的彩色玻璃镶嵌窗，如果把那种艺术移植来设计成以天津各种小洋楼为主题的彩色玻璃窗，古香古色又突出天津历史建筑特色该有多好呀！经上网查询，我们和上海魏清公司合作"教堂玻璃"工艺品，并培训了自己的工艺师和技术力量。如今展厅拥有60扇彩色玻璃镶嵌工艺窗，阳光照耀下晶莹绚丽，美轮美奂，成为一种古董式展品，参观的人无不称奇。

津津乐道于这些远离了文学的琐事，因为它们毕竟未出大文化的范畴。

有的文友为我的壮年搁笔感到惋惜，一个作家牺牲了写作，耗费十几年光阴只干了这么一件事，值吗？就个人而言既耽误了时间又没有稿酬，当然太亏了！但是就天津这座城市来说，少了一个只擅长写女性、儿童的作家，多了一座填补空白的博物馆，是很有历史文化价值的好事。海河哺育了我，能够为城市留下一部分记忆，也算是我对故乡热土的报答。

一路遇天使

人越老越珍视友情，想念老朋友，值得欣慰的是我在国内外结识了许多朋友，没有众多朋友的后援绝对完不成几次"转身"的事业。

我并不相信占卜，但到各地寺庙道观喜欢凑趣抽签，签上总是写着"有贵人相助"。说来奇妙，每当我想做一件大事而起步艰难时，上苍总是派来一位甚至几位高人鼎力相助，事后他们也不图回报，再说一介文人又能给人家什么回报呢？有朋友说我是文坛福将，幸运之神频频叩门，真不知道几辈子修来的福气。

2010年8月，我赴台湾收集史料，台湾女作家、老朋友张典婉帮忙寻找上世纪初比利时人雷鸣远在天津活动的记载资料。我们在完全没有线索的情况下，经台北、桃园、台中一路热心人士的辗转介绍，获得了大批的翔实史料。典婉驾车在高速公路上飞驰，我俩兴奋地高喊："一路遇天使！一路遇天使——"

一路遇天使，确实是我人生经历的神奇体验。

在文学圈我有幸交下了一群几十年如一日的莫逆老友，诸如鄙作获奖小说《金鹿儿》的伯乐编辑刘品青，获奖小说《明姑娘》的伯乐编辑、中青社原总编王维玲，资深编辑褚建民，学者型作家汤吉夫，评论家盛英、张春生，《今晚报》著名记者杜仲华，天津人艺"发小"高长德、许瑞生，雕塑家刘鑫……每当我心灰意冷时，他们是永远的"供暖系统"。我身边还有一位不善言辞的全天候挚友，和我共同创办《慈善》杂志的作家李玉林。连我老伴都为此感叹："咱能有这么讲义气的老朋友，真是太幸运了！"

我并非纯粹的书斋文人，很多时候都是"行动者"。没有那么多热爱天津历史文化的政界朋友支持，我不可能完成一件又一件文化项目。不论他们年轻还是年迈，在位还是退休，升迁还是丢官，健在还是谢世，我都会牢记他们善待文人的风度，后人将会记住所有的为城市留住记忆的人的历史功德。

我馆展厅"结束语"前面设有"本馆史料收集的国际支持"专栏，陈列了近50位国际友人的照片。他们是我们漫长的"洋长征"一路上结识的"洋老乡"或其后人，没有他们的帮助，近代天津博物馆不可能拥有这么多珍贵的独家史料。

一路遇天使！

朋友的意义不仅在于助你事业成功，更在于友情烘暖你的心房，让你少有孤独沮丧，生活充满阳光。回忆当年呼朋唤友欢聚一堂海阔天空侃大山的乐子，更是一大精神享受。

2016生肖为猴年，是我72岁"本命年"，年初开始了本文集的整理工作。春节一高兴写了一首自嘲诗在手机上发给朋友们。为了表示对朋友的尊重，不是"群发"，写了不同的贺岁词——发出的，录于此作为我晚年生活的写照，逗君一笑。

老猴本命年，
随俗穿红衫。
走路迟珊珊，
上楼气喘喘。
旧友忘不了，
新事记住难。
幸未用人搀，
顾影不自怜。
古稀已不稀，
童心胜当年。
自得乐陶陶，
淡泊名利圈。
金箍量力舞，
筋斗勿再翻。
秋实已累累，
笑坐花果山。

2017 年 7 月 28 日
写于结婚 49 周年纪念日

飞翔的情思

杜仲华

论起来，航鹰还是我的学姐。当年，我们都曾就读天津工艺美术学校，她在校时名叫工艺美院学舞台美术。我学室内装饰，只是，我入学时，她将毕业，因此并无太多交集。那时，她还叫刘航英，名字很普通，识者也不多。然而世事难料，经历了"十年动乱"，文化界喜迎春天时，一位女作家应运而生，接连发表《婚礼》《金鹿儿》《明姑娘》，并拍成电影，名噪一时。她就是航鹰。从"英"到"鹰"，一字之改，顿生活力，境界全出啊。她真的飞上天了。作为校友，我们自然会仰望星空，心生艳羡。

"难料"的还有我自己。不好好琢磨室内装饰，偏爱舞文弄墨，后被"伯乐"发现，半路出家当了记者，专擅文化名人访谈，于是，与航鹰有了新的交集。记者与作家，是一种颇为奇妙的关系，有异亦有同。"同"的是，都以文字为媒介，谋篇布局，说人叙事；"异"的是，一个以真实为生命，讲求时效性与新闻价值，一个却可天马行空，信马由缰，尽情虚构与想象。因此，作为记者，常有"戴着镣铐跳舞"之苦，却无享受"无冕之王"之乐。然而，既然都是"爬格子"的，便有诸多共同语言，也更容易成为朋友。何况，作家也是需要媒体宣传的。

首度采访航鹰，是90年代初她的剧本《启明星》被大导演谢晋搬上银幕。这是一部描写智障儿生活的影片。从到智障学校选择小演员，外景拍摄，到人大会堂的盛大首映式，我做了全程图文报道。记得北京首映式后返津，已是夜幕降临，为不耽误发稿，我先去一家私人小店冲洗照片，然后回家赶写稿件。第二天，一篇题为《热流，在人大会堂涌动》的通讯发表在今晚报头版头条位置，配发的图片是我拍的一幅"全家福"式的合影，航鹰、谢晋和当时的残联主席邓朴方与一群智障儿一起，表现出全社会对弱势群体的关爱与悲悯。而温馨美好的人文关怀和对慈善事业的深情呼唤，则是航鹰多年孜孜以求的文学主题。此后，我对她的新作《普爱山庄》，以及她从文学创作华丽转身，为筹建"近代天津博物馆"而走出国门，到欧美寻访"洋老乡"的过程与成果，均做了比较深入的报道。

因为存在上述渊源，当航鹰嘱我为她即将出版的文集第六卷作序时，便在惶恐之余欣然允诺。原因在于，我不仅多次写过她，还一起奔赴英伦三岛，亲睹她如何殚精竭虑，将学术研究与文化行动结合起来，为填补近代天津历史研究（尤其是租界史、侨民史）的空白，做出了独一无二的历史性贡献。那次英伦之行得益于航鹰公子刘悦租借的一辆轿车。我们从伦敦出发，一路北上，又从爱丁堡折回，除了非去不可的莎士比亚故居、苏格兰王宫、巨石阵和温莎城堡外，主要是到英格兰农村，寻访曾在天津租界地生活过的"洋老乡"的后代。几位白发苍苍的英国老人，从橱柜中取出他们珍藏多年的老照片，指着先人居住过的小洋楼，讲述其在天津生活的难忘经历，乃至天津的风土人情、特色小吃。刘悦不仅充当翻译，而且将探访过程用录像机记录下来。母子俩就是这样，一个一个国家、一个一个"洋老乡"地追踪、采访，串联编织起一幅完整真实的天津租界史画卷。为此，航鹰一家耗费了十几年的宝贵光阴，且无怨无悔。

听航鹰说，她文集的第六卷是海外随笔。打开电子文档，看到第六卷开篇文章《误攀穹顶》，立刻就被吸引了：哪个穹顶？为何是"误攀"？细细披阅方知，乃是作者在"袖珍之国"梵蒂冈圣彼得大教堂的一段痛苦而有趣的经历。梵蒂冈，国土面积只有 0.44 平方公里，却"麻雀虽小，五脏俱全"，不仅是全球天主教中心、罗马教皇所在地，而且拥有欧洲文艺复兴时期最伟大的雕塑和绘画作品。这对舞台美术设计出身、又从事文学创作的航鹰来说，无疑具有极大诱惑力。按照通常的"游记"写法，必定是从圣彼得大教堂的圆形广场开头，一路走马观花，然后进入教堂内部，仰望穹顶，一一赏评达·芬奇、米开朗基罗等大师的杰作，娓娓道来，夹叙夹议，感慨良多。但航鹰不是。她几乎是懵懵懂懂，被汹涌的人流夹带"误入"了穹顶。这就很不好玩。因为她患有风湿性心脏病，一旦进入空间狭小的塔梯，便须奋力向上，绝无退路。这时的作者小腿打战、大汗淋漓，不但雅兴全无，还要担心万一病危，别人如何施救了。当她终于战胜自我，攀上穹顶时，却收获了一个比表达艺术观念更深刻、更有意义的人生感悟：本来没想攀顶，冥冥之中，穹顶召唤我上来，仿佛命运安排；本该属于你的，只要随遇而安，尽力就好；不属于你的，机关算尽，也是枉然。又应了西方一句格言：重要的不是目的，而是过程。如果这只是一般体验也就罢了，偏偏读过这篇文字的人都说，这简直就是这位女作家人生的写照。

《骷髅骨上的红玫瑰》，也是题目首先刺激了我。在风景如画的奥地利小镇哈尔斯塔特，一个依山傍湖的世外桃源里，航鹰惊异地发现了一个山洞，里面整齐地摆放着一排排人类的头骨。陪同人员告诉她，这是当地一个奇特习俗：由于土地资源稀缺，居民死后在墓地埋上一二十年后，便要将遗骨迁至这个山洞，为新的死者让出位置，代代相袭，便有了这个恐怖的"骷髅洞"。在女士中，航鹰无疑是胆大的，别人不忍卒睹的场面，她偏要看个究竟。这样一来，她不仅看到了写满文字的骷髅，还看到了太阳穴上"长"出红玫瑰的骷髅；不仅从生卒年月上推测出死者可能是一战中阵亡的士兵，还浪漫地想象出红玫瑰背后的凄美爱情故事……如果到此为止，该文充其量也就是一篇海外奇闻而已，航鹰却抓住骷髅不放，从宗教与文学角度上，挖掘西方人对待死亡的观念与态度。其一，各种宗教神学力图使人相信，人死后灵魂会永生，所以要找到安放它的精神乐园，这也是对活着的人的莫大安慰与心灵"疗伤"。其二，联想到文艺创作，"爱与死是永恒的主题"，亦可以此作为有力佐证。

令人震撼的佳作还有《永远的戴安娜》。我读过不少也写过不少类似的名人述评或小传，但像她这样全方位、多视角、纵横捭阖、深度开掘的观察、判断与思考，却颇为罕见。它还令我检讨记者与作家在人物写作方面的差异。不错，记者与作家是因人而异的，都有深刻与肤浅之分，平庸与独到之别，但凡大手笔，一定是有独到观察与思考的，绝不会停留在对人物表象的记录上。在某种意义上说，作家就是思想家。分析一下航鹰写作该文的时间和地点，我们会发现，"英伦玫瑰"戴安娜香销玉殒，全球为之震动、大放悲声之时，航鹰恰巧在出访香港、新加坡途中，这为她在第一时间大量而密集地接收相关信息提供了便利条件。尤其在港期间，她每天收看电视直播，夜不成寐，连做梦都是戴安娜。戴安娜的魅力何在？为何令全球仰慕？戴安娜短暂而光彩的生命，给这世界留下了什么？一个个问号在航鹰的脑海中频闪着。文学即人学。身为一个作家，她与生俱来地喜欢了解人，研究人；而作为女作家，则喜欢研究女人，尤其是名女人。在这方面，没有比戴安娜更合适的研究对象了。她首先分析了戴安娜可能的死因，其中既有对风行一时的"阴谋论"的认同，亦有对"狗仔队"引发的隐私权保护问题的反思；继而，又追根溯源，说古论今，对女性在英国王室的地位及境遇寄予深深的同情，对封建男权进行了犀利的批判。在对戴安娜生前身后做了有理有据充分翔实的分析评判后，忽然笔锋一转，将现实中的戴安娜与文学经典中的安娜·卡列尼娜挂上了钩，从两人的身世、性格到结局的异同，一一做了比对，结论是：两人都具备痛恨虚伪、彰显真我、挑战男权社会的叛逆性格。在戴安娜身上，还有查泰莱夫人的生命激情、包法利夫人的爱情觉醒、简·爱的自尊自强和艾斯米拉达的同情弱者……呜呼！如果作家没有读过这些外国文学名著，不熟悉书中的人物个性，怎能做出如此贴切的比较，怎能将生活与艺术如此水乳交融地联系在一起？当我继续往下读时，更令我惊讶的事情出现了：她居然又从戴安娜联想到古希腊神话中的狄安娜！为何以一个古代狩猎女神命名的女孩（戴安娜与狄安娜只是译法不同而已），到头来却成了现代社会最受围剿的人、被狗仔追逐的无辜小鹿呢？航鹰悲愤地发出她的"天问"，铿锵有力，振聋发聩。还要补充一点，航鹰写作的深入性，与她广泛的社会交往不无关系。例如，她在该文中披露的戴安娜生前曾有访华愿望，便是在港期间，由她的老友、中国前驻英国大使马毓真提供的，他也是戴安娜的朋友。

有一段时间，马来西亚女作家戴小华频繁来津，每次均与航鹰联系，便在航鹰周围聚拢了一批作家和记者朋友，如冯骥才、吴若增、汤吉夫等。戴小华是位美女作家，自然深得男士们青睐，每次与戴小华聚会，航鹰都会用她的伶牙俐齿，对男同胞们逐个玩笑调侃一番，说某男的皮鞋擦得锃光瓦亮，苍蝇都不能在上面停留；某男的头发梳得一丝不苟，像被牛舌头舔过一样。在《有缘欢聚多》一文中，她更夸张地比喻大冯一进餐厅，"好似一头大象钻进鱼缸里"；"滴酒不沾的汤吉夫只能坐在一旁装老实，眼看着吴若增河马一般灌扎啤"。有一次，戴小华来津下榻利顺德大酒店，大家约好下午两点半在她的房间集合。那天我和"百花"社女编辑甘以雯去得较早，便与戴小华在房间里说笑聊天。眼看约定时间过了，却不见众人身影。我疑惑地打开房门一看，众人都在楼道里站着，问他们为何不进来，航鹰一脸坏笑，指着门把上悬挂的"请勿打扰"说："我们在门外就听见你和戴小华说笑，又不让打扰，只好在门外候着啦！"话音刚落，戴小华和甘以雯也出来，戴小华连忙摘下"请勿打扰"的字牌，不好意思地解释说："我中午洗澡时挂的，忘了摘下来。"大家这才恍然大悟。航鹰就是这样，总会在琐碎的生活细节中发现问题，发现笑料，然后用她写作幽默小说的语言，抖响"包袱"，让大家开心快乐，忍俊不禁。

这部耐读的散文集还有《海牙有家"李鸿章大酒店"》《迪士尼童话城堡是跟谁学的?》《穿风衣的德国女人》《邓丽君墓地的歌声》《悲情塞尔维亚》等篇章，读后掩卷回味，感到受益匪浅。作家的想象与联想、记者的敏锐与求实、社会活动家的能力与气场，以及女人的细腻与柔情，所有这些元素的叠加，便构成了航鹰作品的风韵与品格。愿她情思飞翔，宝刀不老，以风格独具的创作卓立于文学之森。

2016 年 8 月 5 日写于天津

海外奇遇

误攀穹顶

这里就是举世闻名的梵蒂冈圣彼得大教堂了。

一条宽街，两排气派的路灯从几百米之外就犹如众神列队一般肃立着，通向一座位于高坡上的巍峨大殿。大殿门下是由无数巨柱围成的圆形广场，广场中心有两座喷泉。"巨柱阵"上端矗立着一圈高大的石像，他们都是天主教历史上的经典人物。众位圣哲都在讲述什么或者思考什么，主题都是颂扬天主，劝说世人信奉天主。

站在广场上仰视四周如此巨大的石柱和柱廊顶上如此巨大的石像，你会觉得自己很渺小。蓝天白云衬托着男女圣哲的身影，他们真像在天堂上俯视着你，接你引你度你，只是既不同文又不同种，难免产生布莱西特式的疏离感。

敬畏之余，我毕竟一俗身，忽生一个可笑的想法——这里应该称作"罗马柱批发广场"，中国人，特别是天津人把罗马柱都搬过去了，塘沽、大港和市区多了数不清的罗马柱。

思维正游走于神界俗界之间，忽见教堂正门楼上露台紫红色丝绒帷帐打开了，出来一些人眺望广场。一位白发穿袍者陪着几位穿现代西装者，指指画画说着什么。白发长袍者背后有穿袍侍童擎举一条绣着十字架的布幔，令人想起中国古代皇帝身后侍者举着的屏扇，这一定就是教皇了！我们很幸运，赶在圣诞节前夕来到此处，明晚这里将举行传统的圣诞节庆祝活动，教皇这是在陪同某国皇室或政要贵宾参观呢！

西方人到中国来看庙，中国人到西方看教堂。历年来出访欧洲各国，我见过各种教堂，科隆大教堂、维也纳斯蒂芬大教堂、伦敦圣保罗大教堂、巴黎圣母院，若论规模之大当数这座圣彼得大教堂。大堂内部的精致豪华，在世上也是数一数二了。教堂始建于1506年，至1626年花了120年才落成。

教堂里允许拍照，不收门票，游人前呼后拥，信徒祈祷照做。游人与信徒相安无事，动感与静态相映成辉，神界与俗尘相得益彰，堪称和谐、宽容、共存。一路上举着照相机拍了许多雕塑、建筑及其细节元素，可惜建筑太大，细节太多，拍不过来。大堂里有许多分厅各有祭台，烛光幽幽，祷者默默。神坛如织，绘画如云，雕塑如网，拉斐尔、米开朗琪罗，不由得令人望而生畏。

当然了，这里是罗马教皇的"道场"啊！

年少时我就对梵蒂冈充满了好奇心，听说梵蒂冈是位于罗马城内的一个独立小国，此生终于来到罗马一定要去探个究竟。我只有英语翻译，他向教堂卫士询问从哪里可以进入梵蒂冈。卫士不大懂英语，比比划划说了一通意大利语。我们照其指引来到教堂右侧，只见一入口设有小屋守门，我们以为要进入另一国家了，拿出了护照。

其实这里只是售票处。

买了两张票跟随众人往里走，糊里糊涂顺大溜儿进门上了电梯。下电梯走过一条长廊，透过方格铁网往下一看，这才知道上到教堂半腰了。俯瞰大堂，神坛、游人小如玩具。跟着人群挤在又弯又窄的甬道上，已经是"人在江湖身不由己"了，后面的游人不断地往前拥，你不想走也不行了。

出门一看，霎时金花晃眼，连忙遮目避光，原来是一大片露天屋顶，或者应该叫作屋顶阳台。南欧的阳光分外灿烂，适应了好一会儿才敢举目四望。在屋顶上稍作浏览，周围几座小一些的教堂穹顶几乎伸手可触，蓝天白云圆穹十字架，又一通啪啪拍摄。略作休息，心生狐疑，不是要去梵蒂冈吗？梵蒂冈在哪啊？怎么越爬越高呢？莫非前面有路下坡才能到梵蒂冈？罗马有丘陵坡地，让人闹不清附近的地形。

年轻的翻译身强力壮，已经在另一入口处等我了，继续从众而行吧！进了门又上楼梯，登啊攀啊……建筑术语把楼梯分成"跑"，一"跑"十几阶。

我患有40多年的风湿性心脏病，没上几"跑"就支持不住了，攀不了几阶就停下来喘息。后面上来的几个小伙子快步蹿过，把我和翻译隔开了。我吃力地攀登，心想不远万里来一趟不容易，怎么着也要看一看"梵蒂冈国"是什么样子啊！

　　也不知攀了多久，后面上来的游人越来越多地蹿过去了。起初头顶上还传来翻译关切的话语，后来就听不到乡音了。前方始终没有出现一条通路，仍然只是一"跑"又一"跑"的楼梯。后来干脆变成了灯塔式的螺旋竖梯，中间只有一根立柱，脚下是扇面形窄台阶，内侧根本站不住脚，只能小心地一步一步踏在外侧攀登，但外侧的墙壁弧度又是向内倾斜的，只能俯首而行。

　　人到了语言不通的陌生环境可能会显得弱智，此时的我才忽然意识到这是向圣彼得大教堂高耸入云的穹顶攀登呢！天啊！我顿时有了恐高症的感觉，小腿打战，大汗淋漓，脚后跟疼得再也不能踩踏"扇子台阶"了。一股强烈的退意袭来，更是一步也走不动了，上面还不知要爬多高，古代先哲们不是一再规劝名利场中人"抽身要早"吗！可是，退意已迟，想退也退不了了！这种螺旋式垂直梯只能站立一人，下面的游人一个一个往上顶，别说退不了，你就是想停一会儿都停不了！

　　心脏慌作一团，头也晕了，脚也软了，几次要跪在台阶上瘫倒了。总算天无绝人之路，墙壁内弧每到拐弯处就会有个小小的"三角凹"，凹里有一小条竖窗缝儿，可以望见"一线天"，可能是用来透气的。小小扇形窗台勉强可以趴俯一个人，我一下子扑倒在窗台上，大口大口地喘着气，让下面的游人从我背后跃过去。这回我算知道什么是夹缝中求生存了，有时候减速就是生命啊！我一边擦汗一边这么想着。

　　不料，片刻的安静也难以维持，西方人讲究绅士风度，看见有女士卧在了窗台上，不少过路人朝我比划，虽然语言不通，我知道那意思是问我是否需要帮助。我心里又感动又觉好笑，在这条只能容得下一人的窄梯里你们能给我什么帮助呢？难道能够把我扛到穹顶上去吗？喘息过来就有了自尊，有了尊严就有了主意，我趴在窗台上举起挂在胸前的照相机拍那"一线天"，人家以为我停下来的目的是拍照就不再注意我了。

这样歇一阵攀一阵，求得几处"诺亚凹舟"，哆哆嗦嗦一通乱拍，心里一直在犯嘀咕：还要上多高才能到头儿呢？如果在这空中心力衰竭了，连副担架也上不来可怎么办呢……多亏到了一个拐弯处有一块较大的立足之地，我决定停下来思考一下如何摆脱困境。浑身都湿透了，心悸已缓不下来，大口喘气都没有用。游人见到我无不露出惊奇的表情，我知道自己发烫的脸色已经涨得犹如一块红布了。不能再上了，绝对不能再上了！如此迫切地想退下去，这也是一种难得的人生体验，可又如何才能退下去呢……此时，有一位架着双拐的中年残疾人上来了。每走一步都要吃力地把双拐拐头找准"扇子台阶"的外侧，才能用力支撑着他的身体挪上去一阶，又一阶……他一定是看出我的样子很狼狈，朝我笑了笑，又自解嘲地眨了眨眼睛表示他自己也很狼狈。我不由得怦然心动，暗暗思忖：我是有心脏病，但双腿双脚好好的，难道连个残疾人都不如吗？受到无言的鼓励，不知不觉中我跟在他后面攀登起来……

好容易到了又一个小小拐弯处，只见他坐在仅容一人的窗台上休息，旁边站着他的妻子。看不出来他们是哪国人，只能说他们是白种人。他见到我就用手指了指上面，抓起双拐起身走了，把那块唯一的"座位"让给了我。咚咚，咚咚……听着他的双拐缓慢地敲打台阶的响声，我心里平静了许多。

他是上帝派来的意志天使还是普通的凡人？这是不是神灵对陷入困境的人的一种昭示呢？

休整了一下，我一次又一次劝自己保持镇静，一把年纪了还能有此奇遇，应该看作是生活的厚待。既来之则安之，既无退路则攀之。想好了进退，心里也就释然，人到哪一步也得随遇而安，适者生存嘛！

我跟在残障先生后面拍了好几张照片，拍他的后背，拍他的双腿，拍他的拐杖，这样分散了注意力，心悸也好多了。

越攀越高，圆弧形倾斜的天花板越来越矮，只能弯腰而行，心里只想着快熬到头了，上去就有出路。

不料，接近穹顶时新的难题又来了！看来残障先生和他的妻子已经在这里商量一会儿——再往上走的楼梯更窄了，而且中间没了立柱，只有一根绳子供人抓住。残障先生双手必须架拐，如何抓绳子呢？他的妻子仍然微笑着，一路攀登时她只是默默地护持左右，既没有啰啰唆唆叮嘱丈夫，也没有搀扶丈夫，可能她太理解丈夫的独立性格了。中国女人此时一定会不住嘴地唠叨：小心呀！别滑倒！墙是斜的，别磕着脑袋！累不累？歇会儿吧……换了我，也免不了千叮咛万嘱咐，把男人惹烦了拉倒，把旅行搅得索然无味拉倒！

看见了绳子，我知道上面已无路可走了，无路可走时往往就是顶峰了！我伸手抓住了绳子，鼓足勇气继续攀登，果然到了出口，跃进了耀眼的阳光里！

环绕穹顶的一圈阳台，窄窄的护栏，整个罗马城尽收眼底！

我顾不上观景，小腿肚子直哆嗦，一屁股坐在石台上动弹不得。背靠穹顶外墙才觉得安全一些，这里实在太高了，下面的圆形广场小如洗衣盆，房屋街道如积木，移动的汽车如瓢虫！适应了好半天，翻译笑眯眯地过来表示关心，我连答话的力气都没有了。

天这么蓝，云这么白，阳光这么灿烂，风这么温暖，罗马城这么宏伟！攀登上来的人们只是旅行者？其中有多少天主教徒？身边就是巨大的十字架了，在他们看来这里是接近上帝的地方吗？这么一想，内心的紧张逐渐缓过来了，站起身来颤颤巍巍围着栅栏绕了一圈，俯瞰各个角度的罗马城。条条大路通罗马！条条大路通罗马的最高穹顶！

一览众山小，心胸豁然开朗，忽又生一念：我本未想攀顶，冥冥之中是这穹顶召唤我上来，既然是命运的安排，我已尽力攀登。本该属于你的，早晚是你的，你只要随遇而安尽心尽力就好了；不该属于你的，蝇营狗苟机关算尽甚至坑害他人也是枉然。即使勉强到手，到头来还不知是福是祸呢！淡泊致远，顺其自然，说得容易，又有几人真的能够开悟个中禅机呢？

置身阴凉处凭栏眺望歇够了，绕到朝阳的一面，我看见了残障先生和他的妻子互相依偎着倚在护栏上，丈夫那个自豪！妻子那个骄傲！他们见了我亲热地招手，妻子请我的翻译帮他俩合影，翻译又给我们三人合影。合影时残障先生握住我的手举起来，他挂拐杖的手戴着一副厚厚的蓝色手套，握手时比常人格外有力。隔着手套我的手心都能感觉到他那怦怦激跳的脉搏，看来他刚上来不久，体力尚未恢复。肢体健全的人无法想象一位以双手双拐代步的人能够攀登这 138 米高的穹顶。

告别时未及和他们互相留下电话地址，甚憾。

下去时有另一条楼梯甬道，踩楼梯时膝盖打不过弯儿来，疼得厉害，但不管怎么说下来容易多了。来到众神环绕的巨柱广场，回首仰望大教堂穹顶，悬在半空的游人小如蜘蛛。走在平地上，世俗感很强的旅游景点小商贩们在叫卖，一批又一批游人如过江之鲫涌进圣彼得大教堂。

我在原地转了一圈，目光如同表针扫视立于圆形柱廊之上的众多圣人，他们那讲述了千年的宗教宏论仍在继续。只有一位女神垂目缄口，神情颇似东方古国的观世音菩萨，悲悯地瞅着这人欲横流的尘世间……

说得这么热闹，此行目的地梵蒂冈反而被忽略了。在穹顶上的时候，翻译跑过来说从一个角度能够看见梵蒂冈，我连忙跟着他去看。低头一瞅，原来这个"教皇国"就在大教堂的背后，像一座环境优雅的庄园。修剪得很别致的草坪花木簇拥着几幢古典风格的建筑，从高空俯视就连那座主楼都显得很小。至于庄园围墙以外还有那些建筑和街道，这个国家的疆界又在哪里，一时也弄不清楚。

回国后查阅资料才知道，梵蒂冈国就是罗马教廷所在地，位于罗马城西北角的梵蒂冈高地上，面积只有 0.44 平方公里，国民只有几百人，有自己的货币、邮政、电台、报纸。境内有圣彼得大教堂、梵蒂冈宫等宫院建筑，藏有中世纪和文艺复兴时代的珍贵文物和艺术品。

读罢资料我噗嗤一声乐了，原来到了圣彼得大教堂就是进入梵蒂冈国了。早知如此，何必玩悬儿误攀穹顶呢？应了苏轼名句：不识庐山真面目，只缘身在此山中。回想起来，由于自己的无知去冒险值得吗？反思再三，值！比起种种难忘的攀登细节所激发的人生感悟来，梵蒂冈已经可有可无了。这又应了那句西方格言：达到目的不是重要的，重要的在于体验过程。

海牙有家"李鸿章大酒店"

外国城市名称译成中文，多数采用音译，少数为意译。然而有两座城市的中文叫法非常奇怪，德国慕尼黑其德语发音"明逊"，其英语译名慕尼克，不知为何到了中国就变"黑"了。荷兰以国际法庭闻名于世的海牙，其荷兰语音和英语译名都叫"哈哥"，不知为何到了中国海水就长牙了。有人说这是早年由港澳粤方言转译造成的误会，可惜如今既成事实无法更改了。

从前我一直以为荷兰的首都是阿姆斯特丹，到了荷兰才知道阿姆斯特丹只是"经济首都"，其"政治首都"设在幽静的海牙。海牙幽静到什么程度超出人的想象，与其说它是一座城市，不如说它是一片海边森林。老远的见不着一幢建筑一个人影，外来者很容易迷路，迷了路很难找到可以问路的人。开车送我们的朋友只认识英文，但是路牌上只有荷兰文，他只好凭着感觉在森林里信马由缰。

我这个人命中注定总是有贵人相助，每逢困难时刻必有奇遇化险为夷。60 年代初困难时期，我两次出差到外地都因忘带粮票而无法就餐，饥肠辘辘时都能在大街上邂逅一位天津熟人。这一次汽车陷入荷兰林海中我正在企盼贵人的出现，只见到前面问路的朋友兴高采烈地跑回来，原来他遇见了一位旅荷华人，那位华人小伙子自愿开车为我们引路。更巧的是第二天早晨我们要去中国大使馆又找不到路了，竟然遇见一次穿中国夹克衫的山东大爷。森林里根本没有居民区，他是到荷兰探亲的，偶然路过这里，你说这该有多么巧啊！

如果说这还算两次小奇遇，我们在海牙海边找到"李鸿章大酒店"称得上是大奇遇了。那家酒店有它正式的荷兰名称，但至今当地华人仍然称它为"李鸿章大酒店"。我们把行李安顿在一家华人开设的小旅馆，顾不上吃晚饭，就根据店家指的方向到海边，去看李鸿章访问荷兰时的下榻之处。

"李鸿章大酒店"之大，令人瞠目结舌，它兀立于海边，高高在上，简直就是一座城堡。雨后黄昏，灰云滚滚，衬托着它那橙黄色的墙体和穹顶，显得格外奇丽华贵。我们一行人分别用摄像机、照相机拍下了这座与天津有缘的建筑，并重复拍摄了推开它的大门的镜头。快速转动的玻璃大门，令人联想到飞速翻转的历史书页。2006 年就是李鸿章出访欧美七国 110 周年了，我们踏着他的足迹拍摄了大酒店的角角落落。

我们走下海堤，从沙滩上仰望大酒店面朝大海的一侧。恰逢华灯初上，无数盏灯勾勒出城堡式建筑的轮廓，在暮色中熠熠生辉。荷兰是低地，海堤修筑得非常高，大酒店又雄踞于海堤最高处石阶上，愈发显得宏伟壮观。我望着一排排临海的窗口，猜测着 110 年前李鸿章住在哪个房间，真不知道他在这里凭窗眺望大海时心里想了些什么……

1896 年，73 岁高龄的李鸿章率领中外随员 45 人，乘船出访俄、德、荷、比、法、英、美七国。途经加拿大时他曾上岸留宿观光；返程途经日本横滨，日方为他准备了行馆，他因曾深受其辱不肯登岸，宁可在船上过夜。那次出访历时七个月，行程几万里，是中国封建王朝首次派出规模如此宏大的外交使团。

李鸿章于 1870 年至 1895 年担任直隶总督兼北洋大臣，长达 25 年，天津是他倡导"洋务运动"的重地，兴办近代教育、工业、军事、邮电、铁路……他于 1896 年 3 月 5 日由天津大沽口登船始发出使欧美七国，10 月 3 日返回大沽口上岸。在天津休息月余，进京觐见慈禧太后和光绪皇帝，如实陈述赴欧美的所见所闻，谏道："各国强盛，中国贫弱，须亟设法。"

海牙的海滩有一道伸向大海的栈道，我顺着这条小路向大海走去。夜色渐渐变深了，风大浪急，海鸟惊飞，潮湿的寒风吹透脊背。我转过身来久久仰望着那座遗留着昔日荷兰海上霸主威风的大酒店，心绪牵绊着祖国由弱变强的遥遥历程……

时光荏苒，转眼到了 2015 年的秋天，一次公差竟然让我又一次来到了荷兰海牙。在阔别的十年中，我创办了近代天津博物馆，馆里有一项研究课题，是为将于 2016 年举办的"纪念直隶总督李鸿章出使欧美七国 120 周年"中外历史文化交流活动做前期准备，其中当然包括荷兰。

这一次到海牙，就是奔着"李鸿章大酒店"来的。和十年前出访时的窘境不同，如今我们带了摄像师一路从比利时过来，沿着当年李鸿章的足迹拍摄了许多场景。

事先找我国驻荷兰大使馆文化处的朋友帮忙，拜托他联系请大酒店负责人接受我们的采访，允许我们拍摄酒店内部，他都热心地安排好了。我们请他再帮忙订个合适的旅馆，他说："你们干脆住在那家大酒店不得了嘛！"

住在"李鸿章大酒店"？五星级豪华城堡？我连想都没敢想过。嗫嚅地问："太贵了吧？"

他说："那里离市中心很远，您住在市中心，每天多花出租车费也不便宜。大酒店附近位于海边的旅馆都很贵。"

听他这么一说，我们几个人合计了又合计，公差住房标准是有规定的，超出的钱数回国无法报账呀！大家都让我拿主意，我想，宁可在今后的旅程去住价格低廉的汽车旅馆，把房钱平均数额降下来，也要在这里多拍些镜头。身为房客，在大酒店里拍摄很方便，晨景、日景、黄昏、夜景，可以多积累一些素材，房钱贵点儿也值得呀！

太牛了！我们真的住进了"李鸿章大酒店"，坐在大堂等着翻译在服务台办理入住手续，我都不敢相信这一切是真的！

我们只敢订一般房间，进去一看谈不上豪华，也不是海景房。为了节约生活开支，大家也不敢在人家这儿用餐，到海边小店去吃自助餐。

第二天黎明，我们就开始拍摄了。趁着别人还没起床，先去拍临海的大餐厅，以免干扰人家用早餐。十年前的那个晚上，我参观过那座圆形的硕大餐厅，里面高朋满座，全都是盛装打扮，烛光灼灼，菜肴飘香。二层围绕着圆形穹顶还有一圈回廊，那上面是乐手席，有一位黑人女歌唱家一边弹钢琴一边唱歌，嗓音浑厚略带沙哑，颇有美国乡村音乐味道。记得大厅里举目皆是描绘神话故事的穹顶油画，当年就很想拍下来，所以这次来了我就直奔大厅。

不料到了大厅一看，却是空荡荡的，连一张餐桌也没有。你在大厅中央一站，上上下下转着圈儿可着劲儿地拍摄，一看摄像机里的回放屏幕，镜头画面太棒啦！

中国大使馆两位文化官员来了，大家相见甚欢。酒店派出了一位身高足有1.8米的金发碧眼漂亮女士，捧着一个古老的巨大的签名册。大册子的封皮装帧是雕花金属硬壳，典雅华丽，一望而知是超级贵宾们的墨宝锦集。打开书页，里面全是各国历代皇帝、国王、政要、名人的题词签名。翻到一页由西方人画的怪怪的"龙"，下一页就是李鸿章的题词了。

高个子金发女士说，当年李鸿章并没有在这座大酒店下榻，荷兰女王和皇太后在这里举办欢迎李鸿章的宴会暨歌舞表演。李鸿章非常喜欢那次活动，即席赋诗一首，写在这本华丽的贵宾留言册上："出入承明四十年，忽来海外地行先。华筵盛会娱丝竹，千岁灯花喜报传。"

李鸿章一路访问了那么多国家，每到一地都受到隆重接待，他为何最喜欢这里呢？另一位讲一口京片子的荷兰华人道出原委，我们一听都乐了。他说："您想啊，老爷子这一路多辛苦，多枯燥啊！先去俄国，干什么去啦？祝贺人家沙皇尼古拉登基！世界各国皇室显贵聚集圣彼得堡，人家不是专门接待他呀！再到德国，德国人认真，死性，一路上净给他看练兵啦，军火啦，兵工厂啦，一脸严肃，累不累呀？再说到了比利时，利奥彼得二世热情，可是净谈贸易啦，修京汉大铁路啦，得动脑子吧？唯独到了荷兰，属于路过顺访。再说啦，您知道当年荷兰女王多大吗？十来岁儿！摄政的皇太后才是个少妇！母女俩在王宫接见中国贵宾以后，委托宫廷女官在这座海滨大酒店举办宴会，请了最美丽的女演员演出芭蕾舞和歌剧。封建保守的清朝官员们哪儿见过这么多西洋美女呀？还会立脚尖儿！李鸿章盛赞'珠喉玉貌，并世无伦'，举世无双呀！看人家荷兰人多会办事儿呀！花钱不多，讨得客人们皆大欢喜！"

比起口若悬河的"老北京"来，使馆文化处长就太认真了，他不知从哪儿考证出来，说李鸿章题诗中"千岁灯花喜报传"一句，是说当时海面上升起绚烂的烟火，其中有一束烟火组成了"千岁李中堂"五个字在夜空绽放。

这话我可就不信了，当即表示那是不可能的。即使烟花是华人做的，别说 100 年前难以做到用烟花在空中绽放五个笔画复杂的大字，到了 2008 年北京奥运会组个简单的图案还那样难呢！"灯花"可能指的是当地华人用彩灯组成的"千岁李中堂"，不管用什么"灯花"组字罢，反正李大人在国内还未享受过仅次于皇上的"千岁"之尊称，哄得老爷子心花怒放也就不奇怪了。

本文上半部分写于 2006 年春，下半部分写于 2016 年春。同一篇散文相隔十年才首尾相接，皆因机缘未了，也算是一种难得的际遇吧！

我拿到了俾斯麦墓宫的钥匙

去年的今天，我正在德国汉堡近郊一座小镇访问。

说起我在出访途中所遇奇事，莫过于我们找到了德国历史上"铁血宰相"俾斯麦的家族领地、博物馆和他长眠的墓宫。只要肯下功夫，找到这些地方并不奇怪，可遇而不可求的奇事在于我竟然有机会拿着钥匙打开了俾斯麦墓宫的大门。

天津出生的"洋老乡"莫尼卡·施提罗博士帮助我和俾斯麦博物馆馆长建立了联系，并陪同我们踏上了那次探秘之旅。那天上午，我们是第一批到达墓宫的参观者，售票处离墓宫还要穿过一片上坡的大院子，值班女士便把钥匙交给了我们。

俾斯麦墓宫隐没在森林中，是一座教堂式的庄严建筑。施提罗女士先把钥匙插入锁孔试了试，便让我接过钥匙亲手开门，好让同行者用摄像机拍下这"历史的一瞬"。我手握上百年的大钥匙往锁孔里转动了一圈，"吱呀"一声推开了厚重的大门，里面黑洞洞的门厅被一缕阳光惊醒了，隐约可见延伸到暗处的石阶。生平第一次推开墓宫大门，而且是历史名人长眠之地，我心里有些紧张，小心翼翼蹑手蹑脚，切实地体验到了"推开历史之门"的奇特感觉。

俾斯麦（1815—1898），19世纪后半叶普鲁士王国首相和德意志帝国宰相。他任首相时，发动丹麦战争、普奥战争和普法战争，辅助德皇威廉建立了称霸欧陆的德意志帝国，为此人称俾斯麦为"铁血宰相"，因其功过齐名成为备受后人争议的历史人物。

本来俾斯麦和天津并无关联，是李鸿章（1823—1901）把天津和俾斯麦拉近了，直隶总督李鸿章长期坐镇天津，他于1896年访问德国时拜访了俾斯麦。近年来我一直在研究李鸿章，终于追随李鸿章的足迹来到了俾斯麦晚年的归隐之地。

无独有偶，李鸿章的官职也贵居宰相，因其曾镇压太平军也被冠以"铁血"之称。他和俾斯麦一样掌管朝廷外交、军事、经济大权，从1860年开始推行"洋务运动"，探索"自强求富"之路，兴办近代军事工业，建立北洋海军。他于1870年至1895年长达25年的岁月任直隶总督兼北洋大臣，是天津的最高行政长官。1895年中日甲午战争北洋海军战败，他代表清廷赴日求和签署《马关条约》等事件而背上了卖国罪名，和俾斯麦一样也是功过纷纭毁誉参半。

不论后人对李鸿章如何评说，作为天津人都不能忘记李鸿章，或许正是因为他是有争议的历史人物，才为天津城涂上了层层扑朔迷离的历史翳霾，从而平添城市的神秘魅力。

李鸿章兴办近代军事和工业深受德国影响，北洋海军的建制、军火、教官大多来自德国，他身边的两位亲密幕僚德璀琳与汉纳根也都是德国人。李鸿章对俾斯麦十分仰慕，他在出访德国时特意坐火车由柏林赶到俾斯麦居住地拜望他心目中的楷模，东西方两位"铁血宰相"相见恨晚。

我们访问俾斯麦博物馆时恰逢它迁入新址，新址是当地的老火车站，这里离汉堡很近。当年俾斯麦及其拜访他的客人们都是从这里出入，李鸿章来访时也是从这里下火车，这座留下了那么多历史名人足迹的建筑用来当博物馆，真是再合适不过的了！

博物馆馆长是一位彬彬有礼的先生，莫尼卡女士向他介绍我在天津也创办了博物馆，希望得到李鸿章访问此地的史料。他十分慷慨地把许多珍贵藏品拿到院子里，允许我们在日光下拍照，又帮忙复制了一张拷入全部资料和老照片的光盘。其中一张俾斯麦与李鸿章并肩合影的照片十分清晰，在国内尚未见过。照片拍于110年前，也只有德国蔡斯照相机能够留下这永恒的一瞬，而当时在我国照相机还是稀罕物件。

中德两位首相于 1896 年见面时，俾斯麦 81 岁，两年后谢世；李鸿章 73 岁，五年后谢世。两位老人交谈的内容不仅限于政治、外交等冷冰冰的话题，也有英雄末路惺惺相惜的人生慨叹。李鸿章致俾斯麦的信中说：

> 大名震耀海国，每恨东西暌隔，会晤无由。何期垂暮之年，忽有绝域之使，遂于并世，得接伟人，实为天假奇缘……

李鸿章告别词手迹写道：

> 昨诣府第，畅聆大教，顿慰平生之愿，惜别匆匆，未罄所怀，依恋何极。回华后当遍告国人，使素慕声名者，得聆绪论以为矩范也，兹有格拉纳画笔甚精，嘱其摹绘鄙人小像，奉呈左右，如亲晤对，残年暮景，再见无缘……

"铁血"并非铁石心肠，倾诉心声，真情毕露，读来令人唏嘘。

我们打开了俾斯麦墓宫里的电灯，昏暗的厅堂蓦然生辉。这里和一般教堂不一样，正前方摆放着两口雕花石棺，里面为俾斯麦和他夫人的遗体。教堂式穹顶镶满美丽的彩色玻璃，透过玻璃斜射进来的绚丽阳光照耀着悬挂在"舞台"上的一排旗帜，有当代德国国旗和历史上的普鲁士王国国旗、德意志帝国国旗、舒莱斯维格·霍斯坦州的旗帜以及俾斯麦贵族封爵的族徽等。

天津老城区亦曾有李鸿章祠堂及其塑像，可惜，那些宝贵的历史遗迹如今都已荡然无存。相比之下，中国人与欧洲人对待历史文化遗产的态度大相径庭，值得痛惜，值得反思……

邓丽君墓地的歌声

今天是农历七月十四日，明天就是民间习俗追悼亡灵的"鬼节"了。事有凑巧，电视屏幕上有当今演员模仿邓丽君的歌，我赴台湾访问时去过邓丽君墓地，作此文对英年早逝的一代歌后以表追思。

当年我为了收集天津旧租界历史资料赴欧洲采访，旧时代曾经侨居天津的当事人如今散居于各国山乡小镇，很多地方不通火车。我们往返于德国、比利时、荷兰全靠旅欧华人朋友驾车陪同，高速公路迢迢征途显得有些单调枯燥，需要音乐相伴。

起初，友人的录音机里放送的是外国人唱的流行歌曲。听不懂的歌词总在声嘶力竭地叫喊，快速的迪斯科旋律，电子节拍器打出的一成不变的鼓点，叫我这个患有40多年风湿性心脏病的人实在吃不消。友人笑道："出发前匆忙中忘了找几盘中国歌儿了，车里只有邓丽君和蔡琴，喜欢听哪位的？"

于是，邓丽君和蔡琴轮流登场，两位同文同种的抒情高手，让人可以不费劲儿地放松心情，边欣赏边休息。听着听着，便觉得蔡琴的歌儿过于低沉舒缓，每首歌的区别不大，伴奏似乎也总是一个乐队，更显得旅途的漫长了。后来，当我们从海牙返回汉堡的八个钟头车程一路上都是邓丽君的"独唱音乐会"了。

一盘录音带翻来覆去重播，竟不觉得厌烦，似乎邓丽君的歌对旅人有某种抚慰作用。歌曲这东西很怪，好似陈年老酒，越是熟悉的老歌儿人们越爱听。何况邓丽君能变换各种风格，通俗歌曲、民歌、小调、甜美的、欢快的、使用"气声"絮语的、放开本嗓高歌的……每首歌的伴奏亦避免雷同，配器变幻丰富，电声音乐和民乐小乐队各领风骚，西方小提琴大提琴和东方长箫短笛平分秋色。

车马劳顿，欲睡难眠，说也奇怪，邓丽君的歌竟能帮助我们"缩短"了遥遥途程。

我喜欢邓丽君的歌另有一番缘由。

1996年访问台湾时，我曾拜祭邓丽君的墓地，那是一次奇异的经历。

我在台北逗留期间，台湾女作家陈若曦大姐和张典婉小妹都很热情地接待我，有一天她们忙于工作无法分身，委托一位友人开车带我去基隆观光。友人不辞劳苦地建议绕着海边兜一个大弯路，可以多看几处地方，我当然是求之不得。

在淡水参观了市容和一座古老的学校，我们又沿着朝北的公路出发了。此时已是下午，天色阴沉，小雨阵阵，友人一指前方问："前面是金宝山墓园，邓丽君葬在那里，要不要去看看？"

我一听喜出望外欣然前往，当时她去世不久，大概我是造访邓丽君墓地的大陆作家第一人了。其实当年邓丽君的歌红遍大陆的时候，我并没有听过几首她的歌。

公路两旁本来是一马平川，拐了一个弯儿就上了山路，远远地望见顺着山坡拾阶而上满是密密麻麻的墓碑。友人介绍："金宝山公墓很有名，这里风水好，很多有钱人去世以后都安葬在这里。瞧，那些大牌楼都是富人家的坟墓。"

我顺着他的手势仰望山腰，果然看到许多石坊牌楼。有的坟墓还修建了小型楼台亭阁、白玉栅栏，昂立于普通的墓碑群中一副冥国富豪的气势。

友人把汽车放在停车坪，刚要找人打听邓丽君的墓在哪里，忽然朝不远处一指："听，在那边！"

我下车一听不觉一惊——这条绿荫掩映的小路尽头传来了邓丽君的歌声！我们循声而去，果然见到了她双臂伏在墓碑上的塑像。

越是向墓地走近，歌声越是嘹亮，到了跟前一瞧，原来墓碑前方地面上镶着一排黑白两色的钢琴键盘，歌声就是从键盘下面传出来的！钢琴键盘与山岗浑然一体，演奏着邓丽君的歌！她永远在这里举行山林演唱会，向大自然献上她短暂一生唱过的所有的歌！

我久久地在歌声中徘徊，环视一代歌后安息的地方。这里三面环山，一面向海，朝山上看，鳞次栉比的墓碑石坊牌楼挤挤茬茬铺上山顶，只在低处临海山坡留下了这一隅较为平坦的角落供邓丽君独自长眠。山下是一片郁郁丛林，飒飒林涛在为邓丽君伴唱。丛林下面是一望无际的大海，多情的雪色浪花一波又一波地朝岸上拥来，那该是邓丽君数不清的歌迷的欢呼了。

当我们乘车离去时，老远老远地还能听到她的歌声穿行于郁郁山林低云沧海之间。摇开车窗向后望去，我想，莫非到了深夜她一个人还在这片墓碑密立的山林歌唱么？莫非那些亡灵中有她太多的歌迷，早早地把她招呼了去？如今，邓丽君去世多年了，电视节目里仍然有许多年轻歌星翻唱她的歌。然而，不管她们唱得多么好，听起来我怎么总觉着不是那个味儿呢……

骷髅头骨上的红玫瑰

不准长眠的墓地

家里粉刷房屋，收拾东西时偶然发现一张画片，一下子把我拉回到年轻时在奥地利的一次奇异经历。

或许是曾以舞台美术为职业的缘故，我一向喜欢收存画片，油画小辑，贺年卡，生日卡，明信片，只要见了喜欢的就舍不得扔掉，压在书柜底层越堆越多。年长日久虽然淡忘了，偶尔翻东西时看上一眼，总会带来温馨的回忆。

这一张被遗忘的画片猛然跃入眼帘，造成一刹那强烈的视觉刺激。它不是那种能给人以温馨回忆的美丽图画，谁看了都要心跳加剧——上面整齐地排列着五六十个骷髅头骨！

色彩艳丽的死亡图画轰然一声，把我"炸回"到多年前的阿尔卑斯山上。我多次到欧洲旅行，千奇百怪的事情见识过不少，若论所受到的最大的视觉刺激，莫过于小城哈尔斯塔特的教堂墓地了。

1988 年在奥地利有机会浏览一个又一个奇特的景观，得感谢汉学家施华滋教授。他曾在中国生活 28 年，不仅能讲流利的汉语，还研究孔子和老子的学说。有这样一位精通东西方文化的向导全程陪同我们的旅途，陡然提高了我们这次访问的文化层次。

那次出访实在太幸运了，东道主维也纳市政厅出资邀请我们漫游阿尔卑斯山区。团长是前辈作家康濯，团员有我和散文家柳萌、随团德语翻译金韬。

只有我一个女士，我就更加幸运了，欧洲风俗男士要特别照顾女士，一路上施华滋教授几乎成了我的独家翻译。金韬照顾他们二位，但他们就听不到施华滋先生满肚子的故事了。

我们一行乘坐一辆旅行轿车从维也纳出发，计划绕遍奥地利的风景区，再回到维也纳。途中，阿尔卑斯山区有一座微雕般精巧的小城名叫哈尔斯塔特，小城土地有限，倚山傍湖只有一条街。一幢幢古老的尖顶木楼鳞次栉比一直伸延到山坡下的湖水里，用木桩架空在水面上，说明这里寸土必争的紧张。就连那一挂飞泉也被挤得瘦瘦的，寻找着缝隙潺潺而下，似乎奔向大湖才能舒展地喘一口气。湖水清澈如镜，映照着雪山、蓝空、白云、小城的倒影，令人疑是踏入世外仙境。

浏览这样的小城无须多少时间，我们很快就领略了唯一街市上的所有建筑、商店、院落，乃至明窗内的居家陈设。小城之小，一切尽收眼底，一览无余，只有高耸在山腰上的教堂远远地守望着天堂之门。

施华滋教授建议大家去参观教堂，同行的三位中国先生表示对爬山不感兴趣。我心里也有些犹豫，笑道："外国人到中国看庙，看皇宫，看古墓；中国人到外国看教堂，看皇宫，看墓园。都是神、皇帝和死人住的地方。"

施华滋拉着我说："这里不同，上去就知道了。"

盛情难却，我们只好气喘吁吁随他爬上山去。

教堂后面的小小山坡上有一块小小墓地，窄窄一条空间，只能盛下二十几座坟墓。每位死者的石冢上都有长明的蜡烛，精雕细刻的墓碑引着一畦畦鲜花，艳丽芬芳，洁净如洗，显然是得到了殷勤的照料。转身向下俯视，绿水映蓝天，朝着教堂尖顶仰视，雪山扶白云。石桥下泉水淙淙，丛林中山风幽幽，任何语言都无法形容这块墓地之美，我长叹一声："死后在这里长眠真是一种幸福！"

施华滋却说："长眠可不行！因为墓地太小，这里自古以来有个规矩，死者只能在墓地躺十到二十年，然后就得给新的死者让出地方。"

我惊诧地问："那么把这些老的死者请到哪里去？"

他指了指一块更高的山坡，那里有一扇铁栅栏门："这座小城人们的祖祖辈辈都在那座山洞里。"

我听了好奇怪，随他爬到山洞口凑到栅栏跟前看个究竟。

石洞里光线昏暗，从阳光下走来待视力适应了看清里面时——我的头皮都发炸了，寂静的高山平湖蓝天白云顿时滚过一声惊雷——洞里层层叠叠堆满了骷髅！

要不是我当年学美术时画过骷髅头骨，真要吓得叫起来了，壮了壮胆子才敢朝洞里细看。定神端详，乍见时的恐怖感悄然而退，留下的只是强烈的惊异和震撼。

如果不是亲眼所见，真不相信世上竟有这样的山洞。洞里三面墙跟前都摆着三层木架，上面两层架子上密密麻麻排满了头骨，下面一层像劈柴似的紧紧匝匝苲满了臂骨。那一个个头骨上更是难以想象地艳丽夺目——一朵朵娇美欲滴的红玫瑰"盛开"在灰白色的额头上，一簇簇青翠嫩绿的叶子生长在光秃的颅骨上，大大小小的头骨挨挨挤挤地堆了几层……

施华滋老先生津津有味地介绍："死者在墓地里躺了一二十年之后，就转移到这里。每一位只能保留头骨和一根臂骨，为的是节省地方。这个办法不是挺好么？不然，亡人越来越多，就要占据活人的生存空间，而小城又这么小。"

爱与死是永恒的主题

我恢复了当年画过骷髅的胆量朝洞里仔细观瞧，发现那些头盖骨上有的写满了字，有的在头顶画着绿叶，有的太阳穴上长出一朵两朵红玫瑰，有的头骨则由红玫瑰组成的花环围绕着，还有一些头骨天灵盖上画着十字架或写着一行行文字，艳红艳红的红玫瑰盛开在白骨上面，形成了生与死，鲜活与沉寂，娇美与恐怖的强烈反差。

如今我想知道个究竟，用放大镜观察图片上的白骨。可惜，只有三颗头颅上的字体可以看清死者的生卒年月，分别是：1887—1936、1852—1952、1890—1915，推算下来他们分别享年 49 岁、100 岁、25 岁，三位都是男性，因为头上只有十字架、字句和绿叶。25 岁的小伙子头颅完整，牙齿齐全，从面部骨骼的轮廓可以想象出他年轻英俊的容貌。把他和百岁寿星摆在一起，想到正值青春年华的金发青年之夭折，令人倍感痛惜。他卒于 1915 年，联想到第一次世界大战正是爆发于 1914—1918 年，战争导火线恰恰又是奥地利王储裴迪南在萨拉热窝被刺事件，这位奥国青年很可能是当兵阵亡的。他的头顶上写满密密麻麻的字，比他的"邻居们"都多，可能是记录了他的勇武和战功。眉宇间画的十字架也富于图案化，有些像十字勋章，两侧太阳穴由绿叶簇拥，橄榄枝一般的叶子一直环绕到脑后。从这颗经人精描细画的年轻颅骨可以推测亲人们村民们对他的死是何等悲痛……或许，那些秀美的翠叶是他当年新婚的未亡人画上去的，夫君早逝，她早已改嫁，生儿育女，20 年后仍然来凭吊他的遗骨，以青枝绿叶纪念他们青春而短暂的爱情……或许，前来收拾遗骨的是他的初恋情人，曾等着他从战场上回乡完婚。20 年后那位姑娘该是 40 岁女人了，为人妻，为人母，但她双手捧起他的头颅时，仍然热泪挂满双腮……真的，单单这一颗头颅，顺着环绕它的绿叶枝蔓编织开来，就可以写出不同的文章，战争小说，爱情小说，思念儿子的悼文，歌颂生命的颂歌……

可惜，图片上那些"戴"红玫瑰的小巧的女性颅骨上面字体都很模糊，辨认不清她们的生卒年月。记得当年我问过施华滋教授那些德文文字的含义，他热心地翻译："这些字都是在迁坟时他们的后代或友人写上去的，有的写着死者的名字，有的写着'上帝与你同在'，'你的灵魂在天堂快乐'，等等。"

我又问："那些红玫瑰呢？欧洲风俗红玫瑰不是象征爱情吗？"

他说："是啊，画着红玫瑰的是女人的头骨，她们活着时一定很漂亮，玫瑰花旁写着'永远爱你'。"

看着她们现在那种眼窝空洞咬着后牙槽冷笑的样子，真不敢恭维她们漂亮。她们的花容月貌早已香消玉殒，去世十年二十年化作白骨之后，其健在的丈夫或情人仍然献给她们永不凋谢的红玫瑰，这些女人真够幸福的了。

摆在前排的"三位女士"尽管面部线条玲珑柔和，但没有了下颌骨，牙齿也不齐全了，如此看来，她们去世时已经不年轻了。推算一下，她们在教堂墓地躺上二十年，待到给新的死者让出位置时，该有七八十岁冥寿了，那么，二十年如一日思念她，爱恋她，常来墓园献花给她的人，就是那位在迁坟时看到她这个样子仍然思念她爱恋她，献上永恒的红玫瑰给她的人了。那个男人自己也该到耄耋之年了，或许是她的丈夫，或许是她的情人，或许只是个终生暗恋她的人，继续猜测下去，个中又能编织多少爱情故事呢！

我想起美国有一部爱情影片名叫《直到永远》，这种超越时空，超越生死，超越美丑的爱情，给予人太多的感动，太多的想象，太多的羡慕，也令人发出太多的思考和疑问：爱情栖于灵？还是栖于肉？都说两者应兼有。灵魂离弃躯壳飞升而去，为什么红玫瑰依然盛开？

这使我想起另一个白骨与红玫瑰的场景。那是我少年时画过的骷髅，但那只是个猴子的颅骨，便没有觉得这样骇人。50 年代末，我 15 岁考入天津人民艺术剧院舞台美术班，有一堂水粉画写生课，美术教师在画室里摆了一组静物。开始只有墨绿色衬绒和白色的猴头，老师嫌色彩单调，又在骷髅旁放上一朵绢花红玫瑰。若不是 28 年后在奥地利的奇遇，早年的那张习作早已在我的记忆中抹去了，就像它不曾存在一样。

无独有偶，玄机神秘，谁能料到远在欧洲又见到白骨与红玫瑰的奇异组合？冥冥之中似乎艺术女神两次昭示：爱与死是永恒的主题。

爱与死是永恒的主题。这句洋溢着人文精神的艺术格言源于何时无从查考，即使从 14 世纪欧洲文艺复兴发端，也有六百多年的历史了。况且，关于爱与死的永恒主题，人类绝不是从那个时候才发现的。早在人类文明的萌芽状态，原始舞蹈之表现男欢女爱，祭祀仪式之表现神灵崇拜，就已经找到这一主题了。古人在发明文字之前就已经懂得了情爱与生死的关系。从某种意义上说，人最本能的死亡恐惧和无奈的生死大限意识导致了追求爱情的顽强性。性爱带来生命的繁衍，而生生不息代代相传是人类超越死亡的唯一方法。

近年来我发现了一个有趣的现象——报刊上常常发表一些谈论生死的文章，却很少见到启示爱情真谛的佳作了。那些关于生与死的哲学思考，那些称得上"穷尽""终极"的追索，往往能够给人以启迪开悟，减轻人的生死烦恼。现代科学技术的发展奇迹，至今未能突破人的生死大限，即使出现了高科技"克隆"魔术，也只能复制生命，并不能使同一生命长生不老。人仍然是摆脱不掉生存困境和死亡宿命。

我想，这就是"爱与死"能够成为文学艺术永恒主题的根本基础。

可惜，当今的青年男女对爱情的理解，越来越漂浮在肉欲与物欲的层面了。可能是现代物质的充盈和生活节奏的紧张压挤了爱情，现代人似乎已放弃了"生命诚可贵，爱情价更高"式的浪漫情怀。

生死冥想与精神家园

施华滋买了四幅一套的小城风景图片，让我们每人挑一张留作纪念，三位同行的中国作家谁都不敢要骷髅图片，只有我如获至宝，保存至今。

反复观看这张来自奥地利小城的奇异画片，又发现了更加不可思议之处——它的反面竟然印着明信片格式还印着供人贴邮票的方格呢！我不相信会有人敢于使用这样一张骷髅成堆的明信片寄给自己的亲友，除非是把它寄往天国！

小城为何留下了这样奇特的习俗，我们行色匆匆未及请教施华滋先生。中国人对死者的丧葬方式有土葬、水葬、火葬、悬棺，高僧圆寂坐在陶罐里砌入塔中，从未听说过"入土为安"十年二十年后又下"逐客令"的。单留先人颅骨与臂骨暴露于高山之巅，在山洞里餐风饮露霜打雪冻，小城居民们究竟是怎么想的呢？对于我们东方人来说，实在是百思不得其解。

面对这"白骨与红玫瑰"的图画，我陷入人们亘古以来谁都找不到答案却又欲罢不能的穷思苦想：

生命来到世上又最终老死寂灭，像娇艳的玫瑰花盛开又必将香消玉殒，这一轮又一轮无止无休的生命游戏，是无意义的宿命重复与捉弄，还是一步步攀上更高境界的升华？

在无限的宇宙时空中，人类显得如此渺小，人生显得如此短暂，而人的自我意识自我觉醒却又无限地膨大。是不是由于人们惧怕死亡而无奈，渴望永生而不得，这才放纵自己变得物欲横流？可是，现世主义俗世享乐并不能帮助人们找到幸福，只能给人生造成更加绝望的空虚感与荒谬感。那么，人怎样才能找到安置灵魂的精神家园？

恐怕这就是哲人在此时提出"终极关怀"的必要性。

奥地利小城山民能够以平和的心态与审美的目光处理先人的遗骨，是一种聪明睿智的选择，在灵魂与肉体之间他们更看重灵魂。阿尔卑斯山冷静地沉思默想着，以那座奇异的山洞为物语向人们昭示：白骨与玫瑰共存，不只停留在爱情的层面，而是对生死玄秘的解读，对生命历程的终极意义的探求。只要红玫瑰依然盛开，只要青枝绿叶依然葱翠，人类就会乐观、积极、享受生命，热爱生活，看重精神的升华。

自古以来，各种宗教神学都力图使人相信，人在肉体死亡之后灵魂将得到永生。这真是对人的莫大安慰！人为了找到精神寄托也宁愿相信，在今生今世之外还有一个可以安放灵魂的好地方，灵魂在那里可以得到安宁、幸福，并获得永生。

从这一点上看，宗教是属于心理学范畴的精神治疗。

佛教关于轮回的提法，我一直认为并非迷信，而是类似物质不灭定律的另一种阐释。我在台湾听过佛教慈济功德会证严法师的开示，佛教徒把"死去"称为"往生"，尊称亡人的遗体为"大体"，法师娓娓讲道："一个人往生了，留下的大体就没有用了，但还可以为了普救众生，把大体用于医学事业……"

我是头一次听到"往生"这一提法，觉得很温暖、熨帖，心室闪过一线柔和的光亮，我想我有学佛的慧根和悟性。

往生，亡灵离弃躯体告别亲人只是前往新的生命，犹如旅人经过一个一个驿站，生命的轮回既生生不息，又无生无灭，这是多么乐观，光明的设想啊！

接受了这一阐释，便很钦佩奥地利小城山民们的聪明睿智了。他们信奉的是天主教，但这并无妨碍，不同的宗教之间有很多殊途同归之处，例如劝善和永生。小城山民能够以平静的心态和审美的目光处理先人的遗骨，是因为他们以天主教徒的信仰看待生与死，灵魂与肉体的关系。卓立山巅的小教堂穹顶向空中飞拢的线条，响彻云霄的钟声，无时不在告诉人们：既然人死之后灵魂会告别肉体，升入天国与上帝欢聚，那么凡胎俗骨只是灵魂短暂"借住"的"房子"。"房子"坍塌后剩下的"框架"（白骨），则是鸟儿迁徙后扔下的废巢了。一个个亲爱的生命走过留下的"遗址"，不应该占据太多的空间。健在的人们以翠叶红花在"遗址"上表达爱意，天上的灵魂们会尽收眼底心满意足。

所有这些都说明，在灵魂与肉体之间，人更看重灵魂。或者不妨说，虽然人在俗世挣扎时也迷恋物欲享乐，但他们最关心的是灵魂的不朽，最需要的还是找到安放灵魂的精神家园，这才是属于"终极"的关怀。

记得当年我们离开白骨山洞，回到芬芳宁静的墓地花园，凭高俯瞰，小城里有人在吹萨克斯管，湖边长椅上一对情侣在接吻，游艇在湖面上飞驶，天鹅在水边游弋，尖顶木楼里飘来烤鸡的炊香……生命与爱情的气息，夹在高山平湖的绿意氤氲中扑面而来。

迪士尼童话城堡是跟谁学的？

今天是香港迪士尼乐园开业的日子。

迪士尼乐园在香港落户，一时间成为香港的头号新闻，电视屏幕和报章期刊上镜率最高的当属那座造型独特的王宫城堡了。塔楼林立错落有致的古堡，是迪士尼童话王国的主体建筑，是动画明星白雪公主、米老鼠、唐老鸭、狮子王们的生活背景。

原先我以为这座奇特王宫的式样只是迪士尼艺术家们发挥想象力虚构的布景，然而它却源于人间的一座真实建筑。

2004年5月在慕尼黑，当地友人听说我曾两度来到巴伐利亚州这座首府，问："那么你一定去过天鹅堡了？"

我说："没有。德国的古堡太多了，天鹅堡有什么特别之处么？"

友人极力撺掇："它就像童话里的仙境，迪士尼乐园那座王宫就是参考它的样子做的！迪士尼看了无数城堡，最后还是受到它的启发！"

我顿时来了兴趣，友人带领我们驱车前往，出城100多公里，远远地望见了山峦。买参观套票时我才知道有两座天鹅堡，上天鹅堡（俗称老天鹅堡）和新天鹅堡。

在冷兵器时代，欧洲历史上各个王国争相修筑城堡主要是为了抵御外敌，所以大多数城堡都建在山顶上。上天鹅堡可以追溯到中世纪，因建在天鹅湖畔而得名，著名芭蕾舞剧《天鹅湖》的故事是否源于此湖不得而知。

最老的天鹅堡早已倒塌，1535年被一位贵族买下后重建。近300年后此堡再一次变成废墟，1829年巴伐利亚王储买下废墟后再次重建并留存至今。

整座建筑充满浪漫主义色彩，外观为黄色，在蓝天绿树映衬下十分夺目。城堡内的天鹅骑士大厅绘有许多壁画，生动地描绘了天鹅传说和当地历史的关系。宫里宫外到处可见天鹅造型的装饰与陈设，从各种艺术品到门把手，从木雕家具到窗帷台布的图案……那真叫举步皆天鹅，举目皆天鹅，连院子里的喷泉都是一只戏水的天鹅。站在城堡窗口能够望见群山呵护的蓝色天鹅湖，愈加平添了古堡的浪漫主义气息。

从上天鹅堡出来，乘坐短程大巴客车或古典马车往更高的山上绕一段林荫路，崇山峻岭之间一座塔楼林立的银白色城堡突兀而耸，这才是举世闻名的新天鹅堡了。

新天鹅堡始建于 1869 年秋天，其设计建造者是巴伐利亚年轻英俊的国王路德维希二世，据说他是根据自己的梦境设计的。这是一座恢复 12 世纪至 13 世纪风格的中世纪骑士城堡，不像上天鹅堡那样有那么多天鹅造型的装饰，但城堡主体的外檐是用从天鹅湖里开采出的银灰色大理石砌成的，大大小小几十个塔尖宛如一群引颈高歌的白天鹅。

透过叶隙望见它时，我一下子想起了孩提时听过或读过的童话故事，白雪公主、天鹅王子、青蛙王子、白马王子、睡美人、恶毒的后母王后、胡桃夹子、水仙女、仲夏夜之梦、骑着扫帚架着黑猫飞翔的巫婆……通向它的山路有一段向下走的陡坡，脚步想停也停不住。我仿佛一下子坠回了童年时代，变回梳辫子的小姑娘，转弯上坡朝着美丽无比的城堡攀登。

另一条通往城堡的路更为险峻了，那是悬在两挂峭壁之间的铁索桥，桥下是万丈深渊。微微摇晃的铁索桥上站满了游人，吓得我腿直发颤。站在桥上能够看到城堡全景，塔群在斜阳的照射下熠熠生辉。我想，它每年吸引来自世界各地的众多游人，其魅力是它能召唤人们的童心，带领人们返回童年！

路德维希二世因建此堡获得后人对他的美称"童话国王"，他更像一位沉湎于幻想的忧郁诗人。他生于 1845 年，卒于 1886 年，去世的前一天被医生诊断患有精神病，年仅 41 岁就死于附近湖水中。死因至今是个谜。

他从 1869 年 24 岁时就开始实施梦境中的宫殿，穷其一生精力也未能完成这项艰巨的工程。所幸城堡主体和室内艺术的风格体现了他的独具匠心。

我在欧洲看过不少宫殿，天鹅堡独一无二的特色是它处处让人恍如梦境。从走廊墙壁童趣盎然的鲜艳图案，到一间又一间绘满壁画的大厅，从骑着雄狮的裸体女神镏金雕塑，到华美绝伦的木雕床，特别是那座美轮美奂的歌剧小剧场，绚丽得令人炫目。年轻的国王非常崇拜歌剧大师瓦格纳，小剧场是专门为瓦格纳建造的。可惜瓦格纳未及到此演出，路德维希二世就去世了。他生前常常独自一人坐在剧场大厅里，久久地凝望着空空的舞台。我想那时他耳边一定浮现了幻听，那是瓦格纳歌剧的盛大演出。

"童话国王"一生孤独，难以适应宫廷政治权力的争斗。他在爱情生活上也是个谜，22岁举行婚礼前夕，不知何故他突然宣布解除与一位公主的婚约。此后他不仅终生未娶，也没有美丽姑娘在新天鹅堡陪伴他的传闻。

路德维希二世令人想起了另一位患有精神病的艺术家梵高，超凡脱俗的天才大都是世人无法理解的孤独者。

迪士尼艺术家们最终选中新天鹅堡，称得上是名副其实的万里挑一。欧洲各国的古堡和王宫不胜枚举，单说号称"城堡之国"的德国现存城堡就多达两万座（其中含古堡废墟五千余处），所以德国城市多以"堡"命名。

新天鹅堡微缩版迁入迪士尼乐园，真是再合适不过了！

"童话国王"的墓地在他溺水的湖水之畔的山坡上，孤坟一座，芳香凄凄。每年春天，从地球各个角落飞回天鹅湖的天鹅们会告诉孤独的童话国王，他心灵的城堡已经飞进全世界孩子的快乐童心，童话国王听了定会落下欣慰的喜泪。

如今，新天鹅堡旅游区每年接待来自世界各地的两百多万游人，为德国巴伐利亚州创造着永无止境的巨额经济效益。斗转星移，岁月流长，历史上的皇帝国王明君昏君知多少，真正为了美而生、为了美而死，让梦中仙境飞落人间的童话国王却只有一位。

穿风衣的德国女人

德国多雨的秋天。

我们去访问天津历史上的名人汉纳根的外孙朗格先生，傍晚告辞天色已经大黑了。乘火车到法兰克福后，换乘另一列火车才能回到我们的居住地曼海姆。

今天是周末，又是下班钟点，车上的人奇多。没有座位，找了两个车厢都没有座位，我只好"抢占"了车门口一面只能站立一个人的玻璃墙，总算有了依靠。好在中间不停站，没有旅客下车，可以一直这么倚在玻璃隔墙上站着。我老伴官称刘先生，刘先生却还站在甬道上，挡着过往旅客的路，这样总不是法子。

有一个穿风衣的高个子女人已经占据了我对面的玻璃墙，本来刘先生不应该再往车门口的犄角处挤了，但他不能挡了甬道，又想找个依靠的支点，只好一点一点向里面蚕食。德国女人很礼貌地往里让了让，刘先生终于倚在了墙角。

女儿让我坐在地上，把脚放在台阶下面。火车地面铺着地毯，欧洲气候湿润，环保卫生又做得好，鞋底不沾灰尘，看上去地毯挺干净。开始我还矜持地站着，不大功夫就腰酸腿疼了。人走到哪一步说哪一步的话，不干那种死要面子活受罪的事，当女儿再次劝我坐下歇歇的时候，我一屁股坐在了地上。台阶下面只能放一只脚，车门很紧，疾驰中也不透风，这样的坐姿很舒服，随遇而安，自得其乐吧！

穿风衣的德国女人看上去 30 岁左右，仍然不失风度地倚墙而立，并朝我露出了微笑。

我向她报以自解嘲式的微笑，并指指地面，摊开双手表示无可奈何。处于窘境如能学会以幽默化解，是一种保持良好心态的智慧。德国女人的头发和眼睛都是深棕色，忽闪着浓密的长睫毛朝我表示友好和理解，丝毫没有一些德国人特有的冷傲，我对她产生了好感。

夜色深沉，旅途无聊，出于职业的习惯，我的目光一向不肯停止观察，不时地打量这位近在咫尺的异国旅伴。她久久站立仍然保持端庄优雅的姿势，长大的风衣裹住了她高大挺拔的身材。风衣的颜色令人想起法国梧桐树皮剥落后的树身，说不清是淡绿还是奶白。德国有许多那种树，天津泰安道、承德道也有许多那种树，法国梧桐在植物学上的正式名称叫悬铃木和双悬铃木，此外还有一个十分美妙的俗名"美人脱衣"。因为那种树的树皮从树干顶端起开始剥落，一点一点向下"脱衣"，脱到地面的时候，树干顶端便又开始了第二轮的脱衣。循环往复，脱了一层衣又一层衣，梧桐美人就在不断脱衣中长成了枝干伸展叶阔冠茂的参天大树。

人的思绪真有意思，随便附着在一个细节上即生发种种联想。由陌生的德国女人穿的风衣的颜色，想到了家乡的梧桐树。又因为多了这一层思绪，在仰视眼前端庄而立的德国女人时，便觉得她很像一棵法国梧桐了。只是不知她脱下风衣是什么样子，里面一定穿着素雅的深色衣服，德国的年轻姑娘和中年女人都喜欢穿接近黑色的素雅服装，只有老太太才着装鲜艳一些。天很冷，又下着小雨，她不会脱下风衣的……

联想的翅膀正在随意翻飞，忽然一句清晰的中国话送入耳膜：

"你们去哪里？"

我们三个中国人一下子惊呆了，目光一齐聚向了德国女人。我们正在判断那句中国话是不是出自她之口，她腼腆地笑了，又一字一顿地问："你们从中国哪个地方来？"

"天津，你知道天津吗？"

她点点头表示知道，又遗憾地说："我去过北京、上海，没去过天津。"

我说："在德国会说中国话的人太少了，真巧！"

她笑起来很好看:"是啊,很少。"

我忘记了疲劳,站起来和她开始了热烈的交谈。她是在美国学的汉学,回德国以后,由于不经常使用汉语,说得不大熟练,但只要是她学会的词句,发音都很清晰,看来当初学得很认真。我问她学习汉语哪一门专业,她说:"佛教。"

我更加吃惊了,追问:"学习佛教哪一方面的知识呢?"

"丝绸之路,敦煌。"

我想知道得更具体一些:"敦煌壁画? 佛教故事?"

她想了想,从她掌握的有限的汉语词汇中搜寻着恰当的表现方式:"我对西方与东方的关系感兴趣,丝绸之路……是很早的联系。"

我在高兴之余又有些为她担心,又问:"这个专业……很难找到工作吧?"

她点点头:"是这样。我回德国以后,在一家银行工作。"

我故意地笑问:"银行老板?"

她摇头笑了:"只是职员。"

我心里不由得对这位异国女子肃然起敬:"这么说,当初您选择汉学,就知道在西方国家很难以此为职业,只是出于兴趣。"

她严肃地回答:"是这样的。"

我很想知道个究竟,追问:"您为什么对佛教感兴趣呢?"

她沉吟片刻,说:"佛教教人平和、安静。历史上,好像没有佛教发动的战争?"

我想了想,虽然传说中有三百棒僧护唐王、少林寺比武一类的故事,但真正意义上的佛教战争确实不曾发生过。这位在旅途邂逅的新朋友让我觉得火车行驶的速度太快了,双方交流的话题刚刚展开,曼海姆车站就要到了。匆忙中我和她交换了名片,约定今后互相联系。临别时我竟有些依依不舍,激动地说:"很高兴认识您,今天的事情太巧了,咱们正巧都没有座位碰到了一起,如果您坐在前边车厢里,或者我们坐在后边车厢里,咱们就不会相遇,按照佛学的说法,这是缘分。"

她一时没有听懂"缘分"的发音与含义，让我解释一下。我一时懵了——该如何用明晰的词句解释"缘分"呢……

火车已经进站了，放慢了车速，我词不达意地说："佛教讲的是前世因缘，今天咱们这么巧在车上相遇，那么前世的咱们可能在一起做过事或有什么关系。"

她一听笑了："可能是吧！"

我急忙又作出世俗的解释："中国人讲的缘分并不都是宗教的概念，人们把一切巧合、偶然的事情，比如一个人和另一个人特别合得来，或相亲相爱，究竟是什么原因呢？解释不清，都说成是缘分。"

她请我们把这两个字写给她，女儿在一张纸上写下"缘分"两个大字，她郑重地收了起来。

火车在这个小站只停两分钟，我们慌忙跳下车，向她招手道别。

火车启动了。这一站下车的旅客很多，本来她可以迅速进车厢去找个座位，但她站在车门口朝我们挥手。站台的灯光与暗影交错闪烁中，仍能看到她那梧桐树色的风衣……

2000. 11. 28

天鹅的爸爸

不是我不明白，这世界变化快。我刚写完这篇关于人与鸟类和谐相处的短文，媒体就争相报道禽流感的危险了。不过我相信不管禽流感病毒如何变异，困难都是暂时的，人类爱鸟的传统无论遭遇什么阻碍都会传承下去的。

如今的鸟儿都进了城，"农转非"了。青年人可能不知道什么叫"农转非"，就是农业人口转成非农业人口，"文革"时代挺不容易做到的。鸟儿们当然乐意飞翔在农村广阔天地，但是农村这一滥用农药、杀虫剂，连鸟儿们一块给药死啦！幸免于难的鸟儿们为了逃条活命儿，只好进城了。报上有篇文章名作《寂静的农村》，看了叫人非常悲伤。文中说失去了鸟鸣的农村寂静异常，如今连蜻蜓、蝴蝶、蜜蜂都很少见了，果树花儿失去了授粉的昆虫……

近年来天津成了喜鹊城，喜鹊飞入居民住户是常事。我家住在"五大道"老楼群里，这里树大根深，浓荫蔽日，成了鸟儿们的乐园。每天清晨，不同的鸣声汇成了鸟儿小合唱大合唱。有一种鸟终日呼号"布咕布咕……"，声音很大，传得很远。可能是布谷鸟，也可能是斑鸠，反正是一种体型较大的鸟。我家后面有几棵大树，甚至可以看到啄木鸟咚咚地敲树洞捉虫子。

人们的环保意识增强了，连小孩子都知道人与自然的和谐。鸟儿们真聪明，心领神会了人类的善意，见了人不像从前那样害怕了。

我头一回见到不怕人的野生小鸟，是1988年在维也纳。奥地利繁华首都车水马龙，游人如织，当地友人约我在一家著名咖啡馆的露天座位见面。我们正在聊天，忽见一只小鸟飞落在我面前的玻璃水杯上，一低头儿一仰脖儿饮起水来了！它还歪着小脑袋打量我，一双晶亮的圆眼睛近在咫尺却毫无惧色。我生平第一次和野生小鸟做如此近距离的相处，心底深处顿时升起一种从未体验过的快乐，惊喜甚至感动。

后来我又到了欧洲许多国家许多城市，无论走到何处都能见到鸟儿们与人类亲密接触。不知从何时开始，鸟儿们把闹市当成了森林，把人类当成了保护神。

在德奥边境阿尔卑斯山区，我们去采访德国原驻华大使修德先生，他的夫人出生于北京，能讲一口纯正的京片子。修德大使开车带我们去山上湖边游玩，我们一边顺着湖边散步一边听修德夫人讲她童年时在中国的生活故事。一只野鸭发现了我们，从老远的湖面上飞快地游了过来。修德夫人两手一摊抱歉地说："呦，忘了带食物了！"

我们沿着湖边走了老远，那只美丽的蓝脖儿野鸭仍然在水中跟着我们。我不住地对它说："对不起，野鸭先生或者是野鸭小姐，我们没有东西喂你，请回吧！"

可能德国野鸭听不懂中国话，它仍然痴心地跟着我们，人在岸上，鸭在水中，共享半轮夕阳，共享一池倒影……

慕尼黑有一座开放式公园，公园里有一座著名的"中国亭"。从"中国亭"到湖水之间是一大片草地，远远地望见湖心岛那边游人很多，我们便穿过草地去看个究竟。踏入草地我就发现一种奇怪现象，在一片灰白两色的物体中间躺卧着一对情侣。走近了才看清楚情侣周围是一群灰羽毛白肚皮的大鹅。情侣躺在绿茵中相偎着晒太阳，上百只大鹅也在绿茵中相偎着晒太阳，人与鸟两不相扰。

我们从鹅群中走过，大鹅只是慵懒地起身略事让路。我想抱过一只与它合影留念，却怎么也捉不到它，它们摇摇摆摆走走停停，既不惧人也不袭人。突然空中传来隆隆声，一架直升机低低掠过。群鹅惊飞高声鸣叫着朝湖水飞去。因为人鹅距离太近，它们惊飞时擦过我的头顶，有一双鹅脚甚至蹬着了我的头发，幸亏鹅蹼不会抓伤人。肇事的钢铁大鸟飞远了，绿茵上一只鹅也没有了，只有那对情侣仍然躺在原地相拥相吻……

汉堡市中心有一片更大的湖泊，那里有个更加动人的故事。多少年来，许多白天鹅黑天鹅以湖为家，严冬也不迁徙。汉堡人有携带儿童来湖边喂天鹅的习俗，市政厅还派一名公务员专门负责照料天鹅，他的"职称"就叫作"天鹅的爸爸"。每年入冬时节，他划着小船赶着天鹅从大湖搬到背风的"后湖"去，为了让天鹅们安全过冬，"后湖"水下安装了制暖设备。每年冬初天鹅乔迁那天成了汉堡人的节日，许多家长会陪着孩子带着食物来为天鹅饯行。来年春天，"天鹅的爸爸"又划船引导天鹅们回到大湖，汉堡人又会陪孩子带着食物来为天鹅们接风。

　　值得欣慰的是，如今我们天津城也成了鸟儿们的乐园啦！每当清晨听到鸟鸣，透过书房窗口望见蹦蹦跳跳的鸟儿，我心底总是升起一股难以言表的快乐、惊喜，甚至感动，或许因为我们人类的遗传基因原本就埋下了人与自然和谐共处的远古情愫。

冰天雪地里的山茶树

　　今天是圣诞节平安夜，年轻人上街过洋节去了，我只在电视屏幕上领略过西方各国冰天雪地的圣诞气氛。由圣诞树，我想起了那棵冰天雪地里的山茶树。

　　天涯何处无芳草，经常旅行的人在异国他乡看到奇花异卉是常事。只有在远离故土的天涯海角发现来自中国的绿色朋友，你才会涌起他乡遇故知式的惊喜，为之动情，为之雀跃。我在德国德累斯顿市附近皮尔尼茨宫的花园里发现一棵来自中国的山茶树，心里便觉得分外亲切。令人吃惊的是，这位"绿色移民"长得比二层楼房还要高大！

　　更加令人吃惊的是，这位独在异乡为异客的绿色生命竟有250岁了！

　　稍有种花经验的人都知道，山茶树只能生长在亚热带潮湿气候下，在我国北方室外无法过冬。即使养在室内大花盆里，也必须是酸性土壤，浇水多了不行少了也不行，很难侍弄。德累斯顿位于德国中东部，其纬度比我国北方更靠近寒带。因为当地冬季积雪很厚，德式建筑才多为尖屋顶，好让积雪容易滑下来以免压坏房子。要不是德国朋友指着大树介绍说它来自东方亚热带，我真不敢相信它是一棵山茶树。再说即使在我国南方，如此高大茂盛的山茶树也是罕见的。

　　它是如何在北国雪地里捱过200多个年头的严冬呢？

　　一位德累斯顿女士如数家珍般地给我们讲述了山茶树的神奇故事……

　　1767年有一位欧洲植物学家和他的学生赴亚洲考察，把四株栽在木桶里的山茶树带回欧洲。18世纪的欧洲人从未见过如此珍贵的树种，于是四位山茶姑娘分别嫁入显赫的帝王之家，由宫廷花匠精心伺候。一盆摆放在奥地利维也纳皇家美泉宫，一盆摆放在英国伦敦郊区的一座王宫里，一盆带往德国汉诺威的皇家花园。第四盆也在欧洲安家，但最初寄身于何处如今已无从查考。然而唯有这第四株山茶幸存下来，前三位"东方美女"早已香消玉殒。

1770 年，这棵桶栽植物被送往德累斯顿皮尔尼茨宫。皮尔尼茨宫是萨克森王室的夏宫，1720 年始建于埃尔伯河畔，1818 年开始在山坡一侧兴建新宫殿。当时的国王非常喜爱东方艺术，因此这座位于山水之间的宫殿屋顶上竟有大大小小上百个中国式亭阁，屋檐下外墙上绘满中国人物、山水、风俗的壁画。热情的主人再三说那些都是中国艺术，但我们看上去不伦不类怪怪的。今天，这座东西合璧的宫廷园林成为吸引世界各地游客的旅游胜地。

望着高大的山茶树，我想是不是因为它在这里有中国文化气息的滋养，才和那些中国式亭阁、壁画相依相伴活得有滋有味呢？当然我这只是一种拟人化的文学想象，德累斯顿女士告诉我，200 多年来，当地人为了保住这棵珍稀树种费尽了心血。

当年桶栽山茶被送到德累斯顿时，皇家花匠决定将树栽在花园地里。为了解决山茶的越冬问题，善于动脑筋又肯下功夫的一代又一代德国人可真是全力以赴。起初，人们每年都用芦苇和其他植物为山茶树搭建越冬的保暖装置，来春再拆掉，好让它享受春夏的阳光。后来，人们为它盖起一座永久性的有透光天窗的木屋，屋里设有取暖的火炉。不料，到了 1905 年炉子引起火灾烧毁了木屋，救火的人们奋力保护山茶树它才未被烧死。随着它身高的不断增长，人们为它盖了更为高大的防冻保温的"冬宫"。在人们的精心呵护下，山茶树每年早春都绽放红色的花朵，成为皮尔尼茨宫一道著名风景。

1992 年，由西门子公司资助，专门为山茶树设计建造了一座可以滑动移开的金属结构的玻璃房子。玻璃房子高 13.2 米，重 54 吨，体积为 1 864 立方米。如今的山茶树身高 8.6 米，直径 11 米，树冠圆周 33.6 米。每年入冬前玻璃房子顺着轨道移到大树跟前，来年开春再移至一旁。冬季室内由计算机控制温度、湿度和空气流动。

我站在树下仰望树冠，浓密的枝叶油绿油绿的，想象不出它竟是一位

250 岁的历史老人了。地面上锃亮的铁轨环绕大树周围，有两道铁轨通向不远的玻璃房子。当地关于这棵树的文字介绍还详细记载着"……每年 2—4 月开花，开 35 000 朵，花朵为钟形，红色……"

三万五千朵花，也只有以思维严谨著称的德国人能够数得过来并留下资料！相比之下，中国一些地方的山民仍然在砍树毁林，气象预报总在说哪里哪里山体滑坡。《森林法》与一系列的环境保护法规都已颁布，虽说亡羊补牢，但总算是教育国民的开始……

爱荷华州胡佛博物馆

美国第31任总统胡佛年轻时曾在天津工作。我们博物馆展厅要布置关于胡佛的专栏。

胡佛总统卸任后，把多年保存的文物、资料、古董等捐赠其母校。为此，斯坦福大学建立了胡佛研究所，有很多文献资料和实物是胡佛夫妇从天津带回去的。胡佛是历任美国总统中唯一曾赴中国工作的人，因此这家至今已有80年历史的老研究所以研究中国而著称。研究所里不仅拥有许多"中国问题专家"，还到美国国会和政府发展了一批又一批会员，在美国主流社会具有相当大的影响力。参众两院常常找胡佛研究所咨询涉及中国的问题，那里成了美国人了解中国和亚洲的重地。

胡佛总统图书馆和博物馆则在胡佛的故乡爱荷华州，我于2005年冬访问过那里。那里举办的胡佛生平展览的前言这样写道："他在1928年以压倒优势当选美国第31任总统，然而在短短几个月的时间里，这位世界闻名的英雄在自己国土上变成了替罪羊。时至今日，人们仍不免将胡佛和20世纪30年代的那场大萧条联系在一起，它让上百万美国人丢了饭碗。""除了赫伯特·胡佛之外，几乎没有其他美国人曾听到过更热烈的赞扬或更尖锐的批评。"

我是随中国作协作家访问团赴美国访问的，期满后单独留下来继续采访天津历史上的"洋老乡"（即老侨民或其他后人）。事先，刘悦在国内做了国际驾照公证书，买了英语导航仪专程飞到美国，租了一辆底盘很高的吉普车。我们母子二人从洛杉矶出发，开始了陌生的美国万里行。

在芝加哥采访时，朋友告知我们气象预报当夜将有一场暴风雪，汽车难以行驶。朋友说美国的天气预报非常准，必须赶在暴风雪来临之前"南逃"。如果滞留将会延误未来几天途中各地预约的采访活动。

来不及犹豫我们就打电话辞谢了原计划转天采访的芝加哥"洋老乡"，坐上汽车一路狂奔。整整一夜刘悦都在高速公路上驾车向西南方向飞驶，一口气跑了六七百公里，总算把暴风雪甩在了后面。黎明时分，我们来到了胡佛故乡爱荷华州的胡佛博物馆。

十年光阴过去了，爱荷华的映像至今历历在目。不知是当地的气温确实很低，还是彻夜未眠的疲惫，我从来没经受过那种冷彻骨髓的寒冷。胡佛博物馆是一座朴素的建筑物，坐落在静谧的市郊，冬阳初照，天光澄明，皑皑雪地上投下博物馆的影子。我们未及休息就叩开了博物馆的门，也许是太疲劳的缘故，那天的参观采访犹如梦境。

可能因为胡佛夫妇把多数文件、实物捐给了斯坦福大学胡佛研究所，爱荷华这座博物馆似乎实物不多。但他们发挥了胡佛故乡的优势，以胡佛生平为主脉做了中规中矩的展览，通过泥塑再现了一些历史场面。其中就有1900年八国联军入侵天津后胡佛夫人站在大沽炮台旁的塑像，一望便知人物场景都是依据那帧历史老照片而制作的。

博物馆两位年轻的女士先生热情地接待我们，领着我们参观了展览和地下图书馆，也允许刘悦拍照老照片和史料。

日后我们"近代天津博物馆"展厅胡佛一栏的陈列品，大多是爱荷华胡佛博物馆提供的。其中有一幅胡佛大学毕业不久的整身照片，清晰度很好。当年的金发青年胡佛目光炯炯凝视前方，双手插在裤兜里，一副君临天下的自信派头。不过听说他照相时穿的西服还是找人家借的，怪不得裤子显得太肥。

参观时主人们和刘悦用英语交谈，我只是走马观花领略了一下气氛，不过还是感慨良多。此前在洛杉矶我参观过美国另一位有争议的总统尼克松博物馆，也有丰富的藏品和众多的研究人员。美国只有两百多年历史，但是，历任总统每人都有一座博物馆或曰图书馆，各地以总统命名的博物馆，都成为其家乡著名的文化景观。胡佛另有研究所算是其中的佼佼者。中国有几千年的文明史，封建社会历经了那么多朝代，民国以来出现了那么多名人，以人为专题的博物馆却是屈指可数。近年来各地窜出了真真假假的名人景点，又有几家真正组织学者对历史名人做深入研究的？美国两党之争素来激烈，不管哪个党的总统卸任之后待遇都是相同的，也绝不会出现当任总统指使别人把前任总统的博物馆砸毁的事情。

相比之下，我们这文明古国却素来有着销毁前朝前任一切痕迹的传统。从封建时代的诛灭九族到后来的砸坟、抄家、烧宗祠、焚书坑儒、封杀作品……至今各地官员们还在拆毁历史建筑、历史街区、历史村寨……令人痛惜的文化断代愚蠢行为啊！

悲情塞尔维亚

电视屏幕播映习近平主席访问贝尔格莱德的新闻，国家主席凭吊当年美国导弹轰炸我国驻南联盟大使馆的蒙难者画面，一下子把我拉回到 17 年前那次难忘的经历……

1999 年初秋的一天，中国作家协会外联部一位工作人员来电话，让我去南联盟访问。我听了大吃一惊，美国轰炸那里不久，贫铀弹还在……我问："这个时候去南联盟？中国有那么多作家，怎么就想起我了呢？"

他说："金坚范主任亲自带队，点名请您去。"

老金是老朋友，当年他玉成了我赴台湾访问。舍命陪君子，哥们义气嘛！到了北京一看，出访团只有老金，一位懂塞语的研究员和一位英语女翻译，便知道这是趟"瘦"差事，要是去英美法，那些红人儿们早就抢了，还轮得上我这个从来不到北京文学圈儿"活动"的土帽儿吗？

不料，那次出访的经历太精彩太难忘了！能够在那样特殊的时刻去亲密接触一个受难的民族，对于一个作家来说真是太幸运了！

从乘飞机开始就因祸得福，我生平头一次也是唯一一次坐上了头等舱。轰炸以后各国飞机几乎都不飞贝尔格莱德了，只有硬骨头俄罗斯的航班还敢飞。时间紧急，中国作协买俄航北京至莫斯科机票时只有头等舱了。

头等舱有 8 张可以躺倒成床的大座椅，从扶手夹层拉出来的餐桌很大，可以摆有几副刀叉的酒宴。邻座一望而知是俩土豪，连衬衣袖子上的纽扣都是金子的，还不时有随员进来伺候。相比之下我们四个穷文人穿着太寒酸了。我穿了一件花了 5 元钱从香港街摊上买来的绿豆皮色纯棉"秋衣"，瞅着人家老板衣袖上的金纽扣我一个劲儿的想笑。

一位俄罗斯空嫂专门负责照顾我们，叫她空嫂是她很漂亮但已不年轻了。那位塞语通俄语通旅伴悄悄说："俄罗斯女士很喜欢你喊她'杰沃什卡'——姑娘，不喜欢你用英语称她'密斯'——小姐。你只要喊她杰沃什卡，她就会给你端许多好吃的来。"

这很好理解，在欧美国家"小姐"之称谓不分年龄，泛指未婚女子，甚至包括离婚、丧偶的单身女子。好莱坞获奖影片《为戴茜小姐开车》中的戴茜小姐快90岁了。称女士为姑娘，说明你觉得她很年轻，个中还含有亲近的意味，她当然高兴了。

航程漫长，老金嘱咐我们多睡觉，南联盟安排的活动很紧张，尽力提前解决时间差问题。可是，我很难入睡，无奈之下只好以酒催眠。趁空嫂送来茶我就喊了一声："杰沃什卡——"

杰沃什卡非常高兴，用俄语问了好几句话，一会儿又改为英语。我们的英语女翻译说我们想喝红酒，她问想喝哪种红酒，我乖巧地说想尝尝俄罗斯红酒。她更高兴了，给我们送来了两大高脚杯红酒。我们虽然不知道那酒的品牌，但是好喝极了，浓稠香醇，有一股天然的葡萄味儿。她看到我俩爱喝，不停地送来各种风味的俄罗斯红酒，喝着喝着我就睡着了。

在北京至莫斯科的航程中，杰沃什卡为我们安排了两顿铺着白台布围着白餐巾几副刀叉几道菜的正宗俄式佳肴，算是反串了一把"非富即贵"的角色。一路上我们四人吃了睡睡了吃，喝酒聊天，与和平年代的旅行者并无二致。

可是，当飞机到达贝尔格莱德降落时，俯瞰偌大个机场空荡荡的，只有我们这架由莫斯科来的飞机低空盘旋，心情倏然低落。顿时体验到一种世界孤儿的感觉，令人在第一时间就陡生满腔的悲情与愤懑。

至今难忘站在被炸的中国大使馆门前时心里的那种滋味，因为使馆后院地上还扎着一枚未炸的炸弹。我们不能进去，只能在门外默默凭吊无辜死难的同胞。中国人过惯了和平年代的日子，这一回算是见识了什么叫轰炸，而且是年轻的记者夫妇许杏虎、朱颖的宿舍。使馆工作人员指着首层被炸毁的大厅介绍："每天晚上同事们都聚在大厅看电视、聊天，幸亏那天有事大使带着大家出去了，不然炮弹钻进来炸死的人就更多了。"

身为中国人亲临这样的"战场"，那真叫五内俱焚，悲伤、愤怒、羞耻、苦涩，但又……无奈，炮弹真的能长眼睛，精确到钻进使馆人员聚会的大厅和记者宿舍的窗口，本意是想炸死更多的人啊！亲临现场我痛切地意识到中国吃了个哑巴亏，人家就是打你啦，外交辞令说是误炸，怎么着吧！

贝尔格莱德是一座美丽的城市，但是我们参观的"景点"是被炸毁的政府办公大楼、警察总部大楼、多瑙河大桥……看到那些废墟我心中充满了困惑，这叫战争吗？战争起码得有交战双方，一方突然对一座和平城市发动袭击这算什么呢？直到"二战"时人类都还保留着战争法则中的"绅士风度"，谁打谁事先都要光明正大地宣战。希特勒不宣而战偷袭苏联，最后成了人类公敌。如今西方列强为了输出其"价值观"可以随意以强凌弱，难道就没有一股正义力量能够抗衡这种强盗逻辑吗？

到达被炸毁的多瑙河大桥时已是暮霭降临，我们站在河畔望着断桥剪影渐渐隐入墨色。"二战"已过去半个多世纪了，欧洲著名的多瑙河这还是第一次又遭轰炸……"西方列强""坚船利舰"这些字眼，原先我以为早已属于历史了，不料他们仍旧赫然横在眼前，只是西方列强的"坚船利舰"进化成了"精确制导"。难道人类历史会永远依照西方强权者的意愿这样写下去吗……亲临"落后就要挨打"其境，你才能体验到贫弱国家的屈辱与无奈。我们自幼受到的教育都是"主权国家"呀，"和平共处五项原则"呀，"互不干涉内政"呀，人家浑不听，炸了你再说！你有力量还手吗？声讨呀，抗议呀，不还是书生空议论吗？中国到何年何月才能强大到能够动真格的抗衡世界霸权呢？

我久久难于摆脱悲愤与无奈，我的心跟着那断桥沉到了多瑙河幽暗的河底，回国后没有写报道文章。国内报刊还在连篇累牍铺天盖地悼念呀，声讨呀，抗议呀，我不愿意再去凑热闹，心中渴念着动真格的！直到今年才找到了些许心理平衡，自打西方列强纷纷"反恐"，我忽然想到17年前美国轰炸南联盟和中国大使馆其实是最早的最大的一次"恐怖袭击"，后来本·拉登不过是照方抓药炸了"双子大厦"而已！以莫须有的"生化武器"罪名打伊拉克，放出了"潘多拉盒子"里的"伊斯兰国"，搬起石头砸了自己的脚！许你炸别人，不许别人炸你？冤冤相报，何时了？我忽然又想起了陈毅元帅那句名言：恶有恶报，善有善报！不是不报，时候未到！

当年我们一行参加的活动是"第36届贝尔格莱德国际作家会议"，轰炸后许多原定出席的国家代表都不来了，只有中国、俄罗斯、罗马尼亚的作家没有爽约。人虽不多，但在此时此刻来到这个蒙难的国家，我们受到当地民众热情欢迎的程度，是我最为难忘的一次经历。

在贝尔格莱德我实现了人生两个第一，第一次发表诗歌，第一次登台朗诵自己的诗作。

说起来奇怪，我写过小说散文报告文学传记；话剧本歌剧本电影剧本电视剧本广播剧本，却从来没有发表过诗歌。没想到这次塞尔维亚之行不仅非得写诗不可，还必须登台朗诵。南斯拉夫民族素有诗歌传统，尤其盛行诗歌朗诵会。这次无端遭到美国轰炸，全民同仇敌忾，抗议浪潮汹涌澎湃，广场、街道、桥头、校园、礼堂，到处都在举办抗议大会，抗议的形式有演讲会和诗歌朗诵会，宣誓主权，表达愤怒。

我听不懂他们的诗句，但是却感受到诗歌的强大号召力。街头民众人人能够即兴作诗并跳上台去高声朗诵，充分体现了南斯拉夫民族的爱国情怀和文化水平。

我们中国作家代表团接到了出席大型诗歌朗诵会的邀请，金团长让我和那位塞语研究员每人写一首诗并上台去朗诵。这下子可难坏了我，因为我在国内从来没有发表过诗作。想到我们大使馆挨炸的场景和死难的记者同行，我鼓起勇气答应了。悲愤出诗人，此话一点不假，我很快地就写出了一首自由体诗《致椴树》，汉学家舒舍奇译成塞语，交给一位著名演员。舒舍奇说将由我和那位演员同台朗诵，我连夜把诗稿背诵下来。

诗歌朗诵会在一座文化宫的大礼堂举行，台上台下群情激昂。当主持人报出中国作家的节目时，台下响起了热烈的掌声。我站在侧幕后面还未登台，心头一阵发热眼泪就下来了，此生此世从未受到过如此火爆的欢迎，而我还什么都没做呢……那天我特意穿了一身有中国特色图案的黑底金花套裙，踏着暴风雨般的掌声走到舞台中央，内心激动的颤栗不止，努力使自己平静下来，心脏仍然扑通扑通跳得厉害。全场观众寂静下来，几千双眼睛望着我，我开始颤颤巍巍地朗诵了：

致 椴 树

昨天，我离你很远——

只是从文学、诗歌、电影中

知道有一群椴树般

英勇坚强的塞尔维亚人；

现在，我离你很近——

当我走在贝尔格莱德的步行街时，

迎面走来一群椴树般

刚直不屈的塞尔维亚人。

北京—贝尔格莱德，

中国人—塞尔维亚人，

我们的心

很近，很近……

（注：椴树是贝尔格莱德市树）

我朗诵完了，一位高大英俊的男演员走到我身旁，用塞语重新朗诵了一遍。顿时，剧场里想起了惊涛拍岸一般的掌声，经久不息，一浪高过一浪……我的热泪已随着海涛奔涌，不知是舒舍奇把我那首蹩脚诗翻译得很好，还是那位男演员朗诵得好，竟然获得如此热烈的掌声。

第二天，南联盟报纸登载了我的中文原作、舒舍奇的译稿、我与塞族演员同台朗诵的照片。迄今为止，那都是我的写作所获的最高礼遇，而且是在异国他乡。说实话，如果从纯粹文学的角度评价，我那首急就章式的诗歌"处女作"真的算不上是诗，但在一个处于危难时期的国度引起如此反响，对于我来说真是一次可遇而不可求的体验，让我痛切地明白了什么叫家国情怀，什么叫患难与共，什么叫文学离不开人民！

此番出访的半个月，无论我们走到哪里都受到当地民众的热情接待。他们一见黄皮肤黑头发的我们便问："亚潘（日本）？"我们回答："No，China。"他们马上一见如故和我们拥抱。在一家饭店大堂遇见了一群穿着民族盛装的乡村人，他们是进城参加民歌节的。其中一位老妈妈抱住我亲了左颊亲右颊，还拉着我跳舞、合影，我从未遇到一个民族对中国人有这么深厚真挚的情感。

在诺维萨德，热情的主人带我们去一家乡村风味餐厅品尝塞族美食，餐厅有一座仓库那么大。闻讯赶来的顾客很多，成了欢迎中国作家的晚宴。席间，有人问我怎么使用筷子，而餐桌上没有筷子，怎样才能形象地说明呢？急中生智，我拿起两根吃完了的烤肉铁签子，站起来向大家比划。所有的人都赶紧吃掉烤肉拿起两根铁签子跟我学习使用筷子。见他们学不会，我就一边比划一边讲解"杠杆原理"，翻译也一边说一边比划，俨然成了晚会的一个节目。

那场乡村晚宴时间拖得很长，始终有一支小乐队在为我们助兴。直到深夜，多数顾客都已散去，小乐队始终一曲又一曲。告别时，小乐队拉着琴随当地主人送我们到门口，到小路上，到路口，直到我们上了车驶出老远，依依惜别的乐曲仍然在夜空回旋。回首望去，小乐队的琴手们仍然站在路口深情演奏着。夜色中告别那些刚刚经历了轰炸惊魂的塞尔维亚人，我的热泪又一次挂满双腮……

2016 年冬写于天津

有缘欢聚多

深夜响起了电话铃，耳机里传来戴小华那活泼热情的声音。她说她已经来天津，给了我一个意外和惊喜。前天我俩刚在北京拥抱告别，不料她又因故取消了去别处的旅行，改为来天津访问了。她说这次来津主要想会一会文友，希望我多请几位作家来聊天，并特别问到了冯骥才。春天时她和大冯约定6月在吉隆坡会见，后因大冯定于新加坡的画展推迟至7月，届时小华已出国旅行去了。原以为今年错过了聚会的时机，巧的是大冯回来的当天，小华也来到了天津。

周末晚上，大概因为生意兴隆，粤唯鲜的张老板只能给我们留下个很小的雅间。冯骥才、汤吉夫、吴若增、杜仲华欣然来到。大冯一进这间小屋子，好似一头大象钻进了鱼缸里，餐桌周围显得更加拥挤了。不过大家十分开心，这才像个促膝谈心的样子嘛！

文人的酒会不讲烦琐礼节，只在一开始举杯欢迎客人，表示心意以后也就不再劝酒，不让菜，谁爱怎么着就怎么着，三三两两随便聊天。这么多生活经历迥异、性格脾气迥异、作品风格迥异的作家坐在一起，却是极容易找到共同话题的，那就是比天空更广博比海洋更辽阔的——生活。作家谈生活，比谈文学更有意思。杜牧早有诗曰：开口必言诗，定知非诗人。作家们神侃海聊，不拘侃什么，就生活而言都是相互的丰富与补充。这就是小华在忙完官方应酬之后，特意托我帮她找文友们来聊天的聪明罢！

谈到作家的个性，大冯说："我认为当今文坛的趋向是作家个人化，前些年说的作家群、流派什么的已不明显。说到底，作家靠的是作品的个性和个人在读者心目中的声望。"

　　戴小华就是一位很有个性的女作家，不愿坐在客厅里抒发自我的"小感觉"，宏观写社会写人生不让须眉男儿。这位当年台湾大学高才生，当过电视台节目主持人、空中小姐，又去美国留学获得行政管理硕士学位。她从事写作以后，著有《沙城》《深情看世界》等书，并担任报纸的社会专栏撰稿人。她还是一位文学活动家，出任了海外华文女作家协会会长，并在吉隆坡成功地主办了世界华文女作家会议。

　　吴若增总是有绝活，抽冷子问大家："谁会唱马来西亚国歌？"

　　一下子把我们全问瘪了，中国与马来西亚建交不久，知道其国歌的人还不多。他得意地说："我会唱印尼民歌《月光》，听说就是马来西亚国歌。"

　　小华点头肯定："是的，应该说《月光》是一首马来族民歌。"他更加神气，不等众人邀请就唱了起来。他唱了一首节奏缓慢得要死要活的情歌，大家听了满腹狐疑地问小华："你们的国歌这么抒情？"

　　小华哈哈大笑："曲调差不多是对的，但我们不这样唱的！"

　　尽管如此，吴才子还是自我陶醉地自斟自饮了好几扎啤酒。

　　"三栖动物"汤吉夫，身兼教授、评论家、作家，但在文友面前来不得师道尊严，总是受到挖苦。谁叫他学问太多太大独占三栖呢？当着鱼儿表演去陆地爬行，当着鸟儿又显摆下河游水，能不遭恨吗？今年又以一本《津门乱弹》摘掉了外来户的帽子，字里行间也夹巴着半句天津方言什么的了，摆出一副稳坐天津卫码头的架势。不过，在酒桌上他可吃了亏，因他滴酒不能沾，只能坐在一旁装老实，眼看着吴若增河马一般灌扎啤。

　　服务员送来纪念簿请作家们签名，大家便公推汤吉夫画自画像。他那幅横眉立目大胡子的自画像活像国际刑警在悬赏通缉的哥伦比亚大毒枭。盛情难却，他又把尊容画在粤唯鲜的签名册上"悬赏通缉"了一番。吴若增也画了自画像，画得叫人搞不清那是外星人还是一只公鸡。真正的画家冯骥才看了对服务员们笑道："以后你们在街上看见这个长相的人，那就是吴若增了！"

　　服务员端上一盘青菜，大家谁也不认识，张老板说这叫秋葵，是南方来的菜。戴小华一看就乐了："这是我们马来西亚菜，我们叫它羊角豆，很好吃的！"

果然她胃口大开，吃着羊角豆赞不绝口。张老板笑道："能使您在北方吃到家乡菜，我们很高兴，从此这道菜就改名叫羊角豆了！"

小华说："我每次到中国来，热情的主人总是请我吃些名贵大餐，说实话我并不爱吃，我喜欢吃些清淡蔬菜。再说，有些你们认为的名菜，在我们那里到处都有，比如你们认为水鱼（甲鱼）是名菜，在我们那里只是些市井街头小吃，上不了大餐的。说水鱼大补，我真不理解，补什么？"

有人说起大款们为了摆阔专吃国家保护的禁猎动物穿山甲什么的，小华惊讶地问："呀，这里的人连穿山甲都要吃的呀？我家后花园外面的山上，常有穿山甲出来散步，没有人要吃它的！"

我谈起吉隆坡的街心绿地都有猴子，小华则说常有猴子来到她家厨房外面看女佣阿霞做饭。

好优美的文学语言——穿山甲散步，猴子学习做饭，作家们为小华生动的形容喝彩。

第二天早晨小华又打电话来，她在告别天津之际，再一次让我代她向文友们表示感谢。我忽然问："照吴若增唱歌的那种节奏，你们的国旗要多半天才能升起来呀？"

她便亮起嗓音以应有的速度唱起了那首充满南洋情调的国歌。

澳门人不赌

澳门是举世闻名的赌城，号称东方的拉斯维加斯。

我第一次去澳门时，当地朋友陪我去参观"葡京娱乐城"。我从来没进过赌场，心里很犹豫，觉得那种地方很可怕。我这人从来不涉足任何与赌有关的活动，因为我自幼缺少"手气"，抓阄呀，摸彩呀，买奖券呀，从来没有过中奖的运气，于是认定自己只能靠诚实的劳动生活。当地朋友说："别看我们住在澳门，也只是陪外来的朋友去看一看而已，绝大多数本地人都不去真赌。"

我听了将信将疑，澳门人守着个赌城不去赌？他们真的能够抵御赌博的诱惑？后来我又两次去澳门，认识了不少当地朋友，这才了解到绝大多数当地人真的是不沾赌博的。

那么，澳门的赌场是专门赚外地人和外国人的钱的了！

"葡京"是澳门最大的赌场，到了夜晚这座赌城金碧辉煌分外夺目，金黄色的霓虹灯勾勒出它的轮廓，再加上这座欧洲风格的建筑物的墙体本来就是黄白两色的，使它简直就像用黄金白金筑成。有人说它的圆形楼顶像一顶硕大的皇冠，依我看更像一个大鸟笼子，专门捕捉从各地各国飞来的贪心鸟呢！"鸟笼"的正门很高很大，令人想到张开大嘴的虎口，你往里面走时真有点头皮发麻，担心自己会掉入虎口呢！

走进大厅，转着圈儿仰望穹顶画很有意思，整个环形画描绘的都是大海云天，海浪从四面八方向你涌来，使你有一种沉浮于大洋中的错觉。你转身360度，往哪个方向仰望都会看到一艘又一艘多桅船迎面而来。据说这幅穹顶画的寓意，就是扬帆万里顺风得意八方来客财源滚滚。香港人澳门人认为"财"与"水"等同，财就是水，水就是财，在一望无际的"财水汪洋"中，一艘艘大船满载赌客往赌场抛钱来了！

从这幅穹顶画上也可以看出，赌场确实是要靠赚外来客腰包里的钱。

住在"鸟笼"和"虎口"跟前的澳门人极少有赌徒，当地的中国人不赌，葡萄牙人不赌，土生葡人也不赌，或许因为他们看到的赌徒的悲惨下场太多了罢！港澳报纸常常登载某某人因赌债高筑走投无路跳楼自杀的消息。近年来，内地游客去港澳观光的人多了起来，新闻媒体也常常披露某内地人挥霍公款在澳门赌输了的惊人钱数，被内地警方拘捕的案例。

围绕在"鸟笼"和"虎口"周边还有一个有趣的现象——有大大小小几十个"押"字，当地朋友说，有"押"字的门脸儿就是当铺，什么"好运押""金宝押""黄金押"……当铺林立，生意兴隆，堪称是赌城的派生物。赌客们在"鸟笼""虎口"里输了个精光，最后的押宝就是跑到附近的当铺去押手表、戒指、项链等随身物件去变钱。当铺为赌客的服务十分周到，在澳门典当的东西，可以在香港等地赎回。但是，许多倾家荡产的赌徒永远无力赎回他们的东西了。因此，在澳门的"押店"里可以买到很便宜的手表、钻戒等等，从这些"押"字上也可以看出来赌徒的悲惨下场。

世世代代的澳门本地的本分人对这些现象看得太多了，因此他们决心不赌。

我在采访澳门同善堂和镜湖医院时，还听说了这样一个关于澳门人戒赌的故事：同善堂和镜湖医院都是有百年以上历史的著名慈善机构，在他们管理的产业中有不少"代管房地产"。这种房屋的主人在去世前留下遗嘱，因为他们担心子孙后代去赌博把祖产输光，干脆把自家的房产永久交予慈善机构代为管理出租，其子孙没有出卖权，但可以定期从慈善机构领取其祖产的租金。这样，创业者辛辛苦苦挣下的房产就不会葬送在败家子孙手中了。子孙们再怎么不肖，再怎么无能，也会从慈善机构支付的房租中得到生活保障，避免了饿死街头或自杀身亡的可怕命运。

澳门慈善机构受人之托发挥的这种行善功能大概是举世无双的创举了。

我听了以后陷入久久的沉思，小小的澳门赌场林立，面临这种布满陷阱的生存环境，勤劳聪明的澳门同胞竟能想出此等无奈而又决绝的对策，来保护自己的子孙，维护自己的做人信念和生活理想，真是一曲弘扬人性的赞歌！

可怜天下父母心。

可叹煞费苦心的先祖们。

可钦可敬杜绝赌博的澳门人！

域 外 警 察

由于作家的职业之便，多年来我去过不少国家和地区，回忆起许多异国他乡的警察印象，说起来还能敷衍成篇呢，也算是借他乡之石攻我方之玉罢！

香港阿 SIR 面面观

香港回归之前的 1994 年我第一次去香港时，看到警察觉得很新鲜。

香港闹市车水马龙，在全球城市中繁华拥挤程度仅次于东京，街道路口却不见一位交通警察，所有车辆均由信号灯系统指挥。但是，只要你违犯交通规则，就会不知从哪里蹿出来骑摩托车的警察找你罚款。在大街上常见到巡警，看来在香港当警察没有身高的要求，他们不像内地警察那样高大威猛，但个个显得灵活精悍神气十足。他们的制服裁剪十分可体，女警察戴无檐帽穿紧身短裙，男警察的制服也紧绷着身体，那真叫小腰一掐掐。我想格斗起来紧身服装不易被对手抓住，相比之下内地警服就显得肥大臃肿甚至有些傻乎乎的。

有一次在香港拥挤的闹市，我看见一位巡警牵着一条狗。香港人走路很快，在行色匆匆的人群中只有他漫步街头，狼狗与行人擦肩摩踵，老幼妇女无人惊慌，看来他们对警犬上街已司空见惯，知道那小毛驴般的大狗是不会乱咬人的。出于职业性的好奇心，我举着照相机倒退着想把巡警与狗拍照下来，但倒退几步就不免撞着行人。巡警明白了我的意图，友好地停下脚步勒住狼狗让我拍照。我拍完表示感谢，他微笑着招手致意，又继续巡逻了。

那时还是 90 年代初，香港离回归祖国的日程还远。我的穿着使人一望而知是大陆客，身为"英国皇家警察"的那位巡警先生对我的善意，给我留下了深刻印象。

香港警察有着英国式的绅士风度，尤其对记者很客气。1996 年秋，我在香港遇上当地本世纪以来最大的火灾，又是出于职业性的好奇心我赶到火场采访。那天是 30 多位罹难者的亲属祭奠亡灵，弥敦道两侧被人群围得水泄不通。祭奠现场两端路口都有警察把守，只允许死难者亲属和记者入内。我想了个主意，拿出一支有线绳的笔挂在脖子上，举着笔记本来到警察跟前，学着香港电视剧里的称呼叫了一声"阿 Sir！"那两位警察彬彬有礼地把身子一闪就放我进去了，我混在香港记者队伍里在现场逗留了三个多钟头。

听说香港某区的警察局迎门处供奉着两幅画像，一位是英国女皇，另一位是关公，每个警察上班时都向他俩敬礼。我听了好生奇怪，这么两位一土一洋一古一今一男一女各不相干的两个人，怎么摆到一起了呢？当时香港受英国统辖，挂女皇肖像还可以理解，关公和警察有什么关系呢？当地朋友告诉我，在港人心目中关公不仅是义气、忠诚、勇敢的化身，还能保佑一切武将的安全。警察工作免不了追捕歹徒枪战格斗，供奉关公以求平安，也是一种职业心理。香港回归以后，有关英国的旗徽、女皇头像全都摘掉了，在那个警察局里关公可以独享香火了。

台湾警长吴思陆

1996 年 11 月，我受台湾三所大学邀请去做文学演讲。在天津机场启程去香港时，边防检查站的警官看了我的赴台湾通行证，笑问："您去台湾啊！"

他一定知道我的名字，放行时还亲热地祝福："一路平安！"

我心里很受感动，一个作家在故乡受到人们的尊重是很幸福的事情。

从台北桃园机场一下飞机，我心里未免有些紧张。第一次踏上台湾土地，望着过去只有在影视剧中才能见到的青天白日旗，我怎么也找不准感觉。过海关检查时，我更是惴惴不安，因作家出访都要带许多赠送文友的书，不知道这些"大陆出版物"会不会被扣留。不料，那位警官看了我的通行证，公事公办的面孔立刻浮现笑意："您是大陆作家？"

我说是，他把手一挥说："作家来的还不多啊，欢迎，大家多来往才好哇，请！"

他看也没看我的箱子，就热情地放行了。一个作家在他乡受到人们的尊重是更幸福的事情。

从天津机场到台北机场，如果不是必须在香港办理入台手续和换乘飞机，只需几小时的时间。我不由得把天津海关和桃园海关两位同样尊重文化人的警官联系起来，心中真的涌起一股血浓于水的热乎乎的感觉。

还有一件事使我与台湾警方有了更密切的交往。

因为我们要去花莲市慈济医学院讲课，同行的上海女作家竹林的叔父余老先生给他在花莲警察局工作的两位学生打了电话，拜托他们关照我们。我们从花莲机场下了飞机，便有警车在恭候，两位身穿制服的警察朝我们敬了个礼，把我们请上了警车。其中一位吴思陆先生是花莲市警察局副局长，年轻英俊，体魄魁梧，脸盘身架令人一望而知是北方人的后代。相熟以后一问，果然他的父亲是大陆来台人士，祖籍河南，见了我这个北方人非常亲切。

在花莲逗留的几天里一直下雨，这辆警车冒雨"押送"我们到处观光游玩，我心里总有一种奇异的感觉。有一次我忍不住问他："您知道我在海峡那边的身份吗？"

他说不知道，我自报家门："我是中共党员，全国人大代表，倒退几年我来坐您的车简直是不可思议的事。"

他轻松地笑道："咱们这是民间往来，不关政治。"

在离别花莲的前一天晚上，警察局长请我们吃饭，还来了几位记者。那是一张长长的自助餐桌，那位正襟危坐的局长离我的座位很远，我便和对面的吴先生畅谈起来。我委婉地措辞："有个问题不知当问不当问，你们年轻一代的公务员对两岸关系的前景如何估计？"

他却毫无避讳单刀直入地说："您不就是想问台独问题吗？我的名字就代表了我的看法：思陆，父亲给我起了这个名字，就是思念大陆。至于台独，是走不通的。任何有民族、历史、政治、经济常识的人都懂得，台湾不能和大陆分开，单从地理上说它也是大陆架的伸延部分。台湾是个小岛，只有和中国联在一起，才能受到各大国的重视，才能成为世界注目的中心之一。如果脱离了中国，失去了大国地位，它就和太平洋上那些岛国没什么区别了，谁还注意它呢？不只是大陆来台人士的子弟这么看，祖籍本岛的人士也明白这一点，因此台独的路是走不通的。"

听了如此睿智的见解，我从心里钦佩这位受过高等教育的台湾年轻警官了。哦，思陆！

南洋路上警车追

1994 年我去马来西亚访问期间，由马来西亚艺术学院的画家曾子才先生陪我去马六甲市观光。

艺术学院派给我们的汽车，是一辆刚买来的旅行车，座位上还未拆下包装套。曾先生试了试这辆新车，我作为这辆车的第一个客人坐在了司机座旁边。我们都十分高兴，告别了热情的院长，汽车飞驰着离开了吉隆坡。这辆汽车比小轿车要高，前窗宽大，视野开阔，马来半岛热带美景尽收眼底。

马六甲在吉隆坡南 148 公里，距新加坡 245 公里。这条高速公路修得非常好，因为当天还要赶回吉隆坡，曾先生把时速定到了 120 公里。

一路上我俩正在说笑，不提防被三个戴头盔骑摩托的警察追了上来，曾先生急忙停车和他们交涉。马来西亚的警察一律由马来族人担任，华人无此殊荣。他们双方用马来语对话，我一句也听不懂。只见肤色黝黑的青年们开始都板着面孔，坚持着什么意见。我想起国内的交通警察，不由得暗笑：看来世界上的警察都是一样的。又见曾先生赔笑提了个什么建议，马来小伙子们的脸色顿时友好起来。曾先生掏出几张钞票塞给他们，三位警察先生就骑上摩托在公路上兜了个弯子呼啸而回了。

曾先生上车后把时速改为 90 公里。我询问刚才是怎么回事，他把刚才他们的对话翻译成华语："先生，你超速了。"

"没有呀，没有超过 120 公里呀！"

"那是小轿车的规定，你这是旅行车，限速 90 公里，应该罚款三百元。"

"这是辆新车，第一次出来，我没有开过这种车，以为它也属于小车范围之内。"

"罚款三百元。"

"可不可以商量呀？"

"商量什么？"

"请三位喝点咖啡呀！"

三张年轻的小黑脸露出白牙笑了，曾先生给了他们 50 马元。当然对方是不开收据的。

我抱歉地说："你为了陪我跑这么远的路，还叫您破费……"

他笑道："小意思啦！比罚 300 元强多啦！幸亏还在马来西亚境内，再往前开，遇到这种事新加坡警察可不肯通融。他们的纪律太严，查出来要丢饭碗的！那就非罚 300 元不可啦！"

我暗自掐算了一下，1 马元约等于 3 元人民币，行车超速要罚一千块钱，就连"通融费"也折合 150 元人民币呢！

澳洲警察无奈日

我在澳大利亚访问时，悉尼的华人朋友开车请我去吃饭。在悉尼闹市区的吃饭时间能找到一方停车位很不容易，这位朋友费了九牛二虎之力才"车得其所"。他一边往自动收费机里投币一边说："一会儿我还得出来一趟，给车另找一个位置。"

我问为什么，他指了指不远处一个警察："看见了没有，抄牌先生！"

我问："什么叫抄牌先生？"

他说："就是拿个本子专门抄下汽车牌号的警察。这里每辆车只能停一小时，过了时间就给你车窗雨刷上夹一张罚款单。朋友聚会聊天加吃饭一小时往往不够用，就得中途出来另找停车场。"

我更奇怪了："这是为什么？"

他解释："繁华区车位太少了，每次一小时，大家机会均等，这样合理一些。"

听了这种"车位面前人人平等"的规定，我急忙说："那咱们快去吃吧，别过了时间。"

我俩急慌慌地用罢午餐赶回停车场，一小时已经过了一点，还好，此时那里没有抄牌先生，我们钻进车里逃离了那个寸土寸金的停车场。

在墨尔本我还听说了一些关于警察的趣闻，友人告诉我："这里的警察每到周末和星期天最忙，他们分为开闷罐子大汽车的，开小汽车的，开摩托车的，骑自行车的，各忙各的，你猜是为了什么吗？"

我摇摇头表示猜不出来，友人便一一介绍："因为周末和星期天人们都拥到酒吧和歌舞厅里，或到大街上闲逛，一些年轻人或酒鬼胡闹滋事，就成了警察最忙的时候。在闹市区娱乐场所门外停着闷罐子车，有四个彪形大汉守候在车上，只要有违犯治安规定者被警察从娱乐场所拖出来，四个人一齐动手把那个家伙像扔口袋那样扔进闷罐车里关上铁门，有多少捣乱鬼都可以装进车里去。"

警察值勤时开小汽车和摩托车我们已经司空见惯，至于为何还得准备自行车，朋友说那是因为市中心交通经常阻塞，汽车的长龙排得密密麻麻，警车不好完成追踪任务，遇到歹徒徒步逃跑的紧急情况，警察只能骑自行车在一辆辆汽车的缝隙中灵活穿行追赶逃犯了。

当地朋友还告诉我一种关于警察的有趣风俗，堪称报复性亲吻。平时警察先生们总是一脸严肃，执法如山，淘气鬼们不敢惹他们。每当送旧岁迎新年的除夕之夜，人们走上街头狂欢。在小伙子们的助威下，一群一群的姑娘就会围住值勤的警察拥抱接吻寻开心，搞得警察十分狼狈却又不好发作，成为狂欢人群取笑的对象。除夕之夜女警察怕被众多男人亲吻，是万万不敢上街的。近年来因为艾滋病猖獗，这一风俗有所收敛，姑娘们围攻警察时一般改为拥抱贴面了。

一句德语险迷路

在我从维也纳坐火车去德国之前，心里非常紧张，因为我是外文文盲，只身一人长途旅行出了事难以应付。我国旅奥留学生帮我买了一张游遍德国各大城市再绕经德奥边境名城萨尔斯堡回维也纳的通票，又为我写了几张德文站名卡片，旁边注上中文和到站时间：波恩、科隆、汉堡、慕尼黑。我上车前带足了食物饮料，避免了到餐车点菜语言不通的困难。好在欧洲的火车极少晚点，我只要看准时间和中文站名，在月台上等候，就会有当地华人或德国汉学家来接应。每当我离开一座城市时，上一站的朋友就会打电话拜托下一站的朋友接应，令人想到电影里的地下交通员护送革命者偷越敌占区，一路上挺有刺激性。我在这些陌生朋友的关照下游遍德国的大城市，心想在德国当文盲语盲也没什么了不起。

不料，在归途中的萨尔斯堡却出现了"惊险镜头"，差一点打乱了后面的旅程。列车到达萨尔斯堡时，车厢里的旅客都走光了，我以为那些在边境站下车的都是德国人，于是拉开长椅躺倒休息。忽然有人叩门，进来两位德国铁路警察，朝我敬了个礼，咕噜了一串德语。我以为他们要检查证件，忙递上护照，我只会一句德语，便说："当K！（谢谢）"他们摇头，又敬了个礼，示意我跟他们下车。他们那纯正的金发碧眼和德式制服，以及那一脸肃杀的架势，都令人联想到电影里的德国兵。我心里紧张了，不肯跟他们走，拿出到维也纳的火车票，又说："当K！"

他们还是摇头，又敬了个礼，示意我跟他们下车。我又拿出从维也纳飞往莫斯科的机票说："当K！维也纳、莫斯科、北京！"

他们急了，不由分说拿起我的行李箱下车就走，我只好胡乱抓起零散物品随他们下了车。来到月台上我才发现，这挂列车已经在中段摘钩，我坐的车厢留在德国边境不走了，前面的半列列车已经缓缓启动了。两个警察一溜小跑把我的行李送上前面的车厢，我这才明白了他们的用意，急忙追赶上了车，扶着车门转身大喊："当K！"

两位德国警察笑着朝我招手，咕噜了一大串话，一定是祝我一路平安。我只会一句德语，只好一个劲地喊："当 K！当 K！"

三句俄语过难关

我小时候常去中苏友协和苏联小朋友联欢，也会说几句俄语礼貌用语，几十年不用，以为自己早就忘光了，没想到在莫斯科机场派上了用场。

1988 年我从维也纳飞往莫斯科，再从莫斯科改乘中国民航回北京。在莫斯科一下飞机我就懵了，机场太大了，我既不懂俄文也不懂英文，到哪里去找飞往北京的航班候机口？独身旅行，没有力气拖着两个箱子到处乱找。正在一筹莫展，忽见两个苏联警察在机场里并肩巡逻，情急之下不知怎么就想起了一句俄语"达瓦里士！（同志）"

两位年轻英俊的"达瓦里士"应声走过来，说了一串俄语，大概是问我需要什么帮助。我不知说什么好了，双手伸平做飞机状，中文夹着英语说："我，北京—莫斯科。"

他俩似懂非懂，我伸平双臂又作飞机状，唱道："莫斯科—北京，莫斯科—北京……"

他们一个瞪大蓝眼珠儿一个瞪大黄眼儿珠茫然地望着我，我这才意识到只有中年以上的人才知道那首表现中苏友好的歌曲《莫斯科—北京》。后来两国交恶时，大约这两个小伙子还未出生。他们弄懂了我的意思，每人提起我的一个箱子，为我引路朝中国民航候机厅走去。

老远的看见一些黑头发黄皮肤的旅客，我就像见到亲人一样欢叫起来。这时，我不知怎么又想起一句几十年不用了的俄语"斯巴西巴！斯巴西巴（谢谢）！"

两位"达瓦里士"放下行李，来了个俄式的向后转，皮马靴踩得地面嘎嘎响着走了。我心里充满了感激，又一句早已忘记的俄语从记忆的海底冒上嘴边："多斯维达尼亚（再见）！"

两位俄国警察转过身来朝我说了许多话，我可就一塌糊涂了。他们哪里猜得到，别看我这三句俄语用得这么是地方，其实我只会这三句俄语呢！

唉，不管是在国内还是在国外，人到了危难时刻还是离不开警察叔叔呀！

欧洲警察趣闻多

在奥地利的高速公路上，每天上午和下午都有交通警察乘坐直升机巡视路面，发现交通事故及时通知急救人员和排除交通故障。

汉学家施华滋先生领着我们在阿尔卑斯山游览时，遇到一件非常有意思的事情。山路回转S形拐弯处很多，在一个险要的拐弯处突然看见一位警察在值勤，手中挥动着指示慢行的小旗。开车的先生们远远地看到警察都很害怕，一个个放慢了车速。待到近处一看，没料到这位警察先生是个偶人！它是个标准的美男子，金发碧眼，高大英俊，用软塑胶做的面庞极有皮肤的弹性感觉，再加上那一身合体的呢子制服，帽徽肩章领章一应俱全，活灵活现到了以假乱真的程度。它永远面带微笑，忠于职守，右臂上下摆动慢行小旗，背后是悬崖临危不惧，真是一位好警察先生！

受了骗的驾车人们个个哈哈大笑，都想细看一下这位美男子，驶过它身边时还向这位风风雨雨日日夜夜立于悬崖上的"警察先生"招手致敬和告别，一辆辆汽车自然减速了，这个事故多发地段也就很少发生交通事故了。

看到这位栩栩如生的警察模特，旅途的单调和疲劳一扫而光，山路上回荡着阵阵笑声。多么聪明的主意！我很想和"警察先生"合影留念，但险要的拐弯处不许停车，只得作罢。

告别了以假乱真的警察偶人，我又在慕尼黑领略了古典骑士风度的骑警。深夜，德国朋友汉斯领我在慕尼黑街上散步。幽静的小街，石板砌的路面，欧洲风格的优雅的路灯，俾斯麦塑像，所有这一切都令人怀疑回到了上个世纪。此时，从远处传来马蹄踏着石板路的声音，自远而近，清脆悦耳。一位头戴铜盔，足蹬高筒马靴的骑警在路边缓缓走过，一座座路灯映照着他和那高头大马的身影。

我不由得赞叹："有了这位骑士，这里更有古典韵味了！"

汉斯在台湾学过汉语，他给我讲了个更有意思的故事："说起骑警，我们德国人就不如法国人浪漫了。在法国有的城市，专门挑了一些漂亮姑娘当骑警。"

我奇怪地问："为什么？"

汉斯笑道："据说是因为开车的男人们在路上互不相让，造成交通堵塞。这些先生在美女警察面前都会表现得有绅士风度一些，互相礼让，就不会抢道塞车了。"

我听了哈哈大笑，说："这也就是在你们欧洲才行得通，要是在我们中国找一些年轻漂亮的姑娘骑上大洋马在马路上这么一走，交通就更加堵塞了。中国人好奇心强，特别爱看热闹，开车的男人们个个伸长脖子看美女骑警，忘记开车了，谁也不走了，汽车会把整个路口都堵满啦！"

如今，大连有了女骑警，也未见开车先生们贪看美女堵塞交通。看来中国男人也想在女骑警面前表现出绅士风度，是我小瞧了他们。

戴安娜评说

永远的戴安娜

曾经的那副小鸟依人娇羞模样

戴安娜与查尔斯的婚姻失败之祸根，并不是他们各自的婚外恋。一位熟悉英国皇室历史的人士说："在公众面前戴安娜的风头压过了夫君，是这桩婚姻的致命伤。"

这句话一针见血地指出了戴安娜悲剧命运的实质——她在媒体面前的优势使她的光彩压过了女王、王储、王太后、王子、公主，一句话，她犯了盖君之罪，因而遭到全体皇室成员的抵制与驱逐。

别看英国皇室本朝是女王当家，但女王所维护的仍然是"男尊女卑"的传统，大有"除女王本人例外"的意思。英国王室1200年的历史显明，任何女人一进王室，只能沦为皇家的性奴隶与装饰品，要休要杀完全操纵在男人手中。亨利一生到处诱奸臣妻，私生子女多达20个以上。亨利八世娶过六位皇后，其中两个被他砍头，两个被他逼迫离婚，一个分娩而死，只有一人幸存。还有更多的皇帝公开蓄养情妇，将妻子打入冷宫。王室男人可以为所欲为，王室女人若是有不轨行为就要与情人一起受到残酷惩处。英国于1351年制定的《叛国法》（目前仍有效）规定，任何男人与皇后或王位继承人的妻子通奸属叛逆罪，可判终身监禁。

戴安娜以现代女性的反抗精神与独立人格，在这样顽固的封建堡垒中，坚持了一场"宫廷内的两性战争"，无怪乎西方女性主义运动视她为战友了。

其实，戴安娜所犯的盖君之罪，开始完全是不自觉的。在她嫁入深宫头几年，她生下两个小王子，一门心思全在孩子身上，想当个贤妻良母，战战兢兢地学习宫廷礼仪，以求讨得公婆欢心。天生害羞的她每次在公众面前抛头露面都吓得心惊肉跳，甚至不敢抬眼直视记者们的镜头。我在新加坡看过一部拍摄王储夫妇访问澳大利亚的电视片，新婚不到两年的小夫妻坐在草地上接受记者们采访，戴安娜怀抱才几个月大的威廉王子。记者每提出一个问题，查尔斯都在她耳边低声教给她如何回答，即使这样，她说话时仍然缺乏自信心，不时地瞅丈夫的脸色。那副小鸟依人的娇羞模样煞是惹人怜爱，丝毫找不到后来的女性主义斗士的端倪。

查尔斯王储自幼过着众星捧月的日子，一直以为自己的尊贵地位仅逊于女王，国王的宝座早晚是他的。起初公众对王妃表示出的巨大热情并没有引起他的不快，有美貌新娘相伴还曾满足过他男性的骄傲。他心中压根未把这个空有贵族头衔实则来自民间的小女子当一回事，认为她只是自己的附属品。

不料，以后的每一次社会活动和出国访问，公众的热情都倾注给戴安娜，明显地冷淡了查尔斯。鲜花、问候、欢呼，记者们的追逐都集中在戴安娜身上。唯我独尊的王储明白了谁是真正的明星，自己只是个陪衬角色，起初他还能自解嘲："我只有替她拿花的份，我很清楚自己的角色。"

他曾期望喧宾夺主的情况会慢慢改变，殊不知，几年过去了，在媒体的推动下公众对戴安娜的兴趣不仅没有减弱，反而日益高涨。王储夫妇走到哪里，欢迎的人群都希望戴安娜靠近他们这一边，查尔斯靠近的另一边人群即会表示失望或不满，一味呼喊着戴安娜的名字。在澳大利亚、加拿大、美国，到处如此。查尔斯的羞恼和嫉妒已无法掩饰，他的自尊心受到了极大的伤害，以后宁可单独出席各种活动了。

早在戴安娜处于无意状态时已经对夫君构成了如此严重的威胁，待到他俩的婚姻触礁，她自觉地利用自己在公众中的影响向王室和丈夫发起反击时，查尔斯就更加难以招架了。有史以来头一次，叛逆女性面对整个王室势力占了上风。若不是戴安娜夭亡，这场"两性战争"还会打一场持久战呢！

"盖君之罪不可犯"的游戏规则，似乎适用于各种文化背景的国家民族，甚至也适用于各种部门单位。一些工作能力强而又很忠于上级的人，却受到上级的嫌恶乃至排挤。这些"忠君"的能人如果闹不懂个中原因，真该多捉摸捉摸那幅漫画"武大郎开店"。

全球竞说戴安娜

自从有了电视机、电脑、网络、手机等现代传媒通讯手段，媒体越来越能够左右公众舆论掀起新闻热点了，或者说，公众舆论越来越能够影响媒体形成新闻热点了。双方不管是谁左右了谁，谁影响了谁罢，反正本世纪末的日子比世纪初要热闹多了。

事有凑巧，我几次出访途中都遇上一些热闹。

前年年初，我和几位文友去香港、新加坡、马来西亚、澳大利亚访问。即将离开香港时传来我军举行军事演习，导弹准确命中台湾海峡目标的消息。铺天盖地的"新闻轰炸"使我们的旅途立刻变得热闹起来。一路上走到哪里，当地华人一听说我们是中国大陆来的，都会问："海峡两岸会不会打仗？"

好像我们是中国外交部的发言人。途经三个国家的六七座城市，人们都在谈论着这同一个话题，一路热闹到南半球南端的墨尔本。

去年秋天，我去台湾访问，归途顺路和另外几位文友访问香港澳门，恰逢香港在回归前选举"推选委员""临时立法会议员"，后来又有三位候选人竞选香港特别行政区首任行政长官。每天从电视屏幕上见到董建华等几位先生忙得团团转，到各处去演讲宣传自己政见。我们这些过路客也跟着兴奋，猜测、期盼，和各个行业的香港朋友见面大家都要议论竞选，又着实地热闹了一阵子，过了一把"贵在参与"的新闻瘾。

今年9月初，新加坡国家艺术理事会邀请我去参加"作家周"活动，顺路想看看回归后的香港，于是选择了途经香港的航线。说起来我与香港真是有缘分，这是第八次在启德机场降落了。开头几天还挺清静，不料忽然有一天各大媒体同时大放悲声：一代红颜戴安娜车祸身亡香消玉殒！整座城市一下子便被这股戴安娜新闻大潮覆盖了！香港上千家报刊，没有一家不说戴妃的。报纸每天都以整版的文章和彩色照片使你目不暇接，让每一位市民对戴妃的悲剧故事了如指掌。电视台众多频道整日播放戴安娜专题节目，我抵制不住这种诱惑，每天坐在电视机前看到深夜，累得做梦都梦见这位与己无关的西方美人。到了英联邦国家新加坡，戴安娜旋风更是吹遍狮城，甚至我们这些来自世界各地的作家见了面不谈文学而是竞说戴安娜。

当代人被媒体牵着鼻子走牵着眼睛看牵着大脑想牵着嘴巴说牵着钱包买商品，美滋滋地沦为媒体的奴隶了。

现代生活的节奏太快了，当我回到香港时，因为已对戴安娜发生浓厚的兴趣，便想带回一些资料。不料，十天以前还充斥书店和报刊摊的登载戴安娜专题的杂志，竟然一册都买不到了！各大媒体又在热热闹闹地痛说东南亚金融危机，世界银行年会，印尼森林大火……

现在，戴安娜长眠于故乡寂静的湖心小岛，总算逃脱了媒体的追踪。我一直认为这位特殊的女性不仅属于新闻，更应该属于文学。新闻追求热点与时效，而文学追求人性的久远价值。无论是从古典童话还是从现代人之困惑的角度，戴安娜身上都闪烁着人性的光辉，称得上是一个活生生的文学人物。好莱坞影星玛丽莲·梦露去世多年了，人们仍然没有忘记她。戴安娜在社会舞台上演出的人生活剧比梦露还要丰富多彩，更值得人们追念与反思……

从"世纪婚礼"到"世纪葬礼"

都没有料到，戴安娜之死会引发一场如此轰动的全球性效应。

戴安娜遇车祸身亡的噩耗传出后，英国民众源源不断地前往她生前居住的肯辛顿宫吊唁，直到参加葬礼夹道送灵，估计出动了几百万人次。鲜花、素烛、写满深情的悼念卡，组成了花团锦簇的海洋。人们排起长龙在白金汉宫的悼念册上签名致辞，英国驻美、法、德、意各个国家的使馆门前都堆满了吊唁者送的鲜花。车祸地点巴黎塞纳河隧道外面更是成为第二个凭吊胜地。世界各国几乎所有的首脑都发表了致哀讲话，几乎所有的传媒都连篇累牍地发表新闻。戴安娜既不是国家政要，也已不是"太子妃"，只是个名女人而已，全球的人对于她的亡故给予如此高的礼遇，真是非同寻常的事情。

9月7日，英国电视台统计，前一天戴安娜的"世纪葬礼"约有3150万英国人通过五个主要电视台观看了葬礼，现场直播的收视率相当于全国人口的59%。远远超过1981年收看查尔斯与戴安娜婚礼的人数，当年有2200万人观赏了那场"世纪婚礼"。

英国广播电视方面的发言人说，这是一项规模最大的直播节目，动用了100台摄像机，300名技术人员和22个活动控制处。英国的现场直播转至185个国家地区播映，全世界约有25亿人收看了葬礼实况转播。其中德国有1600万人，占德国人口的五分之一，意大利有将近1400万人。车祸出在法国，相信法国的收视率会更高。

美国总统克林顿的夫人希拉里专程飞往伦敦出席葬礼，总统本人则抛开政务观看了葬礼的电视转播。有人说在英国历史上，只有丘吉尔首相的葬礼可以和戴安娜葬礼相提并论，当年虽然也是万民空巷为丘吉尔送葬，但那时电视机尚未普及，丘吉尔纵然是率领英国军民战胜法西斯的功臣，也无法得到全世界25亿人收看葬礼实况转播的殊荣。

这真是一个耐人寻味的社会现象，甚至可以说是一种值得研究的人类现象。

相信日后英国女王伊丽莎白的葬礼，绝不会出现如此盛况。单就男女老幼自发出动，人人肝肠寸断痛切哀悼的悲情来说，任何国家首脑、政要、名人、明星的葬礼，也很难超过戴安娜之死的震撼力。戴安娜的芳名将是一个久远常新的话题。

文学即人学，身为作家当然随时随地喜欢研究人了解人，身为女作家更加喜欢研究名女人了解名女人。出国途中碰上这等百年不遇的社会新闻，当然引起我的兴趣。8月31日戴安娜车祸丧生时我在香港，从此我所到之处随时都有她的美丽照片映入眼帘。我于9月2日抵达新加坡，10月又回到香港，可巧我去的这两个地方，前者历经英国150年的统治，后者曾是"英联邦"成员，都深受英国文化的影响。在这段时间里，有关戴安娜的新闻几乎成为人们关心的头等大事。在飞机上随手拿到的报纸也充斥了这位美女的肖像，望着她那喜欢斜视的碧蓝的眼睛我暗自发问：你的魅力究竟在哪儿？为什么会有那么多人喜欢你？你的短暂而光彩夺目的生命给世界留下了什么？你是一本读不完的精美书籍，还是一个说不尽的童话故事，或者如艾尔顿唱的那首挽歌，是一颗永远燃烧永远明丽的风中之烛……

她的遗言竟是"别打扰我！"

在香港翻阅关于戴安娜遇车祸猝逝的报刊文章，我第一次听说了"狗仔队"一词，港人发明的这一俗称是指那些受聘于报刊到处挖掘新闻的自由摄影师，他们如猎犬般追踪名人，故获此名。他们为了拍到独家照片向传媒兜售牟取暴利，拿着超长镜头、摄影机，乘坐摩托车、汽车、汽艇甚至直升机追踪目标，专门摄取政要首脑、名人、影星、球星、歌星的隐私照片，其"偷猎"的镜头都是公众人物最不愿让人看到的一面。为了达到偷拍目的他们不择手段，乔装、埋伏、爬梯子、混入名人出入的场所，甚至故意制造意外……港人讨厌其行径，才送给他们这个不雅的绰号。他们的穷追不舍造成戴安娜撞车身亡之后，"狗仔队"更是声名狼藉了。

"狗仔队"猎取到的名人隐私镜头大都趣味低下，例如戴安娜在健身房张开大腿做运动，她与情人接吻，她访问香港时游泳，甚至连剪脚指甲的举止也被偷拍后在报上公开。

戴安娜死后，香港许多读者给报社写信，愤怒指出"侵犯他人隐私的行为是杀死戴妃的真凶"，还有许多人士厌烦报纸泛滥"花边新闻"的低级趣味，发表文章质问："为什么贵为王妃便不能剪脚指甲？为什么当了王妃便不可在健身房内张开大腿做运动？为什么王妃不能有自己私人的空间和活动自由，一定要让公众知道她的一切，甚至上街，换衫和去厕所？"

法国《巴黎人报》报道，戴安娜撞车后昏迷时，"狗仔队"仍不顾一切地贴近她拍照。该报引述一位曾在现场抢救伤者的医生说，当时一些照相机离戴安娜的脸部只有几寸。频繁的闪光灯增加了这位濒死者的痛苦，结果她留下的最后遗言竟是"别打扰我！"

西方人在临终前，大都希望在牧师的祈祷中宁静地告别人世，可怜的戴安娜连最后的权利都被剥夺了，那些为了赚钱而不择手段的"狗仔队"也太铁石心肠了！后来，法国检察机关以"过失杀人，见死不救"等罪名对"狗仔队"成员提出了指控，此案正在审理中。

在香港学会"狗仔队"的称呼之后，我又在新加坡发现了一个新鲜的词组"道德底线"。9 月 8 日的《新明日报》登载了一条消息"香港记者协会主席黎佩儿呼吁公众罢买一些缺乏道德底线的报纸或杂志，以行使读者的权利"。

在人欲横流的当今社会，谁再敢于呼吁"道德高线"，就会像堂·吉诃德大战风车那般可笑而徒劳了。但是，媒体与文学出版既然是一种对公众有影响力的社会行为，最低限度也该设置一道"道德底线"罢！

所幸，我们的法律有保护私人肖像权的条款，才没有出现肆无忌惮的"狗仔队"。但是，近年来的一些报刊书籍，特别是一些小报的文章图片，也染上了热衷于追踪影星、歌星、名人的生活琐事的癖好，津津乐道于某影星养了什么狗，离了几次婚，做了什么梦，偏爱什么食物，最近胖了还是瘦了……甚至有的影星的婚变史能够写成一本书，她的书充斥市场以后其前夫又以离婚为"商业点"出版另一本书……文学作品中的性描写也早已由"味精""佐料"跃升为"主菜"，而且大有泛滥之势。文学圈内把一些"写官能刺激""写器官"之作戏称为"文学三级片"……我并不反对报刊适当地搭配一些"软性文章""花边新闻"，也不泛泛地反对文学作品中的性描写，古今中外的读者都想看这方面有意思的作品，这也是大家心照不宣的"共识"。但我想"有意思的作品"起码得保留一定的审美层次，总要有一些人性的意义和人文精神罢！"道德"已经退到了"底线"，没有地方再退也不能再退了！人们在一味赚钱时，真的应该为自己的行为设置一道"道德底线"！

手染鲜血的报章是最不自重的！

戴安娜这样一位致力于社会公益活动，为公众造福的慈善家，却死于被西方媒体煽动起来的公众酷好名人隐私的无聊需求。在香港电视上乍一看到这条新闻，我很为这位貌美如花的名女人惋惜，她死得太不值了。

几天以后，我的这种惋惜心情得到了一丝安慰。从香港和新加坡的华文报纸连篇累牍的文章可以看出，她的惨死引发了世界许多国家的媒体和公众关于"新闻自由与人类责任的关系"，"（公众）知的权利"与"隐私权"的关系等重大问题的严肃讨论。

法新社援引一位律师的话说：尽管司机酒后驾车，但摄影记者"狗仔队"仍难辞其咎，如果不是他们驾摩托车穷追不舍，那位司机很可能就不会为了躲避而超速行驶。日本三大日报《朝日新闻》《读卖新闻》《每日新闻》都呼吁由此事件来检讨媒体良知，指出："我们的世界正迅速对自重的感觉变得生疏，不自重的行为猖獗。在这次事件中，手染鲜血的报章是最不自重的。""我们必须对自己的疏忽进行反省。""戴安娜的逝世引起一些媒体工作者重新考虑他们的工作方式。"

巴西总统卡多索对记者说："戴安娜之死应迫使新闻工作者重新检讨他们在专业方面的限度。自由意味着责任，从事一项专业的人必须界定他们的责任，并确定其限度。"

9月7日，我粗略地浏览新加坡《联合早报》，有一篇社论引起了我的兴趣，不由得细读了两遍。该文名为《权利与责任相辅相成》，介绍了由东西方25位著名政治家所发起草拟的《人类责任宣言》：

> 这项宣言目的是补充推行了将近半个世纪的《人权宣言》。《人权宣言》所代表的主要是西方思想和文化背景，当今有必要将"自由"与"责任"这两种观念加以平衡。有权利就必须有义务，这样的概念对个人、政府和传媒都是很合理的。
>
> 新闻自由原本也是出自人权的观念，然而，当新闻自由被滥用的时候，新闻人物的隐私权却受到肆意的侵犯。前英国太子妃戴安娜在"狗仔队"追踪之下出事身亡，隐私权也就重新成为国际间的关注焦点。
>
> 所有具有理性和良知的人，都必须在团结一致的精神下，对家庭和社会以及对种族、国家和宗教负责。己所不欲，勿施于人。

旅行箱中未带剪子，我用酒店摆放的水果刀细心地裁下这篇社论存入资料袋。新加坡和我国社会制度不同，却都是华人为主的东方国家，在"人权与人类责任"问题上，我们的观点几乎完全一致。我在新加坡参加"作家周"活动期间，注意搜集这些报章反映。望着一幅幅已经香消玉殒的戴安娜美丽的照片，我感受到了"己所不欲，勿施于人"这句东方文明千年古训的悲怆意味。

一个人的死，能够引起全球各种报刊参与一场"自由与责任"的认真讨论，甚至能够让人们觉得有必要对西方一向视为经典的《人权宣言》加以补充，需要有一项《人类责任宣言》与《人权宣言》相辅相成。由这种意料不到的社会效果看来，一代名媛戴安娜也算死有所值了。

她生前多次表达了访问中国的愿望

在我见到马毓真先生以前，我一直以为戴安娜与中国的关系仅限于她喜欢打太极拳和看过中医。她没有来过中国，对于我们来说这位世界级名人显得陌生而遥远。

我在香港拜访了外交部驻香港特别行政区特派员公署，并经友人介绍认识了公署首任特派专员马毓真。他热情地和我们在新建的公署大厦大厅里的巨幅浮雕画《高山仰止》跟前合影，大概我是第一个来到这座崭新大厦的内地作家了。

外交公寓的建立，标志着我国在香港行使外交主权。这座大厦位于港岛半山坚尼地道，占地6 600平方米，总建筑面积39 300平方米，包括办公大厦和职员宿舍楼两座，分别高20层和24层。室内装饰既富于民族特色又体现了现代风格，大厦外墙由淡绿色玻璃形成了整体感与明快色调。大门上方中央镶嵌着庄严国徽，门前高耸的白色旗杆上飘扬着鲜艳的五星红旗。朋友的房间在高层，大厦又是在山腰上，我站在大玻璃窗前俯瞰市容，港岛、维多利亚湾、九龙，甚至远处的新界、沙田，都能够尽收眼底。作为一个中国人再看回归后的香港，心里真是舒畅极了。

马毓真特派员是一位资深外交官，曾任我国驻英国大使。于是，我在这里得到了意外的收获——当年的大使在英国和戴安娜是朋友。我这才听说了戴安娜生前曾多次表达了访问中国的愿望，心中顿时增加了对她的亲切感。马毓真和夫人在英国期间，曾多次与戴安娜会面。为了磋商访华事宜，戴安娜请大使夫妇吃饭，表达了友好和殷切之情。若不是遇车祸身亡，她原定于9月26日访问香港，特意给马毓真发来了传真，双方约定共进午餐再议访华细节，可惜这一切都来不及实现了。

9月2日，马毓真特派员到英国驻香港领事馆吊唁，追思老朋友音容，表示对戴安娜逝世感到震惊，并对其家属表示慰问和哀悼。

从这些交往上可以看出，戴安娜也是中国人民的朋友。可惜她的生命太短促了，未能领略东方古国的神韵，中国人民也只能在电视和报刊上一睹她的风采了。想到此处，我心里对这位美丽的"亲善大使"的谢世平添了多一层的遗憾。如果戴安娜实现了她访华的夙愿，在中国所到之处那将会涌现怎样的盛况啊！中华慈善总会接待过许多世界著名的慈善家，却没有来得及接待这位几乎走遍世界各地的慈善天使，如今这只能是一种慨叹了。

一位香港市民在英国领事馆门前吊唁时，曾仰天长叹："天妒红颜！"

连苍天都嫉妒或是倾慕戴安娜的美丽，早早地把她召回天国去了。人们该有怎样的哀伤和挚爱，才会发出这等痛彻的怨言啊！

今年年初，我听到了一个令人高兴的消息：威廉王子和哈里王子为了完成母亲的遗愿，已经表达了希望访问中国的心愿，伦敦有关方面正在为此磋商。想到两位少年王子就懂得替母访华促进中英两国人民友谊，我从心中升起深深的感动，祝愿两位小王子访华之旅早日成行。

英国公众"心中的皇后""人民王妃"

能否正确估价戴安娜之死对英国王室的震撼力，和对今后王室前途王室形象的深远影响，是摆在伊丽莎白女王面前的严峻课题。不管王室成员们接受不接受这个现实，英国报章已经指出："戴安娜王妃的逝世，显示英国王室必须适应时代变化，否则无法生存下去。"

在英国民众连续几天的哀悼大潮的冲击下，布莱尔首相也向女王传达了这一信息，进言王室不能在新时代面前墨守成规。

关于一些国家的王室，其实大家都清楚，只不过是一种历史文化的象征，或曰传统的橱窗。如今世界上仍有不少国家是王国制，或是君主立宪制，欧洲的瑞典、丹麦、挪威、荷兰、西班牙、比利时、卢森堡、摩纳哥、列支敦士登等；亚洲的日本、泰国、尼泊尔、锡金、不丹、约旦、沙特阿拉伯、阿拉伯联合酋长国、阿曼等；非洲的摩洛哥、莱索托、斯威士兰等。其中，在殖民主义时代曾是"日不落帝国"骄傲代表的英国王室影响最大财富最多，保留的传统心理古典礼仪也特别牢固。

20世纪科学技术经济领域的现代化高速发展，带来了生活方式的多元与开放。个人感情的自由追求，对传统婚姻家庭观念的冲击越来越厉害，英国王室内部也是树欲静而风不止。近年来频传年轻一代王室成员的婚变内幕，其中查尔斯与戴安娜双方各自层出不穷的绯闻曝光最为引人注目。经过媒体的推波助澜，给伊丽莎白女王造成了空前的尴尬与长期的窘境，"大英帝国"皇家的尊严和体统一次又一次被动摇与破坏，女王心中对戴安娜种种"越轨行为"的不快也是可想而知的。

戴安娜之死在英国公众中引起如此规模巨大的哀悼活动，人心向背昭然天下。民众称戴安娜是"心中的女王"，这对伊丽莎白女王来说是莫大的讽刺和羞辱，使她不得不正视这个她所不喜欢的前儿媳之声望远远高于她自己的现实。英国首相布莱尔称戴安娜是"人民王妃"，则是顺应民意的公正评价。王室摘去了戴安娜的"殿下"称号，公众舆论却封她为"心中的女王""人民王妃"，王室还有什么威信可言呢？

戴安娜在她16年短暂的太子妃生涯中，完成了丰富多彩的社会角色，被誉为"现代女性模范"。皇室王妃与现代女性，这两种相去甚远的女性风范，在她身上竟然形成了精彩的和谐统一。戴安娜的深远影响，无疑会吸引王室年轻一代竞相效法，从这一意义上讲，可以说戴安娜是"王室改革"的揭幕人。

伊丽莎白女王虽已年迈，但要着手改变王室形象重振声望也不难，戴安娜已经做出了成功的样板，那就是亲民开放，真诚地投身于慈善公益活动，迎接 21 世纪的到来。

从电视上看到英国皇宫门前卫队换岗的古典仪式及其带来的旅游业收益，我曾经突发奇想：我们的故宫若是保留下来清朝小朝廷，不也能成为独具特色的旅游景点么？当初辛亥革命若是容许保留一个象征性的皇室又会怎样呢？在新加坡收看戴安娜葬礼的实况转播，我打消了这种设想。在工业革命的发祥地英国，早已只是国家象征的皇室都如此因循守旧，何况在我们这个东方封建古国呢！如果在紫禁城端坐着个皇帝，我国改革开放现代化进程的步伐将会加艰难了。

舍生取义的古典骑士精神不复存在

戴安娜之死，引起又一次女性话题的讨论。香港报章载文提出"女性承受的社会压力""假如王妃是男人"等问题，直指男权社会对女性的歧视与压制。

海外一些女作家撰文赞叹戴安娜是"觉醒了的现代女性""敢爱敢恨，显现真我"，又惋惜她"总是爱不对人"，列举她错爱一连串"衰男人"。衰，衰落、退化、猥琐之意。粤语"衰男人"贬义很多，泛指人格太次，利欲熏心，背叛友情，缺乏正义感与责任感，总之是人们常说的那种行事不像男人的男人。

可怜的戴安娜遇上一个大男子主义的丈夫，视她为王室的装饰品和传宗接代的工具。王室在选择太子妃时，只是因为查尔斯年过三十，有责任为皇室繁衍继承人，而老一辈皇室成员希望他找一个贵族出身的美貌处女，具备这样条件的人选不多，这才物色到戴安娜。查尔斯同意娶她属于政治行为，而年方十九的她却抱着古典式"王子公主"的浪漫梦幻嫁入宫中。她为王室生下两个金发碧眼的"纯种"小王子，查尔斯并不感念她的功劳而给予她些许温情，公开地移情别恋，害得她年轻轻的独守空闺。

寂寞的深宫生活使她格外珍视少年时代的友谊，于是她向儿时好友吉尔比倾诉了自己的不幸。不料，吉尔比为了巨额报酬向媒体曝出她曾患产后忧郁症、厌食症、暴食症和五次企图自杀的秘密，引起舆论哗然，造成她与王室关系的恶化，加速了她尽力维持的婚姻的崩溃。

她在极端压抑中又爱上另一个男人马术教练休伊特，这个男人却为了300万英镑出卖了她，出版了《恋爱中的王妃》一书，把他们的奸情公布于世，使她的感情受到极大的伤害。

但她还是执着地追求爱情，与她同车而亡的法耶兹是闻名的富商之子和花花公子，如果他不死，今后他俩的爱情能否持久也是个未知数。

如果是在古代，她或许能够找到忠于自己的骑士，可惜当今许多男人已经蜕化为政治动物或经济动物了，舍生取义的骑士精神早已不复存在了。

欧洲王室的风流韵事自古有之，着实浪漫过几个世纪。大仲马的名著《三个火枪手》（又名《三剑客》）就是颂扬了古典的骑士精神。书中的女主人公法国王后就比戴安娜幸运，她私赠爱情信物给英国白金汉公爵，主教向法国国王密告了她的奸情，丈夫限她在几天之内交出信物以示清白。忠于王后的骑士们挺身而出，骑着快马星夜兼程奔向英国，一路上过关斩将九死一生，终于在限定时间内取回信物，保全了王后的名节。

和现代男人相比，古代骑士们太傻了，他们不懂得以出卖戴安娜式的名女人发大财，皆因他们男子汉的英雄气概还没有"衰"。我看过一篇文章，介绍泰坦尼克号"冰沉船"海难中，因为救生艇不多，船上所有的男人都视死如归，把生的机会让给妇女儿童。试问，如果泰坦尼克号在当今沉没，如今的男人们还能有那种集体的自我牺牲精神么？

虚拟的假设没有意义，在现实生活中年轻力壮的大男人和老人妇女儿童抢着上车，抢占座位的事却屡见不鲜。

戴安娜心地单纯错爱于人情有可原，而男人们欺世盗名，见利忘义，背叛朋友，出卖女人，却是"衰"得可耻可鄙可怕了。

戴安娜与安娜·卡列尼娜

可以说，戴安娜是一个活生生的文学人物，因为她的现实故事令人想起许多文学名著中的女主人公。

最容易令人产生联想的是安娜·卡列尼娜，同样的美丽典雅，同样的贵妇，同样的婚姻不幸，同样的叛逆，同样的追求纯粹意义上的爱情，同样的爱儿子，同样的敢于揭露上流社会的虚伪公开自己的恋情，同样的为传统势力所不容，同样的悲剧结局风华正茂香消玉殒，只是一个卧轨自杀，一个车祸身亡。

香港电视台重播了 1995 年 11 月 20 日戴安娜接受英国广播电视台的采访，配有中文字幕。这部专辑很长，我逐字逐句认真看了，当时就想到了安娜·卡列尼娜。戴安娜明明知道这次电视采访会向全世界转播，她还是勇敢地承认了自己的婚外情。尽管在四个月以前查尔斯接受电视采访时先承认他有情妇，但传统观念对男人总是宽容的，而对女人"不贞"却存在偏见。身为王妃这样做需要很大勇气，这无疑是对查尔斯的狠狠报复和对王室体面的巨大打击。安娜·卡列尼娜的时代还没有电视，要是有，我想她也是敢于这样做的。

戴安娜和安娜的性格一致之处是痛恨虚伪，在被虚伪的面纱包裹着的上流社会独树一帜敢于显现真我。自古以来，欧洲王室和上流社会从未中断过奢靡淫逸之风，封建农奴制的沙皇俄国更是一个专制保守的社会。王孙贵族政要富商蓄养情妇是公开的秘密，但在表面上却又维护宗教仪规和传统观念，保持着家庭的名誉和完整。安娜如果不从家庭出走，只是私下里有婚外恋，仍能像个贞节烈女一样出入于上流社会。但是她不愿意如此虚伪地生活下去，只身捍卫自己追求幸福的权利，冲出家庭并提出离婚，向"社会传统"作了挑战，最后则以毁灭自己告终。无独有偶，如果戴安娜忍辱负重地活着，不揭露丈夫的不忠行为，在宫中一边养育大两个小王子，一边也可以秘密追求新欢，把这段无爱婚姻维持到威廉王子继位，她就稳坐王太后的宝座了。但是，这位 20 世纪的新潮女性比安娜·卡列尼娜具有更加开放的现代意识，她利用传媒无情地揭露了虚伪，并在世界范围内以自己光彩夺目的形象压过了前夫，连女王与她相比都黯然失色。

在戴安娜和安娜身上都充满了母性的光辉，都对孩子表现出伟大的母爱。老托尔斯泰写的"安娜探子"一章，堪称歌颂母子情深的千古绝唱。安娜冲出家庭樊篱之后日夜想念爱子，偷偷返回家去看望儿子的动人场面，博得万千读者一洒同情之泪。我相信托翁如果不写这一笔，安娜的形象将会逊色不少。现实生活中的戴安娜对两个儿子百般呵护，精心培养。她不像有的贵妇人那样把孩子扔给保姆，不但自己照料孩子，还不顾王室反对坚持带孩子走出深宫接触社会，亲近人民，访贫问苦，甚至鼓励小王子去慰问垂死的艾滋病患者。她的母爱更富于现代女性的理智成分，她要为英国培养慈爱、亲民、开明的未来国君。

戴安娜身上还具备许多欧美文学作品中女主人公的神韵，查泰莱夫人的生命激情，包法利夫人的爱情觉醒，简·爱的自尊自强，艾斯美拉达的同情弱者，卡尔曼的"不自由，毋宁死"，苔丝的反抗精神……可惜我不是文学理论家，难以作出系统的比较和研究，只能有些联想写些随笔罢了。

卡米拉那真叫又老又丑

戴安娜之死引起英国全民悲悼，男女老幼痛哭流涕，我想个中原因大致有两方面：一是公众对她的喜爱，二是公众对她的同情。喜爱自不必说了，同情则蕴含了对王室尤其是查尔斯王子的不满。英国《太阳报》一项民意调查表明，有39%的人对皇室处理这个事件的冷漠态度表示失望。在这些人当中，有27%恼怒女皇在戴安娜死后只发表了一次讲话，有19%的人指责"皇室向来没善待戴安娜"。

一位花容月貌，亲切善良的"人民王妃"，却从未受过皇室的善待，刚刚冲出深宫樊篱却车祸身亡英年早逝，人们的同情心从戴安娜悲剧中得到了最大程度的宣泄。而这种历史上少见的万众一致的同情心之直接的受害者则是英国王室。难怪有外国报章指出：戴安娜之死是对王室的复仇。

公众舆论把王室尤其是查尔斯王子推上了"道德法庭"的被告席，我想，王室成员们大概对此完全没有心理准备，所以他们才敢在戴安娜死去好几天还躲在度假地不露面。以他们祖传的傲慢与保守，他们对这位离经叛道的前王妃是心存芥蒂，偏见乃至鄙夷的，没有料到这种冷漠态度激怒了公众。

以我们东方人的眼光来看，皇室成员起初的沉默，或曰冷淡，也是可以理解的。谁家离了婚的前儿媳妇与新欢约会时同车死亡，也很难要求原婆家的人立即出来为其大办丧事。何况，她向媒体公开自己的婚外恋，离婚后屡爆艳闻，使王室蒙受羞辱。何况，与她同赴黄泉的男友又是个阿拉伯人异教徒，更是叫一向自恃"优越种族"的王室难以接受。英国公众并不这么想，失去了"心中的皇后"，他们公开表达了对查尔斯弃妻别恋的愤懑与失望，而对戴安娜几次"爱错男人"却给予理解与袒护。舆论认为罪魁祸首是查尔斯及其情妇卡米拉，是他俩的长期偷情才迫使戴安娜"以其人之道还治其人之身"的。

我在香港、新加坡的电视和报纸上见到查尔斯的情妇卡米拉的尊容，说实话那真叫又老又丑，长得一丝儿人缘也没有，难怪不少文章都批评"查尔斯家有完美娇妻仍然偷情鬼混，导致戴安娜悲剧"。几乎所有的人都无法理解，查尔斯为何要弃美爱丑，弃少爱老，弃纯洁少女爱有夫之妇，个中爱情的奥秘局外人自然无法知道，但他俩的婚外恋触犯众怒，可以说是冒天下之大不韪。自从查尔斯与戴安娜分居之后，卡米拉就被很多人视为破坏他们婚姻幸福的第三者，是造成戴妃被逐出王宫的"黑手"。卡米拉在街上曾被行人喝倒彩，在面包铺里被人以法式长面包袭击。现在戴安娜死了，他俩大可松一口气了，即使他俩终能结婚，在光芒四射的戴安娜形象面前也相形见绌黯然失色。很难想象这样一对不招民众喜欢的"王储夫妇"，日后会加冕继位成为英国的国王皇后。

"鲜花逼宫"英皇王旗一降到底

你相信世上会有"鲜花逼宫"的事吗？鲜花能够逼迫宫廷改弦更张吗？鲜花能够促使一个西方国家所有的报纸采取一致立场吗？

乍一见到"鲜花逼宫"这个新鲜词儿，我还以为是海外报纸的夸张。当我收看了新加坡电视台记者从伦敦拍回的现场报道，这才相信娇嫩的鲜花汇聚起来可以产生钢铁般的力量。

戴安娜去世以后，英国公众纷纷到几座皇宫门前献花致哀，尤其是她生前居住的肯辛顿宫门前鲜花堆积如山。花丛中插着写有各种表达敬意与悲痛的悼念卡，还有大大小小许多张红桃皇后扑克牌，意为戴安娜是人民"心中的皇后"。

电视屏幕上有一组从高空俯拍的远景镜头，使我受到了深深的感动，那是一片名副其实的花的海洋。我们在拍影视剧时，要想人工制作一小片花树或雪景，都要花许多钱，何况铺满整个广场的鲜花呢！据悉，戴安娜去世后的七天中，民众献上的鲜花超过 100 万束，价值 300 万英镑，约合 3 900 万人民币，这简直是有史以来的创举了。

默默花语震撼了英国所有的媒体，各大报纸一致批评女王及王室成员的冷漠态度，就连忠于君主制的《泰晤士报》都警告王室："如果不能正确地体察公众的期待，那么，悲伤的情感就会变得愤怒。"

默默花语震撼了英国朝野各个政党要人，平日他们势不两立争论不休，此时却都乐于扮演护花使者，敦促布莱尔首相向女王进言，为戴安娜大办丧事以慰民心。

默默花语震撼了古老的英国宫廷，起初躲起来的女王不得不赶回伦敦发表电视讲话。温莎王朝有史以来头一次在王宫降下王旗，换上米字国旗下半旗致哀。王旗永不落是传统礼规，历代君王驾崩也不下半旗，这一回英皇骄傲的王旗面对洋洋花海一降到底。不仅如此，女王率领王室全体成员穿上丧服恭候戴安娜灵车并出席葬礼，还屈尊向戴安娜遗体鞠了一躬。

英报披露，白金汉宫迫于公众呼声曾经想追封戴安娜"殿下"谥号，遭到她娘家斯潘塞家族的拒绝。是的，她已经不需要什么封号了，人民已经为她戴上鲜花编织的王冠。

鲜花，代表了所有热爱"人民王妃"的人们的所有语言，在戴安娜灵车回故园安葬的路上，夹道相送的人们不断地把鲜花洒向灵车，戴安娜踏着铺满鲜花的路走完最后一段里程，此情此景谁看了都会为之动情。

堆满宫前广场的鲜花，该如何处置呢？英国政府决定由公园的工作人员和志愿者把花送到肯辛顿宫内的温室充作肥料。

戴安娜安葬于家乡奥尔索普一个湖中小岛，人们在她家庄园门外也送满了鲜花。她弟弟特别划船把花束一趟一趟送至岛上，她的墓地完全被花海覆盖。

以花来形容女人自古有之，但一个女人得到上百万束鲜花者，却是千古一人。戴安娜，这朵艳惊世界的名花凋零了，但是在无数花精灵的护卫下，她会羽化成仙超度为花中女神。

林黛玉在《葬花词》中苦吟：昨宵庭外悲歌发，知是花魂与鸟魂？花魂鸟魂总难留，鸟自无言花自羞。愿奴胁下生双翼，随花飞到天尽头。天尽头，何处有香丘？未若锦囊收艳骨，一抔净土掩风流。戴安娜则实现了：故园里，小岛有香丘。无须皇封收艳骨，万紫千红掩风流。

应该有人为她赋一首《花葬词》了。

爱心天使戴安娜

在新加坡我牺牲了出去观光的时间，花了四个钟头从头至尾看了戴安娜葬礼的实况转播。因为是英语解说，又没有配乐，我只能单纯地靠"镜头语言"去理解，但我还是深深地被感动了，有一个地方还禁不住流下了热泪。

戴安娜灵柩先从她生前居住的肯辛顿宫出发，经过白金汉宫、圣詹姆斯宫、白厅、国会大厦到达追悼礼举行场所威斯敏斯特教堂，应公众要求绕了一段长长的弯路。当出殡行列缓缓前进时，威斯敏斯特教堂的低音钟每隔一分钟鸣响一次，衬托着夹道送灵人群的一路鲜花一路哭泣。

女王的丈夫菲利普亲王、戴安娜的弟弟斯潘塞伯爵、查尔斯王储、威廉王子、哈里王子在詹姆斯宫外加入送殡行列，一字排开跟随在灵车后面。这时，从海德公园拐角处忽然有一支由500多人组成的庞大队伍疾步跟了上来，他们是戴安娜支持的慈善机构的代表。看到那么多坐轮椅的残疾人前来送葬，我的眼泪夺眶而出。这些来自社会底层的不幸的人群，和前面的五位贵族男性形成了鲜明的对比，若不是戴安娜作为纽带，他们根本不可能走在一起。

受邀到威斯敏斯特教堂出席追悼礼的人士，都是各国政要、贵族、名流、来自慈善机构的五百名默默无闻的人被安排在侧厅就座。当著名歌星埃尔顿·约翰唱起挽歌"再见，英格兰的玫瑰，愿你永远在我们心中成长。每当人们活在痛苦之中，你就显示了仁慈之心……（歌词大意）"这些残障人士泪满双腮肝肠寸断，铁石心肠的人看了也会为之动容。

戴安娜猝逝，她多年来支持的这些慈善机构曾担心今后失去筹募善款的有力支柱。不料，戴安娜去世后成立了戴妃纪念基金会，该会刚成立四天，善款从全球各地源源涌来，一下子达到一亿英镑。捐赠人最小的款项是一名小童节省零花钱捐出 20 便士，最大一宗捐款来自某公司的 300 万英镑。英国报章估计，戴安娜的榜样力量和精神感召下，世界各地的人士慷慨出资，戴妃纪念基金金额最后可能高达十亿英镑（约合 130 亿人民币），成为世界上最大的慈善组织。

如何管理好这笔巨额善款，使之真正用于帮助世界各地需要救助的人，已经成为一项重要的新课题。为此，英国首相布莱尔已任命一个委员会统筹该基金，协助延续戴妃的慈善活动。应英国民众的强烈呼吁，布莱尔首相还任命了另一个专门委员会，负责筹建戴妃纪念馆事宜。

我作为天津市慈善协会副会长，兼任《慈善》杂志主编，还写过不少反映残障人士、老人、孤儿生活的作品，听到这些消息心中格外加深了对戴安娜的敬意。在现代物质文明高速发展的当今，全人类达成共识的精神文明标志之一，是慈善活动的蔚然成风。慈善事业也需要自己的明星人物，戴安娜是当之无愧的爱心天使。她虽然英年早逝，以她的芳名命名的慈善基金将会永远存在下去，为世界各地的不幸人群送去她的一份爱心。

帮助他人即是帮助自己

有一个问题引起我反复琢磨，为什么在英国会有那么多人喜欢戴安娜？英国人的性格以内向、矜持、冷静著称，为什么这一回一反常态男女老幼当街恸哭？

个中因素当然很多，我想最主要的原因是她播撒爱心的一系列慈德善举，博得了民众的尊敬和喜爱，因此英国人民尊她为"爱心皇后"。

戴安娜与世界150个慈善机构有着密切联系，是英国许多慈善机构的直接赞助者和经理人，其中有麻风病救助与国家艾滋病信任协会，帮助老年人协会，儿童护理医院，等等。她献身于慈善事业是诚心诚意的，并非哗众取宠。她经常深入民间访问不幸人士，总是千方百计避开传媒的追踪，像惊险电影那样秘密行动，一再转换汽车，以避开记者的纠缠。这一鲜为人知的侧面，在她去世之后才由慈善机构里的人员提供出来。

看了外电有关报道，我才发现，这位贵妃能够做到的事情，连我们普通人都很难做到：

她到民众中去，从来不像伊丽莎白女王那样戴着白手套与人握手，对待劳动阶层、病人、各个种族的人，她都亲切地与之握手问候。

麻风病是一种可怕的传染病，人人避之不及，病区所在国家只好开辟专门的麻风病人居住地。戴安娜在访问非洲尼日利亚时探视麻风病患者，尽管许多病人的手指已经萎缩变形，她丝毫不嫌恶，坚持同一个个病人握手，使病人们备觉温暖。

艾滋病是一种更为可怕的传染病，"恐艾症"遍及全世界，连患者的亲属都不敢接触他们，使他们在饱受病魔纠缠的同时多了一层心灵创伤，只能在孤独中死去。戴安娜出席各种慈善活动为帮助艾滋病人大声疾呼，我看到一张非常令人感动的照片：她蹲在一名坐轮椅的艾滋病患者面前，握着她的手和她亲密交谈，这该需要多么大的勇气啊！

有一次，她和布什总统的夫人去一家医院慰问，一个艾滋病人在和她谈话时激动得哭了，她伸出双臂紧紧地拥抱了病人。此举使布什夫人和在场的人无不震惊和钦佩。

有个患艾滋病晚期的青年特别想见戴安娜，他父亲抱着试试看的心情给她写了信，不料，这位尊贵的王妃真的满足了青年的最后心愿。

1997年1月，她随红十字会出访非洲安哥拉，为七万牺牲者到雷区检查地雷。她佩戴红十字胸章，勇敢地走在竖着骷髅标志的雷区，以自己的血肉之躯希望引起世人关注"反对地雷"的人道主义运动。

这样一位关爱他人，同情弱者的大爱大善之人，能不博得英国民众和世界人民的爱戴么！

她的这些举动并不是做样子给别人看，而是出自善良的天性和女性的觉醒，她想从自身婚姻的痛苦中解脱出来，成为对社会对别人有用的人。关于"爱"的本质，埃里希·弗罗姆在《逃避自由》一书中指出：爱并不是一种"情感"，而是一种积极的追求。当一个人想摆脱不堪忍受的软弱无力和孤独状态，他可以通过爱和工作使自己自发地与世界联系起来。正是懂得了这个道理，戴安娜才说："没有什么能比尽力去帮助社会上最脆弱的人能给我带来更多的幸福。"

我在描写弱智儿童的电影《启明星》中曾引用国际志愿者协会的座右铭"帮助他人即是帮助自己"。戴安娜在慈善活动中找到自己生命的价值，使我加深了对这句话的理解。

"王妃与贫儿"的现代故事

关于"人民王妃""爱心皇后"的话题还有很多很多，一件件小事日积月累体现了戴安娜亲民、平等、博爱的善良心地。

新西兰有一对普通夫妇的儿子因车祸死去，他们在悲痛中接到了一封遥远的陌生来信，这是戴安娜亲笔写信表示慰问和哀悼，使他们受到很大的安慰。

她到许多地方访问时都去老年人救助中心，和老人们促膝谈心，来香港她也不忘去看望孤寡老人。有一次她去一家医院和病人交谈，当她准备离开医院时，一位老人因心绞痛发作昏倒在地。当别人还没来得及作出反应时，她已经奔跑过去抱住老人。她还常常隐藏真实身份在夜里去关心街头露宿者，有一个冬天，她七次造访流浪汉收容所，这里收容了吸毒者、酒鬼和自暴自弃的人。她和他们进行亲切平等的谈话，鼓励他们重新振作起来。

英国民间还流传着许多"王妃与贫儿"的现代故事：

戴安娜担任英国聋哑协会的赞助人，为了能和聋哑儿童多作交流，她花了几个星期的时间学习用手势打哑语。聋哑儿童非常喜欢她，双方比比划划"谈"个热闹。

访问津巴布韦时，她亲自为饥饿的儿童盛饭，把慈善机构送去的饭菜端给每一个孩子，经过传媒报道，加强了世界人民对非洲儿童的关注。

为了引起世人对医疗救助慈善事业的帮助，她走进手术室。

一家慈善医院为一个儿童做心脏手术，她站在手术台前陪着这个孩子，安慰他、鼓励他。她以自己的身体力行吸引人们对医疗救助慈善事业的关注和资助，借以让更多的病童得到及时医治。

随着她走遍世界各国的足迹，记者拍下她在许多场合怀抱各种肤色儿童的照片，其中有一张最叫我感动。她一手抱着在战火中失去父母的黑孩子，一手紧握孩子的小手放在自己胸口。她心疼得闭上眼睛，就像抱住自己久别的儿子。这闭着眼睛从内心里流淌的母爱，绝不是摆姿势供人拍照能够"做"出来的。

这些事情都很小，对改善世界上贫病饥饿现象或许只是杯水车薪，但她不仅自己一点一滴播撒爱心，还利用自己的影响在各种场合大声疾呼："我认为现时世上最大的疾症，是人们缺乏爱！"

她以对公益事业的不懈努力赢得民心，在英国民意测验中跃升"王室最受欢迎人物"的榜首，把女王和王储查尔斯甩在了后面。

在爱民亲民方面，这位贵族女士做得比我们的一些"公仆"要强得多。近年来出现了一种很叫人反感的风气，一些干部因为热衷于"跑官""买官"，养成了"唯上""眼皮子朝上"的恶习，他们虽然还号称是"党的干部"，但心中越来越没有人民群众了。他们对"下面"冷酷无情，动辄就要官老爷脾气，见了"上面"则满脸堆笑极尽阿谀奉承之能事。这些"公仆"如果有胆量，真该在自己管辖的部门发一些不记名的"民意测验"表格，好知道一下自己在群众心目中的形象。

现代母亲戴安娜

英国民众尊敬戴安娜，不仅因为她是未来国君威廉王子的母亲，还因为她为两个儿子所付出的无私的母爱。

当初英国王室为年过三旬的王储择媳，以"贵族出身的美貌处女"为条件物色到她，只是把她当作传宗接代使王位后继有人的工具。她果然不负众望，婚后一年就生下金发小王子威廉，两年之后又生下次子哈里。按照传统，英国王室的孩子生下来都由乳娘喂奶，然后由专人对孩子进行刻板保守的"城堡式教育"，困在宫中被塑造成"标准王族"。世世代代的王室女人们为了保持体型苗条也不愿意自己哺乳，生下孩子就扔给专门人员去照顾了。因此，王室成员之间缺少亲情与沟通，一代一代按照古老的模式被"塑造"下来了。自幼缺少母爱，做过幼儿园教师的戴安娜却不愿意这么做，她不顾王室反对，坚持自己给孩子哺乳，自己带孩子，教育孩子，使孩子充分享受到母爱和天伦之乐。

两个小王子稍大一些，她关心孩子们的学习，出席学校的各种活动。难能可贵的是，她并不只是一味地溺爱孩子，而是表现出一位现代母亲的理智思考和政治远见。冲破王室的清规戒律，坚持让两名小王子拥有和普通儿童一样的欢乐童年，不请教师到宫中任教，而是把孩子送到伦敦的幼儿园。她还带他俩外出逛街，吃快餐，去游乐场，鼓励他俩与民众握手。她有意识地让他们接触真实的世界，了解社会，亲近平民，关心不幸人群。为了培养孩子的爱心，她带他俩去探视垂死的艾滋病患者，到"收容中心"去看望无家可归的贫困者，给他们煮饭。

当记者问她这样做对小王子的将来会有怎样的影响时，她说："我带他们去过许多地方，皇室同年龄的孩子没有他们这种经验。已经播下这种子，我希望它会成长。我希望他们明白人们的感情，人们的不安和困苦。我希望皇室多和人民接触，对人民有更深入的了解。"

她的心血没有白费，两个小王子都成长为快乐健康，善解人意，会体贴关心别人的少年。在一次查尔斯与她激烈争吵之后，她哭着跑进浴室。威廉往浴室门下塞进几张面巾纸，然后默默走开。这个细节让我感动了好久，威廉小小年纪以送上拭泪纸表示他理解妈妈内心的痛苦，远远强于在门外大声劝妈妈别哭了，既有贵族式的含蓄，又有平民式的体贴。

1997年6月，刚刚15岁的威廉竟向妈妈提了一项建议，让妈妈开一个"个人服装拍卖会"，将其所得捐给慈善机构。妈妈夸奖威廉"这是个极富想象力的建议"，她一口气捐出79套晚装，拍卖成交额高达570万美元，全部捐赠给她所赞助的抗癌症基金会和抗艾滋病基金会。

在戴安娜的灵柩上摆着两个儿子敬献的鲜花，洁白的百合花丛中端放一页素笺，威廉在上面只写了"妈妈"两个字。妈妈，世上最深情的呼唤！戴安娜在两个儿子的一路跟随一路默默呼唤下，割舍不下地走完她的最后一段路程。

日后威廉王子登基，如果成为一位开明亲民的国君，英国人将不会忘记他在成长时期有一位伟大的母亲。

说也奇怪，戴安娜是贵族，却以平民化的教育方式引导孩子，而我们许多年轻父母是普通人，却娇宠出一个个"小皇帝""小公主"，个中的反差真是耐人寻味。年轻父母们是不是应从"戴安娜教子"中得到某些启示呢？

她留下一串珍珠般闪光的删节号……

戴安娜在生命的极盛年华陡然仙逝，引得天下人同声痛惜。或许因为当时我独自远行身在异国他乡，面对南洋碧波慨叹命运无常，人生苦短。欷歔之余，转念一想，这位美女把自己的形象定格在鲜花怒放的时刻，永远在人们心中留下美好的纪念，不让人们见到她的凋落、疾病、衰老，倒也是一种决断，一种选择，一种胜利。

有诗云：自古美人如名将，不许人间见白头。白发名将尚可受人尊崇，白发美人便只有无奈与凄凉。许多聪明的美女或名女人深知这个道理，在盛名如日中天之时急流勇退，留下一串珍珠般闪光的删节号。美国好莱坞著名影星琼·芳登，日本歌星兼影星山口百惠，就是选择了这条路，她们的隐匿犹如珍版邮票，反而身价更高了。

然而，多少美女或名女人不得善终，却不是本人的选择，而是归于"红颜薄命"的宿命。由戴安娜的夭亡，我们可以想起许多美女或名女人死于非命的悲惨下场：

上个世纪末，奥地利皇后希茜公主，在瑞士日内瓦湖畔被人暗杀，杀手原计划暗杀某国首脑，不遇，这才转向希茜公主，绝代佳丽成了毫无意义的牺牲品。

1935 年，有倾国倾城之貌的比利时王后阿斯特丽，怀有身孕撞车身亡，年仅 30 岁。她和戴安娜一样热心社会公益活动，深受人民爱戴，当年在布鲁塞尔有 60 万人送葬，也是极尽哀荣。

1962 年，好莱坞红星玛丽莲·梦露神秘死去，恰巧和戴安娜一样也是 36 岁。是自杀还是他杀，至今是个谜团。著名歌星埃尔顿·约翰把他早年为玛丽莲·梦露谱写的挽歌《风中之烛》填了新词，在戴安娜葬礼上唱了《再见，英格兰的玫瑰》，这首歌哀婉的曲调因为献给了两位女名人而风靡世界。

阿根廷人尊为"国母"的庇隆夫人，是著名的社会活动家，正当盛年死于癌症。

1982 年，摩纳哥王妃，原好莱坞红星格雷斯·姬丽遇车祸身亡。令人感叹的是，戴安娜入宫以后首次单独出访即是出席她的葬礼，不知个中有无先兆。

1984 年，印度总理甘地夫人被暗杀，轰动世界，新德里近百万人送葬。

在我们华人名女人中，且不说古代的杨贵妃代皇帝受过年轻轻的被"赐死"；虞姬在四面楚歌中为霸王自刎；也不说近代的珍妃被投入井中；婉容皇后被逼疯夭亡；单说更近些的阮玲玉之自杀，以一句遗言"人言可畏"道出了社会对女性的歧视。三毛之自杀，给她的读者留下多少哀伤和追念。邓丽君在泰国死于不该致命的哮喘，据悉延误了抢救时间。善良的女作家戴厚英因善待于人反遭该人残忍杀害，又在人们心中激起多少愤怒多少不平……

由戴安娜之死想到这么多名花的悲剧结局，正在为她们扼腕叹息，忽见电视上出现了好莱坞的"常青树"玉婆伊丽莎白·泰勒，她在发表哀悼戴安娜的讲话。虽然她做过多次美容手术，仍然难以掩饰老态龙钟，凡是看过她在《埃及妖后》中花容月貌的人，都会觉得她现在的衰相有损于当年的艳名，真的不如不出场好。

美人夭折令人痛惜，美人迟暮令人嫌弃，那么究竟如何才好呢？依我之俗见，身为女人还是既不要太美丽也不要太有名为好。

现代社会竞争激烈，"女子无才便是德"早已过时，我想起码的一技之长还是应该有的，只要有一技之长赖以糊口，再有个和谐家庭安放心灵就可以了。还是咱先贤传来的中庸之道长治久安，认认真真做事，踏踏实实过日子，也是对社会的贡献。近日见文章说"好人一生平安也难"，那么就求个凡人一生平安罢！

天神宙斯的女儿狄安娜

戴安娜的弟弟斯潘塞伯爵在姐姐的葬礼上发表讲话痛心地指出："我想她始终不明白为什么她的真诚善意会被传媒扭曲嘲弄，为什么他们永不放弃对她的搜猎，直到她倒下为止。""在所有有关戴安娜的嘲弄中，也许最大的讽刺是：一个以古代狩猎女神的名字来命名的女孩，到头来却成为现代社会最受围剿的人。"

在希腊罗马神话中的狩猎女神狄安娜（拉丁语发音：Diana），翻译成中文和戴安娜只有一字谐音之微小区别，其实就是同一个名字。狄安娜是太阳神阿波罗的孪生妹妹，他们的父亲是天王宙斯。宙斯爱上了黑暗女神拉托娜，天后赫拉妒火中烧，向诸神下令不许拉托娜在任何阳光普照的地方分娩。拉托娜历尽艰辛才生下阿波罗和狄安娜，因此后来宙斯封狄安娜为保护妇女分娩和儿童的女神。狄安娜三岁的时候，父亲宙斯问她想要什么样的礼物，她达到了如下愿望：永恒的童贞；和兄弟阿波罗一样司光明的职责；狩猎用的弓箭、猎犬、山峦和森林。关于司光明的职责，因为阿波罗已经是太阳神，父王便封她为月亮女神，伴随着黑暗女神母亲专门在暗夜里送给人们光明。

此外，父王还封她为大陆和群岛上的道路与港口的保护神。

天神宙斯的女儿狄安娜在神仙的世界真是享尽荣光，她身穿猎装，手持弓箭，坐在鹿拉的金车上疾驰，拥有众多的女神作为侍从，十几条呼啸的猎犬能够击败狮子。只有一点遗憾，她因自己索要永恒童贞而永远得不到爱情。在一个月明星稀之夜，这位月亮女神俯瞰下界，爱上了一个英俊的牧羊少年，结果这位少年成了长眠不醒的人，狄安娜只能在夜里以皎洁清冷的月光守护着他。

现实生活中的戴安娜可就不一样了，她不仅不能成为猎手，反而成了到处被"狗仔队"追逐的小鹿。只要她一走出家门，永远都有记者跟踪，多年来她被媒体攻击得遍体鳞伤，直到她倒下的新闻又让媒体大赚了一笔。

有一点她弟弟没有说对，斯潘塞伯爵说"我想她始终不明白"这一切是为了什么。其实，她心里很明白，她在接受英国BBC记者时说："我花了好些时间去明白，人们对我的兴趣为何如此浓烈，他们是视我为一种畅销的货品，人们就是要在我身上赚钱罢了。"

她清醒地知道自己盛名之下其实只是一种畅销商品，内心该是多么悲凉啊！利欲熏心金钱至上的世风是不会放过她的，她只有倒下才能得到解脱。戴安娜之死虽然引起了震惊，但也有不少人指出，这是早晚要出的事情。

还有一点具有讽刺意味的强烈反差，狩猎女神狄安娜同时还是道路与港口的保护神。然而，戴安娜却葬身于法国巴黎塞纳河隧道车祸，与女神同名未能保佑她行车平安。

不过，除了上述两点"名不副实"之外，父母为戴安娜起的这个名字还是有许多地方成了她命运的谶语。她确实像月亮女神一样为那些陷于黑暗中的不幸者送去温暖和光明，她以一颗慈善之心保护儿童、妇女、残障人士和孤苦老人，她在人们心目中永远是夜空一轮皎洁的明月。或许，她真的是天神宙斯的女儿，忘记自己"永远童贞"的誓言下凡来寻求爱情，当她找到了自己倾心的英俊男子时，那男子便只能长眠不醒。现在，天神看她在凡间饱尝痛苦，早早地把她召回去了。

如今，与戴安娜同车而亡的埃及情人法耶兹的坟墓，孤零零地立于伦敦郊外。

一些男作家笔下落后的妇女观

我在新加坡观看戴安娜接受英国记者采访的电视片，戴安娜面对全世界观众侃侃而谈，对压制女性的英国王室和查尔斯王储给予了无情的反击。当时，我忽然想起了《大红灯笼高高挂》，不由得赞叹：戴安娜居住的肯辛顿宫，早已被查尔斯"封灯"了，但是在这位现代女性面前，"大红灯笼"失灵了！

有一位女作家曾经批评"一些男作家笔下落后的妇女观"，指出他们喜欢在作品中把女人写成男人的附庸和玩偶，是沿袭男权社会的陈腐偏见，我很赞成这种为女性发出的呐喊。仅举三个例子，即可说明女作家们的提醒并不是多余的举动。贾平凹在《废都》中以《金瓶梅》式的自然主义笔墨，写了四五个不同文化层次的女人全都盲目崇拜一个男作家，奴颜婢膝甘当他的性奴隶。其实，这只是作家本人的自我膨胀自我想象，稍有尊严和觉醒的现代女性都不会愚蠢地拜倒在一个西门庆式的衰男人脚下。苏童的《妻妾成群》和张艺谋根据该小说拍摄的电影《大红灯笼高高挂》，则是打着反封建的旗号，以难以掩饰的"把玩心理"兴致勃勃地渲染众多妻妾为了一个老头子争风吃醋互相陷害的细枝末节。电影更加集中地以"大红灯笼"作为"男性光辉"的象征反复出现，这家老爷决定到哪一房妻妾院中过夜，家丁们便会在这个女人院门口点亮大红灯笼。这个女人便欣喜若狂，院中灯光通明过节一般，老爷不去的院门只能一片黑暗，失宠的女人则会遭到"封灯"的处罚。巩俐扮演的第四房姨太太颂莲的丫鬟幻想当五姨太，偷偷地在自己房中点燃许多大红灯笼，颂莲便因此而害死了这个丫鬟。不应忽略，颂莲还是个受过新式教育的女学生，故事发生的年代已经到了民国时期，已经有多少进步女性在追求平等民主解放的道路上披荆斩棘了。还有的男作家步"大红灯笼"后尘，津津有味地描写一个本来可以自食其力的女人却一身贱骨头非要去给某府老爷当小老婆，为了乞得人家大老婆的恩准竟然跪了几天几夜！这种"妾文化"除了媚俗赚钱，又有什么审美价值，人文精神，进步意义呢？

戴安娜并非生来就是女性解放的斗士，她也长期陷入过和另一个女人争夺男人的悲惨地位，查尔斯宠爱情妇卡米拉是她生活中最大的阴影。为了求得丈夫的注目和关爱，她哭过、闹过，一会儿患厌食症饿得骨瘦如柴，一会儿患暴食症吃了又吐，试图自杀七次而未遂，受尽折磨却得不到丈夫一丝同情。在查尔斯43岁生日这一天，他故意带妻子去看了一出话剧《无足轻重的女人》，无非是警告妻子要明白自己在王室的卑微地位。后来查尔斯干脆搬走与卡米拉同居了，"封灯"的肯辛顿宫沦为一座被抛弃的冷宫。失去了象征"男性光辉"的"大红灯笼"，女人的世界是不是从此一片黑暗呢？

　　戴安娜以自己的行动出色地回答了这个问题。为了改变自己与另一个女人争夺同一个男人（哪怕有钱有势贵为王储的男人）的可怜地位，她决定和卡米拉摊牌后，以高贵的态度退出这场丧失尊严的"女性战争"。在一个晚会上，她叫出卡米拉不屑地告诉她，自己对她与查尔斯偷情觉得恶心透了。卡米拉慌忙辩解自己是清白的，戴安娜冷冷地说："我不是昨天才出生的。"从此，她果然退出了"大红灯笼之争"，目光不再盯着丈夫及其情妇，转向了丰富多彩的社会活动和援助社会底层不幸人士的慈善活动。经历了艰难的灵魂蜕变，她从一名深宫怨妇成长为一位具有世界影响的女社会活动家，受到英国人民的爱戴。

　　喜拾封建牙慧，热衷"妾文化"的男作家，真该好好解读一下戴安娜。

永远的戴安娜

　　戴安娜刚刚去世，生意触角灵敏的电影制片商立即意识到这是个赚钱的热门题材。各国媒体纷纷报道英国和美国片商争相购买有关戴安娜传记的版权，并开始物色酷似戴安娜的女演员云云。

　　不知这部影片拍出来是什么样子，我很为编导者和演员们担心。

　　西方影片拍过许多宫廷剧，但那些名剧都距离当今生活较远。剧中主人公虽然赫赫有名，但他们的时代还没有发明电视机，宫廷生活在普通人心目中充满了神秘感，这就给编导者和演员们留下了很大的想象余地。宫廷剧既能拍正史又能拍野史，还能没完没了地"戏说"。这类影片以豪华的场面，精美的服饰，宫闱秘闻，权势之争，尽情渲染和任意演绎一个又一个著名的历史事件，总是能够满足观众的好奇心。听说我国影视界今明两年竟然有27部清宫戏"撞车"，以至于编剧们有这样的笑谈："写别的戏太难，那咱们就攒个清宫戏儿吧！"

从表面上看，戴安娜的遭遇本身所具有的戏剧性，为编导提供了很大的方便。例如：查尔斯在迎娶戴安娜的前一天还与情妇卡米拉同床共枕；卡米拉的丈夫是皇家近卫军团将领，则正在为准备查尔斯的婚礼忙碌；此时即将做新娘的戴安娜沉浸在"灰姑娘"式的童话梦幻中。单就这种复杂的人物关系就足够编导者们大显身手了，现成的"蒙太奇镜头"足以为小新娘的婚姻悲剧埋下伏笔造成悬念了，似乎编导者们只需"复述"真实故事就可以了。

然而，内行人都清楚，精彩无比的原始素材若是加上公众皆知的前提就成了艺术的陷阱。戴安娜的人生活剧实在太丰富多彩了，任何虚构的戏剧比起她的真实故事来都会相形失色。戴安娜在媒体的曝光率几乎居世界第一，她的一颦一笑一举手一投足，发型饰物衣着手提包，无一不为记者们津津乐道，公众对她的婚恋悲剧的细节了如指掌，已无神秘性可言。敢于去啃这样的"公知题材"拍电影，首先会遇到一个公众能否认可的考验，即"像"还是"不像"的评价。其次还有剧情如何从人人皆知的老故事中寻求吸引观众的新意，怎样刻画复杂的人物性格与心理活动，能否揭示关于人性的深层思考等一道道难关。

观众去看描写戴安娜的故事片，是出于好奇心理对"假"与"真"作一番比较，首先要看扮演女主角的演员长得是否像戴安娜？我想，在众多的西方国家物色一个酷肖戴安娜的女演员再加上化妆术整容术，从外形上还是能够以假乱真的。但是，戴安娜的内在气质，王妃风度和独一无二的迷人魅力却是模仿不来的。形似易，神似难，形神兼备难上难，未来的这位特型女演员将面临巨大的考验。

然而，艺术的追求不仅仅是以假乱真，更高层次在于以假胜真。

这部影片若想以假胜真几乎是做不到的。你拍宫廷戏的场景，还能胜过白金汉宫肯辛顿宫威斯西敏教堂的真实气派吗？你拍婚礼和葬礼，还能胜过当年100万人夹道欢迎的"世纪婚礼"和如今600万人哭别送灵的"世纪葬礼"吗？看来，编导者只能走"藏拙""巧拍"的路子独辟蹊径选择小场面新角度，或许会拍成一部女性心理片？

有一部写拿破仑的宫廷片就很聪明，编导者为了免去"拿破仑加冕"大场面的巨额花费，把戏改为大臣们用小小的模特偶人预先演练加冕礼的仪式，在一张大桌子上，主教、皇帝、皇后、贵族、群臣、侍卫应有尽有。这个巧妙的构思不仅节省了拍摄资金，拿破仑摆弄小偶人的戏还另有"玩弄政权于股掌之中"的深层讽喻。

正在筹拍的戴安娜故事片，会不会以演员演戏与电视新闻的真实资料剪接在一起交替使用，也未可知。

呜呼，常说常新的戴安娜，永远的戴安娜！

1997 年写于香港、新加坡

俗眼观佛门

俗眼观佛门

——我拜见了证严法师

缘　起

多年来我一直盼望着能够有机会访问台湾。

台湾，在我心目中充满了神秘感，如磁石一般吸引着我，但这种神秘感并非只是出自近半个世纪的政治隔离，而是源于一个人的个人魅力，那就是名扬四海的证严法师。这次出访的理由是去台湾几所大学作文学演讲，然而我心中真正的目的是借机去小城花莲，寻找机会拜见证严法师。

我第一次听到证严法师大名是在1993年，那时我的身心正陷入极度疲惫与烦躁中。20世纪50年代末我还是个15岁的孩子时，就在文艺圈里做事，1978年以前的文艺界一直号称"阶级斗争的前沿阵地"，我深切地感受到了人性的扭曲。80年代初政治气候多变，一不小心即会卷进各种人为的矛盾冲突漩涡。后来情况好多了，为了追回失去的光阴，我成了个工作狂，连续担任了几部电视剧的制片人兼编剧，工作压力过大，经常失眠。有一天好友马威先生到寒舍送来一本书，书名叫作《静思语》，广西民族出版社出版，封底有一帧作者证严法师的照片，是一位身披袈裟胸佩佛珠的尼姑。在大陆很少见到尼姑写的书，这引起了我的兴趣，把书放在了床头准备抽暇一阅。

或许，这就是缘分。

在那以后很长时间，《静思语》一直放在我的枕边，书不厚，看了一遍又一遍。这本书虽然出于佛门法师之手，却不刻意劝人信佛，而是以亲切自然、深入浅出的语言教人思考人生。它真的能够引人静思，睡前翻阅几页，掩卷默诵几段书中的良言隽语，紧张不安的心情很快就会安宁下来，抛开缠缠绕绕的烦恼（哪怕是暂时抛开），便不知不觉入睡了，而且睡得很踏实。

我自己为证严法师的这些谈话想了个新词——语珠，你越是反复阅读细细品味，越会觉得书中字字珠玑，妙语如珠。我反复琢磨，也寻思不透证严法师的语言魅力来自何处，那种娓娓道来的温温絮语给人以很贴近的亲切感，特别是对于受到伤害的心灵有一种难以名状的"抚摸感"，犹如汩汩清泉，令人头脑清凉心地平和。

没有体验过长期陷入精神紧张境地的人，可能不会理解一本能够令人心地平和的书是多么宝贵。

从此，我注意收集关于证严法师的资料，了解到法师创办的佛教慈济功德会在世界上许多国家、地区都设有分会，在台湾每16个人中就有一个会员。如今，功德会拥有慈善、文化、教育和医疗四大志业。其中，文化志业竟有自己的电视台和出版社。一家民间慈善机构能有如此巨大的影响和实力，这超出我的想象。更为令人惊奇的是，法师于1966年创办佛教慈济功德会时，其修行的小小寺庙普明寺只有六位贫尼，靠做婴儿鞋维持生活。而且，法师立誓自食其力，从来不要信徒们供养。在我的印象中，佛教寺庙开支都是靠信徒们供养的。证严法师及其弟子组成的"女儿国"从不外出化缘，那么她们靠什么力量成就如此宏大的事业呢？我很想探个究竟，以解心中的谜团。

然而，那时我还不敢滋生今生今世有机会去拜见证严法师的奢望。

海峡两岸关系虽然解冻了，但在交流来往上出现了"一头沉"现象。大陆改革开放以后欢迎台湾同胞来投资、考察、探亲、旅游，台湾人士要想来大陆挺容易。但台湾当局对大陆同胞赴台访问则控制很严，除了探亲、奔丧等理由，其他人士很难获得批准。何况，我是历任两届的全国人大代表。

考虑到自己的政治身份，我知道短期内去不了台湾。

接　　缘

国家逐步实现统一的历史进程，比我估计的要快多了。不久，频频传来大陆文化界人士去台湾的消息。其中，谢晋导演、刘晓庆等是全国政协委员，重庆市作家协会主席黄济人是全国人大代表，我心里开始涌动着希望。

1996 年初，在中国作家协会金坚范先生和台湾女作家陈若曦、李昂等朋友的促成下，台湾中央大学文学院给我发来了邀请函。此时，拜见证严法师的渴望在我心中一下子膨胀起来了。为了实现这一夙愿，我一步一步做了精心准备。

阎明复先生为我与证严法师之间接上了善缘。

说起我和阎明复的熟识，也是由一个"善"字接缘。

20 世纪 80 年代初，我有一篇描写当代盲人青年命运的小说《明姑娘》在全国获奖，后来由我本人任编剧拍成的同名电影又荣获"政府奖"。据悉，这是自 50 年代以来中国大陆第一部反映残障人士生活的文艺作品。90 年代初，我又写了一部描写智力残障儿童命运的剧本《启明星》，中国残疾人联合会主席邓朴方看了剧本后落了泪。由此得到了民政部、中残联、天津市政府的支持，三方出资同时拍摄了电影和电视剧。借此机缘，我有幸结识了阎明复先生。

中残联在北京长城饭店为《启明星》举办首映式，请来了各有关部委的部长、副部长。影片放映之后，人们簇拥着邓朴方的轮椅走向餐厅。我在人群中寻找阎明复先生，想征求他对影片的意见，发现他乘通往大堂的升降梯下楼了。我三步两步追到升降梯上，送他一直到饭店大门外，这是我们第一次单独接触。我一向景仰阎明复先生的为人，他是名门之后，20 世纪 50 年代初即为毛主席、刘少奇等中央领导人担任俄语翻译。"文革"以后担任统战部部长，在海内外著名人士中享有很高的声望。后来他改任民政部副部长（正部级待遇）。我虽女流，但很讲义气，很讲人情味，拍片经费民政部出了三分之一，我理当报答。于是，我再三挽留他吃了饭再走，他说另有外事应酬。我表示今后想以写人道主义题材的作品为主，计划创作一部反映孤儿院生活的电视剧。他听了很高兴，我们约定第二天上午在民政部面谈。

这件小事，使我有幸和阎明复成了朋友，后来他对我的事业给予了宝贵的帮助，促成了我与朋友李玉林创办《慈善》杂志，去台湾拜见证严法师等许多大事。

人生是一种机遇。诚恳、微笑、友善、助人，常常会给人带来好运。即使是为人尽过微不足道的一点力，往往这里面也蕴含着某种善缘，会有意想不到的收获。

看上去一切都是巧合，起先我并不知道阎明复和台湾佛教慈济功德会的关系，这一次我们是为创办《慈善》杂志去北京找他商量事情的。见面以后，我说起正在办理赴台湾访问的手续，并表示自己很希望趁此机会去拜见证严法师。阎部长谈了许多慈济功德会派人来大陆到遭受自然灾害的地区，给灾民送粮食送棉衣盖房子的动人事迹。说着，他叫工作人员拿来几本书和影集。我一见书的封面和扉页上证严法师的大幅照片，便有一种神交已久的亲切感。翻阅一幅幅慈济人士深入水灾灾区做赈济的真实照片，我心里更是受到深深的感动。

书名《千手佛心》，原著云菁是一位用英文写作的美籍华裔女作家。我随手翻开一页，却见书中写到证严法师的一位弟子对该书作者说："上人（弟子对法师的尊称）并不反对采访，只是她太忙了，没有时间，而且来自各地的访问者多不胜数……不只是亚洲地区，欧美也有。如果上人每次都接受访问，就没有时间来推动会务了。"

看到这里，我心里打起鼓来，担心自己到了台湾没有机会见到证严法师。于是，我恳求阎部长写一封信介绍我去采访。这位心软如水的好好先生当场挥笔写了信，我接过信以后如获至宝。在从北京返回天津的高速公路上，我捧着这封信久久地贴在胸前，心口把信都焐热了。

办理赴台湾的手续实在太烦琐了，很多人都说比出国还难，我只好耐心等待。

有一天，阎明复办公室的工作人员忽然往我家打来电话："阎部长让我问一问您，今天下午有没有时间来北京，台湾慈济功德会的王端正先生来了。王先生是证严法师的胞弟，阎部长想介绍你们先认识一下，等你去台湾时王先生好有个接应。"

我听了这些话，胸口一阵发热，眼泪就涌了出来：阎部长啊阎部长，您这么一位大忙人，还把我这个小小文人的事如此放在心上，实在太劳您费心了！您曾在"文化大革命"中遭遇牢狱之灾的百般折磨，仍然能够如此热诚待人，为别人的事如此尽心。您的秉性中该有多么深厚的善根，才能历经长年的"阶级斗争"而清净无染，完整地保持了一颗赤子之心呢……

当时定好下午三点钟到达北京，时间很紧迫，坐火车去已经来不及了。穷文人既无官车可坐又买不起私家车，我找天津文联的朋友孙福海借了一部汽车匆匆赶往北京。福海君也是在帮我接上与台湾佛门的善缘，至今我们仍是互相帮助的真挚朋友。

到达北京一家饭店后，服务台小姐递给我一张王端正先生的留言：因事迟归致歉。我便坐在大堂沙发上休息。工夫不大，只见几位先生、女士和两位身穿灰色袈裟的尼姑匆匆进门，我便猜出这是王端正先生一行了。我上前自我介绍，大家相见甚欢。王先生看上去 50 岁左右，高高瘦瘦的，文质彬彬，透着儒雅之气。他一再为他们的迟归道歉，使我很不好意思。他们来北京日程安排得很满，而我的到访是临时加的内容，北京交通拥挤时时塞车，迟到片刻本是正常现象，但他们却郑重而诚恳地反复道歉。我后悔自己不该在大堂坐等，出于礼貌本应回到汽车里观察到他们回来以后再去造访。事情虽小，但佛教人士一派谦谦君子的风度，给我留下最初的良好印象。

大家上楼到房间落座，攀谈中我觉得王先生文人气质很重，大有文化"圈内人"的感觉。经询问才知道他不仅和我同龄，还曾经和我一样以拿笔杆为生，做过报社记者、采访主任、总编辑、主笔。后来，他皈依佛教成为佛门居士，法号思熙，现任佛教慈济慈善事业基金会总管理中心副总执行长，慈济文化志业执行长。认识这样一位有共同语言的同行朋友，我心里非常高兴。

王端正先生表示欢迎我去采访慈济功德会，双方约好我到达台北之后再商定去花莲的时间。为了使证严法师对我有所了解，我请王先生带去两件小小礼品，一本台湾出版的我的小说集《东方女性》，一盒《启明星》录影带。后者由著名导演谢晋执导，由16名智力残障儿童出演，拍摄过程本身即是一次大型慈善文化活动，相信会引起证严法师的共鸣。

阎明复、王端正，海峡两岸两位著名慈善家，帮助我铺平了前往花莲采访证严法师的道路。

我到达桃园机场，见到来接我的著名女作家陈若曦，心中涌起了又一阵惊喜。原来，陈若曦也是慈济功德会会员，对证严法师尊崇备至。我与陈大姐素未谋面，在书信往来中她知道了我的心愿，已经为我的访问安排了一个特别内容：位于花莲市的佛教慈济医学院邀请我们去演讲。

事情竟是这样奇妙，自从我发愿去拜见证严法师之后，准备工作的每一环节都是意外顺利，贵人接踵，吉星高照，巧合多多，心想事成。冥冥之中，似乎有一条善缘的丝线，把我与证严法师的距离越拉越近了。

花 莲 之 行

我和上海女作家竹林，随陈若曦在中坜市"中央大学"文学院作了演讲，我们三人行的第二站就是花莲市慈济医学院了。1996年11月8日，我们从台北飞往花莲。

因为飞机晚点，我们从机场直接赶往慈济医学院讲堂。窃以为医学院学生不一定非得听文学演讲，这堂课应该理解成院方对我们的照顾，使这段新添的旅程变得名正言顺，陈大姐说院方为我们提供了往返机票和优厚的讲课费。抵台以后虽然还未见到王端正先生，但我心中有数，在这一系列安排幕后，除了陈大姐的热心奔走之外，还有一位强有力的男人的策划。

医学院的学生听课很认真，年轻人对祖国大陆各方面的事情都很感兴趣，提出许多问题，讲座时间一再延长。后排坐着两位身披灰色袈裟的女尼，不仅飞快地做着记录，还站起来提了问题，落落大方，毫无忸怩之态。

课后，证严法师的两位弟子，德旻师傅和德任师傅，领着我们参观了慈济医学院和慈济医院。我万万没有想到这里竟是一片现代化的医学城，建筑群规模之大不亚于北京协和医院。仰望巍峨的飞檐拱顶，中国古典神韵与现代建筑造型浑然一体地组成了一种亦仙亦俗的特殊风格。楼体清一色的银灰素调，令人联想到比丘尼身上披的袈裟。

我们拜访了医学院院长、副院长、医生们，他们都是从欧美国家学有所成回来的医学专家，自愿放弃优裕的生活来为佛教慈济事业作奉献。一门古老的宗教，主办了一座以先进医疗技术治病救人的医院和一所培养现代医学人才的大学。西装革履的洋博士与宽袍广袖的比丘尼共同工作，个中强烈的反差与反差中奇妙的和谐，这是我在任何地方都未曾见过的景象。

我们来得很巧，当晚要在礼堂举行"慈济医院行政人员联谊会"，证严法师将出席晚会。德旻、德任二位师傅让我们在一间会客室落座，等候法师的到来。

初 会 法 师

外面走廊上不断传来脚步声说笑声，很多人在为晚会做准备工作。忽然，只听走廊上寂静下来，变得鸦雀无声，紧接着，自远而近传来一声声轻柔的话语：阿弥陀佛！阿弥陀佛……

自从我们进入慈济医学院和慈济医院，遇到的每一位出家人见了我们都止住脚步双手合十念一句"阿弥陀佛"。我很快地就学会了这种见面礼节，这句祷词既可以看作是祝福，又可以理解为人们相互间的问候。

客厅里的女尼们起身肃立，我们也随着站了起来。"阿弥陀佛"的声音越来越近了，我的眼睛一直盯着门口，一位我盼望已久的人就要出现了，我的胸口不由得怦怦地激跳起来。

在一群老老少少的女尼簇拥下，证严法师款步而来。我呆呆肃立着，眼睛只顾盯着法师的面庞，忘记举起手中的照相机，错过了拍下这宝贵的最初印象的机会。

陈若曦把我们介绍给法师，法师双手合十含笑问候："阿弥陀佛，欢迎你们来花莲！"

我转达了阎明复部长对证严法师的问候，法师高兴地为我们介绍了几位去过华东华中灾区赈济的师父，并利用晚会开始之前的时间接受了我的采访，耐心地回答了我提出的各种问题。

法师的谈话大大出乎我的意料，除了一句"阿弥陀佛"，几乎没有引用一句深奥难懂的经文，只是拉家常似的娓娓道来：

> 我提倡佛教生活化、现代化。我们要抓住现在，把握当下，不为修来世，强调现世行善，大家行动起来慈济救世。
>
> 我提倡菩萨人间化，在人间行菩萨道。菩萨是人，不是神。佛教产生在人间，而不是在天上，佛祖释迦牟尼是一位觉悟了的人，佛陀的觉悟就在于他要普度众生。
>
> 出家人修行，是为了普度众生，所以一定要和群众在一起。
>
> 佛教不应有神秘感，神秘感会使人惶恐。佛教应该明朗化，佛学本来应该是解惑的嘛！我从来不讲鬼呀，神呀，拜呀什么的，人格成，佛格就成。

听了这些话，我的感觉是惊异、愕然，甚至是茫然，脑子里出现了一片空白，储存的那点可怜的佛教知识跑得无影无踪。关于佛教，往昔印象中是一门消极的宗教，"遁入空门""古佛青灯""深山老林世外隐士"等信号一时转换不过来，但法师的话听起来既陌生新奇又感到亲切鲜活。

我不知道如何形容这位著名宗教家的风采，能够掌握的所有文字一下子都变得笨拙起来。我只会使用世俗的语言，似乎用任何世俗美言来描摹法师的神韵都显得不够……不够什么，一时也琢磨不清。好容易找到了一个恰当的词儿，不够……洁净，似乎我们惯常用熟了的挂在嘴边蘸在笔尖的那些词句都落上了尘埃。这时，我抬头望见了慈济功德会的会徽，那是一朵盛开的莲花花瓣托举着莲心，好似果实圆满的莲蓬，又似一只盛满净水的杯子。我的心立刻像在莲池净水中浸泡过一样，流淌出经过洗涤的文字……

法师一袭宽大的灰袍长至脚踝，胸佩大串佛珠，足蹬六孔布履。头上无发，面无脂粉，一切修饰都没有。然而，最简洁朴素的形式却未能削弱他内在精神的美。若不是我从资料上知道他生于1937年，怎么也不会相信他是年近六旬的人了，素食、苦修、虔诚，对佛理的解读与静思，使他清癯的脸庞显出圣女的光洁，一双清澈的大眼睛晶亮晶亮的，以慈祥柔和的目光温润着人们的心灵。他的额头很高，没有头发遮盖更显出智者的聪慧。牙齿很白，说话时温言慢语，音质美得如同一道幽谷清泉。

法师两次告诉我："我看了《启明星》录影带，很感动。"

"《启明星》真的很好，很感人。"

想到法师慈爱悲悯的目光曾注视过影片中16名智力残障孩子，我心里一阵发热，眼睛湿润了……

同 体 大 悲

证严法师是一位比丘尼，以我俗人的眼光看是一位女性，但我注意到所有介绍她的文章都以"他"字冠称。从介绍佛教的电视片中我也注意到，尽管大乘佛教对出家人在两性关系方面戒律森严，寺庙做法事时却毫无"男女有别"的回避，和尚尼姑坦然相处，落落大方。佛门只有"弟子""师父""师兄师弟"的称呼，而没有"女弟子""师姑""师姐""师妹"一说。从现象上看去所有的比丘尼都归于男性称谓，似乎失去了"女权"，有"大男子主义"之嫌。天主教还保留了修女的性别地位，佛教怎么就以一个"他"字概之呢？

我的慧根有限，悟性浮浅，暗自揣摩从佛学的"四大皆空"（尤其是"色空"）观念出发，"他"字也只是一种代称，这一代称对于僧人和尼姑都是平等的，并无把女性归属于男性之意。即使对于和尚来说，"他"也不是像俗家一样用来标明其性别的。既然是"四大皆空"，出家人不管原来的俗身是男是女，入了佛门便都是无性别的了。依我个人理解，这应该是出家人与俗家人的最大区别。

虽然我有了这一层的参悟，仍然摆脱不开俗眼的视野。为了能对僧俗两界都阐明问题，我擅自发明了一个词，权且叫作"心理性别"。说佛门弟子皆无性，应归为他们的"心理性别"，不管怎么说他们"借住"的肉身还是有生理性别的。以我俗眼之观，证严法师仍然是一位女人，一位优雅而美丽的女人。而且，法师发愿济贫救病，创办慈济医院，缘起于一个生育与死亡的女人故事，也是出自女人与女人之间的深切同情，佛语叫作同体大悲。

1966年，证严法师率弟子去凤林一家私人医院探望一位刚做手术的信徒。当年台湾东部很贫穷，民众生活很苦，很多人生了病无钱医治。这位有经济力量做手术的信徒还算是幸运的。证严法师看完病人走出医院，忽见门口水泥地上有一大摊殷红的血迹。面对这一触目惊心的景象，他关切地询问："地上怎么会有一摊血呢？"

旁人述说原委："是一位山胞妇人流产大出血，家人跋涉八个小时的崎岖山路，才将她抬到医院，赶到这里病人早已昏死过去。可是，医院非要8 000元医疗保证金才肯为她做手术，山地人没钱，只好又被抬回去了……"

就这样把一个失血性休克的产妇再花八个钟头抬回山上？看来这个不幸贫女只有走上埋葬之路了。

证严法师一阵晕眩，惊骇人间竟会有如此冷酷无情的现实。就因为穷人没有8 000元，不惜赔上一条年轻的生命？一路上，他都含泪默想着山地妇人的命运，那一摊殷红的血迹总是在眼前闪烁，他在心中虔诚地祈祷：千手千眼观世音啊，快来救苦救难解脱众生贫病困难重重……这番菩萨心使他想到自己作为佛门弟子应该替菩萨行道，为普度众生做些实际的事情。转而他感到十分为难：我一介贫尼，力量有限，如何去做才能帮助穷苦无告的同胞们呢？

虽然此时他只是萌发善念，一时还没有找到实施善行的具体途径，但他身上已经升起了一种奇异的感觉，开悟到菩萨的法力要借他的双手伸延开去，化作无穷的力量去付诸行动……

我站在花莲慈济医院门口，望着医院雄伟的建筑，想到30年来证严法师为了创办这所为穷人看病的医院走过了怎样艰难的道路，心中一阵震颤。想到当年一位身单力薄的比丘尼发此宏伟大愿，缘起于另一位女性的生育苦难，我心中激荡着更深层次的感动。佛说的生生灭灭，万物轮回，主要由女人、雌性动物、雌性植物去孕育、生育、抚育。作为女俗人我很难真正体悟佛门弟子的无性别境界，观察事物总是脱不开女人的主观感觉。见到证严法师，我也只能体验到女人之间的"同体大悲"，不知道法师对我的这些想法会不会怪罪。

三 位 修 女

历史上的宗教几乎都是排外的，世界上各大宗教都认为自己是唯一正统，秉神命承天意，视其他宗教为异端。不仅如此，一门宗教内部也教派林立，彼此排斥、仇视，甚至拼杀。这也是我甘当俗人不信教的原因之一。宗教之间越是彼此排斥，门派分裂，越是只能以一家之见解释大千世界。越来越多的年轻人对宗教的态度是姑妄听之，或者干脆敬而远之。

随着现代科学技术信息时代的发展，不同宗教之间的交流往来变得多了起来，和平共处的原则也得到了宗教人士的认同。不过，在我印象中佛教仍然是很保守的，或许因为我只到过大陆的寺庙，对港澳台地区和海外的佛教现状所知甚少。

证严法师与三位天主教修女的故事，使我对佛教是一门消极保守的宗教的看法发生了根本转变。

1966 年，法师主持普明寺时，有一天来了三位天主教修女。修女们听说证严法师苦修虔诚，想来传福音，劝他入天主教，在她们眼中，他仍是"背弃上帝"的人。

起初，宾主双方促膝交谈，谈人生，谈经历，谈社会，四个女人颇有共鸣。待到转入正题，双方宣讲各自的宗教教义，可就话不投机了。两种不同信仰的修行者碰到一起，展开了冗长的辩论。

修女们向法师传教，颂扬天主爱全人类的博爱胸怀。法师告诉她们：

佛陀的慈悲一如天主的博爱值得崇敬，但佛教不仅爱人类还爱一切众生，比天主的胸怀更为博大。

修女们轮番布道：

不错，释迦牟尼是很伟大，佛法也很有智慧，你们佛门弟子爱一切有生命的东西，是很崇高。天主教的博爱虽然主要说的是爱人类，但是，我们到处创建养老院、孤儿院、医院、学校等慈善机构。即使远在深山、海边、小岛，也有天主教的教士、修女去救助贫困人群，给他们面粉、衣服，甚至在战火中或是瘟疫区，也有我们的教友去为人类做出奉献。佛法虽好，但佛教对社会关爱缺乏具体表现，佛教徒似乎只求独善其身，而少顾及兼善天下，很少见到佛教徒有所行动，对社会有所助益。在世人眼中，佛教徒不过是些遁入空门一味诵经拜佛的消极群体。

法师听人家批评得不无道理，只好说：

佛陀教的是"布施无我相"，不为名也不为利。社会上做善事的无名氏里，其实有不少佛教徒。

三位修女仍然坚持自己的观点：

佛教徒中善心人是很多，但是仅靠个体的零散善行是不够的。国际上现代慈善事业，已经是把各界力量组织起来集合起来，以严格有效的管理发挥巨大作用的社会机构了。

一席话，使法师受到深深的触动。此时，那位年轻产妇流在医院门口的殷红鲜血又在他的眼前闪烁，使他的心情格外沉重。

三位修女告辞以后，他朝朝暮暮在庙堂前打坐冥思。普明寺供奉着三尊佛：佛祖释迦牟尼、观世音菩萨、地藏王菩萨，他望着佛像悲悯慈祥的面容，一遍又一遍地沉思默想：

> 佛祖啊，您的慈悲济世，普度众生的胸怀确实是至善至慧的思想结晶啊！弟子该怎样行动起来，把无形的精神变为有形的作为，以善行弘扬佛法呢……

> 千手千眼观世音，救苦救难观世音菩萨啊！千眼，不就是到处观察，体验众生疾苦么！千手，不就是要去为众生做善事么！千手千眼，法力无边，只有把各界力量组织起来，集合起来，才能够千手千眼万手万眼法力无边啊……

> 地藏王菩萨啊，您发过世间最为悲壮的宏愿：地狱不空，誓不成佛。那么就让弟子去行人间菩萨道，一点一滴救助众生疾苦吧……

佛祖含笑，观世音点首，地藏王开颜。证严法师心光灿然，创办慈济功德会的念头，犹如一支冉冉浮出水波的小荷，徐徐绽开清香的莲瓣……

听了这个多元文化交融贯通的故事，我不由得想起了祖国大陆报章曾披载：有一枚从古墓中发现的莲花种子，在植物学家们精心培养下，竟然萌发新芽，生出碧绿的荷叶和美丽的荷花。看来，千年古莲并不排斥新世纪的水土养分……

静 思 精 舍

到达花莲的第二天上午，旻师父和殷师父送来了雨伞，冒雨引导我们参观了静思精舍所属各个房间和作坊。昨晚联欢会散时已是夜里，一辆汽车把我们送到了静思精舍大门外，有人引我们住进了后院的寮房。雨夜来到陌生地方，没有看清这座尼庵的全貌。今天一早，我特别仔细地梳洗干净，换上素净的衣服，随着两位比丘尼来到了这一方佛门净土的神圣中心——静思精舍大殿。

我驻足仰望静思精舍，惊奇得睁大了眼睛，和以往见过的那些高大巍峨雕梁画栋的寺庙相比，它显得实在太朴素无华了。佛教名寺大多是金顶红柱富丽堂皇，眼前却是一座小巧玲珑的白色建筑。四根雪白的圆柱支撑着雪白的门楼，门楼三角楣正中镌刻着四个银灰色大字——静思精舍。雪白的墙壁托举出银灰色中国古典式屋顶。飞檐底边，圆柱底座和周围廊台的护栏皆为青蓝色，勾勒出整个建筑流畅的线条。这座由白、灰、蓝三色组成的冷色调尼庵，和它身后的青蓝色山峦，银灰色天空融为一体。在这片细雨蒙蒙的纯净世界，比丘尼们身上银灰色的袈裟，志工们身上蓝色的制服，与这云、这雨、这山、这庙，达到了"天人合一"的和谐境界。经过一夜甘霖滋润沐浴的树木和草坪绿得耀眼，为这清冷佛门平添几许亮色。雨点落在池塘荷叶上发出天筛摇珠般的韵律，为这寂静山林奏响世外仙乐。

　　说到静思精舍，先得介绍一下证严法师的俗家母亲王沈月桂女士。慈济会员们尊称她为"师妈"。她则随大家称证严法师为"师父"，以示尊重爱女的"了却尘缘"。

　　在证严法师出家初期，师妈曾极力反对，到台湾各地寻找女儿的踪迹，为此痛苦了好几年。后来，她发现女儿的志向已定，已无劝回的余地，只好认可既成事实。后来，随着对女儿创办的慈济功德会"为佛教，为众生"大业的了解，她成为证严法师的热诚支持者。

　　1966年5月慈济功德会成立之后，会员增加很快，工作范围也迅速扩展。证严法师原先出家修行的普明寺只有不到20坪的房间，已不适应规模越来越大的活动了。王沈桂月女士看在眼里，于1967年秋天拿出多年积蓄11万元台币，为出家的女儿买下普明寺附近一甲半（4 500坪）土地，即现在静思精舍所在地。1969年9月，王沈桂月女士又出资20万元台币协助建造静思精舍，这就是现在这座优雅的白色建筑了。

　　举目仰望静思精舍，我心里充满了母性的感动。王沈月桂女士在台湾称不上富婆，丈夫在世时堪称家道殷实，但丈夫早已于1960年去世了，几个儿女还在求学，一家人生活开支全靠为数不多的积蓄。但是，这位母亲不惜一切为出家女儿付出了伟大的母爱。我想到，证严法师在普明寺修行时已经

25 岁，母亲捐出来买地的钱一定是曾为爱女出嫁准备的嫁妆。既然女儿铁了心"嫁"入佛门，当妈妈的也就心甘情愿把这笔钱捐给佛教慈济事业了。如果说第一笔买地的钱还是为了了却一位母亲的某种遗憾的话，那么第二次捐款建造静思精舍，则是一位虔诚的佛教徒为了信仰的无私奉献了。出家与出嫁，只少了一个"女"字，王沈月桂女士是把女儿真正地舍出去了。

关于证严法师的出家过程，和师妈对女儿选择的生活道路由不理解到全力支持的曲折的心路历程，本文后面还要作详细描述，先请读者记住在慈济事业中有这样一位可敬的妈妈。

静思精舍名字的由来，"静思"是因为证严法师在离家寻求出家之路时，摒弃了在家时的俗名王锦云。自取法名静思。到鹿野修行后，德高望重的许聪敏老居士为她取法名"修参"。1963 年春天，他在台北正式拜佛学家印顺长老为师父，印顺长老为他取法名证严，字慧璋。静思，代表着证严法师在学佛初期的求索与思考。

何谓精舍？我这个俗人才疏学浅不知其典，经查阅资料方知一二。精舍，古时泛指书斋、学舍、集生徒讲学之所。后来称僧人、道士居住或说法讲道之所为精舍。《三国志·吴志·孙策传》裴松之注引《江表传》中说某道士"立精舍，烧香读道书"。《晋书·孝武帝记》记载"帝初奉佛法，立精舍于殿内"。从此，"精舍"似乎多指擅长讲佛弘法的寺庙了。此外，精舍另有重要的一解——心灵精神所居之处，《管子·内业》记载："定心在中，耳目聪明，四枝坚固，可以为精舍。"尹知章注："心者，精之所舍。"

证严法师为这所新建的庵堂取名为静思精舍，真是独具慧心，它既指这座建筑是物质的定居之处，又指心灵的定居之处。了解到这更深一层的含义，我这才明白遍布世界各地的慈济会员为什么都说"静思精舍是我们心灵的故乡"了。

知识分子最讲寻求"精神家园"，但人人希望找到的"精神家园"究竟在哪里呢？"文化大革命"造成了内地人的信仰危机，后来在商品经济大潮冲击下，拜金主义泛滥，但金钱利欲并不能为人提供"精之所舍"，精神空虚已成为一种流行的现代病。我不是佛教徒，但我好羡慕慈济人，他们有自己的心灵的故乡。从这一层意义上讲，不管哪一门宗教，只要它的信徒觉得有了精神寄托之所，对于人类来说就是很大的慰藉了。

不贴金的佛像

拾阶而上，来到廊厦底下，我学着二位师傅的样子在门外放好雨伞脱下鞋子，毕恭毕敬步入佛堂。佛教寺院建筑群分为正殿、前殿、后殿、侧殿，等等，正殿所奉一般为释迦牟尼佛像，称为"大雄宝殿"，意为佛有大力，能伏邪魔。静思精舍却只有一座大殿，这里供奉着三尊佛，也就相当于正殿了。端坐中间的是佛祖释迦牟尼，端坐于右侧的是观世音菩萨，端坐于左侧的是地藏王菩萨。三尊佛像既不高大也不鎏金溢彩，而是清一色的雪白，采用的材料也不是昂贵的白玉，看上去像塑料，又有些像烧瓷，其用费可想而知是很节俭的了。

慈济功德会是一个在许多国家地区都拥有分会，实力雄厚机构庞大的宗教团体，竟然不以稀世古佛或价值连城的金佛玉佛作为镇庙之宝，当然不是出于资金的原因。即使证严法师不同意花费重金请佛，海内外信徒也会捐赠贵重佛像的。听说某名寺香火旺盛，善男信女络绎不绝地往佛像上面贴金箔，一层层越贴越厚几乎成了一座金塔。闻名于世的静思精舍却只是供奉着以现代工艺制作的普通佛像，这真是大大地超出了我的想象。

我向二位师父表达了自己的想法，二位师父引用证严法师的话来回答我的问题：

"上人说，拜佛，信佛不光是信一个偶像，应信他的人格目标，再反观自性，相信我们有与他同等的毅力。"

"佛陀是人并非神，而且是一个觉悟的圣人，所有的人在觉悟之后，都可以成佛。'佛陀'的意思就是就是'觉悟者'。"

"关于佛像，上人告诉我们，佛并不是这个样子，是人们喜欢他成为这个样子，问题并不在于供奉什么样的佛像。"

听了这些充满智慧的话，我望着三座朴素的佛像反而倍觉神圣。出于礼貌，我没有说出对"偶像崇拜"的看法，其实，我心中的某些疑问由来已久。每当看见寺庙里的鎏金大佛，我便暗自思忖：佛祖释迦牟尼本来是看破红尘清心寡欲的出家人，不一定喜欢信徒们把这么多金子贴在他的脸上手上乃至全身。金子是物质财富的象征，世人用自己认为最宝贵的东西来打扮佛像，把"拜金"与拜佛这样两种截然不同的信仰连在一起，会不会只是人们的一厢情愿呢……证严法师的慧语，替我说出了我未敢说出的话，自己的见解不仅不会引起出家人误解或怪罪，还有一层所见略同的欢喜，我轻松地舒了一口气。

没有亲身经历过"文化大革命"的年轻读者，可能不会理解我对偶像贴金问题的敏感。在那场浩劫的造神运动中，我们这一辈人都见过世上规模最大的偶像崇拜奇观。不知从哪里吹来一股风，几亿人胸前都得佩戴像章。除了胸章之外，人们的目光所及之处皆有造像。各种各样的造像工艺应运而生，各种各样贵重的原料毫不吝惜地耗费掉……30年过去了，那些闪闪发光的镀铬镀镍镀金镀银的像章至今历历在目。如今人们回顾那段历史的时候，实在无法理解当年的红卫兵为什么在造神的同时又去砸毁祖先们留下的庙宇和神像。

虽说我在青春年华经历过的偶像崇拜奇观不是宗教活动，但从那以后我不管参观哪一门宗教的神殿，都特别喜欢朴素的神像。十年前的一个清晨，在奥地利阿尔卑斯山区一座小镇，我望着立于村口的木制耶稣受难像久久不忍离去。圣像上面只有薄薄的尖顶木厦遮雨，几个世纪的风餐露宿，木像已经斑驳褪色。我心中涌起一股冲动，想去摸一摸那皱裂的木纹，但我不知道天主教教规是否允许触摸神像。左顾右盼见四周无人，我伸出的手指还是只敢摸了摸耶稣脚下的木柱。我不是天主教徒，自己一时也弄不清楚为什么被这异国山野小小的神像深深打动，或许只是为了那皱裂的木头。一段朴素的木头因为承载了一段殉道者为救世人而牺牲自己的宗教故事，而受到世世代代小镇居民的礼拜，又汲取了山林大地云空日月之精华，这才充满了灵性和神秘的感召力。

我喜欢朴素的神像。

我是东方人，更喜欢面孔与自己相近的朴素的佛像。因此，见到静思精舍的三尊白色佛像真有一种似曾相识的亲切感。

　　其实，稍有佛教知识的人都知道，佛教在创始早期并没有佛的造像，古代佛教徒甚至认为制作佛像是对佛的亵渎。公元前后才有佛像出现，我想那可能是出于后辈弟子们对先圣的纪念和崇拜。两千年来，佛像的制作朝着多样化的风格发展，传到哪个国家便逐步与当地民族文化相汇合。北传佛教（包括大乘佛教）不少经典认为造像是一种功德，于是信徒们热心于修庙造像。有人为了还愿出资"重塑金身"，这才有了为佛像贴金的风俗。佛像从形象到用料向来没有统一规定，我所略知，塑像类包括铸像、泥塑像、纸泥像、砖像、蜡像，等等；其中铸像又可分为金像、银像、金铜像、铁像等；此外还有画像：纸画、绢画、壁画、刺绣、织像等；从佛像的姿态上划分，有立像、坐像、倚像、卧像、飞行像等；从高度上划分，大到与山峦比高，小到象牙微雕，丈六像、半丈六像、等身像（与发愿者身高相等）等。关于佛像的面容与着装，佛祖释迦牟尼一般是出家男相，身着袈裟，但是头发似乎并未剃度，令人想到印度人或尼泊尔人的卷发。地藏王菩萨、药师王菩萨等一般作出家男相。只有观音菩萨作女相，头戴宝冠、璎珞，留长发，一副在家居士的样子。我想，这些千姿百态的佛像都是佛教传入我国以后经过漫长的岁月，已经和中国文化融合的结果。其中，观音菩萨的形象最能说明问题了，她是一位最具中国化民间化的救苦救难女神，各地的民间艺人们都以自己心目中的慈母形象来塑造她。我在河北正定铁塔寺里见过一尊位于佛祖背后的倒座泥雕彩塑观音，那位观音一条腿盘于另一条腿的膝上，举着兰花指正在讲经，那副亲切自然的神情真像是在地边炕头和村妇们说家常话。同行的友人都说我长得很像那位观音，我心里非常高兴。后来走过许多地方，见过许多观音像，但我还是最喜欢河北正定那位富于民间泥土气息的倒座观音。

　　从这个角度也可以说明"佛在心中"的道理，证严法师指出"佛并不是这个样子，是人们喜欢他成为这个样子"，这话说得真是对极了。

　　为数众多的慈济会员每年都捐赠大量钱物，为此成立了"佛教慈济事业基金会管理中心"，管理中心对善款使用都有严格的规定和制度，所有的善款都花在扶危济困普救众生的慈善事业上，不能用来修葺庙宇或为佛像贴金。一些佛教门派愿意不断地修庙鎏金佛，是因为有的佛经说修庙塑佛像是一种功德，那是人家的信仰自由，本文没有厚此薄彼之意。《金刚经》说："凡所有相，皆是虚妄，若见诸相非相，即见如来。"证严法师正是深悟佛经真谛，才不主张偶像崇拜。他不在意供奉的佛像用料是否黄金宝玉，正是因为他看破黄金宝玉也是"诸相非相"，"皆是虚妄"。以我们俗家对物质与精神的认识，也能够接受这一"佛在心中"的观念。

三尊雪白的佛像，闪耀着圣洁的光芒。或许正是因为他们的朴素无华，望着，望着，我胸中心光闪燃，为之一亮，开阔如皑皑雪原，浸润如霏霏细雨。天穹雨丝引发胸穹绵绵心雨，好清凉的感觉！南国佛像引发北国雪原乡情，好奇妙的联想！

不烧香的佛堂

静思精舍佛堂的朴素无华，和三尊洁白无瑕的佛像形成了和谐的统一风格，令人耳目一新，不同于我见过的任何一座寺庙。

这里没有雕梁画栋，没有黄绸帏帐，也没有信徒们敬献的彩锦，大厅里几乎只有白色和浅棕两种色调，再有就是雅致的瓶花和观叶植物了。正面三座浅棕色木质佛龛，造型简洁古朴，没有多余的雕花装饰。佛龛下面各有一张木质供桌，一侧摆放着两个浅棕色木鱼，另一侧有两个深棕色经鼓。旁边悬吊着黑色大钟。立于两侧的同样拙朴的藏经阁，简直就像普通的居家陈设。木门木窗和用小木条拼接而成的地板，烘托着相同色调的佛龛、经阁、供桌、木鱼，形成了和谐稳重的视觉效果。与这棕色世界相呼应的便是白雪的色彩了，雪白的墙壁和天花板，地板上整齐地摆着一排排雪白的坐垫，就连比丘尼们诵经打坐的"蒲团"也是一色雪白。如此素雅的色调，迥异于一般寺院常见的缤纷。三尊白色佛像，供奉在这简洁明快的佛堂里是再合适不过的了。

环顾大殿，明窗净几，一尘不染，光洁的地板竟然能够清晰地映出白色佛像和白色蒲团坐垫的倒影，室内连一丝浮尘都没有。深深地吸一口清新芬芳的空气，你会觉得通身血液都被过滤纯净了。四下打量，又觉得少了些什么，咦，比以往见过的佛堂少了些什么呢？似乎少了一些看得见而又抓不住的东西……哦，是烟雾！以往的印象中佛堂永远是香烟缭绕，我还从来没有见过不烧香的佛堂！

有了这个新发现，我这才注意到摆在供桌正中的香炉里并没有燃香，是一颗红烛闪烁着耀眼的烛光，佛龛脚下也有一排烛台托举着一朵朵明灿灿的光焰。供桌上没有面桃仙果一类的供品，只有两个古朴的花瓶。供奉佛祖释迦牟尼的是两瓶鲜艳欲滴的插花，两侧花架上是供奉观音菩萨和地藏王菩萨的挺拔秀丽的青竹。鲜花和青竹散发出淡淡的芬芳，令人神清气爽。

以鲜花青竹供佛，优雅绝妙的选择！

我忙问德旻、德任二位师父为何不烧香，答曰证严法师是为了环境保护，避免造成空气污染。

以鲜花青竹供佛，古老宗教与现代意识的优雅绝妙的结合！

说到烧香，自古以来都以"香火旺盛"比喻庙里信徒众多，"烧香拜佛"一词已经成为连接紧密的专用语，善男信女到寺庙里许愿还愿都要捐一些"香火钱"。"香火绵延"不仅说明了寺庙的佛事兴旺，也象征家族血脉的承袭民族传统的弘扬。从某种意义上说，"香火文化"早已成为中华文化的一大特色。

在这种久远厚重的文化背景下，证严法师敢于设一座不烧香的佛堂，得有怎样的胆识和气魄！若没有对佛学的深刻理解，一般寺院住持断不敢冒着得罪僧俗两界的风险进行这等勇敢的改革。

究竟从何年何月兴起的焚香拜佛风俗，已无从查考。我在马来西亚吉隆坡黑风洞参观印度教寺庙时，看到那里既以鲜花奉神，又以焚香奉神。黑风洞是著名的印度教圣地，可惜洞里蚊子太多，香烟缭绕便多了一项功能——驱赶蚊子，不然那位光着上身的僧人简直无法在神坛跟前久站。许多人误以为佛教是印度教的一支，其实佛教从诞生之日起就是一门独立的宗教。从13世纪以后，佛教已在印度绝迹，据悉近几十年又有所复活。总而言之，印度教和佛教是两回事。以我管窥之见，两教的主要区别在于印度教崇拜的是许多神，他们的寺庙墙上立着数不清的神仙、象、孔雀、牛、羊、马，皆为神，还有许多说不清楚的人面兽身彩塑。古佛教崇拜的是人——佛祖释迦牟尼及其弟子们都是古代哲人。这一点在南传佛教（俗称小乘佛教）只把释迦牟尼视为教主一直坚持至今；北传佛教（包括大乘佛教）中的一些流派则逐步把佛神化，提倡三世十方有无数佛。

如果说印度教、佛教都是起源于热带，焚香之俗可能与驱蚊有关，但是，天主教神父在做弥撒时也有一个男童摇晃一个冒烟的"香炉"，这又是为什么呢？我想，人类总是想借助于香烟缭绕和神灵对话，香烟虚无缥缈冉冉而升，烟与云、云与天、天与神，又能引起人们的连锁想象，于是袅袅升天的烟雾就成了人们向天神祷告时的"心香"。

然而，如果有人喜欢刨根问底，往深处想一想，人们敬神的"心香"是不是只能依托在一线烟缕上呢？供奉鲜花不也可表达"心香一瓣"么？敬一盅清水不也可表达"心香纯净"么？清真寺回教堂既不设偶像也不供奉鲜花，教徒们只是凭心礼拜不也能够表达一片虔诚么？如此说来可以得出一个结论：礼佛拜佛并不在于某一种形式，而在于一颗诚心。我想，证严法师正是作出了这方面透彻睿智的思考，又兼顾对台湾宝岛环境保护，才决心锐意改革，以鲜花明烛替代烧香习俗。虽说佛经上并没有规定必须烧香，但若更改整个民族约定俗成的传统习惯，需要很大的勇气与耐力。证严法师能够使自己的弟子们和随众都理解和认同这项改革措施，让年龄不一文化层次各异的信徒都放弃烧香拜佛的方法，更得具有崇高的威望和巨大的号召力。

我在许多寺庙里看到有人出售越来越大的香柱，络绎不绝的香客把一束又一束手指粗几尺长的大香点燃拜佛，年长日久，熏黑了佛像，熏黑了大殿。许多古老的名寺是木结构建筑，香火旺盛成了火灾隐患。望着那些珍贵的佛像我常常暗想：佛也不一定愿意天天这么挨烟熏吧？即使佛陀法力无边不怕熏，但僧尼们日日夜夜在佛堂诵经打坐，常年遭受烟雾污染影响健康，大慈大悲的佛陀也会于心不忍的……我这么想绝非干涉人家烧香拜佛的自由，只是借此表达一下对鲜花供佛的推崇。

佛教徒对这一新的佛堂风尚的接受程度，远远地超过了我的估计。

台湾虔诚的佛教徒丘秀芷女士在她写作的《大爱——证严法师与慈济世界》一书中说：

> 不烧香、不烧纸钱，才是真正佛教。静思精舍对初访者而言，往往是一个震撼！也使大家开始逐渐认识：正信佛教徒不是迷信的，不是求签卜卦的，更不是求财、求功名的。

证严法师亲自为这本书作序，序文中指出：

> 看一本书不仅要看它的文字之美，它的神韵之精，更要看它给人的省悟有多大。

美籍华人云菁女士在《千手佛心》一书中谈到对静思精舍的观感时说：

> 佛龛上的鲜花、香烛并非为了取悦神灵，而是为了在此的我们——香气代表了道德的渐进影响；烛光象征知识之光；很快就会枯萎凋谢的花朵，是提醒我们生命短暂；钟鼓之声则是要振聋发聩，涤净被红尘污染的混乱心思。

这位女士感受得多么细腻，表述得又是多么精妙啊！

不流泪的红蜡烛

唐朝诗人李商隐有句苦吟无望爱情的千古绝唱：春蚕到死丝方尽，蜡炬成灰泪始干。此诗流传甚广脍炙人口，"流泪的红蜡烛"成为不幸婚姻的象征。

烛光的意象，后人引申为燃烧自己照亮别人，又常指教师热心培育学生。

但是，"蜡炬成灰泪始干"已经作为一种固定的借喻深深地嵌入中国人的思维中，"蜡泪"不可避免地涂上了一层悲剧色彩。

静思精舍以烛光供佛，佛门的红蜡烛莫非也要流泪么？"独卧青灯古佛旁"形容尼庵的清苦寂寞生活，旧时代女子出家又多因命运多舛或为了殉情遁入空门，尼姑苦修也被涂上了一层悲剧色彩。

静思精舍以制作蜡烛出名，这里生产的红蜡烛都是不流泪的，它的发明者是证严法师本人。

35年前，证严法师在普明寺修行时，夜里经常就着烛光阅读经书。他很喜欢烛光的感觉，火苗虽小却异常明亮，形状犹如倒置的一颗心，这颗情愿燃烧自己的心是炽热的，欢喜的，哔哔剥剥跳跃着，像一只只小小的火凤凰追求永生的涅槃。

他从来不剪烛芯，就让烛芯一燃到底，这样火焰会大一些，才能够照亮经书的字。夜深了，一支蜡烛燃尽了，他也读书太累了，站起来借整理烛泪之机直一直腰身。他总是不忙于换一颗新烛，待烛泪滴在桌上成片成堆时再把它挖出来，重新放到烛芯旁让它融化，直到燃烧一尽。

漫漫长夜，烛光伴读，岁岁月月，从不间断。每当他站在佛前望着闪烁的烛光，总是默默沉思：一支蜡烛如果没有心就不能燃烧，即使有心，也要点燃才有意义，点燃的蜡烛会有泪……

燃烧的蜡烛就不能不流泪么？燃烧自己照亮别人是不该流泪的呀！自愿供佛学佛是应该欢喜自在呀！有没有不流泪的红蜡烛呢……

他久久地凝望着蜡烛，一次次挖起落在桌上的烛泪放回烛心成全它烧尽，他注意到一个细微的现象——一滴烛泪一旦落下来，立刻会被一层凝结的薄膜止住，很快就会冷却还原为固体的蜡块，护持烛泪凝结的力量叫作"肤"，天地间自有这样一种抚慰的力量呀！哦，蜡烛的皮肤！

由这个细节他悟出了制作无泪烛的方法，他用一层极薄的透明纸膜紧紧地包住蜡烛，薄膜便像"肤"一样护守蜡烛，燃烧时一滴泪也不流了！

他又往深一层思考，把烛泪比作众生受苦之泪，把慈悲的护持之举比作"肤"，慈心善举能够救苦救难减少人生的泪水……

这都是学佛的开悟过程呀！

从此，不流泪的红蜡烛成为慈济特殊产品，在静思精舍开辟了作坊大量制造起来了。分布在世界各地的慈济分会都需要无泪烛，海内外前来拜访的善男信女都要买走一些无泪烛。无泪烛成了慈济佛门的吉祥物，在地球村的角角落落欢欢喜喜地燃烧出夺目的光焰。

我在静思精舍后院参观了制作蜡烛的作坊，由几位操作熟练的师父领工，常有信徒带着孩子来这里参加义务劳动。这是一座半露天的工棚，只见一位师父忙着把白色蜡烛融进一个烧热的锅里，加颜料染红。另一位师父把融化的蜡液倒进有一孔孔圆柱形容器的铸模中，另外一人手握一把裁齐的（人工）沉香，把香柱一一插到一个个圆圆的中间打孔的薄铁片上，再把插好香柱的铁片一一放进铸模里的蜡液里。一台电扇对着铸模猛吹，功夫不大蜡液就凝固了。把一排排的红烛倒出来之后，又有一人为一支支红烛裹上一层极薄的玻璃纸，一支无泪烛就做成了。这种红蜡烛每支粗如酒杯，高约三寸，以透明薄膜为肤，以沉香为芯，燃烧时散发怡人的清香，可以保持20小时之久，直到烧尽既不流一滴泪，也不留任何痕迹。

不流泪的红蜡烛，多么像欢喜菩萨呀！燃烧自己照亮世人的心，却从不忧伤从不落泪。无生无灭，了然无痕，烛光揭示的是佛语呀！证严法师正是以这佛门欢喜之光，传播一种彻底的慈悲心怀奉献精神。

比丘·比丘尼·受戒

静思精舍是一座供尼姑们出家修行的庵院，在描绘尼姑生活之前，我想，似乎有必要先说明一下什么是比丘和比丘尼。深谙佛学的人和佛教信徒会认为这是些 ABC 常识，但对于内地读者特别是年轻人来说，"文化大革命"造成了宗教知识的空白，有许多专用名词还得从头说起。

佛教称谓"比丘"和"比丘尼"都是梵文的音译。"比丘"的意译为"乞士""乞士男"等，"比丘尼"的意译为"乞士女""除女"等，这个称呼的由来是因为早期佛教徒多以乞食为生，尼泊尔、印度民间便以当地语言这样称呼出家人了。佛教出家五众分为比丘、比丘尼、沙弥、沙弥尼、式叉摩那，其中"比丘"指男子出家后受过具足戒者，"比丘尼"指女子出家后受过具足戒者。佛经《大智度论》中有一段文字说"比丘"或"比丘尼"有五个意义：乞士、破烦恼、出家人、净持戒、怖魔。"沙弥"的意译"勤策男""行慈""息恶"等，顾名思义"沙弥尼"就是"勤策女"了。沙弥指7岁以上20岁以下受过十戒的出家男子，沙弥女则是这个年龄段的出家女子。如此说来，沙弥和沙弥尼堪称"佛门童子军"了。这些出家的青少年在寺院庵院里做什么事，《摩诃僧祇律》中有明确规定：7岁至13岁可以在放置食物的地方驱赶乌鸦，故称"驱乌沙弥"；14岁至19岁已适应出家生活，称为"应法沙弥"；年过20而未受具足戒仍持沙弥身份者，称为"名字沙弥"。依次类推，庵院里也就分为"驱乌沙弥尼""应法沙弥尼""名字沙弥尼"了。不过，只有佛门里人才能分清这些"职称"，俗家人则不管是僧是尼受戒程度，只要是出家人就一概尊称为"师父"，对未成年僧尼也尊称为"小师父"。

那么，"具足戒"又是怎么一回事呢？受戒，指佛教徒通过一定的仪式，接受师傅授予的佛教戒条，叫作受戒。戒有五戒、八戒、十戒、具足戒之别，不同程度的受戒仪式也各不相同。不论哪一种受戒仪式，出家人首先要把须发剃除，这就是"剃度"。佛教认为削发出家是度越生死之因，故名剃度。具足戒，是梵文的意译，又称"大戒"，是最充足全面的戒律。佛教传入中国以后，自隋唐时代始比丘和比丘尼都受此大戒，经书《四分律》规定，比丘戒有25条，比丘尼戒更加严格，最多的可达348条戒律，真是名副其实的"具足戒"了。出家人依戒法之规受持此戒，才能取得正式僧尼资格。

中国人对出家男子通称"和尚"，对出家女子通称"尼姑"，过去我一直以为这是民间的土语，但汉字的"和"与"尚"，"尼"与"姑"之组合实在不好望文生义，令人费解。我这人好奇心很强，对什么事都喜欢追根问底，很想弄明白这两个称谓的来历。生活中有许多因约定俗成而显得貌似简单的问题，其实大家都不大清楚个中究竟。身为作家，我既然观佛门写佛门，就应当多学习一些佛教知识。为了搞懂这类佛教专用语，我不仅反复研读了从台湾带回来的慈济功德会的书籍资料，还查阅了《辞海》《简明不列颠百科全书》《宗教词典》等，并对各家之言作了综合比较，试图找到通俗易读的语言加以表达。下这样的笨功夫不是为了咬文嚼字，而是考虑到向读者交代清楚一些佛教用语，有助于年轻朋友们更加深刻地理解证严法师的生平事迹和他所献身的佛教慈济事业。

其实，"和尚""和社""和阇"都是对梵文不甚准确的音译，"尼姑"则是"比丘尼"的简称和尊称，两者都是外来语。或许，由于我国古典文学中有众多和尚、尼姑的形象栩栩如生家喻户晓，这两个称谓才显得很中国化民族化。《西游记》中的唐僧、孙悟空、猪八戒、沙僧，《白蛇传》中的法海，《红楼梦》中的妙玉、惜春，《水浒》中的鲁智深，"三言二拍"《唐宋传奇》等许多古典名著中塑造的举不胜举的出家人的故事，在民间流传甚广老幼皆知。若是推举古代的外来语融入汉文化之最，我想"和尚""尼姑"两个名词应该是名列前茅了。

和尚原是古印度对博学之人的通称。佛教创始人释迦牟尼及其弟子们都是学问渊博的哲人，他们在传教时谈古论今讲述人生哲理指点迷津度人觉悟，故获得"和尚"之美称。至于朝朝代代的中国人都称出家人为"师父"的缘故，我想可能出自于古印度称"和尚"的另一层含义是"亲教师"。"亲教师"是学生对亲自教诲过自己的老师的尊称，如此推敲下来，凡是称呼出家人为"师父"的俗家人，意思该都是表明自己是这位僧人或尼姑的亲传弟子了，虽说许多人并没有意识到这一层，但也足以体现佛教在中国的源远流长深入民间了。

不受供养的比丘尼

在上期本文结尾时我曾说道：众所周知，寺庙庵院都是靠信徒捐赠供养的，僧尼外出化缘是天经地义的事情。证严法师却为自己及弟子们制定了严格的纪律，信徒布施的善款只能用于普救众生的慈善事业，不得用于静思精舍的日常开支。弟子们必须自食其力，一日不作，一日不食。这条戒律在哪一卷佛经上都找不到，即使是多达348条的比丘尼具足戒，也没有限制出家人去化缘和受供养。因此，这一条完全是静思精舍的独特规矩。我们大陆有个流传甚广的俏皮话，叫作"土政策"，指的是在国家宪法或正式公布的法规之外，由某地区、某部门、某单位自行制定的条规或办法。也泛指下级对上级指令的对策。静思精舍自行制定的这条规矩，对于佛教经典法规来说堪称"土政策"，但这是一种多么令人感动敬佩的"土政策"啊！

庵院尼姑实行这条规矩，比起寺庙僧人来有着更大的困难。尽管佛门摒弃了男女性别，比丘尼们也以"他"称谓，但依我俗眼看来静思精舍仍然是个"女儿国"，这些弱女子不受供养又不化缘，又该如何维持生活，并应付日益庞大的接待访客的开支呢？

我在前面介绍过了，梵文"比丘"和"比丘尼"的意译即是"乞士""乞士男""乞士女"，其由来即是早期佛教徒多以乞食为生。于是，"托钵"便成了正式的佛教名词——佛教戒律规定：比丘、比丘尼用斋时必须以手托着食钵，因此出家人常常以手托钵行至施主门前乞食，谓之"化缘"。佛教认为布施者与佛有缘法，所以僧尼向人求布施是广结善缘的令人尊敬的行为。这一习俗至今在斯里兰卡、缅甸、泰国等国家仍然沿用。

关于宗教人士以乞讨和靠人施舍为生，不仅佛教有外出化缘的托钵僧、托钵尼，道教也有道士、道姑向人求布施。伊斯兰教关于"托钵僧"的阿拉伯文和波斯文的原意也是"贫穷""沿门乞讨"，亦译为"苦行僧"，穿特别的服装"赫克"（托钵僧服），还是属于伊斯兰教一个教派的高级成员呢！不仅东方的宗教如此，天主教还专门设有"乞食修会"又名"托钵修会"，这种修会始于13世纪，初期规定不置恒产，会士以托钵乞食为生，又名"苦修士"。"乞食修会"的活动范围和组织体制和隐修院修会不同，后者主要在隐修院内修行，多以本修院院长为最高领导人。"托钵修会"的修士们则是一边四方云游一边传教，渗入社会各阶层，而在各地院长之上还有省会长和总会长，总会长直接隶属于教皇。如此说来，佛教、道教、天主教、伊斯兰教各大宗教尽管信仰不同，在靠信徒供养和"托钵乞讨"这一生存方式上却是殊途同归呢！

通过介绍上述背景，我相信读者朋友们一定会有了进一步的理解，证严法师为自己和他的弟子们立下的清规与宏愿——"不受供养，不化缘，一日不作，一日不食"，有着多么难得的革新意义！

证严法师的这一思想，早在1961年她还只有24岁的时候就萌生了。

本文在这一段落对证严法师的称谓由"他"改用"她"，是因为那个时候她还没有剃度，使用俗名王锦云，那个时候她披着一头长过腰身的乌亮头发，在家乡是有名的大眼睛美貌小姐。她家居住的丰原镇上有座寺庙，她和寺里的尼姑丰原师父交情很深，两人每天都要聚谈，坐在一起探讨佛法道理。有一天，丰原师父说起他早年曾到日本云游，认识不少日本僧尼。日本的佛门弟子不只是把自己关在寺庙庵院里打坐念经烧香拜佛，也走向社会赈济贫病，为社会做出贡献。介绍了日本佛教的情况之后，丰原师父叹息一声："回到台湾以后，我在很长时间不能适应这里封闭的生活方式。我很希望这里的比丘尼也像日本的僧尼一样，能够为社会做善事，但是在咱们这个被传统所限的小镇上，想要改革是非常困难的。"

锦云忽闪着澄澈晶亮的大眼睛，默默地回味着丰原师父的话。这是她第一次听到外国佛教界的情况，这才知道佛陀的思想在世界各地都有传播，而且各方的佛门弟子都在以自己的行动探索行佛之路。回家以后，她仍然反复思索着这个问题，从此她由单纯地景仰佛陀继而考虑，自己渴望成为佛门弟子究竟想做什么，该做什么，一道朦胧的心念渐渐变得清晰明亮了：我一直向往出家学佛，却没有弄清楚学佛的目的又是为了什么？出家人该怎样生活才是真正走向佛陀指引的路？难道只是为了找个寂静无人的地方去念经么？难道因为你是出家人，就该靠信徒供养么？怎样做才能实践佛陀"普度众生"的理想呢……当她再度拜访丰原师父时，有条有理地说出了自己思考的结论："等我出家以后，我想成为一个能够做到这样两件事情的比丘尼——第一是自力更生，自食其力，不平白受四方供养；第二是为众生服务，不分年纪、性别、贫富、职业、受教育程度等等，我想以自己的行动宣扬佛法。"

丰原师父听了赞许地点点头。

这道闪光的心念，为证严法师日后的办教思想奠定了最初的雏形。然而，立志做一位"不受供养，不化缘，一日不作，一日不食"的比丘尼，那要走上一条怎样艰难困苦的人生长路啊……

　　她在正式拜师受戒之前，曾和丰原师父偷偷跑到台东鹿野一座山上的破庙里修行。严格地说，这座小小的旧屋谈不上是庙，曾经是日本人占领时期留下来的神社，如今权当一家佛教会的分坛。她俩在小庙里生活十分清苦，翻过山去才有一泓清泉，她俩每天挑着水桶往返于崎岖的山路上。深秋时节，山风凛冽，眼看寒冬就要来了。她在离家出走时，因为怕父母发觉一件衣物也没带，两手空空就告别了家园。丰原师父仓促中只带出三件僧衣，她穿了其中最破旧的一件灰袍。如此单薄的直裰如何抵御得住一阵凉过一阵的风啊！

　　没有粮食充饥，她俩靠挖野菜度日。每天清晨，她俩爬山去泉水那里洗漱，捧着冰冷的山泉洗脸，把十个手指冻得通红。除了必做的早课晚课诵经打坐，她俩要花许多时间爬山越岭去找东西吃。有时路过一座村庄，家家户户屋顶的烟囱冒出袅袅的炊烟，宛如一支支画笔描绘着家庭生活的温暖。随着阵阵山风飘来诱人的煮饭炒菜的香味，使两个腹中空空的苦修人倍觉饥肠辘辘。丰原师父在原先的寺庙当住持时，一向是靠化缘和信徒供养为生的，出来以后肚子里已经好多天没有吃到粮食了。她站在村口路边挪不动脚步了，深深地吸着鼻子叹道："好香啊！"

　　她俩只要进村去化缘，凭着她们这副出家人的打扮，走到谁家门外念一声"阿弥陀佛"，谁家都会给她们一些斋饭。然而，锦云却一甩长辫子头也不回地继续上路了。她一边走一边说："我不会去任何人家去讨饭，我早已决定，出了家要自力更生——一日不作，一日不食！"

　　秋收过去的田地里，还能找到一些遗留的农作物。她俩得到鹿野村民们允许，可以到地里去挖掘。

　　番薯，北方叫作山芋、地瓜，比起野菜和蔓藤来已经是美味食品了。她俩谁在地里挖到一个番薯，都会高兴地大叫："阿弥陀佛，我又找到了一个！"

　　锦云在家当大小姐的时候，家里有佣人，出门自家有车夫，娇生惯养成就了一双水葱般嫩笋般的纤纤玉手。现在，她变成了个蓄长发穿僧衣僧不僧俗不俗的山姑娘，一双手在土里挖呀挖呀，皮肤皲裂，老茧层层，指甲折断，指尖红肿，不断渗出的鲜血粘着泥土凝成紫黑紫黑的血块。忽然，她挖出一簇花生，抖落着花生蔓上的泥土又蹦又跳，高兴得简直像找到了一串珍珠。蹲在远处田里寻觅的丰原师父回过头来问："找到了什么，看把你乐的！"

她口中不住地念着佛号："阿弥陀佛，好运气啊！阿弥陀佛，咱们能尝到花生啦！"

丰原师父听说这片地里是花生畦，也跑过来埋头挖掘起来。

两个竹篮子渐渐地装满了，回到山上可以有两三天的口粮了。她俩每天只吃早晚两斋，而且每顿只舍得吃个半饱，仅仅能够维持生命而已。她俩挎着篮子气喘吁吁朝山顶上爬着，篮子里有零星稻穗、番薯秧蔓、几块番薯、几簇花生，虽然极少有正经粮食，在她们看来已是满载而归了，比起在山上只能挖野菜采集野果要丰富多了。

每当夕阳西下的时刻，是她一天中少有的空闲，一天的劳作完成了，晚课诵经还没有开始。此时她总爱伫立于高山之巅，痴痴地眺望依山落日。站累了，她坐下来手臂抱着双膝继续沉思冥想。盘在脑后的发辫散开了，她也不管那随风飘飞的青丝，任凭长发披散到山石上，似乎这样可以驱散白日繁重劳作的疲惫。丰原师父远远地望着她，她那一动不动的身影如同一尊山崖顶上的天然石雕，丰原师父长长地叹了口气。

落日之处正是佛陀所在的西天净土……她神往地注视着金色的晚霞，这样想着。太阳的轮廓变得愈来愈大，暗红暗红的，温柔，亲切，虽然仍喷射着金光，却变得薄明、幽远，甚至有些清凉。山林大地，全都披上了金晖，像是要赶着去参加一场盛大的礼佛法会。

风，停了。云，散了。落日，躲到山屏后面去了。只有霞光，仍在西天辉煌。静霞却显缓缓飞流，变换着彩旗仪仗。紫金的旌，白金的帐，绿金的伞，在暗蓝的穹庐设下一座宝厦刹佛堂。

哦，日出日落，朝霞晚霞，都是如此的辉煌，这正是佛语的昭示：万物轮回，无生无灭……悟出这一层奥妙，她不由得抚摩着乌黑的长发，把心一横：削了去，削了去罢！想到自己就要剃去这头人见人羡的长发，她心底有些难以割舍俗家女孩爱美的情思，却又无法改变抛却红尘俗世烦恼丝的夙愿……

尼 庵 夜 雨

这是我生平第一次住进尼庵，身居宝岛，远离家乡，远离尘世，难得这一份清净。

淅淅沥沥的雨声，仿佛是来自西天的佛乐，时急时缓悠长连绵。佛门的雨也与外界不同，传递着上苍昭示的神秘讯息，只看你是否有解读的悟性。

客房一排高大宽敞的窗子几乎占据了整面墙，雨帘斜挂，恍如隔世。沁入肺腑的清凉甘霖啊，一洗旅途劳顿，一解往日里胸中重负。心扉洞开，刹然剔亮，闭塞的心智变得释然、坦然、怡然。卧于佛旁悠悠然聆听天雨，没想到今生竟有这种缘分！

我们访问花莲的时间表原计划只有两天一夜，第二天要翻过横断山脉宿于著名风景胜地太鲁阁，然后赶往台中东海大学去作文学演讲。不料，一场罕见的暴雨，台湾人叫作豪雨，造成了山体塌方堵塞了道路，汽车无法开到山上去。陈若曦大姐想改乘飞机回台北再赴台中，谁知因天气原因飞机也暂不通航了。我们只好在花莲多住一夜，这就应了北方人爱说的那句话——人不留客天留客。能够在证严法师身边多呆上一天，好福气呀！

天意留客。

佛意留客。

我们居住的客房之大，超出我的想象，简直不小于一间礼堂。进门只见一长条地板，一迈脚就上了连贯全屋的矮矮的通铺，显然受日本"榻榻米"的影响。除此以外，室内没有任何陈设。这张"大炕"宽宽绰绰能躺上百人，说它是床，还不如说是高出地面二尺的地板更贴切。但它确实是上好的木床，每隔一米多宽的地方就有一个暗柜，掀开铺板下面就有一副洁净的被褥枕头，客人睡前自取，起床后叠好放回暗柜，盖上铺板。大床上仍然"一马平川"，棕黄色的油漆锃亮锃亮的一尘不染。这样的大客房有两间，庵舍大门外前院有一间住男客，后院二楼这间住女客。来自世界各地的善男信女不论其社会地位高低富有还是贫穷，来到这佛门净土投宿一律睡大通铺。听说客人多的时候住得满满的，那真叫蔚为壮观，人们可以体验一次难得的集体生活的乐趣。我们来得不巧，偌大的房间只住我们三个人，显得空荡荡的。

师父领我们来就寝时，楼梯口铁栅栏上锁了，找不到管钥匙的师傅。没想到这道铁门给我们带来了好运气，我们被特殊允许走另一端楼梯，从那里上到设在楼外面回廊式通道。虽然要绕一段路，却能够从一间间尼姑住的净室门外路过，我这才有机会观察房间里的情形，不然外人是不允许窥探姑娘们的闺房的，请出家人原谅我仍然以俗家人的习俗如此称呼尼舍。

也是由于那道上了锁的铁门，我们获得了另一项殊荣——师父在二楼回廊拐角处打开了另一道铁栅栏，迈过铁门就是尼姑们使用的卫生间。在通常情况下客人们必须下楼如厕，只因那道打不开的栅栏拦住了去路，我们又获得了和尼姑们使用同一卫生间的殊荣。

师父告辞之前指引我们来到卫生间兼盥洗室，陈若曦大姐惊讶地问："怎么会是在这里？"

师父告诉她已请示了主管人，破例照顾大陆同胞。

上海女作家竹林小声嘟哝："卫生间还分得那么清呀？"

陈大姐说："这里是佛家净地，而我们都是些大俗人呀！"

我心口惴惴的，不敢多言，暗暗叮嘱自己切勿把人家这里弄脏了。

请勿以为这是生活小事，僧俗两界两重天，洁身自好的出家人怎能容许我们这些沾满红尘浊气的俗人混杂于人家的清净之地？君不见《红楼梦》里的那位妙玉尼姑，大观园的主子们踏过栊翠庵的地面，她都叫人往地上泼水洗干净，村妪刘姥姥用过的名贵瓷器成窑茶杯，她都"嫌腌臜"叫贾宝玉快快拿走。当然那是极端的例子，现代尼姑们不会像洁癖症患者妙玉那般不近人情，但我心里还是自惭形秽，生怕自己不慎冲撞了佛门的规矩。

我们在都市生活习以为常的小节，来到这里都得约束自己。我一向生活简单，晚间洗漱诸事没有发生问题。竹林毕竟是上海大小姐，她在洗脸池前打开了水龙头，然后往脸上仔细地搽洗面奶。我站在她旁边漱口，未加注意。

"阿弥陀佛！"我背后传来一声轻柔的佛号，只见一位身穿灰袍的尼姑指指龙头问竹林："你现在不用吧？请先把龙头关上。"

满脸泡沫的竹林答应着急忙关上了龙头。

"阿弥陀佛!"尼姑轻轻离去,一点脚步声都没有。

我深感庆幸,多亏我自幼就养成了节约用水的习惯。我久久地望着那位尼姑的宽袍广袖在回廊上飘动的背影,不由得想起了在内地见惯了的水龙头长期漏水无人修理,办公室下班以后电灯彻夜不息……佛教有一个很值得提倡的思想——惜福,珍惜每一分幸福。还有一个很美丽的说法,叫作"惜福种福",一个人懂得珍惜已得到的幸福,就是为他的今后种下更多的幸福,或者说播下幸福的种子,福种日后会结出丰硕的福果。这些思想对于僧俗两界都是极有教益的。它使我首先想到如今全球人类都懂得了环境保护,珍惜地球母亲献给我们的每一份资源,就是为子孙后代广种福果啊!

身居佛门思索人生、社会、美丑、善恶、成败、荣辱、是非……忽然找到了一种新的视角,新的状态,新的心境。说它新罢,细咂摸起来又像是在啜饮一瓶古老的传统的醇厚的陈年老酒。究竟是新?是旧?是指导现世生活的哲理?还是描摹来世幻境的玄学……思来想去,理不出个头绪。

僧鞋上为什么有六个破洞?

我躺在客房里一直侧耳倾听尼庵夜雨,过一个时辰还会传来一阵不紧不慢的木鱼声。不知道那是不是木鱼声,或许是一种打更的梆子,声音响亮,清脆而有冲击力,在寂静的山区雨夜传得很远很远,似乎能够听到更声撞击庵院后面的山嶂的回声,久久地在云空回荡,寥廓,高远……

心潮起伏,难以成寐,这里的一切对于我来说是如此新鲜而陌生,但时时又有某种错觉,仿佛……并无阻隔?似曾相识?甚至……误以为是旧地重游。我确实是第一次投宿尼庵,哪里来的旧地重游之感呢?莫非人真的会有前世,前世的我曾在寺庙里奉佛?那么,今世的我热心于写残疾人、孤儿、老人等生活素材,参与慈善协会活动,又和友人创办了《慈善》杂志,都是源于自有的慧根了……浮想联翩,意往神驰,自己也搞不清楚是在领悟佛学,还是进入了文学想象构思小说的状态。反复琢磨,我想是因为佛教在中华民族文化传统中扎根太深了，祖先传给我们的血液中早已埋下了关于佛的基因，平日我们在庸庸碌碌的世俗生活中忽略或迷失了自性，一旦来到佛门净土，心底古老的佛乐便刹然奏响了。

睡意全无，我以如厕为由悄悄走出客房，轻轻推开那道划分僧俗两界的铁栅栏，又一次来到了尼舍窗外的回廊。劳累了一天的尼姑们都睡了，房间都熄了灯，只有柔和的路灯细腻地勾勒出雨丝的晶莹。雨雾笼罩下的回廊，院落，亚热带树林，都显得既陌生又亲切，半隐半现，似幻似真，洋溢着一股慑人心魂的神灵气息。

我在回廊下徜徉，只见每间尼舍门外都整齐地摆着三四双僧鞋。举目望去，墙根的僧鞋整整齐齐列成长阵，瞅着瞅着便发现这些灰色布鞋上面都有六个洞。出家人不穿皮鞋，鞋面上也不得有丝绸制品，这个规矩我听说过。不穿皮鞋是因为不杀生，绸缎鞋面若是再绣花，就得要煮死不少蚕茧呢！这些僧鞋都是布制的，但好好的鞋面为什么要剪破六个洞，我就不得要领了。两天的仓促采访没有来得及问人家，回到天津以后我查阅了有关佛教知识的资料，才弄明白六个破洞的含义。

原来，这六个洞是要出家人"低头看得破"。找到这份资料我一看就乐了，多么形象的比喻与联想啊！人的脚下踩的不是尘土么，一低头即看到这么多破洞，不是能够时时提醒出家人要"看破红尘"么！看来，佛教与文学想象结缘很深呢！怪不得佛像大都低眸垂目，怪不得出家人见了人总是低头念佛呢！频频低头不仅表现了他们的谦和有礼，更主要的是"不管遇到什么事都看得破"。

六个破洞含义极深，若是一一领会下来需要多年的修行：

看破六根：眼、耳、鼻、舌、身、意，即佛家常说的六根清净了。

看破六尘：色、声、香、味、触、法，这该是世俗社会声色犬马人间百态之大全了。"触"在这里作为佛教名词，是梵文的意译，泛指身与物，心与境的直接接触。具体一些说是指身心感触外界事物的能力，分为眼、耳、鼻、舌、身、意六触，也就是我们常说的触觉和感觉了。法，也是梵文的意译，在佛教经典中大致有三种用法：一指佛的教法，即称佛法；二泛指一切事物和现象，包括物质的和精神的；三特指某一事物和现象，如说"色法""心法"等等。

勘破六大烦恼：贪、瞋、痴、慢、疑、邪见。

参破六道轮回。（从略）

把这几个"六"联在一起，外部大千世界和人的感觉感情触觉知觉大脑活动的一切所及之处，可以说是无所不包了。

此外，僧鞋上的六个破洞还意在告诫僧尼牢记"六法戒"——不淫、不盗、不杀、不妄语、不饮酒、不非时食；奉行"六正行"——读诵、观察、礼拜、称名、赞叹、供养。六个洞还代表"六波罗蜜"——布施、持戒、忍辱、精进、禅定、智慧。后面两个"六"一般是指寺庵内外的佛事和僧尼修持内容。"波罗蜜"是梵文音译，意为"到彼岸、渡彼岸"，生死为此岸，涅槃为彼岸。大乘佛教以六项修持内容为到达涅槃彼岸的方法或途径，所以又称为"六度"。

弄明白了僧鞋六洞的含义，我从心底发出一声长叹：出家学佛不容易啊！僧尼们要真正做到看破这么多个"六"，该有多难啊！也难怪需要设计这种特制的鞋子，使他们在每日穿鞋脱鞋，垂目看路之际能够时时得到提醒和督促。

在花莲时我还未懂得这些佛教知识，只是被那一排禅房里挑灯读经的年轻尼姑们所深深感动。回到客房躺下不知是连绵的雨声催人困倦，还是一路旅途带来的疲乏，我朦朦胧胧坠入了梦乡……

夜 半 经 声

兀地，一阵清脆嘹亮的女声独唱陡然冲击耳膜，惊得我翻身坐起，竖起耳朵倾听这在黎明前的黑暗中突发的高歌。昨晚竹林说睡不着觉，吃了好几片安眠药，现在竟然安睡不误。我怕吵醒她，不敢打开电灯，摸起手表下了大铺。陈若曦大姐醒了，说："这是证严法师在领着大家念经。再躺一会儿吧，今天的采访任务还很重。"

我却怎么也睡不着了，出了房间来到回廊上，凑到灯光底下看了看表：凌晨四点钟，这才想起来昨天采访时有人说："尼姑们每天清晨四点钟就起来诵经，证严法师出家 30 多年来都是这么坚持的。"

我俯在护栏上往下观看，只见几个年轻尼姑一边掩着袍襟一边往经堂跑。他们每天只睡四五个钟头，老年尼姑已经习惯了这种苦修生活，姑娘们可正是贪睡的年龄啊！

这时候，证严法师的领唱告一段落，一阵节奏昂扬的木鱼声敲过之后，众多的比丘尼、沙弥尼和轮流前来义务服务的志工们组成的女声大合唱呼应而起，直冲云霄。从声音传来的方向分辨，看来，经堂就在我们住宿的客房楼下，怪不得楼上这间客房宽敞如礼堂呢！我很想下楼去经堂看一看那场面，但不知佛门规矩不敢贸然入内，再说中途入场也不礼貌。我想起了那年在奥地利维也纳看歌剧，观众都很礼貌地赶在开幕前入场，演出开始以后没有一个人中途找座的。佛堂咏经不是比歌剧演出更为庄严肃穆！我后悔方才自己未能早些起床，如能事先请示一下主人，或许我们能有列席旁听的荣幸。

初听这么多人诵经，若是把我的第一个念头说出来很不好意思，真正的佛教界人士听了一定会觉得不可思议——我当时想：真念啊？年年月月天不亮都得这么早起床念经啊……我去过好几座寺庙，听到的都只是在佛殿放送念经的录音，甚至有些名寺的诵经，也不劳僧尼动嗓子，只消打开录音机的电钮，扩音器就会把佛乐和经声传得很远很远。观光客们从山下听到声音就会寻到庙里来，简直就像闹市商店为了招徕顾客而放送的通俗歌曲摇滚乐什么的了，哪里还有深山古寺寂寥幽远的禅境呢？"文化大革命"中毁庙砸庵驱逐僧尼，佛教事业在神州大地中断了多年，拨乱反正以后各地努力恢复，善男信女在庆幸之余，又对拿俸禄的"处级和尚""局级和尚"之说心生疑窦。再以后好容易转入正轨，这几年的商品经济金钱大潮的冲击，又驱动各地竞相以寺庙景点吸引游客，发展旅游借以赚钱。不知为何，我们这个民族做事常常爱走极端，何必砸了真庙，又盖假庙呢？有时走进一座新砖新瓦散发着油漆味的庙（旅游景点）里，瞅见那些只是收钱卖香，敲敲木鱼念念有词的和尚尼姑，虽然他们也削去了头发身披袈裟，但我总是暗自怀疑：他们真的会念经吗……

于是，花莲之行凌晨四点被经声惊醒，我才会发出"真念啊！"的近于荒诞的感叹。

海边细浪，群山环抱，浓云低回，雨打菩提，天色未晓，人已勤早。此时此地此情此景静听清一色的女声诵经，别有一番滋味涌上心头。只有木鱼为"女声合唱"伴奏，温婉清纯的女声和声，在佛堂里产生了一种特殊共鸣。

这平缓绵长娓娓道来的经声，使我想起了那年的福建之行。凤凰树绽开火红的凤凰花的季节里，我在一处幽静的植物园漫步。只听一阵燕语莺声，从山上下来一群身穿灰袍的尼姑，在幽森森的丛林中时隐时现，宛如一道道银色的闪电。顺着他们的来处望去，山顶上是一座佛学院，这些十七八岁的姑娘都是佛学院的学生。宽袍广袖难以掩盖婀娜的身姿，绑腿僧鞋映衬托举着轻盈的莲步，泛着青茬儿的光头愈发彰显俊美的面庞，组成了令人难以忘怀的别样的韵致。近年来，大江南北都有不少年轻人立志研修佛学，继承中华民族优秀文化遗产的香火，相信他们会给祖国佛教事业注入新的活力。小尼姑们穿过了凤凰树丛，从我身边走过说说笑笑下山去了。我望着她们的背影，她们的灰袍在火红的凤凰花隙中一闪一闪飘飞着，跃动着……银灰色与朱红色相配相映，是最美的色彩组合，我从心底这样赞叹。

又一阵震撼魂魄的木鱼声，敲断了我的冥想。木鱼乍收，万籁俱寂，连淅淅沥沥的雨声都听不见了，仿佛山林大海都凝神敛气屏住了呼吸。

众尼合诵完成一个段落，证严法师又高声导引一段新的经文。他的嗓音纯美至极，具有极强的穿透力，久吟而不嘶哑，停顿而无喘息，高昂时直耸云霄震落万千雨珠，低吟时连窗外一排排菩提树都不再摇曳，收拢枝叶肃立恭听。若不是亲耳听见，真不敢相信这是一位年近六旬体质孱弱的人的歌喉；若没有30多个春夏秋冬朝朝暮暮无比虔诚的苦吟苦诵，修炼不出这等超凡入圣的佛音仙乐。

我回到客房躺卧在大铺上，让心房紧贴着铺板。楼下经堂里的声浪冲击得铺板微微颤动，空荡荡的客房成了个大音箱。我久久地聆听着来自心房下面的时起时落时高时低时而独吟时而合颂的长歌，感动得热泪洒湿了枕头。我听不懂证严法师和他的弟子随众们吟唱的经文，但我的肉体和灵魂都能够感应到他们那发自肺腑直抒胸臆的长歌，是对人和一切生命的挚爱关怀，是对赋予大地万物勃勃生机的上苍叩谢感恩，是对世间众生苦难的悲悯超度。他们不是在用喉咙发声，而是用全部感情整个生命在膜拜礼赞。

舒缓绵长的经声持续着，犹如一位慈祥的老母亲对子孙后代娓娓道来，诉说着远古的往事。听久了令人心地平和，安适，宁静，睡意蒙眬，半梦半醒……曙光难拨低云，天色迟迟未明，恍惚中我觉得自己变成了一棵静思精舍门外的菩提树，融入到菩提林中，在蒙蒙细雨中闪烁着碧绿的枝叶……

她出家的心路历程

这一节的"她"，说的是出家以前的证严法师。

我们世俗之人见了和尚尼姑，尤其是见了年轻尼姑，十有八九会问人家："你为什么要出家？"

我在台湾佛教慈济功德会就克制不住好奇心，向好几位年轻尼姑提了这个问题。

其实，这个问题于问者来说是不该问的；于答者来说是不好回答也不可能彻底回答的；于写作人来说更是难以用文字表述清楚的。它属于隐私权的范畴，同时也是一种并不罕见的社会现象。在台北的机场、大街上、宾馆里，总能见到大群大群的和尚或尼姑，他们大都很年轻，看上去文质彬彬，受过高等或中等教育。台湾为什么有这么多年轻人出家呢？这一现象引起了我的浓厚兴趣。

考虑到大陆读者特别是年轻人的佛教知识甚少，本文如果回避"何故出家"的问题，反而会引起读者许多揣测。因此，我愿意把自己在台湾所了解到的情况作些介绍。

千百年来的世俗故事、评话、传奇、戏曲、曲艺，成功地向人们灌输了一种思维模式，一谈起年轻女子出家为尼，人们即会想到背后准有一段凄绝的爱情故事，或痴女子因情遁入空门，或弱女子削发以避强暴，或贵女子因家道衰落以示清高……我在台湾花莲访问时，潜意识里也在期望听到一些声泪俱下的女性遭遇。

然而，我得到的是一些完全不同的回答。

关于当今台湾为什么有那么多年轻人出家的问题，本文在后面将设专题探讨，在这一节先介绍证严法师的出家经历。

我在台湾时没有机会向证严法师本人询问这个问题，一则法师太忙，二则法师身边总有许多弟子侍立，我也不便涉及这样一个问题。好在我抱回的书籍中有王沈月桂师妈的叙述，知女者莫过于其母，这应该是权威性资料了。

我仔细研究了证严法师的出家历程之后，觉得它与其说是宗教信仰问题，不如说是一篇科学的心理分析例证。

追溯她出家的心路历程，需从她的幼年生活谈起。

她于1937年5月14日出生于台湾台中县清水镇，正是这一年发生了震惊中外的卢沟桥事变，她从降生就听到了这个世界战火隆隆的可怕声音。

她的生父是一位专长做丝质纽扣的裁缝，那个时代的女装需用丝线或棉线盘结成各种花朵或蝴蝶状的纽扣。父母已有两个女儿，长女锦月，次女锦玉，父母为她取名为锦云。生父是个小手工业者，家境并不宽裕。她的叔叔婶婶结婚好几年了没有孩子，见到这个有着一双明亮澄澈大眼睛的小宝宝，喜欢得爱不释手，几次提出想要这个孩子。等到锦云11个月的时候，生父生母终于答应把她过继给叔叔婶婶。

这个婶婶就是后来对证严法师的慈济事业给予无私资助的王沈月桂师妈。

锦云聪慧可爱，为新的爸爸妈妈带来了欢乐，爸爸妈妈把她视如掌上明珠。不久，妈妈怀孕生下了第一个孩子，后来竟又连续生下三个子女。爸爸妈妈认为是大姐姐"带来的"弟弟妹妹，更加珍爱锦云，视长女胜于己出。

可惜，家庭的欢乐不久就被炮弹的轰炸声打碎了——飞机的空袭给小镇居民带来了深重的灾难。那时候台湾经常遭到飞机轰炸，家家户户都在葡萄架下或大树荫下挖了简陋的防空洞，空袭警报一响，人们便惊慌地扶老携幼往防空洞里躲藏。

那时锦云还是个只有五岁的孩子，还是个需要父母呵护的儿童，战争使她早熟，早早地懂得替父母分忧解难了，每当刺耳的警报声响起，她就背着小娃娃跑进防空洞。一家人挤在黑暗的洞中互相紧抱着，听着外面呼啸而下的炮弹声，不知落在谁家爆炸。一颗颗炸弹震动地面，低矮的防空洞顶抖落下来木条泥土，仿佛随时会倒塌。警报止息以后，他们从洞中爬出来，总是看到满地伤亡的人或牲畜。中弹的房舍转瞬间夷为废墟，尸体、家具、车辆、财物在大火中燃烧着……有一次，小锦云在惊慌中跑入了别人的防空洞，和亲人们失散了。一个幼女独自一人面对此起彼伏的轰炸声，使她体验了最可怕的恐惧。轰炸过去，她见到父母时抱紧亲人放声大哭："爸爸妈妈，我以为今生今世再也见不到你们了……"每天都有好几场警报，锦云就这样抱着弟弟或妹妹在防空洞里钻进钻出，过早地在生死线上挣扎着，过早地目睹了死亡、流血、亲人之间的生离死别，过早地领悟了生命之无常肉身之脆弱。

　　清水镇是个佛教氛围浓厚的地方，居民们大都信佛，锦云的妈妈就是一位虔诚的佛教徒。在妈妈的影响下，锦云自幼见惯了善男信女在紫云观的观音像前跪拜祈祷。战火蔓延到小镇以后，惊恐不安的居民们纷纷烧香拜佛祈求菩萨保佑一家老小的生命安全。每当他们一家人躲进防空洞时，锦云也总是随着妈妈不住声地祈祷："阿弥陀佛，菩萨保佑……"洞外的轰炸声和洞里的念佛声，同样深切地镌刻在锦云的记忆中。

　　西方著名人道主义哲学家埃里希·弗罗姆在《逃避自由》一书中指出：

　　　　一个人在儿童时代因其弱小，无力保护自己，此时如果再加上外界强加给孩子的敌意和威胁，会给孩子造成强烈的不安全感。深重的安全危机导致人渴望寻求保护和依托，这就是宗教情感产生的心理机制。

　　小锦云在法西斯侵略战争给她造成的恐惧不安中，早早地萌发了对菩萨保佑的宗教崇拜。她一家人在惨烈的战火中侥幸逃生，使她学会了在陷入危机困境时即跟着成年人向佛求助。

　　1952年锦云15岁时，妈妈突发急病胃穿孔，每次胃痛发作，妈妈都疼得面色苍白，大口大口地吐血。当时台湾的医疗设施很落后，开刀的危险性相当高。四个弟弟妹妹都还年幼，如果妈妈有个三长两短，这个家可就要毁了……无处求助的小锦云，只能祈祷佛陀保佑了，她独自来到紫云观跪在观音像前祈求菩萨帮妈妈康复，并发自内心许下心愿："只要母亲病好，我愿减寿12年，并且从今往后一辈子吃素！"

说也奇怪，妈妈的胃溃疡竟然未经手术就慢慢好转了，从此再没复发。

锦云恪守诺言，从15岁时开始吃长素，再没有动过荤腥。但此时她还没有想到日后要出家，小小少女求佛许愿是出于对母亲的一片孝心，虽然她对菩萨显灵深信不疑充满感激，但她对佛教还没有深入的研究。

终生难以治愈的内疚

锦云决定出家是在八年以后的1960年，那一年她22岁，萌发出家念头的直接刺激是家里发生的突发变故——全家的顶梁柱父亲猝然病逝了。

父亲在世时，这是个多么美满的大家庭啊！

战后，台湾经济逐步好转，王家的戏院生意迅速扩展。国民党当局进驻台湾以后人口大增，大陆来台人士孤身在外大都喜欢泡在戏院里消磨业余时间，戏院生意兴隆起来，王家人搬到丰原镇定居。王先生先后在台中、丰原、清水、潭子开了七家戏院，他起早贪黑在外面忙得不可开交，尤其在周末的时候观众爆满，他东奔西走忙不过来。多亏长女锦云放了学就到戏院干活，小的时候在售卖部站柜台，年纪大一些时练就成为收票、管账业务内行，成为父亲离不开的好帮手。

1956年，劳累过度的父亲发作了一次轻微的心脏病，一阵胸口痛呼吸困难，很快就缓解了。医生只开了一些药，并没有警告病人和家属今后要小心病情发展，于是家里人都没有在意。

一年以后，王先生的心脏病又发作一次，医生这时才说他同时患有高血压，但既无对策也没有诊断出病情的危险性。

1960年6月的一天早晨，王先生起床时感到头痛，但还是坚持去上班了。

锦云帮助母亲料理好家务以后赶到戏院办公室时，看到父亲躺在沙发上，直嚷头疼得厉害，她急忙张罗着请来医生。医生为王先生量了血压，发现血压非常高，给病人打了一针，没说什么就走了。

锦云在办公室陪伴父亲，急得直想哭。她早就学会了量血压，过了一会儿，她用自家备用的血压计为父亲量血压，发现比刚才低了一些，这才放心了。戏院里的人们高声谈笑一片喧哗，她把门窗关紧仍然噪音很大。她又看到爸爸曲身躺在沙发上伸不开腿，以这种不舒服的姿势躺着很难入睡。于是，她吩咐车夫备车，决定把父亲送回家去静养。

在当年拥有自家三轮车，就算是富裕人家了。锦云叫车夫和几个戏院员工帮忙把父亲扶上车，自己坐在爸爸身边送他回家。戏院离家里很近，这也是她决定送爸爸回家休息的原因。不料，就在这段短短的路中，爸爸的病情突然恶化，到了家门口时已经不能动弹。她把爸爸扶下车，挣扎着爬上台阶，一进屋门爸爸就瘫痪了。一家老小把他抬上床，聚集在他身旁。他望着妻子儿女张开口似乎有许多话要嘱咐，却已经失语了。

家里人又把那个医生请来，他检查了病人的情况，沉下脸批评锦云："你不该搬动他！"

锦云一下子呆住了，一双大眼睛茫然地望着医生。

医生这才解释："病人是因为从戏院回家的途中，由于移动和路上颠簸，使全身血液冲溢到脑部，才造成病势恶化的。这种病根本就不应该搬动的！"

锦云听了这些话，脸颊一下子失去了血色，嘴唇发青颤抖起来。

父亲一直昏迷不醒，第二天便在亲人们的哭唤声中撒手人寰。锦云不吃不喝守在父亲身边，期盼爸爸能够睁开眼说一句话，哪怕是一句埋怨，哪怕是严厉的斥责，哪怕只是怪罪的一瞥目光，也会使她心里好受一些。然而，亲爱的爸爸再没有睁眼，一句话都没有说出来就默默地去了……

王沈月桂师妈在回忆这段悲惨经历时说："目睹我先生长逝，我昏倒了。醒来时我看见全家人都在哭，只除了锦云。她的眼睛张得很大，却没有眼泪，脸色惨白如蜡，嘴唇也是血色全无。'这都是我的错！'她喃喃自语，'要是我没有移动过爸爸，他现在还会好好地活着。我不该叫车，是我的愚蠢行为造成爸爸脑溢血去世……'"

读到此处我心里悲愤难忍，骨鲠在喉，真想揪住那个医生的衣领问一问他：你作为医生为什么对待病人和病人亲属如此冷漠？既然你懂得医学常识能够诊断疾病，为什么不事先叮嘱家属别搬动病人？你这般不负责任，却让一个善良敏感的无辜姑娘为父亲的去世背负了终生的内疚与自责，你还有没有一丁点儿医德良心?！想到20世纪60年代初的台湾小镇也曾和如今大陆偏僻地区一样医疗落后，以至于庸医称傲一方贻误生命，不禁黯然神伤扼腕叹息。由此联想到1966年证严法师去凤林医院，目睹一位大出血休克的山胞产妇因为无钱交费又被抬回山上的惨状，萌发了筹建慈济医院的善念。而今，花莲土地上耸起一座医学城，现代化医院、医学院、护士专业学校……谁能说他致力于这一番规模宏大的志业，在心灵深处没有"赎罪"的因素呢？他和他的弟子随众拯救了多少缺医少药的贫寒人士，足以赎回自己对父亲早亡的负疚，告慰父亲的在天之灵了……

这些都是后话，当年只有23岁的锦云哪里经得住如此残酷的精神打击和内心折磨？父亲辞世，妈妈伤心过度病倒了。丧事里里外外全靠锦云料理，她尽心尽力为父亲发丧，把每一件事都处理得有条有理。但是，她像机器人似的做着这一切，脸色惨白，眼里无泪，面无表情，不吃不眠。把父亲安葬之后，她仍然如同灵魂出窍般木然地活着，愈来愈消瘦，无论外婆和母亲怎样好言劝慰，都无法使她卸下心灵的重负。

她难以释放胸中沉郁，便经常去丰原寺庙找尼姑师父倾诉，听老僧讲经，渐渐地萌生了出家的念头。但是，母亲卧病，弟弟妹妹还没有学会独立做生意，她知道自己身为长女还有着不可推卸的家庭责任。她变得冷静而忙碌，每天早起晚睡，料理家里家外大小事务，精心伺候母亲。不仅全家老小的生活负担都压到她的肩上，她还不露声色地带领弟弟妹妹去熟悉戏院业务。为了集中管理，她向母亲提出卖掉两座戏院的建议，母亲表示一切依她做主。她很快就卖掉两家，把卖得的钱一部分存在银行，其余换成金条收藏在家里安全的地方。妈妈只知道为了有这么一个能干的女儿而欣慰，却没有想到女儿在为了一项重大决定做着准备。这一天，锦云出了家门没有返回，失踪了……

在以后的三年里，她三次离家出走自行学佛，母亲一次又一次哭着把她找回，她一次比一次出走的时间更长，一次比一次离家的路途更远。母亲见她去意已定，再也劝不回来了，只好含悲忍泪依从了女儿的选择。

埃里希·弗罗姆在《逃避自由》一书中认为宗教禁欲苦行主义是建立在"良心"的基础上的：

> 良心残忍而无情地支配着人，禁止他享受乐趣与幸福，使人的整个生活用来补偿某些神秘的罪恶。

纵观锦云出家的心路历程，我想弗罗姆这位西方哲学家的论断还有待补充：佛教所倡导的"慈悲为怀""无缘大爱""众生平等"比天主教基督教的"博爱"更来得彻底，西方的博爱精神一般指爱人类，而佛教更为广泛地爱众生，不杀生，尊重一切生命。证严法师走上了"为佛教，为众生"的修行之路，初期的心理动因或许是难以忍受良心的折磨，自愿把"整个生活用来补偿某些神秘的罪恶"。然而，她经过了30多年的修行，找到了"在人间行菩萨道"的成佛之路，发动弟子及信众以实际行动慈济救世扶贫赈灾取得了举世瞩目的辉煌业绩，他也在为众生造福的事业中获得了自己内心的欢乐。他常常讲的"慈、悲、喜、舍"，其中"喜"即是赤子般的欢喜。

印 顺 长 老

证严法师能够有幸皈依印顺长老门下，真是一种难得的福缘。

我个人为了区分起见，把佛教出家人以其特长分为三种：念经的、化缘的和写书的。念经的，是指众僧尼在寺庵里诵经礼佛持戒修行；化缘的，是指为了建寺或传教而奔走的佛教活动家；写书的，则是指通晓经典研究佛学著书立说的佛学家。能够得到僧俗两界公认的称得上是佛学家的高僧为数不多，在近代史上声名远播的弘一法师那样的学者型大师，只有屈指可数的几位。

印顺长老就是这样一位著述颇丰德高望重的佛学家，在台湾被誉为"孤独的佛教哲人"。

他于1906年出生于浙江海宁，自幼体弱多病，唯一兴趣是以书为伴。由于时局动乱未能继续升学，但他没有中断过自修阅读。16岁时的他已在母校当小学教师，任教九年期间，更是利用课余时间博览群书，并开始接触佛教、道教和西方宗教方面的书籍。他的父母在这段时间相继去世，使他早早地领受了人生苦短变幻无常的无奈。数年自修学佛使他体悟了人生的另一境界，决定于1930年10月在普陀山出家。

出家第二年他去闽南佛学院深造，由于学习成绩优异，就读期间兼任鼓山佛学院佛学教师，而当时他还只是个26岁的青年和尚！更使佛教界前辈刮目相看的是，他从这一年起就开始撰写《抉择三时教》等论文，从此走上了以著作弘扬佛法的漫长道路。

他的身体虚弱多病，经常晕倒，进医院，终生以药为伴，但他始终废寝忘食勤于笔耕。移居台湾以后，他深知自己并不擅长"弘法、出国、建寺、应酬"一类活动，一直谨守隐士学者式的生活方式，愈加专心著述。他一生写出许多深入浅出的佛学著作，涉及领域几乎涵盖了经、律、论三藏，称得上一套系统的经典书库了。

印顺长老对传统佛学思想有一项重大发现和具有开创性的阐释，这一发现与阐释直接引导了证严法师的弘法之路。

这一承前启后的转折发生在1938年的冬天。

那是抗日战争期间，国家与宗教都横遭灾祸的危难时刻。印顺长老目睹敌寇烧杀掳掠涂炭生灵，广大佛教信徒饱受战乱之害，他的内心十分痛苦。他日日夜夜诵经祈求佛陀保佑同胞们，但自己只是一介贫僧，面对亡国之辱缺乏救国救民的力量。悲愤之中他不免反省佛教传统的主张，一次又一次地苦苦自问：是不是佛法有不完善的地方？怎样才算修成正果？怎样才能普救众生……

一时找不到答案，他只有以研读经卷排解胸中的苦闷。这一天，他在《增壹阿含经》中读到这样一句经文："诸佛皆出人间，终不在天上成佛也。"

他眼睛一亮，心扉顿开，刹然灿烂，是啊，过去多少遍地看过这部经卷，早能熟记熟背，怎么就没有往深处想一想呢……而今邪魔入侵众生悲苦，在密密麻麻的经文中唯独这句话跃然纸上，莫非是佛陀的昭示……他自幼聪慧异常，对佛典领悟相当敏锐，读到此处联想到佛陀教法一向是以人为本时，真是如获至宝，激动得热泪盈眶，心中涌起一阵狂喜。他在书案跟前再也坐不住了，挥舞着袍袖在禅房里来回踱步，一遍又一遍地诵念着：

> 诸佛皆出人间，终不在天上成佛也。
> 诸佛皆出人间，终不在天上成佛也。
> 诸佛皆出人间，终不在天上成佛也……

念着念着，心中的狂喜转为一种坚毅的力量和信念，他终于悟出问题的症结，找到了人间佛教的法源，找到了在人间成佛的道路。只有对祖国对佛教对众生至诚至爱的哲僧，才能够在国难当头的黑暗于浩如烟海的佛教经卷中找到并高擎这一思想的明烛。

从那以后，印顺长老便将佛教的人间关怀注入到他一生的治学理念中。

当年锦云从几次离家出走自发地学佛修行，经历了曲折的寻觅过程，自从巧遇印顺导师正式拜师剃度受戒之后，才为日后成就一番大事业铺平了道路。

说起她和印顺导师的巧遇，真令人相信冥冥之中有一种神秘的因缘，她是在受戒前的一小时才认识印顺长老的。

1963年冬天，锦云取了法名叫作修参，是自己动手落发的。当时她还不懂得佛门规矩必须有剃度师傅。

1963年2月，她听说台北市临济寺要开坛传戒，就赶了去要求报名受戒。负责登记的法师问她："你师父是谁？"

她愣住了："我……没有师父。"

这位法师告诉她没有师父就没法受戒，她很失望。这么远跑到台北来，不甘心白白跑路，她决定去买一部《太虚大师全书》回去研读，这本书的作者之一是当时已被推崇为一代佛教思想家的印顺长老。她在台北路不熟，便求熟识的慧音法师领她去慧日讲堂买书。

在这所佛学讲堂，她正巧遇见了印顺长老。长老见是两位落发尼姑，亲切地寒暄问候，便走进方丈室去了。

当她和慧音法师买完书要走时，外面突然下起大雨来，苍天似乎有意要为这学佛无门的至诚者安排一个和一代宗师攀谈的机会。

离临济寺开坛传戒的时间只剩下一个小时了，她突发奇想要拜印顺长老为师，求慧音帮她去找长老央求。慧音面有难色，因为他知道印顺长老是极少收徒弟的。两人正在商量，正巧印顺长老从方丈室走出来。她眼巴巴地瞅着慧音，慧音不忍再拒，便替她向长老提出了拜师的请求，将她自行落发的故事说了一遍。

印顺长老打量着她，她的一双大眼睛饱含着殷切的盼望。长老居然点点头同意了。

"我们的因缘很特别。"印顺长老看了一下钟表，"时间来不及了，行个简单的皈依礼好了。"

她惊喜地跪拜在地。印顺长老为她取法名证严，法号慧璋。

印顺长老介绍她去临济寺受戒，并赠予她六字箴言："既然要出家，就要时时刻刻记住：为佛教、为众生！"

证严深深地拜别师父，冒着大雨向临济寺跑去……

名 师 出 高 徒

证严法师成为印顺长老的得意弟子，是这一对师徒的特殊缘分。不知为何，当年一向收徒极严极少的印顺长老刚见到这个要拜他为师的年轻人就说："我们的因缘很特别。"

反复阅读这一对师徒的生平资料，我甚至相信是天意佛意派证严法师来完成印顺长老的治学理想的。试想，如果印顺长老没有这样一位杰出的佛教活动家、社会教育家作为弟子，那他的一生著述可能不会这么快就以实践证明其正确了；反之，如果证严法师没有这样一位杰出的学者高僧作为导师，而是去拜另一位只会烧香拜佛的老尼为师父，那样或许他能成为某尼庵的住持，但不会成就这番誉满全球的佛教慈济大业。

印顺长老的治学立场是以佛教和初期大乘佛法为核心，在此前提下强调"在人间行菩萨道"的思想阐扬。

证严法师忠于师承，不仅身体力行印证和完成了师父的治学思想，还通过规模宏大的社会实践创造性地发挥和完善了师父的慈悲济世理想。我在本文开篇《初会法师》一节曾经表达了头一次听到证严法师谈话时所引起的惊异：

> 我提倡佛教生活化、现代化。我们要抓住现在，把握当下，不为修来世，强调现世行善，大家行动起来慈济救世。
>
> 我提倡菩萨人间化，在人间行菩萨道。菩萨是人，不是神。佛教产生在人间，而不在天上。佛祖释迦牟尼是一位觉悟了的人，佛陀的觉悟就在于他要普救众生。
>
> 出家人修行，是为了普度众生，所以一定要和群众在一起。
>
> 佛教不应有神秘感，神秘感会使人惶恐。佛教应该明朗化，佛学本来是应该解惑的嘛！我从来不讲鬼呀，神呀，拜呀什么的，人格成，佛格就成。

当初乍听那些见解，我感到既陌生新奇又亲切鲜活。经过在台湾采访和回大陆后研读资料，特别是了解了印顺长老的佛学主张之后，这才找到了证严法师思想脉络的源头。他们师徒的理论与实践，使我从根本上改变了往昔印象中佛教是一门消极宗教的误解。"诸佛皆出人间，终不在天上成佛"这样一朵绚丽夺目的思想火花，一旦化作广大信徒随众"在人间行菩萨道"的善行义举，对社会对人类对众生产生了怎样积极的巨大作用啊！

印顺长老对佛学的贡献，不仅受到了海峡两岸佛教界的尊崇，也得到了世界各国佛学家的公认。1972年，他出版了《中国禅宗史》，并将自己的主要著作编纂成《妙云集》24册。次年，日本大正大学授予他正式文学博士学位，他成为我国近代史上第一位荣获他国正式博士学位的比丘。

印顺长老不仅是一位爱国高僧，还具有知识分子的勇敢的自省精神。1953 年，他在《佛法概论》一书文稿送交审查时，不料因书中对祖国大陆佛教发展史作了客观介绍，被台湾当局指责为"为共匪铺路"。经调查部门反复调查以后，明知没有问题，仍以"既然已明令取缔，不能就此收回成命"为由，要他申请修正。印顺长老为了这部心血之作能够出版问世，违心地依命行事作了修改。著作虽然出版了，但他的内心却充满了悔恨与自责。经过对自己近于严酷的灵魂拷问，他终于勇敢地站出来公开表示：

> 我虽申请再审查，应该还是理直气壮。但是我没有坚持立场，却在申请修正书上委曲求全地写着："逃难时缺乏经典参考，文字或有出入。"我是那样的懦弱，那样的平凡！我不能忠于佛法，不能忠于所学，缺乏大宗教家那种为法殉教精神，我不但身体衰弱，心灵也不够坚强。

他的这种严于解剖自己的精神，愈加博得了人们的尊重钦佩。

导师无私无畏光明磊落的品格，也在证严法师身上得到了继承与发扬。1991 年，华东地区发生百年罕见的大水灾，证严法师决定以宗教家的慈悲心，号召海内外信徒和随众为灾区同胞捐款捐物。此举招来一些怀有政治成见的人来信或打电话指责咒骂。面对巨大的压力，他毅然表示不改初衷，决心破除种种障碍，将援手伸向海峡对岸。

证严法师这种坚毅性格，颇有乃师风范。

印顺长老虽然自幼体弱多病，但由于一生清心寡欲修身养性，活到 90 多岁高龄。证严法师对师父至忠至孝，嘘寒问暖，精心照料。师父长期远避闹市，隐居于台中县太平乡的华雨精舍。慈济功德会总部位于台东的花莲，中间隔着横断山脉，但不管工作多么繁忙，证严法师每个月都要抽暇去向师父请安，送医送药，聆听指教。我看过一本证严法师的弟子德宣师父写的《随师行记》，这是一本日记体裁的书。德宣师父自 1981 年出家，随侍师侧，每天都注意记录师父的言行。该书第一集是记录 1982 年 9 月至 1986 年 6 月的事情，仅在这段时间里说到证严法师去台中华雨精舍看望师父就有十五六次，而这段时间正是证严法师为筹建花莲慈济医院最繁忙的时候。慈济医院从蓝图、破土动工到落成典礼，都是在印顺长老支持指导下完成的。谈及师父，证严法师深情地说："我永远感恩我的师父，虽然在皈依恩师的 30 年间，相处时间累积起来还不到两个月，但是他的人格超然，与世无争，智慧深广，悲心无量，我不知道怎样才能学到他的万分之一。"

这一段师徒恩情故事已经传为佛门佳话。他们两代佛学家贡献毕生精力倡导的"成佛在人间，在人间行菩萨道"之法门，在全人类面前改变了传统佛教的消极遁世形象，为现代佛教的改革与发展提供了理论指导与实践经验。如今在台湾每 16 个人中就有一位慈济功德会会员，功德会的分支机构和慈济赈灾救援队遍布世界各地。证严法师的弟子们和广大随众秉承师父的思想旗帜，及时为需要救助的不幸人群送去慈悲大爱。台湾佛教慈济志业经过三代人的探索、开拓、奋进、努力，发展成为闻名于世的宗教慈善机构。

我和证严法师同席用斋

我因职业之便出席过各种宴会，走到哪里都有朋友招待。然而，令我终生难忘的却是几顿素斋——和证严法师同席用的斋饭。自从有幸食过佛门雅餐之后，我的整个人生态度都改变了。

起初，我并没有意识到证严法师允许我这个俗人同桌用斋是一种特殊礼遇，还以为因我是来自大陆北方的远客，主人宴请是很自然的事。后来我在访问台湾其他地方时，人们听说我曾和证严法师同桌进斋，无一例外地露出惊羡的神色。

台湾作家说："你受到了很特殊的贵宾待遇，一般人没有这样的机会！"

佛教徒说："你的福缘好深呀！向慈济会捐赠几百万的老板，都没有你这种福气呀！"

听了这些话，一股受宠若惊的暖流在我心头倏然涌起，可惜已经迟了，和证严法师告别的时候，我只是礼节性地叨扰道谢，没有来得及向他表达这深一层的感激。

陈若曦大姐陪我从台北飞到花莲的当天晚上，我们出席了"慈济医院行政人员联谊会"，会前在医院礼堂吃的自助餐。散会以后赶往静思精舍住宿时已是深夜了。第二天的早餐，是我和证严法师同桌共用的第一顿斋饭。

清晨，下了整夜的雨仍然未停，静思精舍的屋宇、回廊、花树、草坪，让天雨洗刷得一尘不染分外清亮。德旻师傅和德任师傅唤我们去吃早餐，我们随着他俩来到饭厅外面的回廊上。许多披灰色海青的尼师和许多穿蓝色制服旗袍的志工委员陆续进入饭厅，或低声问早或保持静默，入席落座的人们也不急于动箸，大家都在等待着一个人。

我们站在餐厅门外听候主人的安排，功夫不长，只见一行人簇拥着证严法师来了。他在微风细雨中款款而至，银灰色的海青下摆长到能遮住脚踝，踏过一段雨路却仍然未沾一星儿泥水，真有一种仙风道骨的飘逸。

"阿弥陀佛！"证严法师来到我们跟前口念佛号双手合十含笑问候，虽然昨天晚上刚见过面，今晨仍旧礼貌有加，一点也不摆宗教领袖的架子。

证严法师一舒广袖请我们随他入座，同桌的还有慈师父等随侍法师多年的资深尼师。饭厅里有十几张圆桌，先来的尼师和志工委员们一见法师进来，一齐起立合掌念佛号，法师还礼并请大家落座。大家在动箸之前全都敛目合掌默默祈祷，我也学着他们的样子双手合十垂首闭目，但不知此时应该祈祷什么。我想起外国电影里的天主教徒基督教徒用餐都要在胸前画十字并诵颂一声："阿门！"那种仪式是在感谢上帝赐予他们食物。由此，我便猜忖佛教徒的饭前祈祷也会是对佛陀感恩的意思，于是我在心中默念着：感谢命运给我访问台湾来到花莲的机会。

当我阖上眼睑感受到自己的手心贴手心的温热时，一个早已逝去的遥远的形象忽然飞近了，那是我的外祖母端着饭碗举过头顶感谢上苍……我在六岁以前随外祖父母在山东临清居住，家里每当改善膳食的时候，外祖母都不让我动筷，她老人家必先把饭碗高举头顶"拜四方"，口中念念有词，恭请东南西北四方佛先用餐，表达她的一份虔诚。其实，那时家里最好的膳食不过是面条或饺子，但只要吃上了白面，姥姥就千恩万谢上供苍天。回想起童年的情景，再看眼前满桌饭菜，虽是素斋也觉得分外诱人，举箸品尝清香可口，顿时食欲大振。

这顿饭虽是早餐，却像正餐一般丰富，可能因为这里一天只吃两餐的缘故。每一桌的饭菜相同，素斋的花色品种不少，青菜、豆制品、蘑菇、竹笋，很多都是师父们自己在菜畦里种的，现吃现摘分外水灵新鲜。我注意到所有的尼师的面庞都显得光洁细嫩，皮肤上没有粉刺疖肿之类。他们的目光都是一派柔和平静，犹如小鹿羔羊，看来这是久食山野蔬果的好处。

以后的几天里，在慈济医院，在台北慈济分会，我又有幸两次和证严法师共进午餐。和证严法师同席用斋使我尝到了从未品过的全新的人生滋味。不知为何，每当我坐在法师身边吃着那些清淡素菜的时候，心中都涌出了一种久违了的心态——感到快乐、满足，觉得自己很幸运，对生活充满感激。我在成年以后步入社会置身名利场烦恼缠身，很久没有体验过这种孩童般的满足与快乐了。20世纪80年代我在中国文坛可以说名气不小，但即使是到北京去领全国优秀小说奖，也因看到别的作家比自己更红而觉得压抑。名利并没有给我多少欢乐，反而招人嫉妒引来一连串的是非。坐在证严法师身旁，我感到自己真是幸运，命运女神在推我攀上事业的巅峰领略了俗世繁华之后，又趁我还不太老的时候就给了我顿悟人生反思人生复归平和寻求超脱的契机。从这个意义上说，我真想欢呼一声：感谢生活！感谢命运适时地赐予我那么多好机会！感谢证严法师赐予我的人生启示！

龙口含珠凤头饮水

宗教生活讲究仪规，世界上各种宗教都有自己的仪式和规矩。古代交通不发达，更没有电子通讯设备，相隔几大洋的各大洲产生的各自的宗教，为什么都在这一点上不谋而合呢？我想，这是因为把某种外在行为规范化习惯化可以影响人的精神信仰；或者说让人的内心追求通过仪规形式表现出来。当这种仪规成为信众自觉自愿的统一行为时，宗教就能够成为有巨大力量的社会团体。

我观看过不少宗教仪式，有的让人觉得神秘，有的让人觉得繁冗，甚至有的让人觉得恐怖愚昧。台湾花莲佛教慈济会也很讲究仪规，但这些仪规都给人一种典雅自然的感觉，甚至能够给人以美的享受。从表面看上去，静思精舍显露不出森严的戒规，处处洋溢着一种圆融祥和的气氛，尼师们的举止温文有礼，说话轻柔亲切，见了人永远送上诚恳的微笑。尤其是随侍在证严法师身边的尼师们，一个个全都是知书达理，举止大方，善解人意，勤快敏捷，在世俗社会极难见到这样一群不施脂粉聪颖灵秀的女子。尤其令人惊叹的是，他们那种气质上的高贵优雅绝不是森严的戒规能够塑造出来的，戒规再严厉也只能塑造出苦修者，而造就不出秀外慧中的智者。

那么，他们这种教养是从何而来呢？

经过几天的观察，我发现这一切都来自证严法师的榜样作用。

榜样的力量是无穷的。

证严法师在弟子们和随众心目中的威望，不仅表现在大家笃信他的宗教主张，也表现在大家都愿意学习他的做人品格，他的言谈举止，他的气质风度乃至一切生活细节。一位宗教领袖不单以信仰、教规统领信徒，更能以个人魅力征服信徒，使得来自不同家庭有着不同经历受过不同程度教育的弟子都自觉自愿地仿效他，亦步亦趋，如影随形，这真是一个我从未见过的奇迹。

在静思精舍居住的几天里，我总有一种自惭形秽的感觉，而过去出入社交场合时自我感觉挺好的，现在却嘀咕自己身上哪儿都不对劲儿。和师父们相比，自己说话声音太高，坐姿弯腰驼背，走路脚步声太重，总之处处显得自己太松懈、散漫，甚至很粗俗。其实，我是很注意教养的人，在家里总是教训子女吃饭不许吧嗒嘴，喝汤不许出声音……不知为何，来到静思精舍竟发现自己坐没坐相，站没站相。

有一次在吃饭的时候，我把自己的这种感觉低声告诉陈若曦，陈大姐笑道："咱们无法和他们比，他们可不是一年两年的修行功夫了。你注意他坐的姿势了没有？咱们往那里一坐就歪歪斜斜靠在那里一堆乎，他们只坐椅子的前五分之二，这样坐，腰背肚子都要挺直了，显得很端庄。你发现他们端碗用筷的姿势没有？都是跟证严法师学的，叫作'龙口含珠，凤头饮水'。"

我忙问："什么叫'龙口含珠，凤头饮水'？"

陈大姐端碗拿筷做着示范："双肩摆正挺直，左手端碗时拇指轻轻按住碗边，四指展开托着碗底，拇指和食指之间形成一个'龙口'，圆圆的白瓷碗像一个大珍珠，盛在碗里的米饭粒粒皆艰苦，粒粒贵如珍珠呢！这便是'龙口含珠'了，出家人托钵化缘就是这个姿势。'凤头'指的是筷子头，用筷子夹菜的动作应该像凤头饮水一般妙曼优雅。要轻巧含蓄，一点就起，多点几次没有关系，不能叉开筷子一次夹很多菜，更不能在菜碟里挑来捡去反复翻搅。端碗犹如'龙口含珠'，用筷犹如'凤头点水'，你想这该有多么优雅！"

我偷眼瞧了瞧证严法师的用餐姿态，果然是"龙口含珠，凤头饮水"，优雅无比，看他吃饭也是一种享受。我仿效他的样子做了，一下子就觉得自己很"淑女"了。

证严法师并不把衣食住行看作是生活细节，而是看作"人生美的文化"。他要求弟子们"你们要学习如何将道理落实到生活，以及如何将人生美态雕造在自己身上"，"人生最美的是亲切，诚恳，和蔼的笑容；说话轻柔，举止稳当，文质彬彬，这是动态之美，也是人生美的文化"。

"龙口含珠，凤头饮水"是证严法师设计的"食仪"。做到这项要求，日常进餐也变成了修身养性，自有龙凤来朝的尊贵庄严相。

进餐本是为了充饥，世俗多少饕餮之徒不仅暴殄天物，也露出粗鄙吃相。然而一位有精神追求的人竟然能够从中开发出美感来，这又是我未曾料想的。

证严法师注重食仪，比世俗的"教养"更多了一层修行的意义。几十年来他都坚持做到"食前三口白饭能时时发好愿就能修得大福，吃饭也是一样。食前要先吃三口白饭，第一口应发愿——愿断一切恶；第二口——愿修一切善；第三口——誓度一切众生"。

将道理落实到生活，将人生美态雕塑在自己身上，将修行求佛渗透在日常习惯中，多么睿智精深而又浅显易行的佛学法门啊！

由此，我回想起初读《静思语》时，书中记录了证严法师这样一段话：

什么是"德"呢?"德"是下工夫,是有志于道;德在心里而行诸于外的就称为"德相",譬如走路、行仪都可表现出一个人的"德相"来。德也因此是自我的教育,是内心的梳理,表现在外的行为的规矩。

证严法师还经常用形象而诗意的语言,教导弟子们该如何"德在心里而行诸于外"。关于出家人的"行、住、坐、卧",他比喻为"行如风,住如松,坐如钟,卧如弓",并一一作了解释:

行,是走路。要步履平稳,举止端庄。所谓行步如风,就是走路要风吹云动般的轻飘而稳重。住,是站姿。站时要挺胸直腰,不要东依西靠,也就是住如松的形态。坐的规矩是要正坐如钟,坐得像巨钟般稳重。卧,是睡眠的姿势。卧要如弓,也就是吉祥卧。

当初我读到这些段落时,以为是一般性的说教,未及多加思考,待到亲临花莲净土看见证严法师本人的威仪,及这么多尼师的举止修养,才由内心发出阵阵赞美和惊叹!如果不是亲眼看见,真难以相信证严法师及其弟子们竟然能够把宗教的约束与诗意的优美绝妙地集于一体!

成语"林下风气",古时形容女子体态飘逸,冰清玉洁,气质高雅的用语。"林下风气"多指女子中的世外高士,现代商品社会中俗艳女子比比皆是,"林下风气"近乎绝迹了。所以,这个成语也几乎派不上用场了。

那天在花莲静思精舍,晨雨清风之中,证严法师一袭灰袍稳步而来,穿过了菩提树林,宽袍广袖随风飘动,海青下摆长到能遮住脚踝,踏过一段雨路竟未沾一星儿泥水,雨中菩提在他身后闪着晶莹的银光……我望着,望着,搜尽枯肠寻找一句贴切的话来表达内心的赞叹,忽地想起了这句久违了的成语。

林下风气,多么富于动感的优雅比喻啊!在古典名著及武侠小说中如此形容的女子只能供人想象,而在现实生活中,谁能真正具备它所蕴含的仙风道骨山野韵致呢?在我的心目中,只有证严法师一人了。

佛陀的眼睛为什么下垂

追求幸福是人类的共性，但人们对于"福"的认识和态度，却有着高下之分天渊之别。

现代商品社会以鼓动人们的消费需求来推动经济的发展，商家挖空心思用各种手段招徕顾客，诱发人们的购物欲望，借以刺激市场的繁荣。如果人们的消费观念基于正当的物质要求与精神要求，这本来无可厚非；然而过分地刺激消费，就会纵容奢靡之风，造成巨大的浪费。

此种奢靡享乐如果是不惜耗损地球资源，破坏生态环境，那就是祸及人类贻害子孙的更大的罪过了。

愚人只知道祈福和享福，智者才懂得惜福和造福。

惜福，自古以来始终是佛教的一个重要思想。

我在静思精舍上了三堂生动的"惜福课"，那是我与证严法师三次同桌用斋的宝贵收益。

最近，中央电视台播映的连续电视剧《雍正王朝》中有这样一个细节：四皇子（即后来的雍正皇帝）在用餐时不仅吃素，还在吃光饭菜之后用白开水涮净碗碟里的汁，全部喝下不浪费一滴油水。青年观众会以为这样描写一位皇帝未免有些夸张，殊不知虔诚的佛教徒都是这样做的。剧中多次说他笃信佛教，再没有比这一笔更有说服力的了。

看到此处，我一下子又回忆起来了当初和证严法师共进斋饭时的同一细节：餐桌上放着一把洁净的茶壶。我正在猜测茶壶的用途，只见第一个吃完的慈师父拿过壶来倒出一些白开水，用水把碟涮净倒入碗中，再把碗里的水晃了晃将油水涮净后一饮而尽。

证严法师和他所有的弟子都是这样做的。

这种珍惜食物，杜绝浪费的动作像一个定格镜头，永远铭刻在我心中。从那以后，我自己和家人极少浪费盘中餐，到饭馆有应酬也把剩下的饭菜带回家去。

事情虽小，但问题不止于饭菜，而是我们如何看待自己已经享受到的幸福。

我们离开花莲后，辗转台中到东海大学作文学讲演。回到台北以后，听说证严法师来到台北对随众作开示，我为有缘分再见到他心里非常高兴。我们一行赶到佛教慈济会台北分会，有幸又一次聆听了证严法师的演讲。

证严法师娓娓动听的话语，至今犹在耳畔。

佛陀的眼睛总是往下垂的，大家知道这是为什么吗？

佛陀垂目，是慈眼视众生，体察世间悲苦。另一层意思是佛陀的眼睛总是往下垂，不会往上看，物质环境往下比，修养人格往上比，上下有分寸，才是人生啊！

听了这一席话，我才懂得了佛门弟子见了人垂首敛目的原因了，原来他们这也是随时随地的修行啊！

由此，我又记起了证严法师多次强调"佛陀要我们懂得惜福"的教诲。在《静思语》中，他以深入浅出的语言阐述"享福，惜福，造福"的关系，劝告世人不可放纵贪欲，过分追求物质享受：

自造福田，自得福缘。

吃苦了苦，苦尽甘来；享福了福，福尽悲来。

世间物质原只是一种潮流，太平年代金银玉石是宝，而战乱时期米粮布衣是宝。世间所谓有价的东西，完全是在于人心里的潮流及虚荣心的作祟。

道心即是理性。欲念如果扩张下去，就会埋没理性；而理性如果能发扬起来，就可以制止欲心。

去贪就简，可使心灵得到无比的宁静与解脱。

我想，不应该把这些充满人生智慧的箴言警句看作是布道劝善。无节制地放纵物欲并未给现代人带来幸福，反而带来了孤独、空虚、烦恼、冷漠等"现代人综合征"。无论是从保护地球环境的需要，还是改善人的精神生活，返璞归真，去贪就简，古老的佛学思想都是医治人们心理疾患的一剂良药。

佛门"红包"

曾几何时，"红包"一词走红中华大地，以至于印制红包小纸袋的作坊生意兴隆。馈赠"红包"源于人们为庆典佳节"随喜添喜同喜皆大欢喜"的风俗。出席亲朋婚礼或寿诞宴会以表祝贺，过年时老板给员工的奖赏酬劳，长辈给孩子的压岁钱，都是用来表达人们的喜悦之情，小小红包起到了增进友情温暖亲情的作用。可是，近年来"红包"却变了色走了味儿，沦为贪污受贿的代名词。下级向上级送红包，病人家属被迫向医生送红包，打官司得向法官送红包，想让孩子进重点学校得向校长送红包，等等，人们对"红包之风"又恨又怕，为了生存不得不随波逐流，反过来又哄抬了"红包"的含金量。平民百姓已经谈红包色变，不堪红包重负了。

在我到花莲采访之前，从未想到佛门也送红包。从未听过佛门红包的故事……

每年春节前，慈济功德会都要举办一次联欢团圆斋宴。在联欢会上同时举行对新任委员、荣誉董事等的颁证典礼。证严法师患有先天性心脏病，仍然坚持亲自主持这个长达几小时的典礼。

新春典礼的时间为什么这么长呢？因为每年前来出席团圆斋宴的会友都数以千计，大礼堂里挤满了人，一一排队上台，证严法师为每个人胸前佩戴一个心莲饰物，并赠送给每个人两个红包。单是这个仪式就得站立两三个钟头，何况证严法师见到每一位上台的人都要给予祝福和亲切勉励。以他病弱的身体长时间站立实在吃力，但他仍然坚持"让大家都能靠近我，接受我的感谢与祝福！"

证严法师为每一个人佩戴心莲胸饰时，都要语重心长地说："赠心莲是希望大家学习莲花出淤泥而不染的精神啊！"

他赠予大家的红包里面又装的是什么呢？

两个红包，一个叫作"福慧包"，一个叫作"吉祥如意包"。

福慧包里装了六个硬币，每个硬币面值 5 元台币，共值 30 元（折合人民币约 10 元）。如果以每年向一千人赠送红包计，共需 3 万元台币。这笔钱并不是慈济基金会的经费，而是证严法师出版著作所得的版税收入。

福慧包里为什么装入六枚硬币呢？证严法师向每一个人叮嘱："六个硬币代表布施、持戒、忍辱、精进、禅定、智慧，六度波罗蜜"。

"波罗蜜"是梵文音译，意译为"渡""到彼岸"。"渡彼岸"，是一个佛教名词，佛经《大智度论》卷十二说："以生死为此岸，涅槃为彼岸。"涅槃也是梵文的音译，是佛教全部修习所要达到的最高理想，一般指熄灭"生死"轮回而后获得的一种精神境界。大乘佛教把涅槃当作成佛之标志。布施、持戒、忍辱、精进、禅定、智慧六项修持内容作为到达涅槃彼岸的方法和途径。

六度波罗蜜中，布施排行第一。布施指的是施与他人财物、体力、智慧等，通过为他人造福成智而积累功德的一种修行办法。大乘佛教所列布施对象，不仅对人类大慈大悲救苦济贫，还遍及所有的动物，尊重一切生命。从这一点看，证严法师率领弟子们和随众致力开展慈善事业，不分国家不分民族不分政治制度在全球范围内赈灾济贫，是完全符合佛教教义的。

福慧包蕴含的其他五项修行办法，都是佛门弟子日常的功课。因本文不是研究佛教的专论，此处就不一一介绍了。

另一个红包"吉祥如意包"，里面装的是莲子、花生、红豆、薏仁、杏仁。

吉祥如意包内为什么装入这五种果仁儿呢？证严法师解释道："五种果仁代表五谷，也叫五福、五宝。杏仁代表幸福；花生是落地生根，种下善因，结实累累；红豆表示一心一志；薏仁是仁心仁德；莲子嘛，代表着慈济人心连心……"

多么富于诗意和象征意味的语言啊！这些礼物来自大自然，充满了山川田野的灵性，体现了天人合一的和谐精神，令人为之赞叹，为之神往。

我写到这一章的时候，恰逢1999年春节将临。向读者朋友转达证严法师岁末送红包的祝福与期望，心中又多了一层惊喜和领悟。祈盼人们的生活中少一些腐败变质散发铜臭的"红包"，多一些五谷丰登、五福生根、五宝长长久久，多一些仁心仁德，一心一志深化改革开放发展经济，多一些海峡两岸同胞心连心、人际关系心连心吧！

福慧包、吉祥如意包，多么纯净圣洁寓意深刻暖人肺腑的佛门红包啊！

跟随证严法师拜祭遗体冷藏室

我在花莲净土所见所闻，几乎每一件事都是出乎意外超乎想象。然而，最令人不可思议的事情，莫过于佛教徒对遗体捐赠的接受程度了。

在慈济医学院一间讲堂里，证严法师为听众做了一堂关于遗体捐赠的专题演讲，弟子们和信众把这称为"上人开示"。古老佛学与现代医学解剖学，宗教信仰与遗体捐赠之间魔法般的结合，如果不是亲临其境，说下大天来我也不会相信世上竟有这等奇人奇事。

我坐在最后一排听讲，尽力做着记录，在这里说明"尽力"二字，是因为法师在用闽南话演讲。法师心很细，尽管在听众中只有我和上海女作家竹林听不懂闽南方言，法师为了能叫我俩听懂，讲到关键之处总要用国语（普通话）重复几句，我这才能断断续续地做些记录。幸好身边有一位热心的静原师姐（师兄、师姐是慈济人之间的尊称）不时地把法师的闽南话翻译成国语给我听，使我能基本上理解上人开示的要领。

我的精神高度集中竖着耳朵聆听，伸长脖子紧张得脊背都酸疼了，还是生怕漏掉法师的每一句话。这座现代化医科大学讲堂与正宗的佛教活动所组成的浑然一体的氛围，尤其是法师所讲解的佛教理论涉及生与死的阐释，对于我这个自幼在大陆只接受过一种教育的人来说，实在是太陌生太新鲜太神秘了！

众所周知，佛教徒是很重视丧葬后事的。出家人之死称为圆寂，僧尼圆寂大多火化，也有保存肉身在密封的塔中的，塔林是古寺的重要组成部分。我从来没听说过佛教徒自愿表示待自己去世以后把遗体捐赠给医学院供人解剖的。然而，证严法师却在宣讲捐赠遗体的意义！她的信徒却都心甘情愿地做到了！

有人递给我一份资料，看了令人目瞪口呆：

由于遗体昂贵匮乏，台北医学院的解剖课只能做到每26个学生用一具遗体。

美国最先进的医学院也只能做到每六个学生用一具遗体。

然而，位于小城花莲市郊的慈济医学院，却能够做到每四个学生用一具遗体。这都是因为有了证严法师的号召，都是因为有了佛教徒的最后奉献！

证严法师演讲时使用了一个我从来未知晓的名词——他管"遗体"叫作"大体"。初次听到"大体"这一尊称，我心头猛然一震，是啊！我们常常把那些人格高尚对社会贡献卓著的人歌颂为"大写的人"，那么，对那些不仅在生前从善如流死后也愿做最后奉献的高尚之人的遗体，当然应该尊称为大体了！

证严法师作完演讲之后，款款走下讲台，一挥广袖，邀请我们随他去参观遗体冷藏室。他领着我们来到一间大厅，率先走了进去。我在门口朝里面一望，立刻头皮发乍脊背发凉——大厅里冷气飕飕，一字排开好几列不锈钢冷冻柜，每个柜子里都躺着一具大体。

屏神敛气跟着证严法师在两排冰柜中间走过，人们都不说话，脚步轻轻生怕惊醒里面的亡灵的永恒之梦。远远近近的长棺形冰柜，明明暗暗中闪着寒光，一尘不染，清冷寂静，肃穆圣洁。我怯怯地伸手摸了摸柜面，冰凉的感觉由手指瞬间传到胳臂，犹如飘来小雨浇洒。紧接着颈项一阵发麻，奇怪的是这种又凉又麻的颤栗穿过脊梁钻入肺腑时，却忽地变得滚烫灼热了。我心中一遍又一遍默念着证严法师使用的尊称：大体……大体……高尚的大体啊……令人尊敬钦佩感动感激的大体们啊……大写的大体们啊……

时至今日，当我提笔描绘当初的情状时，仍然生出那种难以名状的手臂发凉脊背发麻而心窝灼热的奇特感觉。

我郑重地把草稿上这一小节的标题《跟随证严法师参观遗体冷藏室》的"参观"二字改作"拜祭"。海峡那一边从未谋面的善士们之英灵和你们奉献出来的大体啊，请接受我遥远而虔诚的拜祭。

人生没有所有权，只有使用权

我不知道世界上其他的宗教领袖有没有足够的威望，发动信徒们在"遗体捐赠志愿表"上签下自己的名字，证严法师为发展医学事业完成了这桩大善大德之事，创造了一项奇迹。尤其是在中国人中间迅速推广这一活动，若不是亲眼所见，我真是难以置信。

中国人一向注重"身后大事"，不仅汉族人精心选择墓地和棺木，各民族皆如此。西南地区一些少数民族为了保存先辈遗体，甚至在高山悬崖上悬棺而葬。近半个世纪以来，中国人口爆炸，政府苦于人口过多和可耕地太少，无法承受"死人与活人争土地"之重负，不得不采取强制手段推行火葬（中国宪法规定土地归国有）。即使如此，老百姓仍然想方设法把亲人的骨灰埋葬，竖立一块哪怕是小小的墓碑，也要完成"入土为安"的古老信念。多年来，官方一直致力于简化丧葬风俗的宣传，提倡"厚养薄葬"。各种传媒不断地表彰子女在老人活着的时候赡养尽孝，抨击"薄养厚葬"之陋俗。但是，上述种种努力仍然难以从根本上改变中国人的厚葬之风。

形成这些习俗的根源在于中华民族有一种固有的观念：视自己的躯体为神圣。古代人们信奉"发肤乃父母所赐不可擅动"，现代人惧怕开刀手术，哪怕做一个小手术也担心会"伤元气"；古代帝王贵族在去世之前就安排好如何使自己死后遗体不腐烂的措施，平民百姓也都以"死后保住全尸"为最后的愿望。基于这些根深蒂固的传统观念，若要在中国大陆动员人们献血或捐赠骨髓，至今仍然很困难，更甭提让人们自愿留下遗嘱死后捐赠遗体或器官了。

那么，证严法师究竟用什么方法引导慈济人发此大愿呢？

原先我以为，一位佛教法师只能从轮回转世、因果报应的角度诱使信徒为了修来世幸福而表示愿意捐出遗体。听了证严法师的演讲，我才知道他虽为宗教领袖，却从不装神弄鬼以妄言巫术蒙骗迷信的教徒。他阐释的道理当然出自佛教信仰，但字字句句却都是立足于现世立足于社会立足于为民众造福。

证严法师站在医学院课堂讲台上，通常那是教授们给学生们传授科学知识的地方，听着听着，我便忘记了他的宗教人士身份，觉得他成了一位穿灰袍的教授。或许因为我这双俗眼无法超越物质的具象，无法练就"开天目"奇功透视超自然的灵异虚境，我只看到一位穿灰袍的教授式的演讲家循循善诱地剖析着人生的道理。他背后没有"祥光闪耀"，头上没有光环，和普通人一样说着寻常百姓的家常话。但是，他的眼睛和面庞以及整个身姿不知有什么磁力能够吸住所有的人的目光。在花莲和台北的几次会面，我一直未能把目光从他身上移开。

他用一句非常生活化的语言解释了生命的本质："人生没有所有权，只有使用权。"

他站在讲台上语调平和地说：

> 我常常对大家说，人生没有所有权，只有使用权。这就是说呀，这短暂而难得的人身，我们难以永远拥有它，但我们可以做主使用它，用好它。
>
> 世上最消福的是我们这个身体，一辈子享受到多少好东西呀！哎呀，人生呀，真是一段缘啊！走的时候舍不得，其实最后还是要舍！
>
> 人生既然只有使用权，就要赶快发挥它的功能，不用白不用。最后把我们的躯体贡献出来，让教授教学生，学生毕业后成为医生会去救助更多的病人，这是多么大的功德呀！
>
> 台湾好几所医学院都缺乏大体，同样是医学应用嘛，我们也应该援助他们。
>
> 佛教一向讲惜福，惜福种福。珍惜我们享受到的每一分幸福，每一粒米，珍惜一切资源。人生到最后还能让躯体有用，去发展未来的医学，

最好不要让它浪费掉，这也是废物利用嘛！

希望大家多多以正确的心态来看待躯体，我对大家很感恩……

听了这些深入浅出，生动亲切的话语，我简直怀疑这不是在谈遗体捐赠，只是劝人捐出一件穿破了的旧衣服。

"人生没有所有权，只有使用权"这句通俗易懂的话语，形象而睿智地揭示了人生的真谛。任何一个人，无论是帝王还是贫民，对自己的生命都没有永远的所有权。百万富翁，其财产也只有使用权——他的生命这一段的使用权，他一旦死去，使用权即告到期；纵然他能够以其遗产传给子孙，子孙也只能各自拥有其生命那一段的使用权，何况使用不好即归他姓，富贵人家的后代中败家子还少吗？

因此，人对身外之物要看开，佛教理论谓之"看得破"。这方面的道理人们早就懂得了，然而，真正"看得破"的人却不多。在聆听证严法师演讲之前，我对"身外之物"的理解一向只局限于"身外"——功名利禄，物质享受，从来没有想到过本"身"。经法师这一点破，我这才领悟到人一旦死去，原本归自己"使用"的"身"——躯体，也就和其他东西一样成了身外之物了。

可以说，悟出了这一层，是我花莲之行的最大获益。虽然我一时还不能像出家人那样看破红尘，胸中却也切实地有了一种如释重负之感，回顾名利场那些得失荣辱是非恩怨，心里觉得轻松多了，也超脱多了。

肉体·灵魂·彼岸·乐土

证严法师的名言"人生没有所有权，只有使用权"，还使我想起了近年来在大陆城市居民中兴起的一个新名词，叫作"住房使用权"。在计划经济年代，政府机关的公务员、事业单位的干部、国有企业的员工的住房，都是由国家分配的，房子的产权归国家或企业，总之是公有制。随着住宅商品化的改革进程，波及了人们原先住的公产房屋。为了方便居民置换房屋，公房住户的"住房使用权"便也有了不成文的市场价值。这一现象也算是世上独有的"中国特色社会主义"了，恐怕港澳台人士和海外华人很难弄清个中的社会背景。

我联想到"住房使用权"，是因为西方早有宗教理论说人的肉体只是灵魂暂住的房子（或曰躯壳），也有古典文学名著把人的灵魂比喻成自由飞翔的鸟儿，躯体只是鸟巢。鸟儿永远地飞走了，留下的空巢就没用了。不管怎么说，证严法师提倡对遗体"废物利用，为社会做最后的贡献"都是非常正确的。

跟随证严法师到遗体冷藏室拜祭大体们的时候，室内冰冷的气温，寒光闪闪的冰棺，穿灰袍或黑袍的尼师们，那里的氛围使我的头脑骤然间紧张而活跃起来，平日深埋于心的压抑焦虑突然释放出来。尤其是当我的手指触摸到那隔开阴阳两界的不锈钢冰棺冷彻骨髓的光滑柜面时，几乎所有的念头都集中到手指尖上了，而手指尖分明在"思考"那个始终困惑着人类的老话题——究竟有没有灵魂呢？灵魂与肉体究竟是什么关系呢？无论是把躯体比作住房，还是鸟巢，都有另一个问题弄不明白：究竟由谁来安排灵魂与肉体的或合或离呢……

无神论者认为，人死了并没有灵魂的飞升。照此说法，人来到世上纯属偶然，死后也就化为乌有，即使事情真是如此，人们也总是不甘心接受自己的"来无影去无踪"。纯属偶然？那不是太荒谬太没有价值了么？

生与死，肉体与灵魂的关系问题，自打远古先民那年头就一直折磨着人类，人们总是试图找到答案，总是试图亲身验证灵魂的存在。我想，这种自有人类以来永无休止的穷思冥想，源于人类与生俱来的对死亡的恐惧。

于是，就产生了宗教。

于是，世上各种宗教就都和心理学有着相通之处，都将目光集中在人的缺憾和不幸之处，使感受到威胁的人恢复安全感，满足弱者的求助需要和倾诉愿望。

于是，各个国家、地区、民族的不同宗教，就都不约而同地提出了"灵魂不灭"或类似的学说。这对人类是一个极大的心理安慰，因为人生最大的缺憾、不幸和恐惧，莫过于难逃命定的死亡了。

于是，各种宗教家就都安慰人们说，人死后其灵魂飞往"天堂""极乐世界""佛国净土"，还有我们说不上来的用各民族语言命名的福祉好地方。难怪人们对这些美好的描述都愿意采取"宁可信其有不可信其无"的态度了，有宗教信仰的人确实能够恢复一些安全感。

令人觉得奇妙的是，古代交通、电讯都不发达，被汪洋大海崇山峻岭迢迢畏途隔开的各大洲先民所信奉的各不相关的宗教，不约而同地都为人的亡魂指出了"彼岸"的出路。各个语言不通的民族甚至都说通往"彼岸"要坐着船渡过一条河。中国管这条河叫作冥河。古埃及的《死亡书》中画了一艘船，载着灵魂们去另一个世界。古希腊人管这条河叫作斯梯克斯河，说斯梯克斯河水是由人间流出的所有眼泪汇成的。河上的摆渡人名叫卡戎，亡魂们要想渡河得交给他一枚钱船费。所以，希腊人在办丧事时一定得往死者手里或口中放上一枚钱。

不同民族的说法和风俗惊人地相似，旧时中国人在死者入殓盖棺之前不是也要给他手里放上一枚铜钱吗？绝无可能互相商量的各种陌生民族的所见略同，增加了事情的神秘性。难道东方西方南半球北半球各种肤色的人们众口一词的说法，只是大家出于共同的心理需求所想象出来的神话么？

死亡的美称——往生

证严法师做完关于遗体捐赠的专题讲演，又率领大家拜祭了遗体冷藏室，谈话内容当然会涉及死亡，但他极少说到"死"字，他把人的死亡称为"往生"。

往生——这是我有生以来第一次听到的说法。个中原因本文在前面交代过了，我自幼生活在大陆，受到的是一种教育，而且青年时代赶上了"文革"，中年以后虽然有所补课，对于宗教知识仍然只有一些浮浅的了解。

第一次听到"往生"一词，而且是证严法师亲口所说，面对"死亡"

"遗体"这样一些沉重可怕的话题，我那绷紧的心弦一下子变得轻松了。生者对于亲友的去世，还能有什么比"往生"这个说法更能安慰人心，减人悲痛，给人希望呢？人们对亲友或尊敬的人之死一般都不忍直言那个严酷的"死"字，于是才有了许多代称——去世，故去，谢世，逝世，作古，仙逝，驾鹤西归……相比之下，都不如"往生"让人心里觉得温暖，熨帖，甚至……欢喜。

我很想弄清楚这个词的由来，《宗教词典》中有个词条介绍了《往生论》：全称《无量寿经优波提舍愿生偈》，亦称《净土论》，赞述阿弥陀极乐净土的庄严，劝人修行积善，死后可往生净土。《辞海》中对这一词条的注释和《宗教辞典》类似，只多了一项说明："往生，佛教名词。"我反复琢磨，似乎"往生"更像一个动词，表达"前往""走向"新的生命的意思。死亡本来是静止了，寂灭了，"往生"却注入了新的动感与希望。有了这样抚慰人心的作用，哪怕它只是个形容词，我也乐于接受啊！

这样一个充满人情味儿的宗教用语，又出自充满人情味儿的证严法师之口，愈加富于令人浮想联翩的感染力了。

证严法师说出"往生"二字时，我当时所受到的感召真是如闻天籁，醍醐灌顶。

在这里我要特别提到证严法师的声音，他的声音有一种魔法般的磁力，音色清亮悦耳，甜润动听，天池琼浆般澄澈透明没有一丝杂质，山泉溪水般汩汩流入人们的心田。在拜见证严法师之前，我从来没有听到过任何人拥有如此柔美委婉而又极具穿透力的嗓音。他是一位出色的演讲家，但他与那些雄辩滔滔巧舌如簧慷慨激昂以煽动人心为能事的演讲家迥然不同。他说话声音不高，语速缓慢，语气温和，面含微笑不慌不忙娓娓道来。他从不故作高深，总是以通俗易懂的话语阐明深刻的佛学哲理。

证严法师关于生死奥秘的阐释，因我听不懂闽南话，可惜不能完整地记录下来。虽然他时时用国语复述要点，虽然有静原师姐从旁翻译，我还是只能记些片断，回来以后再加以整理，不敢说完全忠实于原话，其大意是不会错的。

他以悲悯的目光环视听众，循循善诱从"生"谈起：

婴儿出生时为什么会啼哭呢？胎儿离开了母亲独自来到这个陌生的世界，他很痛苦，所以哇哇大哭。但是，只是一刹那间，就消失了生的痛……

　　生的过程，大家都知道，而死的经验无人告诉你。其实，往生并不痛苦。有一位林师兄差一点往生，被医生抢救过来。后来他告诉我，在那个临界的时刻，他觉得自己轻飘飘地飘在天空，看见不在世的亲人向他招手……

　　每天的睡觉就是小死，也是轻飘飘呀，也没什么痛苦呀……

　　往生以后把大体捐出来让教授教学生，医生为了给学生讲解作解剖，他（往生之人）绝对不会有什么痛苦。马先生是我的弟子，他临终前，我去医院看望他，他对我说："师父，我往生以后，你一定利用好我的遗体！你一定还要拉拔我，我要生生世世追随师父……"

　　医学院教解剖课的曾教授，对大体的处理很好。在解剖之前，他带领学生们向大体行礼，念佛，感谢往生之人的贡献。事先，他用好多块布单把大体一部分一部分蒙好，上面再盖上一层大罩单。讲课时他一层一层掀开，先从脚讲起，讲到肢体哪个部分才掀开那一块布，解剖过的部位再用布单一一遮好，最后才让学生看到头部。他处处表现出对大体的尊重，体现尊重生命的心意，让学生一边学习解剖一边体会到这一点，日后才会成为一个好医生……

　　解剖课用过的大体，师父们会为他诵经念佛举行隆重的仪式才送去火化。旁边有一间感恩堂，骨灰盒永远供在感恩堂里，生死与慈济长相处……

　　证严法师讲到这里，邻座的静原师姐告诉我："曾教授也是我们的师兄，上人对他说：'我要求对大体要给以尊重。'他做得很好。学生们都对上人的大爱精神十分认同，他们说：'我们何其有幸！我们很感恩！这些大体生前都是些有名有姓的人啊，是他们帮助我们学习医学知识，我们毕业以后一定要回报他们的功德，回报社会人群！'"

听着证严法师的讲演及静原师姐的插话，我的心窝一阵一阵发热，鼻子一阵一阵发酸，眼睛一阵一阵发潮，为了尽量详细地做记录才尽力把泪水压了回去……

"往生"的花季少女

然而，我的热泪终于再也忍不住了……

证严法师讲到了一位年轻姑娘的夭折，本来就很委婉的嗓音变得更加轻柔了，简直犹如一把竖琴上那根最纤细的弦，哪怕穿过一阵清风也会发出震人心魄的颤音：

> 我还有两位弟子，他们夫妇有一个好乖好乖的女儿。这个姑娘才20多岁，又聪明又漂亮，爸爸妈妈视如掌上明珠。
>
> 唉，人生无常啊，不料姑娘一下子往生了。一个年轻轻活泼泼的人，说走就走了……当父母的悲伤到什么程度，大家都能想象……
>
> 我很感恩，他们听了我的话，强忍着悲痛同意把爱女的大体捐出来。佛说慈、悲、喜、舍，舍得，舍得，有舍才有得。要说舍，世上最难舍的是要父母舍出孩子呀……可怜天下父母心，爸爸妈妈的亲生骨肉，心肝宝贝呀，哪里舍得！舍不得，最后还是舍出来了，所以，我很感恩！我的这两位弟子，做到这一点不容易呀！这是多么大的功德呀，应该欢喜才是……

证严法师那轻柔委婉的声音不知何时收住了，课堂上鸦雀无声。窗外，雨打菩提，淅淅沥沥的雨声，伴奏着人们心弦的轰鸣。我屏住呼吸捕捉着在云空回响的话语：应该欢喜才是……应该欢喜才是……

只有佛家才能够达到的境界呀！

证严法师做完演讲，引导大家去参拜遗体冷藏室。他的表情庄严而凝重，脚步很轻，很缓，却没有停留。忽然，他在一台冰棺跟前驻足，伸手抚摸着柜角，目光充满了慈爱与悲悯，轻轻地叹了一口气说："这就是那位小姐的大体，外面走廊上有她生前的照片，一会儿你们从这里出去就会看到，她的父母每一次走过那里都要落泪……"

大家来到走廊上，墙上悬挂着许多照片，都是大体们的遗像，有他们个人的留影，也有他们与家人亲友的合影。证严法师指给我看那位小姐的玉照，我不看则已，这一看热泪又一次夺眶而出：好漂亮好可爱的姑娘啊！她在一棵绽满花朵的树下亭亭玉立，乌黑的秀发在熏风中飘动，一双大眼睛被阳光照耀得眯成美丽的弧线，嘴巴翘翘的露出甜美的笑靥。另一张照片是她与父母的合影，似乎是在自家屋前，一对中年夫妇簇拥着立于中间的爱女，一家人都开心地笑着。姑娘的脑袋稍稍歪向爸爸，愈加显出少女的娇憨柔媚……

我久久地凝望着花季少女的遗像，对"往生"一词有了格外欢喜的接受。对于如此年轻可爱的生命不应该说"死亡"，只有"往生"所蕴含的新的生机新的希望，才能抚慰生者的心灵啊！

凝望着这位曾经享受阳光鲜花家园亲情的美丽少女，我悟出了佛教关于生与死，肉体与灵魂的阐释，真的比西方宗教更加聪明。西方宗教说的"灵魂飞升（或坐船渡河）到天堂"只是一趟"单程票"，灵魂们到了天堂就永远呆在那里了。也有天使下凡之说，但天使们只能来人间完成一些上帝交予的任务，很快就得回去复命，不能真正参与人间生活享受人生乐趣。佛教指出的"生死轮回"却是能够给人最大安慰的"双程票"，乃至永远有效的"多程票"，谁不愿意接受这样美好的安排呢？但是，"生死轮回"是有先决条件的，你要想下辈子投胎到一个好人家，做一个成功的人，这辈子就要积德行善扶贫救苦；如果你胆敢在这辈子作恶，下辈子你可就要遭罪了！这样的教义只能对社会有益处啊！作为一个受无神论教育长大的人，我想，大家应该在意识形态方面求同存异，不论是生活在哪一种社会制度下的人，都会认同证严法师在《静思语》中所作的沉思：

人间寿命因为短暂才更显得珍贵。

人命在呼吸间。"人"无法管住自己的生命，更无人能挡住死期，让它永驻人间；既然这么去来无常的生命，我们更应该好好地爱惜它、利用它、充实它，让这无常——宝贵的生命，散发它真善美的光辉，映照出生命真正的价值。

人生要为善竞争，分秒必争。

不向佛陀祈福的善男信女

本文在前面的一些小节标题，已经够得上标新立异的了：《不贴金的佛像》《不烧香的佛堂》《不流泪的红蜡烛》《不受供养的比丘尼》，这一节我还要向读者朋友们介绍不向佛陀祈福的善男信女。许多人会奇怪地问：善男信女去庙里烧香拜佛许愿还愿，不就是为了向佛祈福，求佛保佑自己和家人平安幸福健康富足么？不仅佛教徒如此，信奉各种宗教的人不都要祈祷"上帝保佑""真主保佑""圣母保佑""妈祖保佑"……么！自远古时代起，人们的图腾崇拜，神灵崇拜，祭祀活动，都是祈求一种超自然的力量保护自己。甚至有人会问：如果不是为了向佛祈福，还会有虔诚的善男信女么？

证严法师以响亮的声音回答了这个问题："人应该自求多福，不指望依赖任何人，也不应该求佛陀保佑。"

王明德先生的心路历程，很能够说明这个道理。

我在慈济台北分会听证严法师演讲时，认识了王明德先生和王太太。王明德先生是台湾德杰企业集团的总裁，这家企业集团拥有房地产、都市建设、明德百货公司等五家大公司。他是佛教徒，但在没有追随证严法师之前，他信佛行善一直是为了求佛保佑。他是随太太去听证严法师开示的，从那以后他就成为法师的在家弟子。他谈到了自己的一段亲身经历：

　　不久前，我在生意上碰到挫折，可能会损失一大片土地，甚至会导致破产，这个打击使我失去了镇静。我去见了上人（注：弟子们对证严法师的尊称），跟他做了一番长谈，他安慰我，叫我无须焦虑；教我去找对方商谈土地问题，但须理直气壮。

受到上人的鼓励，我在和对方会谈时并不恐惧，而且充满自信，态度坚定。开会结果出乎意料地成功，只损失了原来预期的四分之一的土地，对大局没有重大影响。

上人救了我，这是真的。可是他的方法并不是要我去寺院做种种功德，然后等待神迹。相反的，他教我庄敬自强，激发起我的潜力，使我得以成功地解决问题。

这件事使我明了，身为佛教徒，并非意味着有权向佛陀祈福，降神迹给我；佛陀原也是人，不过由于智慧、勇气和毅力超乎常人，所以成圣。只有贪愚之人，才把佛陀当成应许的神，在佛前许愿，燃香烛，以为佛陀会使他如愿以偿。

一个好的佛教徒应该会反求自己，发挥佛性，磨炼勇气、毅力和智慧，以自己的努力换取心中的愿望。

像王明德先生这样懂得不应向佛陀祈福的慈济会员，成千上万，举不胜举。

我在大陆到过许多寺庙，见到许多烧香拜佛的人都在为自己和家人祈福。许多文化水平低甚至是文盲的人，在我看来他们谈不上是佛教徒还是道教徒。他们对佛教教义和道教理想都没有更多的认知，不管是庙是观，他们是看见偶像就跪拜就烧香口中就念念有词求神保佑。如果说多神崇拜是这些人的盲目迷信，那么，"现用佛现烧香"就暴露了他们特别世俗的功利目的了。我在一座庙里的求签桌上翻阅过捐赠香火钱的人们的留言，十分有意思。有的人祈求菩萨保佑其亲人的疾病康复，这还可以理解。但是，一些人竟然祈求佛陀保佑他"分到房子""涨职称""生意兴隆，财源滚滚"……心里祈祷了还不放心，还怕菩萨忘了他的贪婪要求，竟又采取了在世俗社会"走后门递条子"的法子白纸黑字写在供桌上，观之令人哑然失笑。

那么，应该如何正确看待人们的许愿活动呢？

证严法师说："许愿是一个人对自己的心所做的许诺，而在自己心里住着的就是佛。"

不仅佛教智者这样说，基督教教义也有这样一句著名警句：人啊，你当自助。

我想，这句格言还应引申为更广泛的含义：人们啊，你们当互助。

证严法师引领他的弟子们和随众，突破了为一己之利向佛祈福的狭隘之心；又超越了在佛的感召下以自己的努力自求多福的自助阶段；不断地提升人性，达到了大家行动起来现世行善，普救他人的互助境界。

启发人性中的慈善心

我在慈济台北分会认识了陈金发先生，他中等身材，略显发福，一双大大的眼睛闪着真诚的光，一望而知是北方称之为"红脸汉子"的那种表里如一性情豪爽的人。他在大会上发言讲述自己去河北平山赈灾的经历和体会，讲得非常生动，我便提出请求要采访他。他不愿意宣扬自己的善行，却深有感慨地诉说了自己生活方式的转变：

以前我认为人生就是享受，拼命赚钱然后就吃喝玩乐。活了40多岁，不晓得什么是人间苦。当年家里生活属于小康，我自己奋斗成功以后，忘掉了当年创业苦。我号称酒仙，经常呼朋唤友在饭店酒楼里消遣，吃不完的好菜好饭就扔掉，一点都不觉得可惜。我喝的酒都是指定年份的名牌酒，一年光喝掉的洋酒就价值一千多万元（台币）！

但是，那样过日子，我并不快乐。享受，不一定能够使人觉得幸福。相反，心里总是感到很空虚，有个问题捉摸不清楚：人生到底是为了什么？

我太太有慧根，追随上人发愿为国际赈灾捐款。我要了解慈济功德会，跟着太太拜见了上人。接触慈济人以后，看到他们整天都很欢喜，他们怎么会生活得那么快乐呢？

1994年11月30日，我第一次随慈济会去柬埔寨救灾，那里先水灾后旱灾，看到灾民的生活状况，我掉了许多眼泪……至今已经去了十次了，其中有四次是亲手给灾民发放物资。一位妈妈怀里的孩子已经饿死了，她还在排队领粮食，因为她家里还有六个饥饿的孩子……

这一次我又随慈济会去大陆赈灾，石家庄附近的平山县发大水，灾民缺三个月的口粮。上人慈悲，怕他们把粮食卖掉，希望他们真能把粮食用来充饥，让我们分三个月来发，给12万名灾民每人每月发30斤面粉，确保每人每月都吃上口粮。此外每人还发一床棉被，一件棉衣。台湾气候暖和，不大需要穿厚棉衣。上人特意叮嘱制作的棉衣要加长过膝，说北方冷，灾民可以用它当棉被，上人什么都替灾民想到了……

在河北的那些天，每晚睡不到三个钟头，大陆同胞赞叹：你们练的什么功啊？我们没练功，我们靠的是普救众生的愿力。

大陆同胞很守法，那里的灾民不止12万人，但我们只能做重点赈济。石家庄民政厅厅长是一位非常认真负责的好人，他组织人力帮助我们工作。民政部门经过调查研究把最困难的受灾户造出名册，公布出来让村民们评断，不能得到救济的人也不吵，这使我深受感动。

看到灾民领到粮食和生活用品时那么高兴，我也从心底里感到高兴。我们走到哪里，大陆同胞都那么欢迎我们，那么感激我们。看到当地的老人，我心里真把他们当成了自己的父母。灾民们到处传颂：台湾同胞真好啊！你们真是活菩萨啊！听了这些话，我觉得我们为他们做得太少了。

现在我不大喝酒了，日子过得很繁忙但很快乐，为自己公司做事欢欢喜喜，为社会人群做公益事业也欢欢喜喜。我大彻大悟了，懂得了这样一条人生道理：人在寡欲时，尽量为别人付出时，就没有烦恼了，这才是真正的欢喜，这样活着才高尚，才有价值。

我对上人很感恩，是上人把我的本性中的慈悲心启发出来了。

陈金发先生的现身说法，尤其是他在结束谈话时归纳出的体会，说得多么好啊！我想，证严法师对佛学理解的过人之处，是他能够引导信众通过普救众生的行动把人的本性中的慈悲心、善良心启发出来，这不就是改善人性，净化社会么！

义工、志工、志愿者协会

我在花莲静思精舍居住的三天，正巧遇见了来慈济医院做志工的一群人，这些女士和先生都是慈济功德会的委员。

关于委员，我询问了接待我们的怀师父。怀师父说，慈济功德会自1966年成立以来，如今仅在台湾一地就有三百多万会员，其中有五千人是委员。会员和委员皆为法师的信众，而委员是在捐款和付出时间上贡献最多的会员。委员们大都是功德会在某市、县、镇，或社区的活动家，负责劝募善款，访贫问苦，实施援助计划，并轮流参加志工劳动。

志工，是台湾的用词，委员们响应证严法师的号召参加义务工作，称为志工，取"以师志为己志"之意。

为了社会公益事业自愿进行义务工作，各地各国有许多近义词。香港称为义工，还专门有一个名叫"义务工作发展局"的慈善机构，负责组织义工去为需要帮助的人服务。美国叫作志愿者，有一个国际性组织"志愿者协会"。我们祖国内地称为"参加义务劳动"。80年代末，天津率先成立了以社区服务为宗旨的志愿者协会，后来全国各地都建立了这一组织。在花莲的那几天，我们每次去餐厅用斋，都看见一队一队的志工女委员步入饭堂。她们一律穿着蓝裙制服，发髻上束着同一种蓝色的莲花头饰。我看到不少慈济功德会在菲律宾、新加坡、马来西亚、美国等国的分会开展慈善活动的照片，发现照片上的委员们都是这样的统一着装。后来，我在香港认识了慈济香港分会会长陈恩妮女士，见到她也是穿着同样的蓝裙头戴同样的莲花头饰。这种独具风韵的素雅打扮，已经成了慈济女委员们的标志。

直到这一期志工劳动结束时召开的座谈会上，我才见到了志工先生们。男委员们似乎没有统一着装，但他们都穿着深色西服束领带，一排排正襟危坐满脸虔诚，像是出席一次庄严盛大的活动。既然只有那些捐款数额大付出时间多的人才有资格当委员，我便猜想他们大多是做老板的，或是有社会地位的专业人士，而在另一侧排排落座的女士们中间会有他们的太太。

仅住在台湾的委员就有五千多人，还有住在世界各地的海外委员，大家都盼望有机会到花莲本会来当志工，只能登记等待，轮上的团队只能在这里做一星期志工。不论有多么高的社会地位的人，多么大的老板，盼到这一天不管有再忙的事务也会放下，受宠若惊地及时赶来，心甘情愿去干那些访贫问苦伺候病人的脏活累活。

人间暖雨　温润人心

若不是亲临现场，我真不敢相信这些大老板或高层专业人士和他们的太太会去伺候艾滋病人、红斑狼疮病人、瘫痪病人，会到社会最底层的贫寒人家造访，会认真地讨论如何帮助残障人士、未婚妈妈……

这是一个雨蒙蒙的清晨，七天的志工生活结束了，他们马上就要回到自己原先的忙碌的生活中去了。大家照例要在静思精舍开个座谈会，男女志工争先恐后向证严法师汇报自己当志工的心得体会。

屋檐垂着丝丝雨帘，志工们的发言也像蒙蒙细雨一样霏霏浸润，点点滴滴沁入人心：

一位女志工还没有开口，眼圈就先红了：

> 我看顾一个艾滋病人，护士小姐说，她很孤单，她的亲属不常来看她。我就戴着口罩去隔离病房照看她，开始她说自己患的是肺结核，后来发现我一点也不嫌弃她，才说了实话："不好意思，我是艾滋病人，别传染上你，我的朋友已经死掉了……你还是走吧……"
>
> 我安慰她说："最重要的是你心里要照顾好自己，不用担心我。"
>
> 她想吃木瓜，我就快去找来木瓜洗干净了端给她。昨天她说，她真的怕死，我说每个人都要走这条路，我有一天也要死掉，人都要死掉，

你在这里不管能活多久，都要快快乐乐地生活。真要到那一天往生了，有很多人捐赠遗体，遗爱人间。

我要推她下去走走，去晒晒太阳，看看花草树木，她不敢见人，怕人们看出来她是个艾滋病人。我劝她："你不要总觉得这种病是见不得人的。"我推她来到院子里，她看看蓝天白云，青山绿树，花花草草，心情好了许多。

我还看顾过一个体无完肤的红斑狼疮病人，她远离家乡来慈济医院治病，很孤单，想先生，想孩子。我们把她的亲人请来，她对我们非常感激。她的眼睛看不到了，但是我们一走进病房，从声音上她就能辨认我们是哪一位志工。她说上人去看望过她，当时她太激动了，忘记了对上人说些心里话，让我代她感恩上人……

这些得了可怕的不治之症的病人最需要志工的温言软语，在他们即将告别人世的最后日子里，他们的亲属都远离了他们，只有我们慈济人去陪伴他们，安慰他们，直到送他们往生……

她讲到这里，证严法师插话："我去病房看望那个红斑狼疮晚期病人时，她听说我来了，高兴地抓住了另一个人的手。我伸出手来握住她说：'我才是证严，你没有看见我吗？没关系，我看到你就好了。你可以用心来看我，用心来看我们大家，有这么多人都来看你了！'"

法师讲到这里，会场上鸦雀无声，女人们眼睛里泪光点点，男人们垂首沉思。

在淅淅沥沥的雨声中，他们继续慢声细语地讨论志工工作。从志工们和证严法师的交谈中，我知道了他们不只是去慈济医院看护病人，也去贫困户和残障人士家里提供帮助。一位男志工汇报："我们去帮助一位瘫痪了20多年的男人洗澡，这么多年来，他的父母一直照看他，现在父母年迈了，抱不动他洗澡了。"

"伟大的父爱母爱啊！"证严法师赞叹着，叮嘱弟子们，今后要经常组织志工去帮助那个困难家庭。又有一位志工汇报应为一个驼背治疗的事，因为他是用闽南话介绍的情况，我听不大懂，大意是慈济医院的医生说可以动手术矫正驼背。证严法师听了非常高兴，笑道："驼背这么厉害，看不见蓝天，治疗后直起腰来抬起头来，看到的世界一定很美！"

另一位女志工的汇报，涉及了台湾的社会问题。她说："我们去探访了一个年龄才十六七岁的未婚妈妈，她带着个小孩子，家里一片凌乱。"

证严法师深表关切："年纪这么小的小妈妈，我们要多去关心她。"

那位女志工又汇报："一个男人打扮的女孩和她一起生活。"

证严法师沉吟片刻，说："这不正常，要多去联系，需要做心灵辅导。"

屋檐下的雨帘丝丝闪光，滴滴入土，连绵不绝的雨的音乐自天外传来，在人们心中回响……

帮助他人即是帮助自己

有一种现象令我暗自惊异，慈济人面对得到他们救助的病残人士或贫寒人士，并没有居高临下的"救世主感"，却总是这样表示：我们要感谢那些同意我们帮助他们的人，因为他们给了我们表达爱心的机会。

这使我想起了国际志愿者协会提出的一句口号：帮助他人即是帮助自己。

在花莲，我听到证严法师讲了一句意思相近的话："能够付出才是有福啊！"

乍一听这两句话，往往让人费一番寻思：

帮助他人即是帮助自己？

能够付出才是有福？

过去，我的认识层面局限在心里，总觉得为别人付出是一种牺牲，于是对那些我热诚地帮助过他，而他竟对我恩将仇报的人耿耿于怀。帮助他人即是帮助自己？能够付出才是有福？这两句引人深思的语言的智慧在哪里？在花莲，带着这个问题我注意观察，有了许多全新的发现……

志工们在讨论如何帮助不幸人士的时候，个个脸上都闪耀着和善的光辉，每一双眼睛都流露出悲悯与同情，这种人与人之间的爱心非常令人感动。女士们清一色的着装和先生们大同小异的深色西服，叫人分辨不出他们的社会地位与财富的差别。

望着这些以志工身份出现的老板，高级白领和他们的太太，我很难想象他们回到自己的固有生活圈子面临挑战和残酷竞争时的姿态。既然他们大都是事业成功者，在优胜劣汰乃至弱肉强食的现实社会，他们不去竞争拼搏乃至厮杀就不可能取得成功。

那么，这就派生出来一个新的问题：对于他们来说时间就是金钱，他们为什么肯于放下公司事务或自己的专业来到这里伺候传染病人呢？他们在生意场上可以说费尽心机去赚钱寸土不让寸金必夺，为什么又肯于捐出巨款来资助社会公益事业呢？当然，个中不排除有人用钱买名抬高自己在公众心目中的形象，但也有更多的慈善家做善事不留名啊！

近年来我和海内外慈善界人士多有接触，发现他们大多都是乐乐呵呵活得满开心的样子。自从我在北京初次见到王端正先生及其随员们以来，在花莲，在台北，不管是公开场合还是私下交谈，我见到的所有的慈济人都显得很快乐。现代人，尤其是都市人，大都是紧张焦躁烦恼缠身抱怨多多，而慈济人再苦再累也都是欢欢喜喜的样子，一个个显得在精神上很满足，这又是为什么呢？

王明德先生和陈金发先生给了我很好的回答，他们很有钱，但他们说像过去那样只为自己赚钱并不快乐。后来，他们在证严法师启发下懂得了去帮助他人，才体会到了真正的快乐。我想，这种圣洁的快乐中也包括了他们对自己事业成功的一种尊严，而上升到人性的尊严层次的成功感，正是人的精神需求的高境界。

我不由得愈加佩服证严法师，他引导弟子们以实际行动去实现"现世行善"的办教理想，不仅启发了人性中的善良，也启发了人们心底一种高尚的快乐，使行善之人提升了自己的精神需求而得到了高层次的心理满足，同时体验到一种人生的尊严与价值感。

这还不是"帮助他人即是帮助自己"么！

这还不是"能够付出才是有福"么！

君子协定与新老五戒

　　阎明复会长和证严法师都是享誉海内外的著名慈善家，虽然他们二位至今未曾见面，但我听说他们之间有过一项重要的君子协定。自从 1991 年以来，证严法师的胞弟王端正先生多次率队来到祖国内地赈灾，王端正先生是慈济事业基金会总管理中心副总执行长。华东水灾、河北水灾、张北地震、长江抗洪……哪里有灾情，王端正先生就代表证严法师把台湾同胞的无私援助直接送到灾民手中。

　　我在这里使用的"无私援助"和"直接送到"并不是客套的赞誉，而是真真切切的令人感动的事实，也正是君子协定的两项实质内容。

　　1991 年华东水灾，慈济功德会成为第一家获准进入大陆灾区的台湾佛教慈善团体。证严法师以宗教家的圆融睿智知情达理，指示即将奔赴祖国内地灾区的弟子们说："（海峡）彼岸的制度要配合。""我们去大陆只赈灾不传教。"

　　八年来，王端正先生及其救灾队员们的足迹踏遍大陆各个灾区，他们恪守师嘱严格做到了只从事慈善活动不涉及宗教活动。一家宗教团体做到这一步，真正体现了佛门弟子的博大胸怀无缘大爱，使我更加尊敬证严法师的品格。

　　有一次机会，我当面询问阎明复会长是不是有这项君子协定，阎会长做了肯定的回答。他的脸上浮现出感动的表情说："朋友之间就是应该相互理解和尊重，大家都是为了推动民间慈善事业，都是为老百姓做善事。"

　　当初阎明复会长任国家民政部副部长时，分管赈灾工作。在"文革"时期，我国决策人过于强调了自力更生，造成了闭关锁国的封闭状态。据悉，就连 1976 年唐山大地震那样的惊天大灾，当时还把持中央权力的"四人帮"都拒绝了国际方面要派救援队的好意。随着改革开放的深入发展，内地与港澳台地区民间慈善团体之间的交流逐年增多，但在前些年的赈灾工作中，有关部门总是希望集中使用境外慈善捐款。然而，一些境外慈善人士对这一点是有疑虑的，他们希望由他们信得过的慈善机构派员亲自把善款善物送到灾区分发到灾民手中。

证严法师在呼吁为华东水灾募捐时也曾存有这种疑虑。他一方面觉得不能对大陆灾胞坐视不救，一方面心里又彷徨不安，在深深的矛盾中反复思考着：两岸40多年的隔绝，台湾公众有多少人能够愿意为大陆募款？大陆方面能够同意我们到灾区赈济吗？如何才能把大家的爱心捐助点滴不漏地亲自送到灾民手里？如果不能亲自送到，中途若有人截留善款善物挪作他用，我们又该对捐款捐物的善士们如何交代？

国家民政部门正是理解境外人士希望和灾胞直接交流的心愿，才对外开放所有灾区，欢迎境外慈善人士来赈灾的。于是，在中华大地流传了多少海峡两岸同胞情谊的动人佳话。

我去台湾采访慈济功德会时，负责接待我们的尼师讲述了证严法师为弟子们规定的老五戒与新五戒的故事。

老五戒是佛教自古以来的规矩：不杀生；不偷盗；不邪淫；不妄语；不饮酒。证严法师针对现代社会问题又给弟子们及信众增加了五戒：不介入政治，不参加游行示威等活动；遵守交通规则；不赌博；要孝顺父母；要柔和声色，做贤夫良父贤妻良母。

其中，"不介入政治"这条戒律，是慈济人区别于台湾其他一些宗教机构的鲜明特色，因为我在台湾多次听到了有"政治和尚"的说法。

在花莲静思精舍，我亲耳听到证严法师重申"我们绝对不介入政治"的办教主张。

我在慈济台北北投区听证严法师演讲时，又一次听到他说："对大陆，我不倾向传教的方式。赈灾队伍出发前，我交代他们到大陆绝对不要传宗教，要遵守协议呀！"

身为一位宗教领袖，能够做到不传教只行善，他有一腔多么令人感动的赤子心怀啊！这使我想起了他在《静思语》中的一句名言："真正的宗教者超越了功利"。不为一己一群的私利，只为众生造福，这才是真正的佛学主张"无缘大慈，同体大悲"啊！

那天又是细雨霏霏，温润万物。北投区那座崭新大厦里的宽敞大厅里，几百位听众屏神敛气席地而坐，虔诚地聆听法师教诲。证严法师柔和委婉的声音在人们心中回荡。在座的人们中只有我一个大陆同胞，热情的主人在听众席左前侧专门为我和台湾女作家陈若曦设了两把椅子。这样一来，在席地而坐的听众面前我便显得有些"出人头地"了。我的椅子侧对演讲台，也可以环视整个会场。证严法师讲到此处，特意把我介绍给大家，听众中许多人向我投来亲切的微笑或友好的目光。

我有生以来还是头一次独享这么多人递送的温暖的眼波，心潭便也涌起阵阵温暖的涟漪。证严法师所表现出来的大宗教家的气度，和对大陆同胞的充分尊重与理解，使我受到深深的感动。

证严法师热泪沾襟

1991 年，证严法师度过了一个多泪的夏天。

作为一位修行多年的出家人，他一向是不轻易表现出感情脆弱的，但近来他哭了一场又一场，眼泪总像断了线的珍珠夺眶而出，挂满双腮，挡也挡不住，收也收不起。

这些天法师特别关注电视新闻，屏上播映一幕又一幕华东水灾实况：洪水奔腾咆哮如脱缰野马，冲毁了公路、房屋、农田、工厂、学校……在漫天大水包围中，拥挤在一些高地上的男女老少又饱受烈日高温的交替折磨，衣食无着，缺医少药，可能蔓延的瘟疫正在形成更大的威胁……每当法师看到这些严酷的场面就禁不住落泪，众生遭受苦难，佛门弟子慈悲为怀，怎么能够坐视不救呢？

7 月 15 日一早，慈济美国分会发来越洋传真，代表海外华人表达急切的心声："很多会众都打电话来，愿意将援款交给慈济会转交大陆赈灾；因慈济会在美的公信力最强，所以大家都在等待……"

证严法师读着传真稿眼睛又湿润了，他想：既然大家这么信任我，就是对我莫大的鼓励。他坐上汽车匆匆赶赴台北，准备到台北分会商讨赈灾大事。

行至高速公路新营交道口，他让随行人员下车去买一份当日报纸。读了报上对大陆灾情继续扩大的报道，他一分钟也不能等了，嘱咐随员立刻打电话给"慈济道侣"半月刊发布消息，他要向社会大众发出呼吁，慈济功德会决心发动大陆赈灾募捐。

证严法师的呼吁，很快就得到了北京方面的回应，国家民政部表示欢迎台湾慈济慈善基金会派出医疗团进入大陆赈灾。自两岸政治隔绝以来，慈济是第一个获准进入大陆灾区的佛教慈善团体。

然而，证严法师的决定在台湾遇到了很大的阻力。一些人打电话或写信来，反对慈济人去大陆赈灾。一种是极端狭隘的人，他们说："救台湾就好了，救到外面去做什么？"一种是对祖国大陆抱有敌意的人，他们认为慈济到大陆赈灾是"资匪"："大陆是我们的敌人，为什么要救他们？"还有一种人就是"台独"分子了，有人打电话来骂得很难听。

面对飞短流长强大的压力，证严法师镇定自若坚持自己的信念。他以智者的深刻思考指出："救济大陆就是爱护台湾，化解敌意最根本的办法就是'大爱'，以爱心搭建沟通的桥梁，两岸才能和平友爱地相处。"

为了呼吁为祖国大陆赈灾，证严法师眼含热泪发表演讲："《静思语》有句话说，'普天下，没有我不爱的人'。我们和大陆同胞，虽然海峡相隔，但终究是同文同种的同胞啊！我们的祖先，不也是从那边过来的吗？这份种族因缘甚为深厚，所以，他们有难，我们不应该袖手旁观。佛经中有句话说'一粒米大过须弥山'，我现在则深深体会'一粒米中藏日月'——在受灾的同胞最饥饿困苦时，我们能够及时给予帮助，这份爱，他们会日日月月、岁岁年年难以忘怀；而经由此次赈灾因缘，也许只有一粒米、半锅饭，亦当使两岸的人心交融和合，这份爱的功能，岁月山河可以为证！"

浓郁爱心感天动地，铿锵语言掷地有声，与会大众深为证严法师的慈悲之心所感召，女士们轻轻啜泣，先生们也频频拭泪，每个人都喊出自己捐献的善款数额，五万，十万，一百万，更有一位善士一举捐出两千万台币……

宝岛的山川林木发出回响……

宝岛的大海云空为之动容……

宝岛的炎黄子孙掀起了一场轰轰烈烈的募捐热潮……

爱心锣与中国结

爱心锣，多么富于乐感振聋发聩的名字！爱心锣始于 1991 年 12 月 25 日，证严法师倡导台湾人敲响爱心锣为祖国大陆募款赈灾。

在台北举行的劝募大会上，设有一处并不很高的舞台，舞台正中立着一座深红色弯弓形木柱，柱子上悬挂着一口金灿灿的黄铜大锣。哪一位善士认捐，就接过那柄绑着红布的锣槌敲响一声爱心锣。爱心锣每敲响一声，这位敲锣的善士便捐出五万元新台币。

人潮涌动，齐声呐喊数着锣声：一！二！三！……

爱心锣前，人们排成长龙争先恐后向大陆灾胞竞献爱心。红槌在每一位善良的人之间传递着，接棒的人一位比一位敲响锣声的次数更多。群众喊声越来越激昂地呼应着锣声：

一位年轻的先生跳上台去，挥舞红槌抡圆了手臂。

……四！五！六——

一位白发苍苍的女士蹒跚登台，她的手臂虽然纤细，敲出的锣声却很响亮。

……七！八！九——

一位身穿西装的老板在他太太的深情注视下，把认捐的款额引向新的高峰。

等待接棒的善士们排成的长龙还在翘首以盼，群众山呼海啸般的呐喊还在一阵高过一阵。爱心锣富于冲击力的音响啊，震荡人心，震荡山河，穿过了海峡波涛，穿过了历史阻隔，在神州大地上久久地回响，在大陆同胞心底激起深情的回应……

敲响爱心锣认捐的款额越来越高，毕竟得有一定经济实力的人士才敢接过那火焰般闪耀的红槌。然而，不一定非得是有钱人才能为慈善事业出力，证严法师说："五毛钱也可以做救济工作！"

在赈灾募捐活动中，更为感人的故事，发生在那些收入并不很高的普通人中间。

在一家制药公司工作的沈忆香小姐是一位心灵手巧的姑娘，这几天好动了一番脑筋：证严上人呼吁为大陆赈灾，我一定要积极响应。但我的薪水有限，何况正在准备结婚花销很大，原先的积蓄所余不多了，该用什么方法表达我对大陆灾胞的一份爱心呢……忽然，她灵机一动，想到自己编了很多中国结，何不捐出去义卖呢？

中国结，是一种传统的民间手工艺术，用一根红丝缨绾结成各种花样，缀在玉佩、琥珀、玛瑙、扇坠、宫灯坠、剑坠、表坠等饰物上面。这种独具特色的手工艺术是中国女性祖祖辈辈传下来的，丝丝扣扣缠绕着中华民族情结。走遍世界各国的古董店工艺品店，只要见到橱窗里悬挂这种红丝结黄丝结，就知道是中国人开的店了。

她把自己珍藏的中国结都找出来了，抚摸着这些自己日日夜夜绾绕而成的心血之作，有些舍不得。这些中国结个个精巧无比，本来是她为自己准备的嫁妆，有吉祥如意结，双喜字结，蝶形结，福寿结，更多的还是同心结。同心结由两个同心圆结成，表达了这位少女对爱情的忠贞对未来的祝福，她正是用千丝万线来编织自己美丽的梦想啊！

她把自己心中的中国结全部奉献出来了！一副一副中国结陈列在公司的文化走廊，赢得了公司同事们的一致赞叹。

义卖所得钱款全部捐给大陆灾胞。不仅如此，在两个月的义卖展览期间，她每天下班回家以后三口两口吞下晚饭，就手不离结忙着编织。第二天一早，公司的文化长廊上就会又多了几个同心圆中国结。两个月下来，深夜劳作使得本来就苗条的沈小姐变得更加消瘦了，纤细的手指磨出了老茧，但她每天都欢喜得蹦蹦跳跳的，她从心底体验到了证严法师的教诲："常听'舍得'二字，施比受更有福，真正的快乐是施舍出去后的那份清净、安慰与喜悦。"

沈小姐的爱心与才艺，获得了公司老板和同仁的敬重，向她订购中国结的人很多，深受欢迎供不应求。一副一副血色的中国结啊，飞到了同仁们的家里，得到了他们妻儿老小的喜爱，高高挂在每个人的心扉，闪耀着海峡两岸人民血浓于水的精神光辉。一对一对血色的同心圆啊，早已超越了爱情的山盟海誓，升华为海峡两岸人民同心同德任何力量都拆不开打不散的骨肉亲情。

老人的寿礼与儿童的扑满

有一位 60 岁的林叶婆婆，少年时罹患麻风病，住进乐生疗养院，好容易治愈以后终身不嫁。多少年来，她一直帮忙给人家照看小孩，先后带大了 18 个孩子。那些孩子现在都成家立业了，他们和他们的配偶及其子女加在一起有 40 多人了。林婆婆成为一个个家庭公认的奶奶，如今她仍然住在乐生疗养院里，每月只有 2 050 元生活费，但她从来不给儿孙们添麻烦。

林婆婆的六十大寿临近了，孩子们纷纷打电话来要为她祝寿。她满怀喜悦，却一口回绝："做什么寿？大陆淹掉了那么多地方！你们要知福惜福啊！"

孩子们商量之后，又给奶奶打电话说："我们只是想借您的生日大家聚一聚，没别的浪费，所有的礼金都由您全权处理，好吗？"

"礼金由我来处理……"林奶奶想了想，生起一个令她兴奋的念头，改口笑道："要回来全都回来，一个也不准缺席。"

林奶奶寿诞当日，40 多个儿孙都来拜寿了，一个个呈上寿礼红包，奶奶都毫不客气地收起来。礼金凑到一起点了点，居然有 20 多万元呢！她念了一声佛，郑重宣布："这些钱我要捐给慈济功德会，让证严上人作为大陆赈灾的专款，也为你们种福田。"

儿孙们热烈鼓掌，老寿星心里乐开了花。林奶奶是孤身老人，麻风病康复者，她本身靠社会救济聊度清贫的晚年生活。这位月收入只有 2 000 元的老奶奶却捐出 20 多万巨资向大陆灾胞表达爱心，这是多么感人肺腑的同胞情谊啊！

家住台中市的郭镇元、郭镇宇小兄弟，两个人年龄加在一起不过十岁。妈妈工作忙，镇元从三岁时就懂得照顾小弟弟。妈妈为了鼓励他带好小弟弟，每月发给他一点钱作为“工资”。他把照看小弟弟所得的“工资”一个硬币一个硬币地存到扑满里。等到证严上人每个月到台中分会视察会务时，他便把扑满呈献给师公，几年如一日，请师公用这些钱去建医院为贫困的小朋友治病。小弟弟在哥哥的影响下，也开始存扑满献给师公建医院。两个小小慈善家深得证严法师的喜爱，当然慈济会并不需要孩子捐的这点钱，这样做的重大意义在于培养孩子自幼树立热心公益事业的爱心。

最近妈妈忙着参加慈济会为华东水灾赈灾募捐活动，小兄弟俩在家里很乖，让妈妈出去忙重要的大事。他俩从电视上看到了水灾地区的小朋友失去了家园，在大堤上逃生住在简陋的棚子里，没有好衣服没有好吃的也没有玩具。他俩便商量着要帮助大陆灾区的小朋友。

除了扑满里的硬币以外，还有什么好办法呢？小哥俩都用小手托着胖嘟嘟的双腮歪着脑袋想啊，想啊……哥哥有了一个好主意：“喂，咱们省下一年妈妈给的买零食的钱，不吃糖果了，怎么样？”

小弟弟一听噘起了小嘴，他不能想象没有糖果的日子可怎么过。小哥哥劝道：“听说北方的冬天很冷，眼看大陆灾区的小朋友就要挨饿受冻了，咱们少吃些糖果又有什么关系呢？”

小弟弟狠了狠心，伸出手和哥哥击长掌一言为定。

小男子汉说到做到，他俩克制住馋虫，把每天妈妈给买零食的钱都塞进扑满里。

农历九月初一，证严法师又来台中视察了，妈妈带着两个儿子去给师公上人行礼。证严上人听说了两兄弟小小年纪就能忍住一年的糖果诱惑，积存零食钱为灾胞小朋友尽一份赤子纯真的心意，怜惜地抚摸着两个可爱的男孩的头顶，特意叫人去拿些糖果来给孩子们吃。师公捧起糖果来慰劳他俩，兄弟俩眼巴巴地瞅瞅糖果，又瞅瞅妈妈，却不敢伸手去接。直到妈妈笑道：“这是师公给你们的，没关系！”

呀，小兄弟俩乐坏了，原来师公另外给的糖果不算破坏约定。糖果一入口中，他俩不约而同地吧嗒了一声小嘴，哇——好久没尝到这么香甜的美味啦！

小菩萨与小天使

家住台中市的陈孝慈小朋友是小学五年级的学生，11 月 24 日一大早就坐车赶到了沙鹿，在义卖游园会参加义务劳动，帮助叔叔阿姨们搬运义卖陈列的东西。她有两条长过臀部的大辫子，已经有 12 年没有剪过了，披散开来犹如黑油油的瀑布，女同学们都很妒羡她。叔叔阿姨们见她干活卖力气，这个喜爱地揪揪她的辫子夸奖几句，那个故意逗她："好漂亮的大辫子，卖给我吧！"

她慌忙把两条大辫子都护在胸前，叔叔阿姨们瞅着她那爱发如命的认真模样，哈哈大笑起来。

她很想为大陆灾区小朋友义卖或义买点什么，摸摸衣袋仅有五块钱，而这是回台中的车票钱啊！她家里很穷，弟弟妹妹又多，只有这点可怜的零用钱啦！

这时，又有几位参加义卖会的叔叔阿姨赞美她的大辫子。她低下头用小手把辫梢缠来绕去，终于下定决心走到司仪阿姨身边说："我没有钱，把大辫子捐出来义卖可以吗？"

司仪阿姨抚摸着她的头发眼睛湿润了，激动地向大家宣布女孩的义举。台下立刻爆发了热烈的掌声，为了支持女孩实现心愿，有人一起价就喊出："五千！"

人群为出价人报以掌声，紧跟着又有人喊道："六千！"

"一万！"

"一万二！"

暴风雨般的掌声节节升高，最后义卖款额达到了一万五千元新台币。司仪邀请那位善士上台，只见一位叔叔跳上司令台。孝慈小朋友把辫子一举闭上眼睛等待叔叔剪去她心爱的长发。不料，叔叔举着麦克风亲切地说："小妹妹，你的爱心善行让我深受感动，你应该继续拥有这头美丽的长发！我仍然会把钱捐出来，圆满你的心愿！"

大颗大颗的泪珠挂满孝慈的小脸蛋，叔叔领起她的手走向功德箱……

家住台北的宛玲小姑娘比孝慈还年幼，只有九岁的她也要为大陆灾区的小朋友尽一份爱心。这一天，慈济劝募委员阿姨来家里和妈妈商量赈灾的事。这位阿姨家里开着一爿豆花（豆腐脑）店，宛玲趁机央求："阿姨，暑假我去您店里打工好吗？我想赚工资帮助师公赈灾！"

阿姨爱怜地揽过宛玲，这才是个九岁的孩子啊！她不忍心让这么小的孩子去打工，但又不忍心拒绝她发出的善愿。

暑假来临了，每天早晨九点半钟，宛玲就骑着小脚踏车来到豆花店干活，直到晚上七八点钟才摸黑回家。阿姨给她的工资是一天一百元，每舀一碗豆花，另投一块钱塞进她的小扑满里。宛玲就这么舀啊舀啊，一直舀到暑假结束。

师公上人来台北这一天，宛玲一手提着一小桶豆花，一手捧着扑满和钱包来敬谒上人。她小小年纪以自己的辛劳捐出赈款数竟高达 6 380 元，也就是说，宛玲总共舀了 1 880 碗豆花！证严法师抚摸着她的头微笑着表示，一定把她的爱心转交给大陆灾胞小朋友。

残障人士的心声

在台湾民众援助大陆灾胞的热潮中，不仅健全人争相奉献爱心，残障人士也不甘落后。他们本来是接受社会救济的不幸的人群，却在海峡两岸骨肉同胞传递心声中发出了人性的强音。

基隆市庙口夜市灯火通明享受晚风逛夜市的人很多。一位四肢萎缩只能在地上匍匐的青年叫卖口香糖，行人们出于同情喜欢买他的口香糖，使他能够靠这小本生意维持生活。

前方传来麦克风的声音，有人在不断地喊话："请发挥您的爱心，帮助大陆受灾同胞——十元不嫌少，千元不嫌多——"

残疾青年出于好奇朝着喊话的方向爬去，见到几位先生手捧功德箱，箱上写着"响应大陆赈灾"。他的胸口一阵发热：哦十元钱就可以做善事，过去，都是别人在帮助我，现在我也要为帮助别人尽一份力。他从衣袋里找出一张 50 元的钞票，卖出一小盒口香糖一小盒口香糖赚来这点钱不容易，但他还是朝着劝募者一步步艰难地爬过去。

起初，捧着功德箱的劝募队员看到这位匍匐而来的残障人士，礼貌地闪到一边，怕挡了他的路。当他发现他手里攥着一张钞票朝功德箱而来时，急忙迎了几步弯下腰把功德箱凑到他面前。残障青年郑重地把钱投入箱口，捧箱人的滴滴热泪打湿了功德箱，看到这一幕的很多人都感动地流下了眼泪……

在高雄市扶轮公园门口，互相搀扶着行路的盲人许氏夫妇停住了脚步，侧耳倾听公园里传来阵阵的锣声和人群助威的呐喊。

锵——锵——锵……

"是爱心锣！"许先生说着，遗憾地表示："这么多人都在捐钱帮助大陆赈灾，可惜咱们赚钱太少了，一点也帮不上忙呀！"

许太太叹息道："虽然咱们的眼睛瞎了，但是如果咱们什么都没做，就这么回家了，我会很难过，心里很不安呀！"

他俩虽然无力捐款，但还是被锣声所吸引，来到了爱心锣前伫立良久。一位慈济会员看出他俩悲苦的表情，上前询问他们需要什么帮助。许先生表示他们很希望奉献爱心，当那位慈济先生了解到他们会按摩技术时，拍手笑道："有办法了！"

他搬来了一张小桌两把椅子，在桌前贴上一张海报，替盲人夫妇写上两行大字："眼盲心不盲，灵手巧按摩，请随喜功德。"

盲人夫妇面前忽拉拉排上了两列等候按摩的长龙，不管有病的没病的都举着钞票让他们按摩，大家的好意在于成全这对盲人夫妇救助大陆灾民的一片诚心。

盲人夫妇听着一声又一声叩撞心扉的爱心锣，从早晨做到中午，从中午做到傍晚，不停地为人们按摩着，在一揉一压之间，他们深切地感受到人与人之间交流着爱的电波。

他俩辛苦劳作了一整天，功德箱里装满了众人投进去的钞票。许先生擦了一把额头的汗水，拿起了盲人手杖。许太太一手搭在丈夫的肩上，一手紧抱着功德箱，夫妻二人把钱捐给了慈济会，终于遂了心愿。

他俩刚要走，那位帮忙搬桌椅的慈济先生拉住了许先生的手，引领着他们走上台去来到爱心锣跟前，递给许太太那把鲜红的锣槌。夫妇俩共同攥紧了槌柄，轻轻地朝着锣心敲了一下。因为他们知道最少得捐五万元的善士才有资格敲响这面大锣，而他们的功德箱里的钱远远不及那个数目。不料，那面深情的爱心锣，只轻轻地敲击了一槌，竟发出了这样浑厚圆润穿透力强的轰响。夫妻二人的精神为之一振，心光灿然闪亮，随着一声欢乐狂喜的奏鸣，他俩分明看见了心中金辉万丈的太阳！

在宝岛各地这场深入人心的劝募活动中，不仅肢体残障人士踊跃参加，就连心灵残疾的罪人的污浊灵魂也被荡涤了。

在花莲看守所里关押着一个因犯下了滔天大罪被判了两个死刑的罪犯。眼看年轻的生命即将画上句号，他幡然悔悟可惜为时已晚，虽然提出上诉，但免受极刑的可能性很小。

他早就知道花莲有一位证严法师活菩萨，领导慈济功德会普救众生，这一次又发动为大陆赈灾。自己的生命已走到尽头，他想："时间不多了，我也是个中国人啊，应该发挥做人的最后一点功能。"

他把自己仅有的两万元交给了看守所长，委托所长转呈给证严上人。他在给证严法师的信中写道：

> 今得知，慈济功德会即将组团至大陆灾区救援罹患灾病之人，鄙人深感钦佩此一义行，也愿以自己微薄之力来帮助大陆同胞。所以，贸然致函给您，与寄上款项贰万元，虽是微乎其微之款，但它是我真诚的一种情愫，有劳转助待援之人。

他还请所长转达证严上人，如果上诉无效仍应受到极刑，他愿将可用的遗体捐给慈济医院，为病人做器官移植。至此，这个罪大恶极的犯人在最后关头觅到了人性的回归，在祖国之爱民族之爱中获得了灵魂的超度。

玉兰花与青竹叶

台湾同胞心系大陆同胞，深厚的骨血亲情感天动地泣鬼神。在慈济倡导的赈灾义卖活动中，流传着玉兰花和青竹叶的美丽传说。

住在东势的曾贵丽女士家中院子里有一棵玉兰树，往年开花并不多，人们也从来不去摘花，任那芬芳的白玉兰自开自败。贵丽和慈济师姐们商议，想把玉兰花拿去参加义卖。然而，花神不作美，今年的花蕾虽然不少，但一朵朵紧闭羞目开花无期。

贵丽心里十分焦急，站在树下恭敬地拜了三拜，虔诚地祈祷："玉兰花啊玉兰花，我没有什么钱为大陆赈灾，家里也没有什么可以拿去义卖的东西，只有请你帮帮忙，多开些花参加义卖了！"

转天黎明，贵丽跑去看玉兰树。啊！一夜之间满树的蓓蕾像是约好了似的怒放了！在朝霞的映照下，奶白色的花朵显得金碧辉煌，清香四溢，花蕊中露珠晶莹，绽开含泪的笑靥。玉兰花啊玉兰花，是不是你为我的真诚所感动，为大陆灾胞的困境所忧伤，为你这芬芳的使者能够通过义卖传递爱心而开心罢！

贵丽蹬上凳子采了满满一篮子玉兰花，拿到街上义卖，人们踊跃购买。从这一天起，贵丽挎着篮子早晚各采收一回玉兰花，六天义卖会期，总共采收了八公斤玉兰花！买花的人们把雍容淡雅的玉兰花戴在胸前，东势乡大街小巷飘散着浓郁的馨香。

还有比这更神奇的事呢！台东慈济委员们也在筹办义卖，有人建议举办"吃粽子种福田，买粽子送爱心"义卖活动，大家一致同意。但是，要想大量包粽子遇到了一个难题——急需大量的竹叶。

他们来到了竹林，望叶兴叹，竹子长得又高又挺伸手够不到叶子，只好把镰刀绑在竹竿上，仰首举臂才能艰难地把竹叶割下来。师姐们割得都很卖力气，一天下来累得脖子僵了胳膊肿了，割下来的竹叶仍然远远供不应求，不巧，傍晚时分又发来台风警报，明天的劳作会更加艰难了，这可怎么办呢？

夜里果然风雨交加，师姐们捶打着酸疼的臂膀辗转反侧难以成眠。

第二天上午，雨过天晴，大家不约而同赶到竹园来一看，咦！太妙了！一夜风雨的杰作，大片竹林全都朝着北方弯腰鞠躬。分明是在亲切慰问海峡北岸灾区的同胞们啊！

这下子可好了，大家坐在板凳上，轻轻松松就可以剪竹叶了，半天下来，包粽子所需的竹叶就备齐了。

玉兰花含一缕大爱心香，青竹有一腔报国之心。宝岛是中国的土地，不仅宝岛上的人有一颗中国心，宝岛上的一草一木都烙上了中国印啊！这样有灵有性的山河林木怎么可能被肢解，这样爱国爱家爱同胞的民族怎么可能被割裂啊！

本文写到这里暂告结束了，要写的内容还太多太多。在后来的年代，祖国大陆凡是发生灾情的地方，就有台湾慈济慈善基金会赈灾队活跃的身影。他们的足迹遍布华东华中华南水灾灾区，云南地震灾区，张北地震灾区，河北平山水灾灾区，长江抗洪灾区……今后，我将继续撰文向读者朋友们作介绍。

请允许我援引证严法师的睿思隽语，作为《俗眼观佛门》的结束。

慈济的这次赈灾工作，在海内外善心人士极力参与下，已经有具体的成果展现，不仅使灾胞获得实质的帮助，同时对于台湾民众也是一次"教育的因缘"——它启发了社会大众的慈悲之心，使我们有机会关爱他人。

心灯相映，大爱长照，为历史留下见证，为善良的人性写下辉煌的篇章；同时也为两岸同胞的心灵搭上紧密交融的长桥。我们更期待，将来，不断地有爱的故事被发掘，人性的光辉被阐扬。

如果因为我们的这项行动，对恢弘人性的尊严有所贡献，对推动两

岸历史巨轮有所帮助，对台湾广大民众的心灵有所启发，我们的辛苦就
得到安慰了。

释证严

1992 年 4 月 10 日于花莲静思精舍

1998 年 7 月至 1999 年 9 月连载于《慈善》杂志
2007 年 10 月修正于《俗眼观佛门　慈济的世界》一书

1988·欧洲影像

阿尔卑斯山上的希茜公主

今天是 9 月 10 日，翻阅资料时碰巧发现了一行字——1898 年 9 月 10 日，希茜公主在瑞士日内瓦湖畔被人暗杀。岁月无情，生命苦短，奥地利那位美丽的皇后香消玉殒已经 107 年了。

我年轻时非常喜欢看法国巨星罗密·施奈德主演的《希茜公主》，那个时代的中国观众大多熟悉希茜公主的芳名，并羡慕她和皇帝的浪漫爱情。我去过奥地利四次，一直以为她的生活像电影里演的那样幸福。

在音乐名城维也纳，你会觉得希茜公主至今还活着，以她永远的年轻情影成为维也纳无处不在的优雅音符。她永远玉立于大街小巷，你不想一睹她的芳容都不行。国家博物馆里有她的巨幅油画像，她穿过的华丽长裙，她戴过的王冠、珠宝首饰……街心公园里有她倚在绿树丛中的铜像，脸庞瘦削身材娇小坐在那里很孤单的样子……商店里有各种印着她的画像的工艺品和旅游纪念品，其中有大大小小的白瓷铃铛、珐琅盒、画盘、刺绣品……路边每一座报亭可以转动的明信片架子上，披着长发的她都在回眸凝视着你，一副欲行又止欲诉无语的神态……于是，我怀着很大的兴趣打听希茜公主的故事。然而，主人们告诉我的不是轻松愉快的宫廷花絮，而是这位绝代佳人的悲剧命运。

我们参观希茜公主居住的美泉宫那天，浓云密布寒风刺骨，宫殿华美得令人留连忘返，但高大的石柱门洞里的穿堂风也叫人牙齿打战，或许这就是希茜公主生活的调子。

希茜公主名叫伊丽莎白，其夫约瑟夫，奥地利人称之为老皇帝，因为他在位时间长达68年。约瑟夫和伊丽莎白年轻时，似乎他们从相识到结婚确如电影中描绘的有过热恋，但双方很快就感情破裂。伊丽莎白自幼热爱大自然，性格奔放，忍受不了礼教森严的宫廷生活，又和皇太后关系紧张。她只好常年外出旅行，在山林景色中寻找精神寄托，大部分时间都同皇帝分居，度过了不宁静的一生。在欧洲封建君主时代，各国国王的婚姻都是有版图或政治目的的联姻，这种政治联姻酿成许多爱情悲剧，希茜公主只是其中的一个。

希茜公主从娘家继承了匈牙利王位，匈牙利人民非常爱戴他们的女王。但是，约瑟夫皇帝是奥匈帝国专制残暴、不懂感情的君主，镇压匈牙利民主力量滥施死刑，伊丽莎白和他格格不入。她多次央求丈夫给匈牙利人民一些民主权利，均遭拒绝。她的爱子、皇太子鲁道夫同情欧洲资产阶级革命，怀有改革政体的理想，但老皇帝死也不肯让位给儿子。父与子的尖锐矛盾，给夹在中间的皇后造成更大的精神痛苦。长期的压抑使她的性格日趋乖戾，喜怒无常。她非常欣赏自己的美，慢慢走向自恋的极端。为了防止发胖，她命人按自己的体形制作了一个浴盆，如同模具一样刚好能躺进去。躺下时只要觉得有一丝狭窄，她就不再吃东西，半绝食状态很快夺去她的健康。

对希茜公主造成更大刺激的惨案发生了。鲁道夫皇太子因为和父王政见不一，又为了追求爱情，在麦雅林狩猎别墅和情人双双自杀了。鲁道夫的下场震垮了可怜的母亲，她只好在外出漫游中排解积郁。岂料，1898年9月10日，她在瑞士日内瓦湖畔被人暗杀，其原因只是一个意大利无政府主义狂热分子想以杀死名人来使自己出名。他原计划暗杀某国首脑，不遇，这才转向希茜公主，一代佳丽成了毫无意义的暗杀的牺牲品。

2001年春天，我在维也纳居住时间比较长，维也纳大学一位爱沙尼亚籍教师茵宾·索玛女士陪同我和女儿去阿尔卑斯山游玩。出了城换乘两次轻轨火车来到了山下，又换乘用钢缆拉拽的爬山火车登上峰顶。透过车窗向外望去，季节变换如同人生岁月一般白驹过隙，山下已是五月铃花开放的春天，山腰却只能生长抵得住寒冷的郁郁青松。越往上走松树越矮小，到了山顶就只剩下一种半人高的灌木状矮松和贴着地皮的苔藓或地衣了。

不料，在这寒风呼啸的峰顶却矗立着希茜公主教堂。这座灰色的建筑物究竟应该叫什么，索玛女士也说不清楚，总之是希茜公主的灵堂或纪念堂，据说是约瑟夫老皇帝为她修建的。

这里三面环山，一面是维也纳城所在的平原。站在峰顶极目眺望，是连绵起伏的阿尔卑斯山脉，许多山峰常年积雪。走几步倚栏俯瞰，广阔的大地森林郁郁碧草连天，好一派旖旎风光。

我久久地伫立于呼啸山风中，捉摸不透约瑟夫皇帝为什么把希茜公主纪念堂建在山顶。现在是春暖花开的季节这里都这样冷，若是到了严冬还不把她冻坏了？或许因为她酷爱山林旅行？或许她站在这里能够望见北方巴伐利亚故乡……不论那位早已失去恩爱的夫君出于何种初衷，我只是痛彻地感受了高处不胜寒的滋味。

如果希茜公主地下有灵，她会叹息后人拍摄的电影单挑她与皇帝昙花一现的爱情大肆渲染，使她的"美满婚姻"名扬天下，这是比她的爱子自杀和她自己惨遭暗杀更深重的悲剧误会。不过，我们还是要感谢罗密·施奈德的出色表演，她塑造的天真活泼、娇憨健美的希茜公主形象，叫人深切地感受到那些凄风苦雨中的古老皇宫如何窒息了一个又一个年轻美丽的生命。

麦亚林皇太子自杀之谜

　　在世界著名的"谈情胜地"维也纳森林里，有一个地方叫麦亚林，在那里长眠着皇太子鲁道夫和他的情人玛丽·维切拉，他俩在皇家猎宫里开枪自杀了。明年是他俩去世一百周年，至今有许多人去凭吊他们，尤其是来这里旅游的情侣们，更是对他们充满了同情，往墓前献上艳丽的鲜花。

　　在漫长的一个世纪中，文人墨客对于曾经震惊欧洲的"麦亚林悲剧"已经写得非常之多，但鲁道夫王子的自杀原因仍然是个谜，许多描绘只能出于揣测和想象。我在国内看过电影《梅雅林》（即麦亚林），对这段历史很感兴趣。这次到了奥地利，自然多方打听，所闻所记，引人叹息。

　　传闻中最吸引人的色彩是"殉情说"，其古老主题是封建王室之间的政治联姻扼杀了年轻人的纯真爱情。鲁道夫皇太子的婚姻确实是不幸的，父王约瑟夫逼他娶了比利时妻子斯特凡尼，他俩的夫妻关系名存实亡。他爱上了匈牙利的玛丽·维切拉，多次请求父王恩准他离婚。约瑟夫皇帝自己就和伊丽莎白皇后（即希茜公主）长期分居，哪里会理解儿子的爱情，不但给予严厉斥责，还准备取消他的王位继承权。1889 年 1 月 30 日，一对绝望的情人相约到麦亚林狩猎宫殿去赴死。电影《梅雅林》中这段殉情戏拍得很动人，在玛丽的坚决要求下，鲁道夫在她入睡以后颤抖着手臂开枪打死了她，然后结束了自己的生命。

　　我不大相信这一浪漫的殉情故事，鲁道夫毕竟不是莎士比亚笔下的多情少年罗密欧，也不是中国民间传说中的文弱书生梁山伯。他自幼受过一个未来君主应有的良好教育，年纪已不太小，促使他决心自杀除了爱情方面的挫折以外，还有更深一层的政治因素。不知道该不该把"王储"一词看作是"第二梯队""第三梯队""接班人"的近义词，但若是我有机会了解鲁道夫式人物的内心秘密，将着重探索一位无登基希望的王储的心理状态。老皇帝约瑟夫在 1848 年登基时才 18 岁，直到他于 1916 年 11 月 21 日薨逝，终年 86 岁，掌权时间长达 68 年，堪称"终身制"之登峰造极的范例。两年后，统治奥地利六个半世纪的哈布斯堡王朝即告完结。人们认为，上了年纪的老皇帝专制保守，无所作为的终身掌权是导致显赫王朝没落的原因之一。

鲁道夫皇太子自杀时，他的父皇已近 60 岁了，不但不肯让位给年轻人，还准备取消独生子的皇位继承权。鲁道夫空有抱负而无法参与朝政，被"冷藏式储存"了几十年，其郁闷失望之情便可想而知了。法国资产阶级大革命以后，欧洲各君主王朝的地位岌岌可危。鲁道夫认为要保住王朝就必须开明政治实行改革，他和具有民主思想的年轻朋友们保持联系，寻求振兴国家的良方。

但是，老皇帝只许他在迎来送往的礼仪场面充当傀儡，使他空有王储名义而无法施展兴国才能。同时，老皇帝顽固地推行君主独裁，强化警察和军队，残酷镇压人民的反抗运动。鲁道夫与匈牙利民主力量的接触，和他在婚姻上的违抗父命有着内在联系，他挚爱的维切拉是匈牙利人，一对情人有着共同的政治理想。离经叛道的爱情，也是对独裁统治的反抗。专横的老皇帝威胁取消他的王位继承权，年富力强报国无门的王储于绝望中只能以死明志。他是老皇帝和希茜公主的独生子。他的死，是对注重皇室血统世袭制度的报复和嘲笑。

"麦亚林悲剧"传到王宫，老皇帝立即赶到自杀现场，命人刮掉猎宫墙上的血迹，烧掉了被子，掩盖了这一王室丑闻的一切痕迹，留下了千古之谜。

中国几千年封建王朝历史，不是也留下了不少无法解开的谜么！我常常想，有权参与历史重大事件的大人物们的功过是非，从历史的宏观角度去看，往往不在于他们的选择和决策是否正确，而在于他们在一手制造的一个又一个黑幕后面干了些什么。人为的黑幕吞没了多少历史的真实，这是对子孙后代的蔑视乃至敌意，是对人类文化最大的犯罪。所以，随着现代文明的发展，才有了"透明度"这个政治专用语，人们是多么憎恶黑幕，多么欢呼历史的"透明度"啊！

维也纳森林的绿意是透明的，到这里来揣测和想象历史黑幕后面的生命悲剧，思考那些数不清的生命悲剧的价值意义，我想，这也是麦亚林墓碑前鲜花不绝的原因吧！

约瑟夫老皇帝虽然在位 68 年，死后墓地却是冷寂的，除了少数皇室后裔，世人早已经忘记了他。没有登基的王子和他的情人墓前却围满了鲜花，获得比终身老皇帝更大的荣耀，享受着世人久远的纪念和同情，这又是那个一手抹去儿子血迹的暴君始料不及的了。

两位圣母马利亚

在海拔 2 500 米高的阿尔卑斯山上，汽车走走停停，我最喜欢坐着汽车这样随便地旅行了。

冰川期留下的湖群，像一面面晶亮的镜子，从各种角度映照着雪山绿林的姿容，抬眼皆是画，叫人流连忘返。下午四点半钟，我们到达湖群中最璀璨的明珠圣乌尔夫甘戈湖，旅游度假胜地圣乌尔夫甘戈城就坐落在湖边。城里有著名的白马旅馆，住一夜得花两千先令，有钱人才能到这里来度假。

进了圣乌尔夫甘戈教堂，我简直惊呆了——这真是世上最独特的教堂了！我见过莫斯科红场的大教堂，维也纳斯蒂芬大教堂，联邦德国科隆大教堂……就连我们天津的老西开教堂，从外观上看也比这小城教堂宏伟多了。但是，傲立于阿尔卑斯山上的小教堂仍然给我留下了最佳记忆——它的礼拜堂大厅里竟然有两座神坛！除了按照惯例在大厅前方上首有一座祭坛以外，在大厅中间迎门处另有一座风格迥异的祭坛。两位圣母马利亚各得其所，圣母怀中的两个耶稣相视而笑，两群神仙各事其主，两组蜡烛交相辉映，这在世上即或不是绝无仅有，至少在我来说也是闻所未闻的了。

这座晚哥特式的教堂建于 15 世纪，奥地利主人为我能够认出它的式样直夸奖我。其实，我们来到欧洲以后，走到任何地方都看得到教堂，主人都要对它的建筑风格介绍一番，我已找到分辨它们的简易方法：哥特式塔顶像削尖的铅笔，门窗是尖拱形；巴洛克式塔顶像洋葱头，门窗呈圆拱形；拉丁式顶楼是镂空的……

哥特式建筑是罗马军队侵占奥地利时留下的，到了 17 世纪末叶，罗马人败退，巴洛克式建筑兴起。这时候人们认为哥特式是野蛮人的艺术，皇帝请来著名建筑师舍瓦塔恩塔勒，要他把老神坛拆掉，建造巴洛克式新祭坛。

建筑师看了老祭坛，深为前一位哥特式建筑师的杰作而倾倒。他认为对这样精美的古典艺术不应毁掉，决心给予保留，破例在迎门的地方发挥自己的风格另外建了一座祭坛。这在当时的教派林立，门庭森严的文化背景下是多么不容易啊！由于艺术家的真知灼见和宽容大度，古代文物才得以保存下来。几百年过去了，奥地利人民世世代代感谢他。

我徘徊于两座神坛之间，比来比去，只能分出各自的独特个性，却很难分出艺术的高下。

哥特式艺术精细华美，透着威严的贵族气，从中可以窥见当初罗马人征战的豪情。

舍瓦塔恩塔勒则更喜欢运用辉煌耀目的鎏金技艺，以明快秀丽的优雅风格显露出繁荣时期的审美情调。精雕细刻的石柱上攀绕着金色的花枝，生着双翅的小天使们在圣母身边飞翔，也是巴洛克艺术独有的想象。

人们走进教堂，可以择其爱好到其中一座神坛面前祈祷。两位圣母的供桌同样烛光闪烁，香火旺盛。我真想点燃一支红烛，但不是敬奉圣母，而是献给赋予两位圣母栩栩生命的伟大艺术家。只有具备仁爱之心的天才，只有怀着无私之心的赤子，只有自信自尊自强的英雄气概，才不屑于以毁灭他人来抬高自己，才敢于和对立的派别共存，才能有如此宽容大度的胸怀。而那些窃得权力的懦夫，虚弱到只敢听一种听惯了的声音。在我们的生活中多么需要第二种声音、第三种声音、更多的声音啊！可惜还有那么多掌权者习惯于坐在"一言堂"里接受佞臣们的阿谀。

在奥地利到处可以见到人们对人类文化遗产的保护态度，只要是历史事件和历史人物的遗迹，不管其代表的政治倾向和民族利益如何，一概给予维修保护。维也纳既有苏军烈士纪念碑，又有希特勒演讲过的广场。我临回国前夕，又听说要在德奥边境希特勒的故乡举办一项文化活动……它令人想了很多很多，想到国内历史教科书每个时代对一些人物的删节和回避，想到革命历史题材的油画对人像改来改去的荒唐举动，想到砸烂烧毁了那么多文化瑰宝，还有那人们议论多时而尚无建立之可能的"文革博物馆"……

古堡里的刑室

　　名城萨尔斯堡是奥地利的第二大城市，蜿蜒的萨尔斯河绕城而过，令人想起了家乡的海河。萨尔斯河是盐河之最，以产盐著称。20 天后我从联邦德国返回维也纳时，险些被火车丢在萨尔斯堡，使我对它更加难以忘怀。但是，真有些对不起这座美丽的城市，由于日程安排太紧，只能略略浏览市容，它给我留下的深刻印象竟是高萨尔斯堡的阴森刑讯室。那天，大概因为刚刚离开了圣乌尔夫甘戈教堂，和两位慈爱安详的圣母像形成了强烈对照，至今我对刑室里那些残酷的刑具记忆犹新。

　　高萨尔斯堡高 142 米，需乘缆车上山。欧洲的山上多古堡，据说是古代君王、贵族或主教用来对付外族侵略和农奴反抗的军事要塞。里面可以屯兵积粮藏匿金银珠宝，在冷兵器时代用人马刀剑打仗是很难攻上去的。旅途中见到一座座高耸于山巅的古堡，为这块土地平添神秘的色彩，难怪欧美的探案推理小说多以古堡为背景。

　　游人很多，向导先生一边领着大家攀登木梯一边讲解。古堡里有许多暗道密室，不跟上队伍很难找到通路。当我们来到一间只有一面窗子的刑室时，顿觉毛骨悚然。这间刑室始于 1077 年，用来拷打政治犯和异教徒。墙上钉着铁镣和各种刑具，地板有一方洞通下面的地牢，受刑的人从地牢里被吊上来，受尽各种刑具的折磨直到死去。六百年中在这里受刑而死的有 42 人。最可怕的刑具是一个大木轮子，轮子上有刀，人被绑在轮子上，随着轮子的转动可以把人的关节拉断，弄死一个人不得少于 18 个钟头。这种野蛮的酷刑，令人想到中国古代要刮一千刀才许致死的剐刑"凌迟"。这间刑室里的最后一次拷问是在 1782 年，竟然比建筑师舍瓦塔恩塔勒为人类留下两座圣母绝美神坛还要晚一个世纪！

我们只顾凭吊这间刑室里为信仰惨死的 42 位亡魂，不想向导先生已带着游人们遁入暗道，其中包括我们的奥地利主人。面对一扇又一扇不知通向哪里的木门，无人指引是很容易迷路的，听说还有暗道通往后山呢！我们只好摸着原路下楼，回到缆车到站的高地院子去等待。

清爽湿润的晨风，把我们带回到现代生活中来。俯视山下，萨尔斯河两岸的小汽车川流不息。又一班缆车载着各种肤色的游人们的欢声笑语，正在朝山上升来。仰望塔楼上一排排无法攀登的高窗，已辨不清哪一间是那可怕的刑室了。这里离两位圣母同坐的殿堂只有 80 公里，在同一国家同样古老的两座城市里，文明与野蛮有如此强烈的对立和反差，使我对国内时髦的"文化断层"说大为怀疑。在同一"断层"里情况各异，一言难尽，任何一种简单的理论都无法涵盖复杂的历史。然而，历史本身又是一面筛子，功与罪后人自有筛选评说。同样是阿尔卑斯山的古迹，圣乌尔夫甘戈教堂的两座神坛烁烁生辉，建筑师舍瓦塔恩塔勒永垂不朽；高萨尔斯堡的刑讯室却鬼气森森，那些不可一世的刽子手们早已被绑在历史的车轮上被拉断了筋骨。

三 城 印 象

　　波恩、汉堡、慕尼黑，是德国的三大名城。可惜我的旅程未安排柏林，不能去原先的首都柏林，自"二战"以后那里分为东柏林和西柏林，我很想去看看柏林墙，不知日后能否一偿夙愿。

　　如果要对三大名城各用一句话来归纳其特色，可以这样说：波恩是最不像首都的首都；汉堡是最不像工业城市的工业城市；慕尼黑是最不像重建的重建城市。

　　波恩华人黄凤祝先生在莱茵河畔开了一家很好的中餐馆，还创办了并不赚钱的中文书店兼出版社。他接待了不少国内来的作家，我的来访也给他添了不少麻烦。

　　黄先生驱车带我游览波恩市容，我问："这是波恩郊区吧？"

　　他说："这就是波恩市区。"

　　我又问："那么这是老城，还有一个新城区？"

　　他笑了："没有。波恩就是这么小，谁来了都说和想象的不一样。"

　　真的，这座幽静的河畔城市真不像我心目中的西德首府，原先我以为一定是繁华喧嚣的大都市。黄先生不无遗憾地说："'二次大战'之后，德国人把波恩当作临时首都，盼望着把首都搬回柏林，没想到'临时'快半个世纪了……"

　　我这人好奇心太强，追问："那么，当初为什么不把临时首都设在汉堡或慕尼黑呢？单单挑选了这么个小城市呢？"

　　他耸耸肩，大概觉得不好回答，开玩笑地说："首都设在北方的汉堡，南方人不乐意；设在南方的慕尼黑，北方人不乐意，只好取中了。至于为什么选了波恩，可能因为当时的阿登纳总理的故乡是波恩，他对波恩有感情吧！"

我一句外语不懂能够只身赴北方名城汉堡，多亏了黄凤祝先生的热心帮助。他打电话给汉堡的一位华人朋友，这位华人朋友答应接待我。比起波恩来，汉堡的庞大令人吃惊。

世界大港汉堡可真是名不虚传了，别说整座城市的规模了，只汉堡港区就像一座中等工业城市。

黄先生的朋友驱车带着我去参观港口，以易北河为界，河这边为行政、商业、住宅区，河那边是港口区，有着数不清的塔吊、码头、仓库。我们坐车参观港区时，发现了写着"中国作业区"汉文大字的仓库，我非常高兴。若不是时间来不及，我一定会去拜望在那里工作的同胞们。看到祖国的文字，立刻使我想起了天津新港，相隔万里的两座海港城市的距离立刻拉近了，地球立刻变小了。

坐在小轿车里穿过易北河底很有意思。从自动售票机里买了票，汽车开进电梯间，电梯降到地下通向河底隧道的入口，汽车便开了过去。到了对岸，汽车再由电梯升上地面。长长的隧道和两岸只有四个人管理，每边两人照顾那么多来来往往的汽车，可见自动化程度之高。

易北河，自我童年时代就流淌在我心中了，我从电影《会师在易北河》《易北河两岸》知道了它。30多年后的今天，我才识得易北河真面目。热情的主人为了叫我饱览汉堡港风姿，回来时绕路驶过地面上的易北河大桥。S形的大桥在空中划出优美的弧线，当我们奔驰在桥上时，我忽然觉得遥远的童年被拉近了。啊，神奇的汉堡港和易北河，能够把遥远的故乡天津拉近，能够把遥远的童年拉近，这种地理和时光的拥抱所激起的亲切情感，给我留下了温馨的记忆。

读者朋友会问：这不是标准的大工业城市吗？你怎么说汉堡是最不像工业城市的工业城市呢？

哦，我忘记介绍了——那是易北河对岸的港口区。汉堡市区密布绿树成荫的街道，粉刷成各种色彩的小楼，还有许多蜿蜒的小河，沿岸皆是茂密的树林和茵茵草地，人们沿着林中小路散步。供人休息的长椅，儿童游戏器械比比皆是。更加叫我意想不到的是市中心竟然有两汪湖泊，中间以长桥为隔，称作大湖、后湖，面积比北京颐和园昆明湖还要大。湖水周围环绕着华美的别墅群，据说是汉堡最昂贵的房屋了。湖面上赛艇扬帆，水鸟游弋，白天鹅、黑天鹅、灰鹅、海鸥、野鸭、鸳鸯，见来人就凑向岸边，家长们带着孩子来喂鸟……

工业城市把工业区和居民区分开，这是科学的规划理念。中国的城市规划应该从中得到启迪。

下面该说慕尼黑的令人惊艳之处了。

慕尼黑，在我心目中一直是座神秘的城市。许多书里都说它是间谍云集的活动中心，于是它使人联想到一些惊险电影里的场面。然而，到了慕尼黑才知道它是美丽优雅的花园城市。游览的欧洲城市多了，乍一看有大同小异之感。只有一点给我留下难忘的印象——城里的男女警察骑着高头骏马在街上巡视，每班一男一女，英俊的小伙子一副古代普鲁士骑士的威严。穿警服的金发美人别具风韵，只可惜不能穿古代女骑士的戎装。一座现代城市保持这样的古风，让人觉得非常有意思。

傍晚时分，主人陪我上街，指给我看一座座古老的建筑。开始，我没大留意，后来仔细一看，凭着我多年来对天津城市建设的兴趣和一点知识，我问："似乎……这些式样古老的建筑是……复制品？"

主人称赞我的眼力，说："二次大战中，这座城市几乎被夷为平地，这些建筑都是战后按照原样重盖的。"

我心里油然升起对德意志民族的敬意，"二战"期间，希特勒不仅毁了许多欧洲国家，也毁了德国自己。战后德国经历了经济异常困难的时期，奇缺青壮年男劳力，幸存的妇女儿童挣扎在饥饿线上。即使如此，他们在重建家园时并不满足于盖那种千篇一律的"火柴盒"房子，仍然克服一切困难按照祖先留下来的古老样式一幢一幢复原。建筑工艺的讲究，装饰细节的一丝不苟，让人难以分辨"古"与"今"。如果不是熟悉建筑行业的人，谁也看不出来这座古色古香的城市的大多数"老楼"竟然都是以假乱真的复制品。

听说波兰首都华沙也是如此。战后的华沙一片废墟，波兰人民捐出仅存的钱财，决心按照原样重建华沙。捍卫自己文明的骄傲的英雄民族啊！

我们中国到处还在拆除古老建筑古老街道甚至整座整座的古老村寨呢！

幽静的慕尼黑街道，传来马蹄叩击柏油路的清脆声响，夜色中那蹄声缓缓远去，在我心底留下久久的回声……

市 长 与 狗 屎

维也纳市市长茨尔克要举行新闻发布会,邀请我们参加。我们很高兴,这是了解奥地利政治生活的好机会。

在施华滋教授、洁秀小姐、爱娃女士的陪同下,我们准时来到了市政厅一间不大的会议室。记者们陆续来到,低声交谈等待开会,电视台人员摆好了摄像机。室内气氛和国内的记者招待会差不多,只是每个人都拥有舒适的桌椅和随意拿取的甜点心、咖啡、牛奶、果汁饮料等等。刚才在路上施华滋还说没来得及用早餐,这会儿吃得满开心。看来这种工作早餐很受记者们欢迎,但只是给习惯迟睡晚起的西方人提供方便,并无我们国内以餐饭招徕人们来开会的用意。

茨尔克市长来了,中等身材,精明干练,穿着考究的西装。年龄大约有45岁左右。他随便地向熟人招招手。没有出现众人围拢他争相握手问候的场面。两位男官员和一位女官员陪同他在前排就座,新闻发布会就开始了。市长先扬扬手向我们四人致意:"欢迎中国作家代表团来到维也纳。"

他说了这么一句,电视台摄像机转过镜头来朝我们"扫了一梭子","欢迎外宾"这项内容就算过去,没有那些千篇一律啰里啰嗦的套话,一切简明扼要淡然处之,倒也叫人心里坦然。

市长发布的新闻条条属于"办实事"范围,和我们中国人亟待解决的大事相比,真够琐细的了:

小汽车太多影响交通,提醒市民多坐电车或地铁,为了使大家坐地铁方便,允许自行车放入地铁车站。

创办一座历代电车博物馆陈列室，最早的有 1871 年马拉的有轨电车，古老的游览电车由 5 月 7 日开始通车。

维也纳各厂矿企业要设置新的电话号码。

6 月 4 日要举行全欧洲迪斯科大赛，选拔最有能力的组织者。

劳资双方达成店铺关门时间的协议……

市长三言两语讲完上述诸事之后，新闻发布会便转入了需要详细说明的中心内容——狗屎问题之解决办法。当翻译把这项议题告诉我们时，我们和全体在场者一起笑了起来。

颇为有趣的是，正襟危坐的市长大人郑重其事地为此发表了长篇演说："我首先声明，我自己很喜爱狗，从小养狗，我不反对养狗。但是，要教育狗，要狗在一定的地方拉屎。这关系到污染问题、传染病问题，所以很重要。要教育狗，狗和小孩差不多，要让它知道某些地方是不允许拉屎的。狗很聪明，它会慢慢领会的。爱狗的人士会说，狗有它的自由。我们不反对自由，狗有它的自由。但长此下去会发生不妙的情况。警察在某些场合有干涉的权力，我们是法规社会。要教育狗……狗税，维也纳的狗税在全欧洲最低……希望大家合作，使用这种狗屎袋，市政厅免费供应，用完把它扔到垃圾箱里去。"

市长说着，打开需要广作宣传的塑料狗屎袋，亲自做示范表演。袋子上有一个纸畚箕，是用于收狗屎的。

电视台摄像机拍下了市长的示范动作，但市长先生把动作搞错了，电视台全拍进去了，人们都笑了起来。市长团起袋子扔给身旁的官员，官员扔向一旁，人们笑得更厉害了。

负责妇女工作的女议员希尔墨又加重语气谈狗屎问题，宣传免费供应的狗屎袋。女议员说自己有五条狗，都要使用这种狗屎袋。市长打趣道："你不仅有五条狗，还有两个小孩。"

希尔墨女士笑答："他们都大了，知道该到什么地方去大便了。"

人们哄堂大笑，希尔墨女士笑罢严肃地说："解决狗屎问题，这是一个运动，是有条不紊的运动。市政厅请专家研究了这个工作，提出的方案是经过慎重考虑的，希望维也纳市民给予合作。"

当施华滋把"运动"二字翻译给我听时，我疑惑地瞅了瞅他。这位老中国通向我狡黠地眨了眨蓝眼睛，立刻有一种意会在我们的眼神交流中融通了——狗屎运动！哈，国内那些盛产"运动"的荒谬年代……

欧洲人非常尊重狗，认为狗是人类的忠实朋友，是高贵的动物。洁秀小姐呼唤她的长毛小狗时说："请你回来——"

有的狗见了我们认生吠叫，主人会客气地劝阻它："请你不要这样激动。"

如果哪条狗受到主人的虐待，保护动物委员会会来人把它领走，在电视台上展览它的风采，并介绍它如何受到不公平的待遇，如何可怜可爱，自会有善心的新主人来领养它。西方的孤独老人几乎都以狗为伴，许多狗肥得赛过小猪，和大腹便便的主人相得益彰。在维也纳的大街上可以见到各种奇形怪状的狗，堪称狗的博览会。了解到这一文化背景，就不会觉得这个市长新闻发布会开得滑稽了。

经济发达的程度不同，各个国家地区亟须解决的问题竟然有此天壤之别。

如果有朝一日，李瑞环市长能够召开一个动员市民们少坐小汽车、如何教育狗的新闻发布会，天生幽默的天津人真不知会开心到什么程度呢！

三个"落汤鸡"

　　出版社老板哈朗德先生促成了维也纳市女议员希尔墨和我的会见，看来有时女作家比男作家更有优越性。希尔墨就是在市长新闻发布会上发表演说的那位女士，我当然很高兴有一次与妇女界的对话。会见时间约定在下午三点钟。奥地利小姐洁秀、金翻译陪同我出发了。在奥地利，男人去看望女人应买一束鲜花献给她表示敬意，洁秀小姐领我们去了花店，选了一束美丽的黄玫瑰交予金翻译。

　　市中心到处都在修地铁，不大好找出租汽车，我们只好换乘两次电车。坐在电车上时，突然乌云袭来，下起了瓢泼大雨，幸好下车时有一房厦可以遮身。这里距市政厅只隔一个广场，市政厅尖尖的楼顶在雨中显得格外华美。我想雨这么大，只好待雨停了再走过去。洁秀小姐看了看手表，对金翻译讲了几句德语，他译给我："她说咱们要跑过去。"

　　"现在?"我暗自惊异，下意识地瞥了一眼自己身上的"逛衣"和崭新的高跟皮鞋，又瞅瞅洁秀小姐的漂亮衣裙和金翻译那笔挺的西服。他解释说："订好了三点钟不能失约。"

　　我只好点头同意。洁秀小姐脱下牛仔夹克蒙在头上，我脱下风衣充当雨伞，英俊的年轻先生却只有一束鲜花。我拿出一条没用过的花手帕给他，笑道："把四角打结儿，做个小孩儿戴的'虎帽'吧!"

　　他只好委屈了一头天生卷发，头上长出四只花花角来的模样好玩极了。

　　洁秀小姐毫不迟疑冲入雨帘，准备向女士献花的先生当然也不示弱。这下子可苦了我，我患有风湿性心脏病，从来不敢长跑，在大雨中跑了二三十米就喘不过气来了，只好改为竞走，歇一歇再跑。广场望上去不大，跑起来却远得很，还要穿过一座街心公园。他俩终于跑到市政厅大楼墙根避雨，我追上去时已经喘作一团了。

我们来到希尔墨女士办公室的门外，略整衣衫，一看手表正好三点钟。虽然我们都成了落汤鸡，但都开心地笑了。

这一次，我算是领教了什么是西方的时间观念和信用观念。回想起到奥地利以后，只要是约定了的事情，集合、会见、晚餐、出租车到达……当地人没有一次不遵守时间的。尤其叫我喜欢的是他们去拜访别人之前必须电话预约，只要约定了会见，用句常说的话，"天上下刀子也要去"。这种恪守信用的文明行为体现了一个人的责任感和对别人的尊重。

有一天，施华滋教授在路上邀请我们去他家做客。到了他家附近，他停下车来去打电话，回到车上说是征得他的女朋友爱娃的同意，冒失地带客人回家显得不礼貌。在西方几乎没有任何人际交往不需要预订的，"订"字一出如同法令，双方都有义务遵守，临时变更必先通知对方并道歉。有一天清晨出游，天色阴沉，主人担心下雨。金翻译有把握地说："不会下雨。"

主人问他怎么知道，他诙谐地说："我们订的是太阳，没有订雨。"

这是对当地主人的信用观念最好的赞誉，宾主全笑了。

后来我住在一对留学生家中时，主人夫妇要去上学，只留我一个人在家。我问："有人来，语言不通怎么办？"

他们回答："不可能没有约定就来了，如果不知敲门的是谁，你就可以不开。"

事实果然如此，我一个人坐在屋里写作整天无人叩门，这太叫人开心了。

令人觉得奇怪的是，天津这样的大城市早就普及了家庭电话，但许多人还是喜欢充当不速之客。尤其是亲戚来访，事先不预约，不是扑空跑冤枉腿儿，就是赶上主人正忙凭空添乱。你若问他们为何不来个电话，他们都不以为然。还有一种人，在集体约定的集合时间他总是让大家久等，这毛病真是讨厌极了！

时间就是效率，信用联结声誉，尊重和礼貌，是打开人际交往心灵沟通的大门，难道不是这样吗？言而无信，毫无准头，只图自己方便，缺乏社会责任感和群体意识的慵散作风，是小农意识的反映。

女　议　员

　　我怀着很大的兴趣，观察这位"有两个孩子和五只狗"的维也纳女界首领。希尔墨女士无疑属于"铁女人"一类巾帼强者，看上去50岁左右，高高的身材，大大的眼睛，棕色头发，堪称风韵犹存。瞧她在市政厅里颐指气使的派头，令人想起了《红楼梦》中的王熙凤，但当她笑起来的时候，仍然不失女性的温柔。

　　她彬彬有礼地对我们表示欢迎，吩咐女秘书端上咖啡。大家落座后，略事寒暄即围绕共同关心的问题进行了对话。她对中国妇女运动很感兴趣，我便介绍了当前国内的一些妇女问题。当我谈到《中国妇女》杂志开展的关于"妇女应否回到家庭中去"的讨论时，希尔墨女士笑道："我们也有这样的讨论，各个政党对这个问题的看法不一致。保守党希望妇女回到家庭中去，但他们只主张妇女在家里呆一年，休假期间仍由国家或公司厂家给钱，以后怎样他们也说不清楚了。社会民主党认为，男女应该平等，同样享有工作的权利。妇女在经济上不能独立，就会依赖丈夫，也就很难维护女权。早先，奥地利的传统意识，妇女出嫁也得有财产陪嫁，女人结婚后不参加工作。1972年立法，认为家庭妇女也是对婚姻和社会做出贡献，应得到丈夫和社会的承认。现在则提出丈夫应更多地参与家务劳动和教育孩子，妇女生了孩子可以休息一年，保留职位和工资。最近又提出父亲也应在家呆一年，或男女各在家呆半年照顾孩子，总之，要求夫妇共同承担家务劳动和抚育子女。法律规定孩子生病父母均可请一星期假，但通常男人不请假。在年轻人的家庭中，丈夫贡献就大多了。我们要求两个解放：妇女从家务劳动中解放出来，男人从传统意识中解放出来，男人带孩子不再害羞就体现了这种解放。"

身为女人我听到"男子的解放"开心极了，当即表示投赞成票，在场的唯一男子汉金翻译却愁眉苦脸了。因为时间关系，我没有介绍国内的"气（妻）管炎"，出于职业习惯我尽力听她多讲。她不愧是女议员，说起话来成本大套的，连个锛儿都不打。

我问："当前奥地利主要的妇女问题是什么?"

希尔墨女士介绍的情况可就和中国差别很大了，她说："近年来尖锐的社会问题，是单身妈妈和单身妇女的现象日趋严重。妇女的自我意识越来越强，离婚，过去总是由男方提，现在多为女方提出。单身妈妈，首先是经济问题，妇女工资低，住房条件也不会好。父亲付给孩子生活费是根据他的最高收入的三分之一，但他们不按时给，妇女不得不常去法院敦促。单身妈妈的心理负担也过重，有孩子，晚上不可能出去搞交际……"

希尔墨女士谈的情况，对我们有很重要的比较和参照意义。人类所面临的爱情与婚姻、伦理道德、妇女地位、儿童教育等共同的问题，不分社会制度和经济发达的程度，都逃脱不开而且常谈常新。这也正是我致力于这一领域，耕耘一小块文字"自留地"的兴趣所在。国内报刊在这方面的讨论是有益的，既然这种讨论在各国都有，它就属于一种世界潮流。

希尔墨女士的大眼睛自信而温柔地望着世界，只有在事业上成功的女性才会有这份自信，只有在家庭里是个好母亲的职业女性才会有这份温柔。祝您的两个孩子聪明健康，祝您的五只小狗活泼可爱!

孤身闯洋世界

　　5月5日清晨，访问团的同伴们回国了，大使馆的汽车载着他们消失在维也纳的车流中。我呆呆地站在旅馆门前，一股孤独感袭上心头，不由得左顾右盼。路上行人匆匆，没有一个黑头发黄皮肤，从这一刻起，我得独自一人开始陌生的旅行了。

　　必须在中午之前离开这座旅馆，行李已经打好了。11楼的大窗子正对着圣马利亚教堂的塔顶，我从来没有在这么近的距离观察过教堂塔顶的十字架。阳光受到我住的高层大楼遮挡，朝霞只射到塔顶，那十字架辉煌耀眼犹如鎏金。维也纳的瞰景，美丽得令人心里发抖，又陌生得令人心里发空。因我埋怨过上帝对欧洲的偏心，也就不敢祈求圣母马利亚保佑，倒是下意识地握紧了胸前的弥勒佛。我出国前屡屡听到空难的消息，亲属让我戴上一尊小小的红木佛像，乐观的弥勒佛能够保佑我逢凶化吉。

　　维也纳大学汉学系的李夏德博士，约好12点钟来接我去讲课。时间还早，真想上街去遛遛，但不认识路不会打听路迷了路不得了，只好躺在床上傻等。半个月来的紧张节奏，难得有这样的空闲，该好好盘算一下如何对付即将开始的孤身旅行了。唉，没想到变成了文盲兼聋哑人！白长着一双耳朵，听不懂人家说些什么；一直自诩为作家，这会儿却大字不识；自幼就有着人们公认的伶牙俐齿，在这里只能打手势。要去的地方真不少，波恩、科隆、波洪、汉堡、慕尼黑……弥勒佛腆着大肚子哈哈大笑瞅着我，使我更加充分地意识到今后的处境——寸步难行，前程未卜。

　　人们对两种截然不同的环境会有截然不同的价值观念，出来看看世界，才能对自己有客观冷静的认识。重新估价自己，这该是出国访问的最大收获。国内这些年，不知是人们的文化水平有限把文学看得过于神秘，还是人民曾把改革的希望寄托在文艺作品的醒世作用上，把作家捧到了不适当的高度，致使一些名流文人狂傲到不通情理的程度。只有走出井底，知道了世界如何评价中国当代文学，才能从空中降回到现实的土地上。

李夏德博士该来了，我把行李运到底楼前厅，坐在沙发上等待。但是，他打来电话说，上午他因接待一位南斯拉夫学生，不能来接我了，要我坐出租车去。自己坐出租车？语言不通，司机知道我到哪里去？李夏德还真有办法，他要我把服务小姐叫过来听电话，他用德语告诉她我要去的地方，请她帮我叫一辆出租车。服务小姐照办了，用电话和出租站咕噜了一阵儿，不一会儿，一位出租车司机进来帮我提行李了。

坐在陌生人开的车上，我心里直嘀咕，但不管他是什么人，不管他把我拉到什么地方去，不管他会不会为了多赚钱拉着我在全城兜圈子，都横下心随他去了，谁叫一个"文盲兼聋哑人"偏要独身来闯这洋世界呢！不过还好，什么事情都没发生，司机是个规矩人。两个人坐在车里无法交谈，空气便显沉闷，他时而朝我微笑，我也只能报以微笑，幸亏微笑不分国籍！人与人总得交流，我很想对这第一位送我走上单身旅途的司机表示友好，可又如何表达呢？忽然想起了我们中国的"妙药"清凉油，急忙送他一盒。他和所有的欧洲人一样对这小东西感兴趣，高兴地收下了。

汽车开到维也纳大学汉学系所在的街道，司机正在寻找门牌，李夏德已经迎了出来。途中只用了20分钟，我却觉得时间很长很长。猛地又听到纯正的中国话，我立即轻松下来。望着他那双秋穹般淡蓝的眼睛，我如同驶进了安全的港湾。看来，离开了祖国的文化土壤，一个作家真会像离了水的鱼。

萨尔斯堡一场虚惊

在欧洲坐火车真是一种享受，如果日后有机会重访那块美丽的大陆，我宁可不坐飞机，花上半个月的时间坐火车去。

在我从维也纳坐火车去联邦德国之前，我心里非常紧张，因为我是外文文盲，只身一人长途旅行出了事难以应付。朋友们为我写了几张德文站名卡片，旁边注上中文和到站时间：波恩、科隆、汉堡、慕尼黑……他们叮嘱我下车后站在月台上别动，收到他们的长途电话的德国朋友自会到月台上来认我。这种搞地下工作式的接头方法当然挺有刺激性，但我还是担心火车会晚点。朋友们听了我的疑虑全都笑了，说："这里的火车从来不晚点，简直一分钟都不差的。"

旅途中的样样事情都颇费脑筋，尤其是在餐车吃饭语言不通无法点菜的困难，我决定在维也纳带足食物饮料，尽量减少和人交往。关于买哪一种车票问题，也商量了好几次。我请朋友代我去买一张卧铺票。没想到，一位熟悉此道的留学生说："卧铺票太贵，根本用不着，买座席票就行。"

我说："得在车上过夜呢，夜间睡不好到了德国影响工作。"

他们告诉我座席车厢可以躺下睡觉。待他们买回了火车票，我更糊涂了。这是一种旅游通票，从德奥边境小站帕骚绕行整个德国再回到边境城市萨尔斯堡，往返全程的车费竟比只到波恩的单程票款还便宜。我问为什么，他们说这种票必须到旅游服务部门去买，是一种刺激旅游的优惠价，但只在十天之内有效。这正是我在德国逗留的时间，既节省了经费又免去了每到一处求人买票的麻烦，对我这个外文文盲来说真是太棒了！

火车上旅客之少，对我们受惯挤车之苦的中国人来说，总觉得怪对不起那火车。座席车厢设有中国软席卧铺才有的拉门，分为吸烟车厢和不吸烟车厢。我按门楣上的符号走进不吸烟车厢，立刻有位旅客先生殷勤帮我把行李箱放到高处，我说了几遍仅会的一句德语："当K!（谢谢）"人家以为我是德国通便热情攀谈，我用手势表示了遗憾，大家只好时不时互相微笑了。能坐六人的两排软椅上只有四人，每到一站都下去一人，到了夜间只剩下我自己了。看来计划在车上过夜的人都买了卧铺票，于是我享受了单间待遇。按照朋友们的事先指教，我把软椅拉开，立刻变成一张双人软床。只是玻璃门没有门闩，心里嘀咕，便把护照和外汇揣入怀中。一夜好睡，黎明时发现列车已依傍着莱茵河行驶了。到了波恩和不相识的朋友顺利接头，因为我的黑头发黄皮肤在月台上十分醒目。

用这种方法，我拿着一张通票逛遍了大半个西德。一路顺风使我得意极了。40多岁了敢于出来"冒险"，怎不叫人觉得年轻了许多？可是，归途中在萨尔斯堡却出现了"惊险镜头"，差一点打乱了后面的日程。那是在慕尼黑上车时，一位台湾女士送我，我已找到不错的车厢，有位阿拉伯绅士帮我放好了行李，我到走廊的车窗前和她告别。热情的台湾朋友不放心，问一位穿制服的铁路职工这趟车能否到达维也纳，答曰："这节车厢中途要甩下，必须朝前走两节车厢才能到维也纳。"

这时车已开动了，她追着朝我喊："快，向前走两节车，快，不然会被甩在半路上！"

我回去拿起行李就走，急急慌慌走了两节车厢，找到一间只有一位老者的车厢坐下，心里这才踏实了。列车到达萨尔斯堡时，旅客们都走光了。因为是边境站，估计下车的全是德国人，我也没在意。中午时分，我又把长椅拉开躺倒休息。这一站停车时间特别长，我心里正奇怪，忽有警察叩门，客气地咕噜了一串德语。我一句也听不懂，只好拿出车票，他摇头。我出示护照，他仍然摇头，不断地做下车的手势。我摆手表示不下车，重复了几遍"维也纳！维也纳！"

他着急地摇头，不由分说拿起我的箱子，我只好胡乱抓起零散物品随他下了车。来到月台上，我一再指自己，强调"维也纳"。正在打哑巴缠，来了一位铁路职员，他们俩人说了几句什么，那人又不由分说提起我的箱子打手势叫我跟他走。没办法，我只好一遛儿小跑儿跟上他。来到一节车厢门前，他把箱子往阶梯上面一放，笑道："维也纳！"

这时火车已缓缓启动，我急忙跳上去。

我懵懵懂懂打开一扇门进去，里面的乘客全笑了。那位阿拉伯绅士一边帮我放行李，一边问我许多话，大概是说：在这儿坐得好好的，你跑到前面干什么去了？我只能"当K"了又"当K"。车飞快地驶向维也纳，我暗自后怕，一定是那位慕尼黑铁路职员指错了车厢的方向，把在萨尔斯堡甩下掉头回德国的车头当成车尾了，才闹出这场虚惊。

蓝眼睛的汉学家

　　中外文化交流活动中，语言的桥梁是最重要的，我们这个四人作家访问团中，金翻译的水平呱呱叫，能讲一口连奥地利人都惊讶的纯正德语。此外，我们还有一得天独厚之处——邀请我们访奥的主人、维也纳市政厅办公室主任邦迪欧先生请来著名汉学家施华滋教授，自始至终陪同我们参观访问。邦迪欧先生因出国未能和我们见面，他的热情友好由他的朋友施华滋教授充分地体现出来。康濯团长、柳萌和我三个人，有了两位出色的翻译，使我们能够在短期内了解到比别人丰富得多的情况。

　　要说施华滋教授的汉语水平，真叫绝了，一见面就把我们"镇"住了。他不但会说"一路辛苦了""久仰大名"之类的寒暄话，还会恭维金翻译的德语："和你相比，我是小巫见大巫！"

　　我们听了全笑起来，因为他已70岁了，而小金才30多岁，小金立即笑答："哪里，我是小巫见老巫啊！"

　　真的，一个外国人说中国话如此字正腔圆，我真怀疑他会什么巫术。相比之下，康濯团长的湖南腔倒像个外国人了，简直土洋颠倒。后来我才知道，施华滋在"二战"初期因是社会革命党人受到纳粹迫害，逃到了中国，一住28年，也算半个中国人了。他曾在杭州外语学院教书，会讲杭州话和上海话。我们在一家华侨开办的中餐馆吃饭时，服务员是上海来的留学生，他撇起上海腔和人家交谈，使那位姑娘高兴得几乎端着盘子跳起来。在十年浩劫中，这位长期居住中国的"老外"当然成了"国际间谍"，他只好又来个第二次逃亡，回到了东德，后来到了奥地利。这些年来，他潜心于汉学研究，主攻孔子和老子，中国古代经典著作的知识颇丰，发表了许多论文专著，并经常去德国讲学。

我们这些中青年作家大多有个弱点，祖国古典文学底子很薄。在国内写作品时靠着一知半解和临时翻些资料，还能应付一气，但到了洋人世界被一位蓝眼睛老头问出短儿来，可真有点出洋相了。他说的"有朋自远方来，不亦乐乎"啦，"秀色可餐"啦什么的，我尚能应答。有一次，他引用了一句古语"附骥尾而上"，我就不知出处了。待他写下"骥"字，我也只能顾名思义，只好现场请教。原来他用"攀附良马的尾巴而使自己高大"来恭维我们。

欧洲人有尊重照顾女士的习俗，施华滋教授一路上不厌其烦为我当翻译，每到一处都讲解其历史典故、风土人情、民间传说。如果说我的"旅欧见闻"一类的文章尚有生动具体的内容，那就要归功于蓝眼睛老学究了。别看他是七旬老人，健壮得如同斗牛士，带领我们跑路爬山，走遍了大半个奥地利。旅行生活是十分疲劳的，中午时分汽车飞驶在山路上，中国人总不免要打个盹儿，他和他的女朋友爱娃女士却总是精神抖擞。由于大家都是文人，便不拘泥于外交礼节，说俏皮话儿逗趣儿，一路上笑声不绝，他告诉我们一件有趣的往事：杭州人把"施华滋"说成"丝袜子"，他因此而得绰号。德语"施华滋"为"黑"之意，我们便叫他"黑丝袜子"教授，后来干脆叫"丝袜子大爷""施老头"，他都不恼火。我很喜欢他的蓝眼睛，那么大年纪了仍然蓝得晶亮清澈。

施华滋教授一直陪同我们到访问团回国的前一天下午，第二天一早他就要驾车去慕尼黑讲学，演讲题目是"从孔夫子到'文化大革命'"，这么大的题目真够他概括的。如果有几百位施华滋这样的热爱中国的汉学家在西方传播中国文化，中国将会更快地为国际社会所了解。

SOS 儿童村总部的 "爸爸"

　　访问 SOS 儿童村总部，是我来奥地利的主要目的。SOS 儿童村是一个国际民间慈善组织，在中国援建了两座儿童村，其中一座在天津。该组织的宗旨是发扬人道主义，为孤儿提供家庭式的抚养环境，家庭与家庭之间形成村落邻里关系，每个家庭由一位养母和六七个兄弟姐妹组成，使孩子们在模拟天伦之乐的环境里成长为身心健康的人。这项富于人情味儿的事业，非常适合我的写作风格，我正在写作以此为素材的长篇小说《普爱山庄》。

　　我怀着浓厚兴趣两次拜访了总部负责人和辛特布吕尔儿童村，有趣的是，原先以为会见到许多 "妈妈"，不想却认识了几位 "爸爸"。

　　SOS 儿童村最早的 "爸爸"，创始人格迈纳尔先生已经长眠于因斯布鲁克，我从他的照片上那天使般的微笑认识了他。第二次世界大战结束以后，年轻的军医格迈纳尔看到大批战争孤儿流落街头，决心献身给孩子们。他从只有 60 先令起家，经多方奔走，在因斯布鲁克创建了世界上第一个儿童村。"SOS" 是世人皆知的遇难呼救信号，他呼吁全世界善良的人们都来援助孤儿们。30 多年过去了，他成了白发老翁，为了孤儿们终生未婚，但他已经有了五万个孩子！SOS 儿童村总部设在他的伟大事业的起点因斯布鲁克，那里有他的纪念碑。他把无私的慈爱留给世人，自己则和阿尔卑斯山的森林、雪山、湖水融为一体了。

　　现任 SOS 儿童村总部主席的库廷先生接替了格迈纳尔的事业，他指着格迈纳尔与第一代儿童村孤儿的合影照片的一个孩子说："这就是我。"

　　我怎么也不能把照片上的瘦弱孤儿和眼前高大的先生结合起来。库廷先生也早已到了当爸爸的年纪，不知是受恩师影响还是某种巧合，也是个单身汉。库廷先生非常热爱中国，为援建儿童村四次来中国，亲自为天津的儿童村破土奠基。

记得那天库廷先生一见到我，就用标准的中国话说："你好！"

大概他只学会这么一句中国话，在告别时他也举起手大声喊："你——好！"

我和大使馆的赵先生听了哈哈大笑，他不明白我们笑什么，仍然摆着手道别："你好——你好——"

他听说我是天津来的，立刻指着画册上的天津儿童村给我看，我转达了天津的孟丽华村长等朋友对他的问候。他很高兴地谈起了天津儿童村的妈妈庞惠丽等朋友彻夜为他缝制了一件真丝中式上衣，第二天他就穿着去北京了，他说他很喜欢那件衣服，同时称赞天津是一座美丽的城市。

库廷先生幼年时受过很多苦，到处流浪，他曾作过演讲回忆自己的孤儿生活，听的人都流下热泪。他说："要不是格迈纳尔先生，我会变成另外的人，是儿童村把我培养成人。"

他亲自抬着格迈纳尔的棺木安葬了伟大的"爸爸"，并忠诚地继承了担当全世界五万多名孤儿的"爸爸"的神圣职责。

布莱西特先生也是儿童村的"爸爸"之一，是儿童村总部的秘书长，曾随库廷先生一起来为天津的儿童村奠基。我第一次访问儿童村总部时，他热情地接待了我，亲自开车陪我到辛特布吕尔儿童村参观。这个坐落在维也纳森林里的儿童村幽静漂亮，许多童话般的尖顶楼顺着山坡而建，森林、草坪、苹果花盛开，不少孩子在山坡上嬉戏，真是一座儿童乐园。布莱西特先生还是一位作家，著有厚厚的《格迈纳尔传》，并签名赠予我留作纪念。

库廷主席选拔的一个年轻助手理夏德·皮希勒尔，这位英俊干练的小伙子则是儿童村养大的第二代孤儿了。他的年龄还不足以当"爸爸"，权且作为"哥哥"吧！我问库廷先生为什么选择了这条道路，他郑重地说："在各国的文化阶层中，都有那么一小部分人出自信仰愿意放弃个人幸福生活，立志于将自身献给别人，中国在这方面的传统就更深一些。"

他说的一点也不错。

毕加索画展

　　德国著名汉学家马汉茂教授听说我到德国来了非常高兴，他在台湾出版的一本书中编入了我的《东方女性》，约我第二天去科隆见面，下午去看毕加索画展。我正想去看看举世闻名的科隆大教堂，又听说可以去看毕加索画展和认识他的夫人廖天琪女士，便愉快地答应了。

　　在约定的时间地点，我认识了他们一家。马汉茂的德国名字叫马丁，也有一双湛蓝湛蓝的眼睛，会说一口纯正的中国话。廖女士颇有女学者风度，温文尔雅，待人亲切，我非常喜欢这位祖籍四川生于台湾的女同行。他们的独生女兼有东西方之美，是个漂亮的小姑娘。我们都对绘画感兴趣，兴冲冲地去朝拜毕加索。能够在访德期间看到由世界各地收集来的毕加索原版作品，真是梦想不到的好机会。早在我的青少年时代，就觉得毕加索是一个叫人难以理解的神秘人物。我在天津人民艺术剧院舞台美术队工作时，经常泡在资料室里看画册。那个小资料室有许多精美的画册，一般职工不允许进去，我们学美术的人才能得到特殊批准。我坐在小马扎上，整日整日地翻看画册，简直着了魔。有一册价值五百多元的《毕加索画集》，我抱着那个大画册反过来倒过去地想看个究竟。我对它感兴趣，只是惊异它的价钱，五百多元在50年代不是个小数目。但是，琢磨来研究去，始终不得要领，除了一只线条流畅的和平鸽以外，别的画大都支离破碎、怪里怪气的。直到80年代，变形画已屡见不鲜，我对毕加索的生平也有所了解，才对他那些独特的画似懂非懂地附庸风雅一番。现在站在大画家的原作面前，我第一个念头就是寻找曾在那本大画册里见过的画，如同寻找自己青少年的梦。梦，总是支离破碎的……那么这些支离破碎的画面……30年的生命体验和流逝感，使我忽然有所领悟——毕加索不是单纯描摹客观真实景象的画家，他力图表现内心的主观情绪，而情绪和梦都不是现实生活的照像，它们都是浮想联翩，没头没尾，支离破碎的！啊，或许画廊中充溢了艺术巨匠的灵气，启示我忽然"禅悟"了。再看那些变形画，就不觉怪诞难懂了。

有一张把分割成一块一块的人体重新组合的画，细看可以明了是一个母亲领着一个幼儿蹒跚学步，廖女士告诉我画的题目叫作《第一步》。幼儿的脸和身姿虽然变形，但神态可爱，迈出第一步的图案式线条极有动势，整个画面非常美，富有人情味。只要是人类，不分肤色、国家、社会制度，都有这人生的第一步。引申一步，只要你在人生道路上决心重头做起，以巨大的热情开始做一件新事情，都会在这《第一步》中找到共同语言和精神鼓舞。毕加索以这种随心所欲的色块和几何图形画这张画时，显然是极为情绪化，倾注了浓厚爱意的。观赏者在看画时也会被触发诸多丰富的情绪，激起在人生之路上勇敢探索的自信心。画家—作品—观赏之间的情绪感染和心灵沟通，真是妙极了！变形画较之写实画的长处，即在于它的神韵有着引人思考、揣摩、联想的余地。在画廊的紧里头悬挂着毕加索画的十一头牛，生动地记录了由写实到变形的过程。开始是以扎实的素描基本功画的牛，逐渐变成线条简练的速写牛，继而以图案化的单线表现牛的动势，最后变形为似是而非的牛了。奇怪的是，最不像牛的变形画反而最像牛，其神态反而最栩栩如牛。这种从繁到简，从实到虚，从忠实描摹到大胆夸张，从表现客体到表现自我的升华，不仅适用于绘画，也适用于文学创作及一切艺术门类。

我终于找到了《格尔尼卡》——那本往昔的大画册里最为著名也最令人不解的一幅画。漆黑的底色上满是可怕的人体局部，号哭的女人头、有裂缝的马头、五官挪位的牛头、手握断剑的士兵的胳臂、死去的婴儿、一双脚……这些残肢断臂恐怖地组合在一起，给人造成很大的视觉刺激。在陈列这幅画的印制品的柜子里，同时摆着一张照片，一队佩戴卐字臂章的法西斯军队行进在巴黎街头。两幅画面互相一对照，你立刻懂得了《格尔尼卡》的全部含义。格尔尼卡是西班牙的一个城市，1937年德国空军对它狂轰滥炸，整个城市变成一片废墟。毕加索听到祖国这一噩耗之后，决定画这幅宽达25英尺的大型壁画，他说："我清楚地表明了对那把西班牙沉浸在痛苦和死亡的海洋中的好战集团的厌恶和鄙视。"

　　在画展上我还看到了毕加索和加缪、萨特、西蒙波伏娃等思想家的合影，单凭这些名字本身就充满了感召力，使你总想使自己变得更加高尚和聪明一些。有一张毕加索的照片十分幽默，穿着海魂衫的画家目光犀利而好奇地望着世界，桌边各用五个面包棍儿摆成他的"巨手"。我便把印着这张照片的明信片带了回来。

我看到了蓝色多瑙河

　　约翰·施特劳斯的一曲《蓝色的多瑙河》，使全世界的人都知道了奥地利。欧洲的明珠多瑙河早已染上了一层诗意的色彩——蓝色，当然是蓝色的。然而，近年来有多少旅欧见闻文章中都在慨叹：蓝色的多瑙河，你在哪里？

　　现代大工业和城市废水污染了河流，多瑙河早已变得浑浊不清。如果约翰·施特劳斯健在，得写哀伤的《灰色的多瑙河》了。奥地利主人告诉我，他们的政府和人民在治理多瑙河污染方面付出了巨大的努力，也取得了卓越的成效。但是，当我识得多瑙河真面目时，一股失望之情还是涌上心头：多瑙河两岸的山林建筑是美丽的，但多瑙河远远不是蓝色的……

　　主人大概了解我们的心情，提议带我们去看一条真正蓝色的多瑙河，我将信将疑地去了。小汽车在维也纳市区穿行，驶过一条多瑙河又一条多瑙河，搞得我糊里糊涂，难道多瑙河会有孙悟空的分身术？原来，流经维也纳的多瑙河有三条河道：古多瑙河、多瑙运河和新多瑙河。

　　汽车驶出繁华市区，来到离城三四十公里的郊外停在公路大堤上，便见两坡碧绿的草地簇拥着新多瑙河——名副其实的蓝色的多瑙河！

　　我站在新多瑙河大桥凭栏望去，波光粼粼，碧穹高远，芳草滴翠，丛林掩映，视野极为广阔，景色美不胜收。河心有多瑙河岛，500 米宽，25 公里长，犹如镶在蓝色飘带上的一颗长形钻石。这时如果有一对对青年在河心岛草地上跳起圆舞曲，便是再妙不过的约翰·施特劳斯的名曲意境了。

　　这段新多瑙河离维也纳市区很近的旅游区，全部是人工开凿建成的。河上不允许机动船驶过，更不允许工厂倾倒废水，水质纯净，堪称游泳的天堂。

奥地利是内陆国家，山林湖泊颇多，独缺海岸线，人们对游泳胜地的向往便可想而知了。主人们遗憾地说："可惜你们来早了一个月，过些天人们就要来游泳了，两岸草坪上躺满了晒日光浴的人，还有裸体浴场。"

我好奇地问："裸体浴场可以叫我们看吗？"

主任答曰："当然可以。"

我又追问："我是说……穿着衣服的人可以去看吗？"

主人笑了起来："可以，没人管你。但若是大家都裸体，穿衣服的人反而引人注视。"

我听了觉得非常有意思，这个细节表现了东西方文化的相互对照和不同视角。后来我见过几张裸体浴场的照片，所有的人都泰然自若，绝无东张西望窥视人家的角色。有一家人一丝不挂的在沙滩上散步，爸爸妈妈哥哥姐姐小弟弟小妹妹，全都是表情自然正派无邪，一副亚当夏娃偷吃禁果之前的天真相，令我这个东方人感慨万分。

我并不主张在这方面"全盘西化"，国情民俗的差异，大概几百年以后仍然存在。不过，中国人之惧怕自己的肉体，也实在封建保守得可怕。孟姜女之所以嫁给范喜良，只因在后花园拾取落水扇子时被他偷看到自己的手臂。前几年某山城工厂浴室失火，正在洗澡的十几名女工如果敢于冲出即可活命，但孟姜女式的古训使她们惧怕裸露身体比惧怕死亡还要厉害，结果全都活活烧死了。我想，在这方面东西方文化各自的极端若能相互靠拢一下，便能取长补短了。当然互为融合很不容易，那么就彼此宽容一些吧！

我们乘电梯登上了 160 多米高的多瑙塔，坐在旋转餐厅里能够俯瞰维也纳全景。最妙的是几条多瑙河绕塔流淌，多瑙河古老河道，上个世纪挖掘的多瑙运河和新多瑙河，三河交叉，犹如三条闪光的玉带。其中，尤为夺目的是蓝色的新多瑙河，和两条旧河相比，浊清分明，独占鳌头。

坐在高高的旋转的多瑙塔上，我体味到某种旋律，优雅，轻柔，欢畅，那是什么呢？哦，圆舞曲，约翰·施特劳斯，奥地利的骄傲，《蓝色的多瑙河》……

维 也 纳 森 林

从飞机上俯视，奥地利是一座绿色的大花园。青翠碧绿的草地和郁郁葱葱的森林明暗辉映，几乎看不到裸露的土地。到了维也纳才知道，坐汽车出城不到半小时就能钻进维也纳森林。维也纳周围的山林，统称维也纳森林，是人们消夏度假的好地方。一座大都市离森林这么近，真是得天独厚的福气，森林使人觉得维也纳的风都是绿色的。

当我刚刚摘下红领巾走进天津人民艺术剧院的大门时，就常听赵路院长说起维也纳森林。50年代初，赵路院长参加世界青年联欢节时去过维也纳。他笑道："听说奥地利有一半人是在维也纳森林有的。"

那时我还是个傻丫头，怎么也不明白那里的人们为什么要回到森林里去生孩子。后来长大了才知道，这是形容维也纳森林是谈情说爱的胜地。我到了奥地利一看，果然，每到周末下午，维也纳人都开着汽车奔向维也纳森林去度假。

维也纳森林，还因为有了约翰·施特劳斯的圆舞曲而名扬全球。那位"圆舞曲之父"，不仅写了优美流畅的《蓝色的多瑙河》，还有许多歌颂森林的名曲。每次驱车在森林里路过，飒飒林涛犹如小提琴协奏，茫茫林海组成气势宏大的绿色乐队，演奏《维也纳森林的故事》，传递着《春的气息》……

你若问：维也纳的天空为什么这样晴朗？当地人会回答？因为有了维也纳森林。

你若问：维也纳的气候为什么这样湿润？当地人会回答：因为有了维也纳

森林。

你若问：维也纳漫长的冬天为什么并不严寒？当地人会回答：因为有了维也纳森林……

奥地利的森林覆盖率占全国土地面积的 44.4%，多么令人羡慕的三个"4"啊！我们呢……中国的森林覆盖率，国内什么统计表说是占全国土地面积的 12%，听说实际上只有 6%，这又是多么令人担忧的数字啊！我到过大兴安岭林区，见过那里的"过伐林"。从电视上看到大兴安岭林区大火，我浑身被那无情大火炙烤得发疼。我到过呼伦贝尔草原，看见过草原的沙化。由于森林的大量砍伐，一条黄沙火龙正向草原滚滚扑来。中央电视台不断地播映森林被偷伐盗伐的镜头……照此下去，我们那可怜的 6% 还能够维持吗？

我们驱车绕了大半个奥地利，望不尽的山湖，望不尽的草地，到处是纯净的绿色，使你的血液都变得青碧。我问奥地利朋友："森林怎样才保护得这么好？"

他们告诉我，国家重视保护森林，除了整体治理，防治病虫害以外，针对个人砍伐法律有严格的规定。不论是国有森林还是私人森林，不论是砍伐山上的还是私人住宅庭院里的树，必须事先向有关部门申请，获准后才能砍伐。砍掉一棵树，必须种上七棵小树，购买每棵小树要用一千先令，加在一起就是七千先令。有了这些保护措施，才有了光荣的 44.4%。

在维也纳森林里漫步，我想起了家乡的外环线、护城河、护城林，那未来的护城林带何时才能长成维也纳森林这般高大茂密呢？只有出来走走，看看人家是怎样保护森林的，对天津的护城林带才能有更为深切的认识。维也纳森林再美，也是人家的。天津的护城林带再幼小，是我们自己的。我翘首盼望着天津自己的森林，侧耳聆听她传递的《春的气息》……

游荡的白发大军

　　我在德、奥两国的长途跋涉中遇到许多旅伴，令人奇怪的是，这些游客大多是老头老太太，我几乎掉进了一支到处游荡的白发大军。旅店里、餐厅里、火车上、游船上、电梯中、公园中……到处可见一群一群的各国老人。坐在船上漫游莱茵河时，每到一个码头我都凭栏下望，顺着跳板上船下船的是一队队白发人，宛如一条银色的小溪流来淌去……

　　作为中国人看到这一景象可就少见多怪了。我们的老年人大多呆在家里，顶多到花园打打太极拳，养养鸟，下下棋什么的。我在小说《宝匣》里写了一位老太太居住在大城市的小胡同里，80岁了才第一次上火车。我在小说《枫林晚》中写了一个卖冰棍的老太太，爱财如命，把丈夫挣来的钱锁在木箱里一存多少年，等打开一看全被老鼠咬烂了。中国有多少老年人一辈子只挣不花，过着苦行僧式的生活！

　　西方的老人终于找到了晚年生活最好的排遣——旅游。人的一生经历了青少年时代的发奋学习，中壮年时代的拼搏事业，对社会、家庭、子女尽到了责任和义务，把余下的有生之年用来出去走走看看，了解外部世界，返归大自然，这是再好没有的了。

　　白发旅游团的成员们虽然拖着行李不胜疲惫，但一个个兴高采烈不亚于儿童。当我表示对他们的羡慕时，当地主人却说他们中有很多人是因为在家里难耐寂寞才出来游逛的。

　　此话倒也不假，老年人问题在西方各国都感到棘手。西方的家庭关系只有父母抚养儿女的义务，儿女成年之后却没有赡养老人的义务，养老的责任由社会承担。老年人生活经济上有社会保险，但精神上的孤独却是难以排解的。街心公园和路边的长椅上，到处可见老年人呆呆久坐。

在维也纳的一天清晨，我们出去参观时看见路边坐着一位老翁，午后归来时仍然看见他坐在原处未动，木雕石刻一般。透过他那静止的苍老侧影，可以望见五颜六色川流不息的小轿车的车流。一静一动的强烈对比，叫人想起那句古诗：沉舟侧畔千帆过，病树前头万木春。

外出旅游的老人，毕竟是比较富裕的阶层，有的老人只能和小狗小猫为伴。维也纳一对留学生告诉我，他们在路上遇见一个犯心脏病的老太太，把她扶回家去。她家里肮脏凌乱得叫人吃惊，所有的柜门都开着，散发刺鼻的臭气。她一星期只做一次饭，其他时候只是胡乱充饥。丧失生活意趣到这种程度，社会保险的养老金又能给她什么安慰呢？

对照东方式的家庭伦理关系，我也感到茫然。大多数中国老人对和儿女住在一起感到满足。但细细想来，一个人青壮年时拖儿带女、为生存拼搏劳碌，到老了仍然做家庭的奴隶、子孙的无偿保姆，算得上幸福吗？倘若幸运，遇上"大面儿上过得去"的儿媳或女婿，共同生活总算相安无事，但是贤媳如凤毛麟角，悍妇却比比皆是，天天鸡吵鹅斗，又有什么乐趣可言呢？

东方乎？西方乎？人类理想的家庭之舟在哪里？

面对镜子我发现自己额角也冒出几丝白发，心中倍觉凄凉。忽有友人来说他父亲的趣事，老头是个足球迷，在天津有一伙热爱足球的老哥儿们结成没有名号的团体。说起这些老球迷的观球轶事，简直令人不可置信。他们每场足球必看，彼此关照购买球票，每人常备看球必需品——遮阳帽、软垫子、食物饮料、雨衣，甚至还有……尿壶！老年人上下看台腿脚不便，有了尿壶就方便多了。好在足球场大都是男人的世界，也不算有伤大雅。老球迷们追着足球跑遍全国赛场，前些日子，友人的父亲为了一场"不可不看"的球赛，和老哥儿们一起登上飞机去了广州！

看来，不只西方有到处游荡的白发大军，中国老人也不甘于困守陋室了。用句天津俗话说，这就叫：想开了！

世界名屋集于一园

　　我们在环游奥地利的旅途中，路过一座小城。没料到，在这不起眼的小地方，竟然见到了世界各国的著名建筑——美国的白宫，联合国大厦，法国的埃菲尔铁塔，英国的戈登堡，印度的泰姬陵，泰国的金塔，苏联的红场教堂，澳大利亚的悉尼歌剧院……只要你高兴寻找，可以看到几百座人类建筑艺术之精华。只是它们仅有一人多高，堪称缩小的世界。

　　这座具有特殊风格的公园，是某慈善救济机构为儿童建造的。孩子们走进微型世界建筑博览公园，能够增加多少知识啊！各种肤色的旅游者带着孩子来这里参观，辨认，留影，别说孩子们寻找到自己国家的建筑那份高兴劲儿，就是我们这些成年人在鳞次栉比的华屋中觅见中国应县的木塔和小小的五星红旗时，也都欢呼雀跃了。公园的管理员很有经济头脑，每座建筑前的草地上只有号码和该国的小国旗儿，却不标明它的地点名称，须在入园处买一册精美的说明书，按照号码对照说明书的介绍，才能领略这些建筑的名称、地址、年代、历史事件等奥妙，这样能够给孩子们留下更深刻的记忆。几乎没有家长不为孩子买一份说明书的，这也是公园一笔不小的收入。

　　在这缩小的世界里漫步，你会有一种巨人来到小人国的妙趣。如果一个充满幻想的孩子，能够在他的视野之内同时看到全世界，能够俯视人类几千年的历史文明，他小小的心灵该滋长怎样的豪情，他对自己生存的世界该增进怎样的宏观认识，他对未来该画出怎样雄心勃勃的蓝图呀！

　　望着这一园建筑荟萃，我不由得想起了家乡。天津不是号称"万国建筑博览会"吗，为什么不能发挥城市建筑的特色，也来这么一园"缩小的世界"呢？

　　天津建了那么多立交桥，修了那么多漂亮的公路，但浏览市容的人只是看见了桥和路而已。我曾多次在人民代表大会上提出建议：立交桥下面应建立小的纪念馆，里面介绍建筑师的名字、照片、设计图、建筑工程队的施工场面。尤其应该陈列建桥前旧址的民房风貌，市民支持市政建设自愿拆迁等历史资料。如果全市的主要新建筑旁边都有一座介绍它的历史的文化设施，就能够把死的建筑激活。

　　我们还呼吁建立天津地震纪念馆，陈列大地震后天津的废墟图片和"临建棚"风貌等等。在城市修复以后出生的孩子，根本不知道大地震是怎么回事，他们体会不到全市军民为重建家园付出了怎样艰苦卓绝的劳动。如果有一些文化设施使他们了解世界，了解家乡的历史，对他们树立依靠自己的双手创造未来的观念是大有好处的。我们的在"四二一体制"下宠坏了的"小皇帝们"，太应该了解这一人类生存发展的起码常识了。

　　露天餐桌脚下，麻雀大模大样啄食，这里的鸟儿不怕人，这里的鲜花硕大艳丽，使公园更像一个童话世界。我忽然想起了《天方夜谭》中的小矮子木克，他住在这里大概最合适。我真想借用一下他那神奇的飞毯，把这"微型世界"运回到海河畔去……

　　回国以后，我把在奥地利世界著名建筑微缩公园的见闻写成一份建议，送到政府，呼吁天津也建一座微缩的"万国建筑博览会"。

　　石沉大海。

　　几年以后，深圳建成了"世界之窗"微缩景观公园。

山顶旅店夜话

　　浓云密布，天色暗得很早。山峦起伏，森林变得沉郁，草地也呈墨绿色了。一只大鸟伸展双翅在空中定位动也不动，更加点缀了山林的凝重寂静。高速公路千回百转，汽车越爬越高，雾气越来越大，终于在海拔 1 100 米高的山顶停了下来，夜宿的小村名叫白莱特贝格。

　　原来以为山村野店一定很简陋，没想到布置优雅，一尘不染，不亚于城里的旅店。饭菜十分可口，卧室陈设舒适，浴室设备齐全，早就听说西欧国家的城乡差别不大，百闻不如一见。在万籁俱寂中俯瞰山林谷底，真是一种美的享受。

　　饭后，金翻译陪我在咖啡厅逗留，想认识村里的人们。有一对青年男女在玩中国的跳棋，他上前问候并说明我们是中国人，他俩立即笑着指指跳棋又指指我们。观棋不语真君子，我耐心地看他俩跳来跳去。说实话，二位的棋艺还不如中国的小孩，只会隔一个子儿跳。我等到一盘棋的空档，教给他们几种复杂些的走法，但他们直摇头，仍然一步一步跳。

　　男人们陆续来喝酒了，倚在柜台外面高高的铜凳上交谈。老板太太为我们介绍了教师恩斯特·维尔策，我趁机想了解一下奥地利的教育制度。

　　恩斯特·维尔策是一位谈吐文雅的年轻先生，颇有为人师表的风范。他在餐巾纸上画了一张表格，标明一个孩子从出生到 18 岁的受教育情况，我在一张饭店账单上抄下了他的表格。奥地利的儿童 3 岁至 5 岁上幼儿园，6 岁至 9 岁上国民小学，10 岁至 14 岁上中学，义务教育到此为止。和我国不同的是，学生在上中学时即分科为普通中学和文科中学。15 岁至 18 岁相当于我国的高中，又分为艺术学校、科技中学、体育中学和文科中学等等，还有一些学生在初中毕业后经过职业培训从事工作。以上所有分科，学生都可以根据兴趣的变化互相转换，18岁以后升大学时再选择正式学业。

想到国内许多中学教师不愿意干这一行，我问维尔策先生为什么当教师，他说："这是我梦寐以求的职业，为了帮助孩子，也因为和孩子打交道能使人显得年轻。我国的教育制度是联邦宪法的组成部分，国家很重视教育，教师受人尊重。教师不会被解雇，除非犯了强奸罪。"

我明明知道打听西方人的经济收入是不礼貌的，但还是解释了我的职业需要，希望知道奥地利教师的工资待遇。维尔策老师宽厚豁达地介绍："教师工资因学校和本人年龄而不同，像我这样的年轻教师大约月收入19 000先令（11.7先令相当于1美元），这在我国算得上中等收入了。相当于法官和年轻医生，比警察要高得多。"

针对中国的独生子女教育、师生关系和家庭作业繁重等问题，我又做了相应的介绍和提问，他说："我们的师生关系很好，不许对学生体罚。尽管有的家长也说：他不好好学习你可以打他，但儿童也有人权，要尊重孩子。中学生每周上六天课，33—36节课，每天家庭作业约用两小时，不是很繁重。老师教育学生独立完成作业，可以免费补课；大多数家庭是独生子女，家长并不娇惯孩子。正因为孩子少，对他们的要求才更要高，他们长大了掌握现代化的能力要超过前人。所以，除了必修课以外，孩子们还很愿意参加周末的选修课：计算机、摄影、棋类、乐器，体育项目有网球、足球、滑雪等等……"

这位令人尊敬的教师侃侃而谈，不觉已经夜深了。我们怕影响他明天的早课，不得不告辞了。他说他很向往中国，希望了解中国的同行们，还叮嘱我回国后发表文章要寄给他，我们和这位"乡村男教师"依依惜别了。（注：50年代的人大都看过苏联影片《乡村女教师》。）

葡萄酒之路通向巴登

在我踏上归国旅途的前一天，正巧是个星期日，李夏德博士牺牲自己的休息时间驾车陪我去巴登市。巴登离首都很近，坐落在维也纳森林里。

公路两旁满是葡萄园，这一带是奥地利两大葡萄产地之一。当地种葡萄并不像我国需用爬架，而是将每株剪成 1 米多高附在一根支架上，间距很近，远远望去犹如列队的士兵，煞是整齐好看。这条路有一个醉人的名字——葡萄酒之路。

奥地利的葡萄酒在欧洲久负盛名，有许多古老的酒窖。我们在奥地利每次用餐，都可以择其所好要一小杯葡萄酒，品种有红、白、酸、甜各式各样，一律保持原汁原味，不放添加剂。品一小口，自然醇美，口角生津。

我们访问过一家小型酒窖，已经有二百多年的历史了。主人巴尔克维奇先生是一位画家，每周有三天去维也纳职业培训学校教绘画，其他时间回家照料 5 公顷葡萄园。他在开着汽车两头奔忙的紧张节奏下，还抽时间画了许多优美的风景画。他家生产七种葡萄酒，酒名挺好听：蓝色法兰克、绿色瓦尔特丽娜……

在酒窖门外告别时，李夏德博士指着门楣上方悬挂的用松枝编的花束问我："知道这是什么意思吗？"

我摇摇头，他说："这是卖新酒的招幌，每到新酒出窖的日子，酒农们就在门外高悬一束松树枝，人们就来尝酒买酒了。"

初夏时节，葡萄园里刚刚绽出新绿，但我似乎已经闻到了浓郁醇厚的酒香。路边开满虞美人花，纤细的绿茎托举着红花冠黑花心儿，微风掠过也摇摇曳曳喝醉了一般。舒缓的山冈上森林绿深翠浅，层层叠叠，都像是酒后微醺的样子。哦，名副其实的葡萄酒之路！

汽车开进一座小镇，这便是奥地利最著名的葡萄酒产地宫波尔兹奇尔亨了。别看村镇不大，每年 9 月，松树枝花束挂满了街道两旁，维也纳等城市会有一万多人来参加在这里举行的"酒节"。在那个古老的节日里，全镇几十家酒窖都把餐桌摆在路边，连接成一个长长的宴席。人们在这里品酒买酒，演奏音乐，跳舞唱歌，全镇一体的酒宴终日不散。

沿着奇妙的酒神之路，我们来到了幽静的巴登市。巴登曾经是皇帝的别墅，别看城市小，却有许多古老华美的建筑。巴登公园颇具特色，修在山坡上，迎门处有一方钟形花坛，表盘和时间数字由各种不同色彩的艳丽花朵组成。它时时提醒人们，要珍惜这如花的岁月。顺着山坡朝上走，有约翰·施特劳斯和另一位以写圆舞曲著称的音乐家朗纳的塑像，还有一座喷泉雕塑，表现少女战胜水妖的神话故事，美丽少女和各种妖怪的神态栩栩如生。

如果只有这些并不足奇，公园的令人迷醉之处在于它只有前门没有后墙，再往山上走即是原始森林了。巧夺天工与自然景色浑然一体，精致的人工园林浓缩了大自然美的主题，而郁郁山林又是花园的无尽延伸，当初的构思真是妙极了！

李夏德带我去看贝多芬旧居，不巧纪念馆休息。我表示在联邦德国已参观过贝多芬出生的故居了，他的遗憾之情才稍减。旧居门外有一块铜牌，写着："贝多芬于 1821、1822、1823 的夏天居住在这里，写了著名的第九交响乐。"

我清楚地记得，贝多芬从 1798 年起听觉渐衰，到了 1820 年以后两耳就完全失聪了。那么说，《第九交响乐》是他变成聋子以后写下的。他能够创作名为《合唱》的《第九交响乐》，当然和他的丰富经验和音乐记忆有关，但这里的某种独具神韵的美启发了音乐家的灵感。

作曲家创作那么多圆舞曲、交响乐的灵感来自何方呢？

我追寻着贝多芬和施特劳斯家族的踪迹，思考这块神奇的土地何以孕育那么多伟大的艺术家。葡萄园、葡萄酒之路、松树枝花束——森林女神和酒神的联合演出、万人共饮的酒节、画家与酒农、自然山林与人工花园的融为一体，鲜花组成的时钟敲响了……美的启迪，美的延伸，难道不是一部生命的《合唱》么……

青年朋友啤酒恩

我希望访问德国汉学系大学生的家庭，只有到家里去，才能比较深入地了解现代德国青年。华人黄凤祝先生通过在德国出生的袁小姐联系，有一位波洪大学东亚系学生欢迎我去他家。袁小姐驾车送我到了离波恩一百多公里的哈汀根市，陪同我前往的还有不久前从上海来的自费留学生王小姐。

男主人是一位英俊的小伙子，他向我们介绍了他的法国女朋友帕斯卡和特意来会见我们的高个青年别昂特。这样，相聚的六个人属于三个国籍，说中德法英四种语言，堪称小小的"世界大串联"了。男主人的中国名字叫浦乔恩，因为他爱喝啤酒，在中国上学时同学们都叫他啤酒恩。其实，他的德文原名并没有"恩"的发音，我问他起中国名字时为什么要加个"恩"字，他说："我敬重周恩来。"

他非常爱笑，一双眍䁖眼儿总是闪出聪明善良的笑意。他曾在上海复旦大学学习汉语和中国经济，省下所有的钱在中国各地旅游。我惊异地发现客厅墙上挂着中国地图和手绘敦煌飞天条幅，柜子上摆着西藏喇嘛教徒转经时不离手的"嘛呢轮"，还有许多来自中国的工艺品。他一一指给我看他在中国各地拍下的照片：云南大理、西双版纳、黄山、泰山、峨眉山、普陀山、西藏、成都、大连、沈阳……他的足迹甚至到了海南岛的三亚市，拍下了"鹿回头"和"天涯海角"。此外，他还到过墨西哥，拍下许多玛雅人文化遗迹。我问他为什么跑这么多地方，他回答："我对古老的民族感兴趣。"

浦乔恩真不愧是啤酒恩，他的书房墙上挂着一张花花绿绿的印刷品，远远望去犹如各国国旗，走近了一看，原来是世界各地著名啤酒的商标集锦。

我在数不清的商标中找到了"青岛啤酒"，非常高兴。

法国姑娘帕斯卡身量儿挺单薄，大大的眼睛，玫瑰色的丰唇，很讨人喜欢。她为一些企业的法文技术资料做翻译，啤酒恩当她的德文参谋，两个人以此为生，借以维持他上大学。

通过交谈我了解到，德国的大学不像中国大学实行必须按期读完的学期制，而是采用灵活的学时制。每一门课程分成若干学时，学生学完第几学时由教授签字，可以先去挣几年钱，有了经济保障再回学校继续完成学时，何时学满何时领取毕业证。所以，年届三十岁的大学生并不罕见。现在，中国的大学也开始招收自费学生了，如能采取这种勤工俭学的方式，我想，会给更多的人提供上大学的机会。沿袭下来的学期限制，学生必须在规定时间内就学，完全由家长供养是很重的经济负担。再加上未来的物价上涨因素，难怪许多家长宁可叫孩子早些谋到一份职业了。如果我们的优秀青年无法受到高等教育，那就是一股潜在的民族危机了。

青年们陪我参观了哈汀根市的旧城区，有许多17世纪的建筑非常漂亮，"二次大战"时这座小城没有被轰炸，古老的房屋才得以幸存。今天是"父亲节"，街上到处是男人们开怀畅饮，咖啡店的露天餐桌座无虚席，听说再厉害的悍妇今天也允许丈夫喝醉。我们在一家古老的木楼餐馆吃意大利馅饼，整个小楼都被男声合唱和举杯祝贺的喊声笑声震得微微发颤了。

刚一踏上德国国土时，看到到处都是纯正的金发碧眼，我不由得联想到希特勒通过种族灭绝留下的"雅利安人种"，心中不免罩上战争的阴影。而啤酒恩说他不喜欢当兵，为了逃避服兵役宁可去服"民役"，在慈善机构服务了一年多。兵役部门的人问他为什么不去当兵，他说："我不喜欢杀人的职业。"

那人告诉他："当兵不一定杀人，是为国家服务。"

他说："那我去服民役为国家服务吧！"

他家里墙上挂着一张黑人女孩的照片，我问："她是谁？"

他说："是个非洲孤儿，我通过慈善机构知道了她没有人照顾，经常把父母给我的零用钱寄一些给她。"

夜深了，我们得告辞了。啤酒恩把一个小徽章塞到我手里，说："这是和耶稣一起受难的圣塞巴蒂斯安，他能保佑你一路平安！"

汽车在夜色中驶上了高速公路，我的心情久久不能平静。临出国时，亲属叫我带上一尊小小的弥勒佛，求佛爷保佑我一路平安，现在我又有了德国的保佑神。我把两位不同文化背景的神仙握在一起，一股暖流从手心淌到内心。我学会了一句德语：当K——谢谢，善良的青年朋友啤酒恩。

高速公路组成的𝄞

在联邦德国和奥地利转了一圈儿，走了十几座城市，除了它们的名胜古迹，什么东西最能代表西欧现代文明呢？闭上眼睛一想，竟然浮现出五线谱上的𝄞符号，那就是密布于平川山地的高速公路。

在国内坐汽车习惯了限速，司机开车太快时我就不免心惊肉跳，如果是熟悉的司机，我就会说："开慢点儿，不着急，别出事。"

一个人习惯了缓慢的生活节奏，到了这里，听说汽车只要开上高速公路就得限制低速，而高速却是"不封顶"的。没想到车速高达 160 迈，车身仍然平稳得能够放一杯饮料而不外溢，可以坐在车里写字。公路两旁的景色犹如快速倒退的录像带似的向后飞闪而去，车轮却只和地面摩擦出轻快的沙沙声，好棒的路面呀！

在德国首都波恩市内的一座立交桥上，我望着桥下穿梭般往返的车流。上行道和下行道中间有矮树墙隔开，各有快、中、慢三挡速度的车道，紧靠中间矮树墙的就是两条相背的不限高速的车流，各色轿车真像一支支响箭飞射而去。马达轰鸣夹杂着车里录音机放出的乐曲，汇成永不停歇的现代生活的强劲音响。

高速公路，在山谷里蜿蜒盘旋，在两座山顶之间腾空飞架，在原野上畅行无阻，在高山隧道中长驱直入……有一次我在奥地利阿尔卑斯山上俯瞰山下的高速公路，那优美的弧线真像𝄞符号，演奏着现代化高节奏的旋律。

密密麻麻的高速公路交叉网，需要现代化的公路管理系统。奇怪的是，走遍德奥各地，路旁只见加油站和咖啡馆，却不见警察岗楼或交通监督站什么的。路标和文字代替了交通警察和向导，严格的交通规则和罚款制度使司机们恪守路规。陌生司机能够走遍各地而不大问路，全靠那些详细而周到的路标，每当快到岔路口时，就有醒目的横标画着前方到达某地的路线。路边有公里标记，司机只要扫上一眼，就知道在复杂的路叉中选择什么方向了。假如前方某处发生交通堵塞，自动监视系统会通知后面的司机及时绕路而行。每天上午和下午，都有直升机出勤检查公路路面情况，发现故障及时排除。

我们在奥地利遇到一件非常有意思的事。山路回转 S 形拐弯处很多，在一个险要的拐弯处突然看见一位警察在值勤，手中挥动着指示慢行的小旗。司机们很害怕，一个个放慢了车速，待开到近处一看，没料到这位警察先生是个假人，穿着制服活灵活现到了以假乱真的程度。它的右臂永远上下摆动慢行小旗，金发碧眼，高大英俊，面带微笑，忠于职守，真是一位好警察先生！受了骗的司机们个个哈哈大笑，向风风雨雨站在那里的"警察先生"招手致敬和告别，旅途的单调和疲劳一扫而光，多么聪明的主意！

如果中国公路两旁，尤其是事故多发地段，设置一些能够引起司机兴趣，帮助他们克服松弛倦怠的塑像图画之类，对于减少交通事故是大有好处的。

常言说：要想富，先修路。德国在"二次大战"中遭到毁灭性破坏，不到 40 年就成为世界经济强国，在曾是战败国的土地上骄傲地铺满世界一流的高速公路。坐着"奔驰"车在人家的路上飞驶，我心里很不是滋味。令人稍觉欣慰的是，近年来家乡天津有了中环路和外环路。尽管我们的环线比起人家来还是寒酸的，但毕竟走上了建设的正常轨道啊！只有出来看看世界，对天津的公路建设的重大意义才有了进一步的理解。听说我们的高速公路已铺到了武清，啊，我翘首盼望着故乡大地上的京津塘高速公路！

无所不在的社会保险

德国和奥地利的大城市车流滚滚，街道路口却很少见到交通警察。

有些事使我很好奇，譬如：过马路时，人行横道线上有红绿灯，哪怕前后左右没有车辆，主人们也拉住我们等绿灯亮了才通过。有一天深夜，出租汽车司机送我们回旅馆，街上已空无一人，但司机见了自动指示的红灯仍然刹车等待，决不闯过去。假如两辆车相撞，只要没受重伤，双方都会下车心平气和地商谈一番，各自掏出一张纸交与对方就告别了……

这是怎么一回事呢？人们为什么如此自觉地恪守法规？出了交通事故双方为什么不争吵而彬彬有礼呢？经打听，才知道有两大因素：一是无所不在的社会保险；二是以罚款为后盾的交通法规的威力。两位不慎开车相撞的先生，用不着像中国人遇到这种麻烦时骂祖宗八代，因为他们都缴纳了交通事故保险金。这种保险金分为单项与双项，单项只管撞人或被撞，双项既管撞人也管被撞。出了事，往往缴了"双保险"的一方照顾"单保险"的一方，把自己在保险公司的账号交给对方，两人就握手言别了。

西方人法制观念极强，人人自幼习惯了遵守交通规则，深知在人行横道线亮绿灯时过马路一旦被撞有社会保险，否则，谁敢在过马路时闯红灯撞死活该，无官司好打。司机们更懂得，如果在违反规则情况下肇事，双方保险公司都不负责，受害者一切损失由自己承担，那可是一笔倾家荡产的数目。

无须交通警察出来"断案"，交通规则有一条铁的简单法则：两车相撞，顺向行驶时由后面的车负责。在路口逆向相撞，由副线街道行驶的司机负责。全市街道均有主副线标记，也无官司好打。

奥地利人认为，出了交通事故之后警察来勘察现场论是说非，属于人治而不是法治。出事时警察不在场本来没有发言权，在交通规则不细致不明确的情况下两车相撞，只能说谁都有责任，分不清谁是谁非，于是，免不了提了礼物去讨好交通警察先生，还谈得上什么法治呢？我国法律的粗线条是有漏洞的，必须逐渐完善法规条例。有人抨击西方国家法律条文过于详细烦琐，但粗线条只能增加解释的余地，为开"后门"留下可乘之机。

我们现在开始认识到社会保险和完善法规的重要性了，但保险制度还没有登上社会舞台的主角地位，这里有个劳动生产率和分配制度的问题。西方人表面上享受高工资待遇，一个人所得报酬占他所创造价值的比例较大。但是，他的工资要缴纳所得税和各种税金、交各种保险金和养老金、买房子、买汽车……总之要包下家庭生活的一切。政府官员们也要自己买房子、买汽车，国家概不负责。他的全部生活都靠自己赚的钱，晚年的养老金也源于青壮年时代的积累。一切心明眼亮，活得硬气。由于私人企业和个人纳税多，国家收入也不少。

我们的分配制度呢？不搞"明补"搞"暗补"，实行低工资制。一个人的劳动报酬占他所创造价值的比例很小，剩下的一切由国家包了：公费医疗、住房分配、子女就业，还有什么副食补贴、煤火费补贴、交通费补贴……有人编了一些令人啼笑皆非的顺口溜："党是娘来俺是孩儿，一头扎进娘的怀，咕嘟咕嘟喝奶水儿，谁拉俺也不起来。"懒汉和庸人不泛滥还等什么？只有让人真正觉得"自食其力"，才能唤起真正的主人翁感。

哈朗德先生眼里的中国

　　我们的东道主有两位，维也纳市政厅办公室主任邦迪欧先生和康普莱斯出版社老板哈朗德先生。这是两位十分健谈而又热情的老先生。

　　用中国人的眼光看，哈朗德老板长得一脸福相，只是双下巴颏儿和"啤酒肚儿"叫他挺苦恼。他穿着笔挺的西服、雪白的硬领衬衣，保养得很好的皮肤白白嫩嫩简直像个女孩子，一双善良的浅蓝色眼睛，洁白整齐的牙齿使他笑起来很漂亮。康普莱斯出版社是一家大出版社，以出版维也纳市政建设方面的图册书籍著称，还负责印刷发给市民们的公用手册之类，显然有市政厅资助。他并不以阔老板自居自傲，待人谦和，诙谐幽默，能叫在座的人们都感到愉快。他自己不抽烟，但衣袋里备有打火机，宴会上哪位女士一举香烟，他便殷勤地凑上打火为其点烟。

　　哈朗德先生没有到过中国，对中国十分感兴趣。我们则对奥地利所知甚少，有着提不完的问题。互不了解的朋友的对话很有趣，有时在一方看来不成问题的事情想向另一方说清楚是很困难的。例如他问："中国的'文化大革命'到底为什么会发生？"

　　我和柳萌便耍了滑头，一齐瞅着康濯团长。当团员就有这么点松快劲儿，碰上跟政治沾边儿的提问，我们就推给瘦得可怜的一口湖南腔还有点儿结巴的老前辈。康濯以他那"老延安"的虔诚比讲述一部中篇小说还吃力地介绍"文化大革命"，趁此空当儿，我们便可吞下各种美味佳肴。只是苦了金翻译，他得侧耳细听，挖空心思地把两种截然不同的语言符号来回传递。

　　在讨论"中国的经济形势和未来前途"时，哈朗德先生说他很欢迎中国的改革，相信改革开放能够加速中国现代化，我们听了都很高兴。但是，当谈及具体经济问题时，我们几个人不约而同发了一通忧国忧民的感慨。哈朗德先生却抓住一个问题不放，追问："中国现在是否解决了饥饿问题？"

我们经过交换意见，由康团长回答："在全国绝大多数地方这已不成为问题，只是个营养水平的差别。"

他便肃然起敬了，诚恳地表示："仅仅做到这一点，改善了农业的现状，中国的改革就是了不起的！中国人口那么多，任何国家的政府能解决这么多人的吃饭问题都是了不起的。奥地利只有七百多万人口，这两者就不一样。第一次世界大战以后，奥地利还没有工业，没有正经的资本家，所以在"二次大战"中成了希特勒的牺牲品。历史上奥地利一直是农业国家，山林土壤肥沃，"二次大战"未遭重大破坏。宣布为中立国以后军费开支减少，又经过40多年来的工业发展，才成为欧洲富国（奥地利的国民平均收入在西欧国家中数一数二）。中国仅用了几年时间就纠正了过去的偏差，解决了饥饿问题。改革开放允许直接吸收西方的先进技术，可以缩短许多时间。如果照这样的速度，将来你们会超过我们。"

我们摆出许多国内的棘手问题，说明事实并不像他想得那么天真。他仍然坚持己见，预言中国将是超过欧洲的强国。一个外国人为中国辩护，而中国人自己却不同意他的看法，这种"交换场地"的颠倒真是耐人寻味。

我想，不少外商跑到中国来谈贸易搞合资，往往在官僚体制的层层关卡面前畏而却步，就是因为他们对中国只具备理想主义的认知。然而我们自己，是否又陷入局部泥沼中而缺乏宏观驾驭的远见呢？

云 海 之 上

真的飞往欧洲了，真的飞往苏联了，去实现我那做了30年的梦……

像我这个年龄的作家，哪一个在青少年时代不是深受俄罗斯文学和欧洲文学的影响呢！记得在1964年的"社会主义教育运动"中搞"人人过关"时，我傻里傻气地在思想检查中写了自己对欧洲的向往，写了自己梦想去苏联看看普希金笔下的青铜骑士像，因此而被当作"白专典型"，在小组会做了两次检查才得以过关。其实，那时我只是出于天真的幻想。小时候读过一本神话，说七大洲本是七个人，其中欧罗巴是最美丽的姑娘。她被人追逐无处躲藏，变成了一块绿色的大地，所以欧洲是世界上最美丽的地方。从那时起我就梦想有朝一日去看看欧罗巴姑娘，这一天终于来临了。

当今出国是一大时髦，"有权不使过期作废"近水楼台先得月的事，是生气不得的。我这人有时也算灵活，却不愿为此摧眉折腰。中国作家协会终于想到了我，出访任务是奥地利，我毫不迟疑地答应了。虽然奥地利是个小国，却是举世闻名的艺术家摇篮，从这一点说不比英美差。我对出国开洋荤买洋货并不感兴趣，只是希望去领略古老的欧洲文明。何况旅途中还能路过莫斯科，并有可能顺访其他欧洲国家呢！

人的感觉真奇怪，当飞机在祖国领空航行时，我觉得自己像一只没断线的风筝，根，还在大地上。但是飞机一飞越国境，我立即有了一种身不由己顺着抛物线被抛了出去的感觉，像一个顽童扔出去的小石子，不，还是比喻为顽童扔的"飞去来"为好……

沙漠，生平第一次见到真正的沙漠。飞了好久好久，还没有冲出死寂的黄沙，枯黄枯黄叫人眼睛发干。当我终于见到山峰河流时，长长地喘了口气，庆幸大地重新变得生机勃勃。我很快又被新的发现激起异样的感觉——从夕阳的方向辨认，所有的河流都是往北流去的。如果一个人自幼习惯了"大江东去""大河东去"，乍见这"背叛"的流向怎能不产生独在异乡为异客的疏离感……

不知这是苏联的乌拉尔山脉还是什么山脉，只见群山起伏，山谷里流淌着一条闪光的河流。有一条很长的河，似乎要和飞机的航线比短长，无尽无休地奔向北方。无法用惯常的"蜿蜒"形容它，因为它简直像一条女人拆毛衣拆下来的毛线，飞了许久也未能把这条乱毛线理清楚……乱毛线伸延进脑海里，不知什么时候消失了。奇怪的是，一路上未见一座城市，或许我睡了一会儿，城市躲进了梦雾？直到夜里两点钟（我的表还是北京时间），才透过暮霭隐约见到一座城市的瞰景。

飞机追着夕阳飞行，时间差，后半夜相当于北京傍晚七点钟，令人怀疑生命延长了。我紧靠的左舷窗外面正巧望见机翼下端反射的夕照，像烧红了的烙铁，在地面上不可能见到山林或建筑的下端沐浴在阳光里，这一抹高高飞升的辉煌真是妙极了！当飞机倾斜时，银白的机翼反射出一轮小小的金光夺目的夕阳。反射的夕照都如此耀眼，真正的落日又该如何呢？我好奇地凑到右舷窗向外张望，只望它一眼，那毫无云霞遮挡的炫目的红光就把眼睛刺成一片金花，经久不散，只好闭上眼睛。由于色彩的补色作用，一轮绿色的夕阳在眼睑里光芒四射。当我回到自己的座位时，看见宝石蓝色的天空迎面飞来一架飞机，拖着长长的喷气，机身和喷气都被纯净的高空夕照染成金红色，烁烁灼目滚滚向前。这种飞奔的发光体，使我怀疑人们对"飞碟"的传说只是一种眼误。

终于，落日伸着懒腰盖上了云被。宝石蓝色的天空水彩画一般渐渐过渡成杏红，云层远处的杏林越熟越透了。天的那一边，是不是有一片金红的杏林呢……

在北京时间凌晨三点，飞机到达莫斯科上空。当地时间应该是晚上九点钟左右，但城市的轮廓清晰可辨，天色并没有黑暗。我想起了妥斯陀耶夫斯基的《白夜》，对于我们本该进入梦乡的人来说。这是一个奇异的白夜。

哦，白夜里的欧罗巴之梦！

你好，莫斯科！

几乎所有的我这个年龄的中国文化人，都知道莫斯科大学坐落在列宁山上。

坐大使馆的汽车来这里时，使馆同志说这就是莫斯科大学，只能看清它的顶楼塔尖上的红灯，很高很高。过去我一直以为它是在山上。现在才看清是一片平地，别说山冈，连一坡小丘都称不上。经打听，才知道这里只是全城比较高的地方而已。

听说这里前天还飘雪花，今天却风和日丽，人们都说是少有的好天气，莫斯科温柔地欢迎我们。街道建筑给人的印象是宽敞坚固，许多十月革命以后盖的房子质量很高，经历了半个多世纪的考验仍不显落后和穷气，说明当初在城市规划方面的远见。

居民宿舍也有不少火柴盒式的单元楼，就显得有些单调了。后来我到了奥地利和联邦德国，才知道这种式样的楼房早已被淘汰了，只有最穷的人才肯去住在里面。

我在"有不少火柴盒"前边加了一个"也"字，是因为它们令人想到国内那些千篇一律的"火柴盒"，才盖了几年就显得落后。天津的楼房搞了粉刷和外部美化，一些人还不以为然，其实和国外建筑的发展相比，已经很寒伧了。或许我们这些文人不当家不知柴米贵，对国家财政困难体会不深，但城市建筑是百年大计，一座房子落成好比运动员出场，何止和人家比赛一百年？几百年后仍有实用价值和审美价值啊！

自幼梦寐以求亲眼见到普希金塑像，可惜这一次我们只是路过莫斯科，中途转乘飞机逗留一天，与普希金无缘了。有幸我看到了另一尊塑像，在宽广的库图佐夫大街上有曾经打败拿破仑的名帅库图佐夫骑马青铜像，横街一座凯旋门记录着他的丰功伟绩。凯旋门的式样几乎和法国的一样，门楼顶端也有驾着六马战车的胜利女神，女神张开双翅神采飞扬。到底在拿破仑和库图佐夫之间该为谁立凯旋门呢？记得有位名人说过：历史是胜利一方写下的，看来不无道理。

　　莫斯科在中国人眼中看来还有一件新鲜事，那就是满街跑着式样一统的伏尔加小汽车。乍一想，老大哥的首都哪里比得了我们国内的小汽车豪华。天津、北京的马路上简直可以举行世界小汽车博览会呢！可是略为思忖，心情便沉重起来。苏联的官僚主义、腐败现象也积重难返，但听说他们的各级官员一律乘坐伏尔加，笨重落后的伏尔加既暴露了体制的弊端，又显示了苏联官员的自我约束和保护民族工业的态度。

　　相比之下，中国的小汽车豪华赛，灾难性的"海南岛汽车事件"等怪现象简直就是一场热病了。我在北京参加全国人民代表大会时，发现几乎所有的部门都在抱怨财政困难，都在伸手要经费，但同时又不难知道，就连一些小小的公司经理和厂长也都乘坐超豪华小汽车！有谁计算过，全国单为各级官员购买进口小汽车就花掉多少了外汇？就挥霍掉多少人民的血汗？穷兮？阔兮？又穷又阔兮？又阔又穷兮？越穷越阔兮？越阔越穷兮……令人百思而不解。望着趴在莫斯科路边的硬壳式的破伏尔加，怜悯之心与敬羡之情相杂，二律背反，一言难尽……

莫斯科小剧院门前的忧思

莫斯科小剧院，是我少年时代的梦。

站在斯维尔德洛夫纪念碑下，可以望见莫斯科小剧院的白色身影，我执意要跑过广场去看个仔细，便不顾违犯交通规则横穿马路跑了过去。小剧院是一座非常漂亮的建筑物，可惜来不及在这里看戏了。自从我15岁到天津人民艺术剧院，就常听赵路院长说起莫斯科小剧院。赵院长是苏联戏剧专家的学生，终生理想是把我们的剧院办成莫斯科小剧院那样的一流演出团体。

望着这座艺术的圣殿，我深深地陷入了忧思。尽管我离开剧院已经六年，并多次声明不再写剧本，但一个人怎么能拔掉她生活了23年的艺术土壤之根呢？"文革"以前，我们剧院号称全国八大剧院之一，著名的导演、演员、舞台美术设计，人才济济，演出了多少名剧啊！那时候的演出，"百场纪念"并不新鲜。每逢百场，后台都要有一番小小的庆祝，它成为我对往事的愉快记忆。然而，时至今日……

莫斯科小剧院贵族般地傲立着，为什么它就能够经受电视的冲击呢？19世纪以来，小剧院培育了多少俄罗斯艺术家、上演过多少著名剧目啊！至今，观众仍然踊跃地来朝拜这座艺术的圣殿，个中的奥秘究竟是什么……

未来得及在莫斯科小剧院看场戏，几天以后却在维也纳歌剧院看了一场由奥地利演员演的美国音乐剧。事先，金翻译叮嘱我们去歌剧院要穿最好的衣服，当地人把看歌剧视为隆重活动。果然，一进举世闻名的剧院前厅，就见盛装打扮的观众一律淑女绅士派头，全然不见街头"牛仔"和"朋克"。

剧场里有一条几个世纪以来的规矩：开幕以后不许入场，演出时观众席里鸦雀无声。金翻译无法把台词翻译给我们听，好在我这个自幼在戏里"泡"大的人，看"哑剧"也能领略大半。我们看到的是一部集舞蹈、话剧、歌剧之大成的综合剧，剧情很简单，写一位剧团导演在众多报考者中挑选演员的过程，表现人们的竞争意识。没有布景，只有若干块顶天立地的活动反光板，变幻各种角度以扩展舞台空间，连接起来时酷似练功房的大镜子，能使舞台纵深和舞蹈人数成倍增长，场面蔚为壮观。

这种综合剧很符合现代观众的口味，但对演员的要求可就苛刻了。一个演员必须同时能唱大段歌曲，能跳高难度舞蹈动作，能念大段独白台词，实在令人钦佩。不说别的，就是在激烈的现代旋律下狂舞之后，立即面对观众独唱或念上一大段表达内心情感的独白，也够他们喘一阵的了。没有多方面的训练和强壮的体力，根本无法演这种戏。

我一边看，一边想国内的那些演员们。话剧演员张不开口唱歌，歌剧演员怕念台词费嗓子，舞蹈演员不会演戏，更别提那些只会模仿别人三招两式的歌星和只凭小脸蛋子搞过火表演的电影演员……莫非中国人天生不会演戏么？不对呀，梅兰芳不是唱做念打样样精通么？不是有那么多的艺术家叫西方人倾倒么？

中国的戏剧事业出了什么毛病呢？……体制，还是那个令人头疼的体制问题。剧团里也端大锅饭，养懒了人，呆废了人，耽误了人。没有了足以发挥剧场艺术优势的保留剧目，没有了对观众具有号召力的名演员，没有了面对电视竞争而完善自己的强大艺术魅力，能够只怪电视的冲击么？

在斯蒂芬大教堂的广场上，有一位头戴假发的古装男人和一位身穿古代衣裙的姑娘，引起行人的兴趣。我们正在看着奇怪，他们向我们打招呼，微笑着拿出一部古装剧目的广告，动员我们去买戏票。这种由演员来做票房工作的好办法，具有很大的吸引力，比冷冰冰地坐在售票处小窗口里等待愿者上钩，更能"财源茂盛"呢！在维也纳的"跳蚤市场"上，几个演员夹在人群里演戏，和人们交流，叫你分不清谁是演戏的，谁是逛市场的。这种活动本身，不就是一种为剧目做的文明而高雅的广告吗？但是，如果一个剧团演出场次多少与演职员的个人收入无关，谁还肯到大街上去卖那份傻力气呢？

西方的电视不是比中国更发达么？但他们的观众照样迷恋剧场艺术，台上台下活人之间交流呼应的那份热烈劲儿，永远是冰冷的电视艺术所无法比拟的。戏剧是由观众共同参与完成的艺术，只要人类仍具备创造的天性，就不会放弃去剧场的兴趣。

莫斯科人印象

　　我们在留苏学生小杨的带领下，抓紧仅有的上午时间游览莫斯科。康濯团长 50 年代初来到苏联，他像急于会见久别的情人一般渴望知道莫斯科的今天。柳萌和我都是属于 50 年代的学生，我们是唱着《莫斯科—北京》《莫斯科郊外的晚上》《列宁山》《山楂树》《喀秋莎》《共青团员之歌》《三套车》等数百首苏联歌曲度过青少年时代的。头一次来到莫斯科，我竟没有太大的生疏感。过去在文学、美术、电影、歌曲中早已认识了她。走在莫斯科的大街上有一种错觉——似乎到过这里，尽管那只能是在梦境。

　　怀着这种亲切感，虽然仅有半天时间，我还是很想了解莫斯科人。所以，我们不打算坐出租汽车，决定乘坐公共汽车和地铁游览市容。莫斯科的地铁站简直是一座宏伟的地下宫殿，车站有华丽的吊灯和精美的雕塑，不亚于革命前的古典建筑。小杨的俄语水平不错，在公共场所一定能够找到和苏联人攀谈的机会。可是，后来的事实叫我们失望了，不知他们都很忙还是怎么的，都不大情愿和外国人交谈。

　　公共汽车上的秩序极好，乘客上车自动把事先买好的票在打票机上打个洞，没有逃票的。他们的文明礼貌，使我想起上小学时老师常常讲的那句话："苏联的今天就是我们的明天。"

　　不过，苏联人似乎……太严肃了些，在车上很少有人相互交谈，甚至谁都不看谁一眼，一个个都是若有所思的样子。不少人捧着报纸，在我看来与其说他们在读报，不如说为了避免眼神之间的交流。莫斯科街上自行车不多，私人小汽车也很少，主要交通工具是地铁和公共电车、公共汽车。幸亏他们人口少，车上并不显得拥挤。

至今端"大锅饭"的苏联似乎还不是一个竞争的社会，但人们都行色匆匆，急急忙忙去奔什么的样子。尤其是地铁里的自动升降梯，速度快得怕人，坡度陡得怕人，人们秩序井然排列于右侧，以令人眼目眩晕的速度升起或降下，无论男女老幼都是一脸肃穆，像是去开党代会似的，这和我以往从文艺作品中认识的苏联人差别太大了。在我的印象里，他们是个幽默诙谐的民族，跳着旋风般的民间舞，唱着抒情的俄罗斯民歌，如今近距离接触却不想一个个都像是陷入"神圣忧思"的哲人。

我们来到向往已久的红场。遗憾的是这里戒严不许游人过去，听说因为某国要员要来。这种事在中国早已司空见惯，我们只好远远地望望克里姆林宫、列宁墓和那座举世闻名的"花洋葱头"顶楼大教堂。想拍照留念，但身后是戒严的铁栅，似乎有损老大哥形象。小杨用俄语再三向警察请求照顾，希望允许我们站进戒严线一米的地方拍照。

没有通融的余地。我们只好把铁栅栏照进镜头，不过总算摄下了在我心中屹立了30多年的圣地。

在无名烈士纪念碑公园外面，许多在电影里见过的标准的工人农民排着长队拥着鲜花等待向烈士献花。这时，走过来一队准备献花的小学生，男孩子女孩子一律戴着红色船帽儿，女孩头上扎着硕大的白蝴蝶结，模样可爱极了。我们很想和孩子们合影，小杨出于礼貌去征询女教师的同意，没料到女教师不准许。后来我们在维也纳又遇见一群可爱的孩子，提出了同样的请求，奥地利女教师愉快地答应了。

所有这些给我一个印象：苏联还不是开放的社会，莫斯科人的心灵是封闭的。后来我见到的奥地利人个个都热情礼貌，不认识的人相遇互相问候或微笑致意。我到联邦德国后，发现连传说中傲慢冷漠的德国人也是彬彬有礼、乐于助人的。

和莫斯科人相比，我们中国人可就随便多了，虽然比人家穷，但穷寻开心的乐天派真不少。尤其改革开放以来，人们在大街上肆意"侃大山"，信口开河议论国际国内大事，一改"莫谈国事"之旧规矩，确也是民族文化心理的一大进步。

小杨问大家到哪一级的饭店去吃午饭，我们一致表示要去普通人的小饭馆，看看日常苏联人的生活。别看刚才碰了两鼻子灰，我们仍然没有放弃和莫斯科人聊聊天儿的念头。小杨领我们进了一家快餐店。

这里排着长队，我们很习惯地站在队伍末尾，从这一点上说是名副其实的"宾至如归"，看来买东西排长龙是社会主义国家的专利。

这应该是找人攀谈的好机会，我请小杨打听这家餐馆的情况和顾客来源，一位中年男子作了简单介绍："这是某个大单位办的食堂，顾客中既有本单位职工也有过往行人。"

我们还想多搭讪，但是人家谈兴不浓。我的前面站着几位女工，标准的电影里"苏维埃女工"形象，扎着俄式头巾，身穿溅满浆点的宽大工作服。我们问她们的职业，答曰建筑工人。又问及具体工种和生活情况，人家便把美丽的蓝眼睛甩向别处了。

我左思右想不得其所，莫斯科人为何不愿搭理我们呢？中国人出国讲面儿，穿着讲究，还挎着照相机，在红场上那些警察把我们当成了日本人。苏联人不喜欢日本人？中苏交恶太久了，也不喜欢中国人？他们是对外国人存有戒备心理，还是不愿意惹是生非？谁知"苏联老大哥"心里是怎样想的，反正是话不投机半句多。我们国内总有一群群的人嘻嘻哈哈和"老外"逗趣，赶巧儿有"老外"向你求助，中国人那真叫热情到家啦！相比之下，真算佩服莫斯科人的矜持了。

那顿快餐倒是真实惠，四个人用了不到两卢布，每人自选一大托盘的食物，虽然不很精致，菜、面包、牛奶、饮料俱全。尤其那盘地道的俄罗斯红菜汤，至今想来都叫人口角生津。

当我们乘坐奥地利航空公司的飞机离开莫斯科时，中午阴沉天气下的城市瞰景，使我想起了电影《莫斯科不相信眼泪》尾声的空镜头。莫斯科不相信眼泪，这名字起得多好！是的，我初识的莫斯科是一座坚强而近于冷漠的城市，但愿有机会再来时能够看到它的热情豪放的另一个性格侧面。

1993·南洋无风浪

文化荟萃之宝地

我到过几个国家的许多城市，像马六甲这样汇集了东西方多种文化古迹的小城还很少见。

这里居住着马来人、华人、印度人、印度尼西亚人、巴基斯坦人等多种民族，建造了各自风格的房屋和各自信奉的寺庙。加上来自全球各地的旅游者，街上堪称人种大检阅和世界建筑博览会。

不同时代的外来统治者葡萄牙、荷兰、英国留下了殖民地遗迹。

刷成砖红色的荷兰街，街两旁都是荷兰式建筑，若是你以风车为背景拍张照片，绝对可以说是荷兰即景。

斑驳残缺的圣地亚哥古城门，是葡萄牙人占领马六甲以后于1511年建造的，1670年荷兰人来争夺这块殖民地时曾以炮火破坏该城堡。三百多年过去了，城门和断垣仍然遗留着战火焚烧的烟迹。

单说西洋教堂，小城马六甲就拥有四五座，哥特式金黄色双塔圣芳济各天主教堂，荷兰红屋式的紫红色基督教堂，雪白的圆穹顶的圣彼得天主教堂，坐落在升旗山顶的圣保罗天主教堂，都是地地道道的欧洲情调。

来自各国的移民开拓者，也留下了多姿多彩的民族文化遗迹。

本地风格的主流建筑当推飞檐翘耸，高脚托楼的马来式房屋，令人联想到了西双版纳的竹楼。

印度街上的古董店里放送着千回百转的印度乐曲，缠着大头巾的黝黑男人，披着长纱丽的黝黑女人，令人误以为到了恒河之畔。

在马来西亚，华人是第二大民族，城市里华人街很多。中文字号的商店鳞次栉比，酷似老天津的大胡同估衣街。尤其让人感兴趣的是，马六甲河对岸有一片挨挨挤挤的木屋区，简直和我国江南水乡苏州、绍兴一模一样，那是华人先民把家乡建筑式样搬到了南洋。我故意在河边照了一张相片，拿回来问朋友们这是什么地方，大家都说是江南水乡。当我说明这是马六甲风光时，他们都惊奇万分。

伊斯兰教是马来西亚的国教，马六甲有各式各样的清真寺，并不都是一统的有着"洋葱头"式穹顶的蓝白色调建筑。驱车驶过市区，清真寺有绿色的，砖红色的，白绿相间的，五彩缤纷，美不胜收。最妙的是，同一座建筑不仅融汇了东西方的建筑精华，还兼有中东式样，两三层中国式的琉璃瓦竟然组成了埃及金字塔形状的屋顶。有的庭院既采用了中国古庙式的大屋顶和宝塔，又充满苏门答腊色彩。闹市街景博采众家之长，令人拍案叫绝。

这种相异文化的和谐共存，使我忆起了当年去奥地利的难忘旅行。在阿尔卑斯山区的圣乌尔夫甘戈教堂的大厅，竟然供奉着两位圣母玛利亚的塑像，堪称世界一绝。在大厅前方正中的哥特式神坛是罗马人于15世纪建造的。到了17世纪末，罗马人败退，巴洛克艺术兴起。奥地利皇帝委派著名建筑设计师舍瓦塔恩塔勒建造巴洛克式神坛，要他把老神坛拆掉。但是，他认为这样精美的古典艺术不应毁掉，于是破例在迎门的一侧另外建造了自己设计的神坛。由于艺术家的宽容大度和真知灼见，古代文物才得以保存下来。只有具备仁爱之心，自信自尊自强的英才，才敢于和对立的派别共存，才不屑于以毁灭他人来抬高自己。有些掌权者虚弱到只敢听一种听惯了的声音，宁可把自己封闭在"一言堂"里接受佞臣们的谄媚，真该去看一看那位神坛设计师的杰作。凡是文化封闭的国家和民族，不愿吸收全人类的文化精髓，一定会造成发展缓慢乃至倒退。

马六甲城，是一位智慧的历史老人，以其宽厚柔和的声音向人们述说着一个真理：随着现代科学和经济的发展，随着旅游热和移民潮的兴起，地球愈来愈像一个大家庭了，这个大家庭各种肤色各种信仰的儿女们愈来愈懂得了和平共处。各种民族文化的宽容性、融汇性和共存性，会给人类带来温馨与安宁，不是么？

马 六 甲 是 树

中学生们都从世界地理课本上知道位于东南亚马来半岛西南端的马六甲海峡，我能够在地图上找到它时只有 12 岁。38 年以后，我坐在马六甲市的海堤上眺望马六甲海峡，才从当地主人那里问明白，原来马六甲是一种树的名字。

大约六百年前，也就是 14 世纪末，苏门答腊的巴冷邦有一位名叫拜里米苏拉的王子，被政敌追剿逃亡到这里，上岸以后在一棵树下歇息。他看到这里土地肥沃植物繁茂，又是一条淡水河的入海口，决心在此重建家园。当地人管他乘凉的这种树叫马六甲，这条河也就叫作马六甲河了。其实，马来语的发音是满拉加，大概华人们说着拗口，就叫成马六甲了。马六甲这个名字很有意思，让人猜想到一匹战马披着六层盔甲，或是有六种部件的彩色盔甲，还可以揣度成为一匹良种母马身怀六甲。总之，未识庐山真面目之前，我一直把它和马联系在一起，万万没想到它是一棵绿影婆娑的树。

拜里米苏拉王子登上这块新岸以后，开拓新的事业，励精图治，扎根民间，使得马六甲渐渐发展起来，成为东西方商船往来的繁荣港埠，后来壮大成了一个赫赫有名的王国。到这里来经商的，有中国、印度、欧洲和南非的商人，此处辟为海船必经的水路要道，中国称之为"海上丝绸之路"，于是也就成了各国商品的交易集散地。金银珠宝、丝绸、茶叶、香料、烟草、土产等源源不绝，其中也有西洋奸商运往中国去的鸦片。

地理位置重要的马六甲，历史上总是引起强国的觊觎，各国殖民主义者都企图垄断远东香料及土产贸易。1511 年，葡萄牙派兵占领了这个小国，结束了马六甲王朝。以后，荷兰人和英国人又相继成为这里的统治者。但是，这块富饶的土地上只要还有马六甲树在葱茏生长，人民心中就有着追求独立自由的旗帜。终于到了1957年，马来西亚宣布独立，马六甲也成了联邦的一个州。值得骄傲的是，独立后的首任州长是华人后裔敦梁宇皋先生。在马六甲河畔还有一条命名为敦陈祯禄的街，纪念一位有杰出贡献的华人领袖。敦，是马来国王给华人的最高贵族头衔。

我特意站在枝条秀丽的城市之灵马六甲树下拍照留念，虽然找不到当年落难王子柳暗花明的感觉了，却也借得几分仙气。马六甲，永远是追求者的新岸，新的起点，新的开拓。找到这种新的感觉，真是不虚此行啊！

两年以后，我又有机会重访马六甲，一个人一生中能够两次来到远离故土的异国边城，也真算是有缘分了。我为同行的朋友们带路，温习了上次访问走过的每一个地方，如数家珍地向他们介绍这里的历史典故风土人情，好像我就是一个马六甲人了。文友们说："一进马来西亚你就嚷嚷一定要去马六甲，来了一看才知道，马六甲果然是一座独具特色的名城！"

我又一次站在马六甲树下拍照留念，绿影婆娑枝条秀丽的城市之灵，又一次给了我永远追求生活起点的感觉。

哦，马六甲，心中的长青之树！

三保庙、三保井、三保山

15 世纪的航海家郑和将军，在马六甲拥有永享华人后代供奉的庙宇和神位，是我来南洋之前不曾想到的。如今，仰望雕塑精美的郑和神像，我不禁屏神敛气，敬重之情油然而生。

我从中学历史课本上早就读过郑和的大名，记住了"三保太监下西洋"的故事。但历史教科书总是很枯燥概念，语焉不详。所以，我很惭愧，年近半百到了南洋才知道了郑和下西洋比意大利人哥伦布发现新大陆还要早半个多世纪，其船队规模也超过哥伦布船队好几倍。

听了当地华人朋友的详细讲解，愈发觉得我们先人的厚道。郑和率领二万七千八百多名官兵，分乘 62 艘大船浩荡南下，最大的旗舰长达 44.4 丈，宽 18 丈，可容一千多人，堪称气势恢宏了。在 28 年中，他们七次（一说八次）下南洋（古代称为西洋），最远到了非洲东岸、红海和伊斯兰圣地麦加，多次途经 30 多个国家。我们这位祖先只是充当了亲善大使和做些贸易，以瓷器、丝绸、铜铁器、金银什么的，换回当地特产稀罕物儿，并没有像哥伦布他们那样为其国王的殖民主义野心开辟疆土。或许，正因为郑和只愿担任中国人民和亚非各国人民之间的亲善大使，才得到当地人民的爱戴和纪念，修庙塑像尊为神仙了。哥伦布肯定也是有塑像的，但那是在他自己的国家里。死后为神，在他国享受供奉香火六百年直至永远，却是郑和的殊荣了。

在地道的中国式庙宇三保庙里，我仔细拜读了这位杰出祖先的生平。他和发明造纸的蔡伦这样的英才竟然都是太监，伟大名著《史记》也是司马迁遭受宫刑以后的心血之作，令人心里对他们的崇敬之中又多了一份痛惜。

郑和（1371—1435），本姓马，小字三保，回族，云南人，祖父与父亲都到过伊斯兰教圣地麦加，他在幼年时就向往看看外面的世界。不知什么原因，他在明朝初期入宫当了宦官，燕王赐他姓郑，永乐三年（1405年），他开始了勇敢的航海生涯，几乎终生都是在海上度过的。最后一次航行年已60岁，回国后不久就病死了。一说他病死在归途海程。

郑和一生为何七下南洋呢？他为何一次又一次宁愿冒着生命危险在汪洋大海上搏风击浪，也不愿意留在宫廷争宠弄权呢？他的内心创伤复杂情感，史书上从未记载，只能靠我们作家和编剧去想象补充了。

关于三保庙、三保太监、三保井、三保山，当地华人还有一个世代相传的故事。据说郑和的船队有一次来马六甲途中，帆船龙骨出现破洞，造成船舱漏水几乎沉没。正在危急之际，幸获一尾名叫"三宝"的海鱼，以鱼身堵住破洞避免海水涌入，才平安到达了马六甲。三保太监之称究竟来自郑和的乳名，还是来自"三宝鱼"的典故？或者，三保与三宝有某种神秘的缘分？谁知道呢，奇妙的世界什么奇妙的巧合没有啊！

三保井，就在三保庙旁边。我在三保井旁拍照留念，但井口罩着细密的铁网，照片上的我像是倚在一个圆桶旁。

三保井旁，曾经住着一位美丽的中国公主。1409年，明朝皇帝把汉丽宝公主下嫁马六甲苏丹（即拜里米苏拉王子）。郑和护送公主来到马六甲。苏丹王特意派人为公主挖了这口水井，井水清澈见底，甘美清纯，几百年来取之不尽。后来不知出于什么典故，三保井成为一口许愿的水井，相传往井里投下钱币许愿，游客终有一日会重游马六甲。

马六甲太美了，游客们都想再来，纷纷投币于井。钱币太多会把井堵住，只好罩上铁网。无法投币，我仍然默默祈祷：郑和将军、汉丽宝公主，保佑我会再来马六甲！

果然，两年以后，我实现了重访马六甲的愿望。

一万两千个灵魂

曾子才先生说，马六甲有一座三保山，是中国本土以外的最古老的华人义山。我的家族祖辈并无漂洋过海的先人，只是作出采访式客观询问："三保山有多少座坟墓？"

曾先生回答："一万两千多座。"

我以为听错了数字，惊问："多少？"

"一万两千多座，占地25公顷。"

我立刻表示要前往凭吊，为此宁可少看几处景点。曾先生驱车来到一条僻静的环路，指着环路围绕的土山说："这就是三保山，可惜这条路不许停车，咱们的时间又太紧，只能绕山看一看了。"

我从车窗探出头朝山上望去，只见从山顶到山脚密密麻麻伞状排列着一座座坟墓，墓碑林立，荒草萋萋，一派肃穆悲凉的景象。我平生从未见过如此庞大拥挤的坟场，心灵一下子被震慑了。看到那些斑驳风蚀的古碑上写有"大明永乐""大清康熙"等年代字样，备觉历史厚重人世沧桑。

当时马六甲开国不久，面对强邻霸占野心很是不安。明朝成祖朱棣皇帝于1430年派中官尹庆巡访南洋诸国。拜里米苏拉国王向尹庆表达了这一忧虑，并派特使前往中国觐见明成祖，获册封"满拉加国王"，马六甲成为中国保护邦。1409年以后三保太监郑和七次下西洋，五度在马六甲停留，并护送汉丽宝公主下嫁拜里米苏拉。这时拜里米苏拉已皈依回教，称为苏丹满速莎。为安顿汉丽宝公主及随行的五百名侍从婢女，他把三保山赠给公主，供她建宫殿居住。明成祖为此赐诗一首，勒碑镇山。从那时起，三保山成为华人的领地。几百年来，三保山几经战火浩劫，中国式的古建筑和西洋人盖起的天主教堂都已经荡然无存，变成了万余华人海外游魂安息之所。

1984年，马来西亚有一派势力提出"限期还地税函"，要求政府没收三保山，铲除坟墓开发山地盖商用楼房。此事激起了华人社会的强烈反对。《南洋商报》《星洲日报》《光华日报》《中国报》，都以巨号黑体字刊登文章，呼吁"不能没收三保山！""限期还地税函不合法！""不希望政党介入"等等，政府不愿意因一座坟山引起民族纠纷，"没收"一事也就作罢。

在华裔子孙的保护下，万余先祖的安息之魂才没有被赶出冥寓。他们生前漂泊南洋，客死他乡，死后如果再被迫流离失所，魂无所依，那就太残酷了。

知道了这些往事，我再以一颗虔诚的心目祭三宝山，忽然发现了墓群的朝向与国内不同。国内汉族坟墓大多坐北朝南，只有胶东自称四川人后代的死者墓地是坐东朝西，表示回归四川。三保山的棺木却是以山顶为背放射形朝向四面八方的，坐汽车绕山一周，无论从哪个角度望去墓碑都是给你一个亲切的直面。浪迹天涯，四海为家，随遇而安，落地生根，这不正是海外华人命运的写照么！

坟山只有阴间的拥挤，了无阳间的热闹，空无一人，未免沉寂。忽然，几束火红的大花映入眼帘，碧叶扶持，鲜艳欲滴。这种花在国内北方是栽入花盆的，正式名称叫扶桑，俗称金丝牡丹。在南洋却到处生长，高大如树，称作大红花，并尊为马来西亚国花。

曾先生告诉我，当地华人为了保护三保山，发起了在山上植树种花的绿化运动。不久以后，这里将一改往昔的荒凉，成为花树成荫的美丽墓园。

碧叶红花与古墓残碑，形成了生与死的强烈对比。尊贵的国花肯来慰藉这些为开发南洋做出了贡献的异乡人，也算作一种承认和褒奖罢！万余忠魂地下有知，也可笑慰九泉了……如此想来，在热带烈日下的我周身皮肤竟发凉发麻，犹如秋雨浸润，又如被万千蜂芒蜇刺。继而，皮肤的异样感觉涌向体内，心口一阵烧灼，眼眶酸热，潸然泪下。

诸神共处一条街

马六甲的打金街，又名和谐街，是一条迷人的小街。如果时间允许，我真想留下来多住些日子，好好采访一下这条街的历史故事和民族风情。如果有一位研究宗教和民族问题的学者来到这里，那他一定会找到世上稀有的文化富矿。

打金街很窄，热闹地段只有两百多米长。说它世上稀有，是因为在这段小路上竟然耸立着四种不同宗教的庙宇。此种情形，我在任何地方都没有见到过。

在我的印象中，不同宗教之间即或不相互排斥，也会退避三舍，互不搭界。例如我国崂山，历史上就发生过佛教僧人和道教道士之间争夺仙山的械斗，道教占了上风，崂山道士名扬天下。同文同种尚且如此，何况不同民族不同宗教，更何况多种民族多种宗教呢！

打金街上却是仙风温润，祥云缭绕，一派祥和之气。不同宗教的庙宇之间经鼓之声相闻，甚至有的只有一墙之隔，大家像街坊邻居一样互相尊重，和平共处。这些庙宇都是几百岁的文化老人，站在它们面前令你备觉自己的幼稚和渺小。

这四家芳邻是：

甘榜吉宁清真寺，已有 246 年历史了，是马来西亚最古老的清真寺之一。建筑风格富于苏门答腊色彩，寺顶以三层高耸锥塔为形。院子一角有一座方形古塔，塔身令人想到中国的玲珑宝塔，塔顶却颇具西方风味。

维尼雅卡兴都庙，天蓝色的屋顶别具一格，已有 213 岁了。兴都教是马来西亚的古老宗教，庙内供奉的维尼雅卡神，据说能为商人或要结婚的情侣排除障碍和困难，所以深得当地商贾和青年男女的爱戴。

佛教的青云亭古刹，又叫观音亭，已有 348 年的历史，是东南亚最古老的华人庙宇。金佛宝殿流光溢彩，是古代华人工匠的不朽杰作。庙里供奉着观音菩萨、佛祖释迦牟尼和妈祖神，善男信女每逢初一、十五到此进香，香火鼎盛。妈祖娘娘并不是佛教神仙，属于民间宗教信仰的海上保护神，在此地却和佛教神仙平起平坐。

道教广福宫，在观音亭的拐弯处。南洋华人民间兴盛各种会道门，我碰见过几次叫不上名字来的祭神活动。听说当地还有供奉齐天大圣，也就是孙悟空美猴王的庙呢！可能因为这里盛产猴子罢！好在华人是个多神论的民族，善男信女们几乎不分佛家道家，是庙是观，见神就拜，礼多神不怪，宁可信其有，不可信其无。虔诚归虔诚，心眼儿活泛归活泛，不像西方天主教教徒那么专一。

从打金街走出不远，就能看见荷兰人、葡萄牙人、英国人留下的各式各样的天主教堂和基督教堂，还有各式各样的回教堂……各方宗教的神职人员、信徒和他们供奉的神灵，在这个小城相安无事，各行其是。

在打金街上徜徉，激起人太多的联想。试想，这么多的宗教这么多的庙宇，如果哪一家推行霸主政策，视别人为异端邪说，非要人家接受自己的信仰，否则就去讨伐剿灭，那将会是个什么局面？各方信徒要是冲突起来，其命运只能是共同毁灭。进而再生联想，这条街若是建在我们的神州大地，遇上"文革"浩劫将会怎样呢……如果这里的人们也像我们中国人一样，做些毁了真庙又修假庙，补建这么一条电影布景式的"庙宇街"，还能称得上是一个国家的文化瑰宝么……我们现在要保护古庙、古建筑、古墓、古代文物，还来得及啊，可惜……

世界上的宗教很多，各自有不同的信仰和习俗。各种教义似乎有一点是相通的，那就是主张仁爱、善良、和平、宽容，己所不欲勿施于人。我想，这就是打金街上诸神共处的基点了。

和谐街的名称，比打金街更能体现这条小街的神韵。和谐街，和谐，多么好的名字啊！

峇峇与娘惹

曾先生介绍说："去马六甲一定要去看峇峇娘惹。"

我听了莫名其妙："什么是巴巴娘惹?"

他说："这是我们这里的一种华人后裔,男的叫峇峇(读作"巴"音),女的叫娘惹。他们的祖先是中国明朝时来的移民,所以也称为侨生。几百年下来,他们世世代代住在这里,被当地马来人同化了,早已不会说华语,不认识华文了。但他们又和马亚人不同,在服装和生活习惯上还保留一些华人的传统。"

我刨根问底："那他们究竟是马来人还是华人呢?"

曾先生有些惆怅地回答："他们说马来语和英语,不会说华语,但还保留着一些华人的生活习惯,仍然拜佛。最有意思的是,他们至今沿用中国明朝的婚丧习俗,可以说是民俗的活化石了。他们虽然说马亚语,却没有皈依回教,而马来人都是回教徒。准确地说,他们就是峇峇娘惹,是一些丢失了母语的华裔。马来政府很喜欢他们,如果华人都像他们一样被同化,民族问题就好办了。"

峇峇娘惹引起了我的兴趣,于是曾先生带我去一间由峇峇娘惹开的店铺参观。门口站着一位中年老板娘,看长相应该认作同胞,但语言不通如隔天涯。店铺门外立着和真人一般大小的彩色画像,即是一对身穿中国古代服装的峇峇娘惹了。看那衣冠,很像京剧戏台上的古装人物,但男人的官帽和女人的凤冠又不似戏曲中的那些帽翅和凤冠霞帔,大概这就是明朝式样,而京剧戏装则是清朝以后的艺术加工了。

两位人像的面孔是挖空了的，游人们可以把自己的脸摆在那面"孔"后面拍照，拍照要付给店家费用。曾先生问我想不想充当一回娘惹，不知为何我摇了摇头。走出去老远，我回首去望那峇峇娘惹，仍然弄不清自己为何不愿照一张这样的相片，在潜意识里或许怕自己和自己的后代失去母语吧……

　　听说印度尼西亚在60年代那场震惊世界的排华运动之后，取缔了华文教育。经过短短的30年，印尼年轻一代华人也已不识华文不会说母语了。

　　在欧美和澳大利亚，中国移民的后代也已经成了"香蕉人"，很多孩子不会讲母语了。

　　这种情况再传几代人下去，全球各地都会出现"峇峇娘惹"啊！转念一想，我又觉得华人人口太多了，被别人"过继"一些也不会断了香火。海外华人既然以所在国为国籍，与当地民族融为一体，可以解脱天涯游子的飘零感和孤独感。我不知道该为他们高兴还是惋惜。但是，我深深懂得，一个民族的血脉是文化和语言。

　　离开马六甲之前，曾先生带我去看他的母校培风中学。这是一间有名的华文独立中学，培养出许多优秀的华人人才。他在校门口深情地张望，说："政府不给华文学校经费，全靠华人社团募集资金。每年校庆，学生家长也都发起募捐运动，大家都在为延续民族文化做出努力。"

　　培风中学旁边，还有一块"晨钟夜学"的牌子，是专门供在英文学校上学的华人子弟晚上来学习华文课的。

　　一群华人少年走过来了，说说笑笑留下一串亲切悦耳的国语，不，应该说是华语。我再一次提醒自己尊重当地华人的感情，树立华人是一个民族的博大观念。

　　我高兴地获悉，在马六甲除了峇峇娘惹，华人青年都会讲纯正的被我们称为普通话的华语。

　　汽车驶出老远，我仍然回首向培风中学和晨钟夜学送去注目礼……

华族，博大的观念

在新加坡和马来西亚，我常爱恭维主人："您的国语讲得真好！"

他们总是委婉地更正："这里的华人子弟大多上华文学校，会讲地道的华语。"

国语一词，是我和港澳台人士打交道时学会的。大陆人叫作普通话，他们则称之为国语。我把这个词搬到南洋来用，本是入乡随俗之意，不想人家每次都把"国语"更正为"华语"。在我看来，普通话、国语、华语，三者没什么区别。然而，南洋华人为什么总要不失礼貌地加以纠正呢……

刚到此地时，我还喜欢问主人："你们这里有多少中国人？"

他们也总是告诉我有多少"华人"，小心翼翼地回避"中国人"的提法。

在南洋，我第一次听到了"华族"这一称谓。

他们说："新加坡人口比例，华族约占三分之二，马来族等民族占三分之一。马来西亚则相反，华族只占三分之一。"

我是个敏感的人，又是吃文字饭的，岂会不觉察"中国人"与"华人"，"国语"与"华语"的区别？还有听着耳熟又新鲜的"华族"，其内涵和我们说的"中华民族"又有何异同呢？

在马来西亚北部的槟城，我找到了这些问题的答案。我做完文学演讲之后，热情的《光华日报》主人们陪着我游览槟榔屿夜景，热带风光异国情调与人们交谈时的纯正华语之间形成了强烈的反差。我问一位年轻女编辑："你是来南洋的第几代华人？"

她答道："第三代了。我父母都是在这里出生的，祖父辈是福建来的移民。"

我又问："你在这里有在异国他乡的感觉吗?"

"没有,这是我的国家,我是马来西亚人。"

我追问："那么中国呢?"

"中国是我先辈的祖国。"

我决心刨根问底："那么华语呢?"

"华语是我们的母语。我们也说马来语和英语。"

我仍然穷追不舍："你们这一代年轻人,如何看待叶落归根?"

她说："出来的第一代华人可能思念故土,盼望叶落归根,但我们更喜欢落地生根。"

哦,叶落归根与落地生根……在国内一提到海外游子,总是以浓重的感情渲染他们的叶落归根,这当然是高贵的民族情感。但我们为什么总把他们形容成飘零的落叶呢?为什么不能把他们形容成大树的种子?树种随风飘荡,随遇而安,落地生根,开花结果,不是更好么?人家早已加入所在国国籍,把到中国来看作是离家旅游,我们为何还说人家是"游子"呢?同是一个民族,英国为什么不把去美国、加拿大、澳大利亚的移民看成是自己的游子,更不召唤他们叶落归根呢?英裔人种越是到各大洲去落地生根,越能显示出大英帝国的深远影响,不是么……

马来西亚女作家戴小华告诉我:"全球华人大约有12.6亿,其中大陆有12亿,港澳台约有三千万,其余的三千多万就是海外华人了。这个数字还不包括由中国大陆迁往美国、澳大利亚等国的新移民。若要说海外华人的文化程度和经济力量,那又远远超过人数所占的比例了。"

一位海外华人对我说:"中国大陆引进外资,主要得靠港澳台人士和海外华人。"

这话并非夸大其词。

在新的时代面前,学会把"国家""政党"和"民族"的概念在实际意义上加以区别罢,学会尊重海外华人的选择和感情罢,学会了解外部世界,走出"天圆地方我坐中央"的古老桎梏罢!

华族,博大的观念!

"齐天大圣"在南洋

南洋华人民间兴盛各种会道门，听说当地还有供奉齐天大圣，也就是孙悟空美猴王的庙宇，可能因为这里盛产猴子罢！我的生肖属猴，因此对猴子很感兴趣。到马来西亚之前，我只看见过关在动物园铁笼里的猴子，或被耍猴人用铁链拴着的猴子。来到吉隆坡，我才看到自由状态下的猴子，那一份得意和神气，远非身陷囹圄的猴子所能比。

吉隆坡街头绿地很多，热带阔叶林木茂盛，花期果季长年不断，到处可以作为美猴王的花果山。走在一座大都市的马路上，随时会从路边花树里蹿出一两只猴子来，或旁若无人自顾嬉耍，或大摇大摆扬长而去。我们习惯了以"大人类主义"的眼光看耍猴儿或猴儿耍，如今轮到猴子以主人的目光好奇地审视你这个外来客，这真是一种万物生灵皆平等的全新感觉。有一次，我看见一位先生特意在路边停下汽车，拿出食物来喂猴子。象征现代文明的小轿车，西装革履的先生，和孩童般在路边游戏的猴子，组成了特殊的画面。我顿时觉得现代与远古，都市与山野，人与自然之间的距离都拉近了，非常奇妙地融合了。

望着这座城市的猴子主人，我突发奇想，如果在中国城市的街心公园街头绿地放养一些猴子、鸽子、梅花鹿等动物，同胞会如何对待它们呢？我们能有人家的环境保护意识和热爱动物的善行么……

戴小华的家坐落在高级住宅区，花园后面即是山林，常有群猴来访，这一天猴子客人又来到了花园朝厨房观看。小华要拿食物喂猴子，女佣急忙制止："不可以的！只要喂一次，以后它们就会天天来，忘记关门，它们就会跑进屋里来，把楼里弄脏弄乱。山上猴子太多，惹不起的！"

小华只好作罢，怠慢了这些长尾巴不速之客。猴子看到这家主人如此小气，便来了个不友好的报复，它们吃光了花园里美丽的大红花，连叶子都捋掉，使那些花树变得光秃秃的十分难看。

我惊奇地问："猴子还吃花？"

小华说："猴子是杂食动物，什么都吃。尤其爱吃大红花，大红花的花芯很甜，我们小时候也吃的。"

大红花，是马来西亚的国花，正式名字应叫扶桑。我国北方大都是盆栽，又名金丝牡丹，花色有朱红、粉红，淡黄等，到了冬季花盆摆入室内，养花人小心地侍弄。在南洋却是到处生长，高大如树。虽尊为国花，却不免落入猴口，也算是红颜薄命了。

附录：航鹰作品出版概览

单 行 本

《倾斜的阁楼》	中国青年出版社	1984 年 5 月
《东方女性》	人民文学出版社	1985 年 7 月
《名演员》	百花文艺出版社	1987 年 8 月
《前妻》	花城出版社	1988 年 6 月
《枫林晚》（法文版）	中国文学出版社	1990 年
熊猫丛书《枫林晚》（法文版）	中国文学出版社	1990 年
《东方女性》（台湾版）	台湾新未来出版社	1991 年 2 月
《商旅》（传记）（精装版、平装版）	天津社会科学出版社	1995 年 2 月
《航鹰幽默小说选》	百花文艺出版社	1995 年 5 月
《欧罗巴之梦》（散文集）	百花文艺出版社	1995 年 5 月
《普爱山庄》（长篇小说）	百花洲文艺出版社	
	21 世纪出版社	2000 年 4 月
《中国作家经典文库·航鹰》	光明日报出版社	2002 年 6 月

两 人 合 集

《智商的误区——〈启明星〉拍摄散记》	航 鹰 维 佳	青岛出版社	1996 年 4 月
《俗眼观佛门——慈济的世界》（报告文学）	航 鹰 李玉林	中国社会出版社	2008 年 5 月

入 选 合 集

《1981 年全国优秀短篇 　小说评选获奖作品集》	《金鹿儿》入选	上海文艺出版社	1982 年
《飘逝的花头巾》	《开市大吉》入选	四川人民出版社	1982 年 4 月
《1981 年短篇小说选》	《金鹿儿》入选	人民文学出版社	1982 年 4 月
《当代女作家作品选》	《开市大吉》入选	花城出版社	1982 年 8 月
《中国文学》（法文版）	《金鹿儿》入选	中国文学出版社	1982 年第 1 期
《中国文学》（英文版）	《金鹿儿》入选	中国文学出版社	1982 年第 2 期
《中国文学》（法文版）	《明姑娘》《前妻》 《访女作家航鹰》入选	外文出版社	1983 年第 3 期
《归来的儿子》	《明姑娘》入选	四川人民出版社	1983 年 6 月
《1982 年全国优秀短篇小说 　评选获奖作品集》	《明姑娘》入选	上海文艺出版社	1983 年 8 月
《青年佳作：1982 年优秀 　小说选》	《明姑娘》入选	新华书店北京发 　行所	1983 年 8 月
《中国获奖短篇小说选 　（1980—1981）》（英文版）	《金鹿儿》入选	外文出版社	1985 年
《1984 年全国短篇小说佳作集》	《宝匣》入选	上海文艺出版社	1985 年 4 月
《小说拾珠》	《前妻》入选	百花文艺出版社	1985 年 10 月
《新时期女作家百人作品选》	《明姑娘》入选	海峡文艺出版社	1985 年 10 月
《凝结着爱的死亡》	《演员二题》入选	时代文艺出版社	1986 年 8 月
《鲁班的子孙》	《东方女性》入选	时代文艺出版社	1986 年 11 月
《妇女小说选》	《前妻》入选	宁夏人民版社	1986 年 11 月
《中国当代女作家文选》	《我与书的初缘》入选	香港新亚洲出版社	1987 年 3 月
《小说与小说家》	《前妻》入选	重庆出版社	1987 年 5 月
《新笔记小说选》	《后台趣谈七题》入选	作家出版社	1992 年 9 月
《美丽的天空·20 世纪 　华夏女性文学经典文库》	《宝匣》入选	中国文联出版公司	1995 年 8 月
《百家文粹　文学报 1000 期》	《蜗居》入选	上海文艺出版社	1998 年 5 月
《百年大观奇人绝事》（中）	《老喜丧》入选	漓江出版社	1998 年 9 月

《中国当代精品文库—— 　绝妙·幽默小说卷》	《后台趣谈七题》入选	中国文学出版社	1999 年 7 月
《百年烟雨图》	《点与线》入选	中国文联出版社	1999 年 9 月
《华人世界英才传略大系》	《商旅》入选	中国言实出版社	2003 年 1 月
《读者人文读本（初三）》 　（上册）	《生命之水》入选	甘肃人民出版社	2004 年 8 月
《滚滚红尘中拈花微笑： 　名家谈佛缘》	《俗眼观佛门：我拜见 　了证严法师》入选	中国青年出版社	2005 年 1 月
《名家名作　微型小说集》	《地毯》入选	京华出版社	2006 年 5 月
《唐山大地震亲历记》	《目睹震后唐山实录》 　入选	团结出版社	2006 年 7 月
《世界华文微型小说精选》 　（中国卷·上）	《地毯》入选	上海外语教育出 版社	2007 年 11 月

航鹰文集（9 册）

《东方女性》（航鹰文集·小说卷一）	文汇出版社	2017 年 11 月
《航鹰幽默小说选》（航鹰文集·小说卷二）	文汇出版社	2017 年 11 月
《宝匣》（航鹰文集·小说卷三）	文汇出版社	2017 年 11 月
《倾斜的阁楼》（航鹰文集·小说卷四）	文汇出版社	2017 年 11 月
《普爱山庄》（航鹰文集·小说卷五）	文汇出版社	2017 年 11 月
《误攀穹顶》（航鹰文集·散文卷一）	文汇出版社	2017 年 11 月
《绿魂》（航鹰文集·散文卷二）	文汇出版社	2017 年 11 月
《商旅——华人实业家王克昌的一生》 　（航鹰文集·长篇传记）	文汇出版社	2017 年 11 月
《火凤凰》（航鹰文集·电视喜剧文学剧本）	文汇出版社	2017 年 11 月